U0918845

闲情偶寄

插图珍藏版

【清】李渔◎著
陈如江　汪政◎译注

人民文学出版社

图书在版编目(CIP)数据

闲情偶寄:插图珍藏版/(清)李渔著;陈如江,汪政译注.—北京:人民文学出版社,2016

ISBN 978-7-02-012211-0

Ⅰ.①闲… Ⅱ.①李… ②陈… ③汪… Ⅲ.①杂文集-中国-清代②《闲情偶寄》-译文③《闲情偶寄》-注释 Ⅳ.①I264.9

中国版本图书馆CIP数据核字(2016)第277150号

责任编辑:**李 俊 吴柯静**
特约策划:**尚 飞**
装帧设计:**高静芳**

出版发行 **人民文学出版社**
社 址 **北京市朝内大街166号**
邮政编码 **100705**
网 址 **http://www.rw-cn.com**

印 刷 **山东临沂新华印刷物流集团**
经 销 **全国新华书店等**

开 本 **720毫米×1000毫米 1/16**
印 张 **39.5**
字 数 **436千字**
版 次 **2013年4月北京第1版**
印 次 **2017年1月第1次印刷**

书 号 **978-7-02-012211-0**
定 价 **78.00元**

序言

《闲情偶寄》又名《笠翁偶寄》，是明末清初文学家、戏曲家李渔创作的一部关于艺术生活和审美现象的著作。

李渔（1610—1680），字笠鸿，号笠翁，浙江兰溪人。十八岁补博士弟子员，二十五岁应童子试，深受主考官嗟赏，被誉为“五经童子”。但日后两赴乡试，前次名落孙山，后次值兵乱中途折回。入清后绝意仕进，主要从事著述和指导戏剧演出。移居南京后，将居所命名为“芥子园”。开设书铺，编刻图籍，广交达官显贵、文坛名流。晚年家道衰落，甚为凄凉。其著述较多，有《凰求凤》、《玉搔头》等戏剧，《十二楼》、《无声戏》、《连城璧》等小说及《闲情偶寄》等作品。

李渔生于殷实之家，科举考试的失利以及易代之际的动荡社会让他对仕途举业丧失了兴趣，转而从商、排戏，成为一名做生意的文人。其一生，有过富贵荣华、锦衣玉食的日子，也有捉襟见肘、贫病交加的岁月；有过莺歌燕舞、流连脂粉的享受，也有世态炎凉、人间冷暖的体验。他既能写猥亵露骨的艳情小说，亦精通典雅纯正的传统诗文。作为一名交游广阔、阅历不凡的风流才子，李渔的性格与才华是复杂、多面的。但举其大者而言，他无疑是一位热爱生活、极富创见的艺术家。法国雕塑家罗丹说：“所谓大师，就是这样的人，他们用自己的眼睛去看别人见过的东西，在别人司空见惯的东西上发现出美来。”李渔就是这样一位擅长发现生活美的大师。通过其作品可以发现，他对生活始终保持着一种诚恳谦逊的态度，善于用自己的眼睛去观察，用自己的理智去判断，用自己的心灵去创造，从不人云亦云、随波逐流，坚持以个性化的感受总结生活之美。他是一位懂得生活艺术的人，是一位生活得很艺术的人，而且是一位能将生存体验凝结为艺术作品的人。

《闲情偶寄》是李渔的重要著作之一，是其生活经验和艺术智慧的结晶。它既是一部生活美学、艺术美学的著作，又是一部生动活泼、轻松惬意的小品，在点评衣食起居、娱乐养生之际，鲜活地展现了十七世纪国人日常生活、世俗风情的画卷，堪称休闲百科全书、古代生活艺术大全，无愧名列于“中国名士八大奇著”之首。该书内容丰富而切近生活，叙述中时见议论与抒情，趣味幽默，文字雅洁，可谓现代生活美文之滥觞，长久以来为各类读者所喜好。周作人、梁实秋、林语堂等一辈现代散文大师都曾受教于此书，并对其褒奖有加。作者自谓：“凡予所言，皆贵贱咸宜之事，既不详绣户而略衡门，亦不私贫家而遗富室。”无论贵贱贫富、三教九流之人，皆可从中获益。

这部书的创作与作者丰富的人生阅历、强烈的个性特征密切关联。全书凡八部，三十六门，两百余目，论及戏曲、歌舞、园林、建筑、花卉、器玩等艺术及其与生活相关的各种审美现象。内容虽杂，主旨却甚为明晰。作者试图通过自身细腻的生活感受、智慧的发明创造、高雅的艺术品位，指导人们最大限度地获取生活之乐趣。显而易见，“享乐”便是这部著作的终极旨归。作为一名才华横溢的潇洒文人，李渔深谙才华须由快乐来证明，“享乐”既是其热爱生活的表现方式，也是其创作

《闲情偶寄》的根本意图。这一主题的确立，与其财力优渥、衣食无虞的生活不无关系。但同时他也懂得生活中有些美好的东西是不必花钱的，在大谈“享乐”之际，李渔时时不忘节俭，处处顾念贫者，提倡苦中作乐，并在卷首凡例中明确提出“崇尚俭朴”的观点。这是因为作为一个商人，他知晓敛财的艰辛，与底层百姓的接触以及曾经潦倒的经历，都促使他萌生“俭朴”的观念。

此次整理的这部《闲情偶寄》，保留声容、居室、器玩、饮馔、种植、颐养六个部分，舍弃词曲、演习两部。(因这两部乃是关于戏曲演出的理论，与日常生活无甚关系。) 以下试述六部之梗概：(一) 美貌对人的重要性是不言而喻的，因而作者在《声容部》中从美学角度系统地论述了女子仪容之美，探究了容貌仪态的审美问题。“选姿门”中肌肤、眉眼、手足、态度四目主要谈论先天美，即自然之美；“修容门”中盥栉、熏陶、点染三目，主要谈论后天美，即修饰之美。(二) 作者自称“生平有两绝技”，“一则辨审音乐，一则置造园亭”，可见其对房屋建筑极有心得。李渔这方面的美学思想集中反映在《居室部》中，“房舍门”探讨房屋、园林建构地址及方位的选择，屋檐的实用与审美价值，天花板的巧妙设计，园林的空间布局，庭院地面铺设等问题；“窗栏门”论及窗栏设计的原则与方法，窗户对于建筑的美学意义等；“墙壁门”研究墙壁对于园林建筑的重要性，以及各类墙壁的具体处理办法；“联匾门”讨论对联、匾额的审美价值，及其对于房舍、园林的重要价值。“山石门”主要论及假山对于园林构建的重要作用，以及运用山石布景的具体方法。(三)《器玩部》主要谈及日用器具、好玩之物的实用和审美问题，所论大多为百姓常用之物，如几案、椅杌、床帐、橱柜、箱笼、炉瓶、屏轴、茶具、酒具、碗碟、灯烛、笺简等。作者对这些日用器物多有改良，并时见创造，处处闪现着务实精神与聪明才智，以及作者对生活细节的不懈追求。(四) 苏轼云："我生涉世本为口。"吃喝的重要性毋庸讳言。《饮馔部》专谈烹饪饮食之道，全面阐述了主食及荤素菜肴的烹制、食用方法。重蔬食、崇俭约、尚真味、主清淡、忌油腻、讲洁美、慎杀生、求食益是作者对烹饪饮食的主要观念。作为一名美食家，李渔提倡在俭约中追求膳食的精雅，寻求饮馔之乐趣。(五)《种植部》凡木本、藤本、草本、众卉、竹木五门，作者分述各类植物的外观、特性、种植要点，并结合自己的经历抒写了许多独特的感受。这些篇章构思新致，笔触优美，令人如对花草，赏心悦目。(六)《颐养部》内容广泛，分为六门，论及行乐之法、解愁之方、饮食调控、性欲节制、疾病防范、疾病治疗等摄卫调养之法，另及交友谈讲、听琴观棋、看花听鸟、蓄养禽鱼、浇灌竹木等等，集中反映了作者"欢乐"为本的颐养护生观念。

粗览此书，但见花鸟鱼虫、声色犬马之类，亭台楼榭、酒肉粱锦之属，然细心品味后，不难于精美器物、精致生活中见出悠悠闲情、飘飘逸致，体味出作者的生活感受力和艺术领悟力。李渔在书中所提倡的"享乐"，除却必须的物质条件外，更需要的是一种清雅拔俗的生活情调。人有了物质才能生存，有了品位才谈得上生活。作者在指导人们吃喝玩乐、接触生活中最甜蜜事物之时，又处处告诫人们不要被这些东西所左右。因为他明晓任何享乐只有在适度的时候才有意义，一味追求物质享受，便会流于庸俗；一旦快乐达到顶点，便会使人腻烦。李白云："浮生若梦，为欢几何？"寻欢作乐是一切生命的本能，享受人生的快乐当然无可非议。然而欲海无边，能力有限，为了化解这一矛盾，作者在本书凡例中提出“规正风俗”、“警惕人心”之说，他欲规正的便是肤浅庸俗的风气，欲警惕的便是贪得无厌的人心。作者期望以俭约的享受取代奢侈的浪费，以雅致的品位取代无边的欲望。因而，《闲情偶寄》一书给予人们的非惟吴蔡齐秦之声、鱼龙爵马之玩，亦非庸流俗夫所谓的享乐主义，它摆出了一个无需奢华却彰显品位的范本，从艺术化的审美角度，展现诗意的人生境界。这种角度和境界正是当今“泛娱乐化”时代最为稀缺的元素。故而，它对我们今天提高生活品位和人生境界具有积极的意义。当然，由于时代的局限，该书也不可避免地在个别地方存有封建腐朽的痕迹，存在一些不科学、落伍的观念。

我们的这个译注本对文中人名、地名、典故以及部分难字作了简要注释，力求通俗易晓；译文以意译为主，不强求字、词、句的对等，着重从整体上表达原作内容。此外，为帮助读者欣赏、理解，随文附有大量精美插图。笔者蒙昧学识，书中谬误在所难免，敢望读者雅量。

目录

闲情偶寄

声容部

选姿第一

"食色，性也。"[①]"不知子都之姣者，无目者也。"[②]古之大贤择言而发，其所以不拂人情，而数为是论者，以性所原有，不能强之使无耳。人有美妻美妾而我好之，是谓拂人之性；好之不惟损德，且以杀身。我有美妻美妾而我好之，是还吾性中所有，圣人复起，亦得我心之同然，非失德也。孔子云："素富贵，行乎富贵。"[③]人处得为之地，不买一二姬妾自娱，是素富贵而行乎贫贱矣。王道本乎人情，焉用此矫清矫俭者为哉？但有狮吼在堂，则应借此藏拙，不则好之实所以恶之，怜之适足以杀之，不得以红颜薄命借口，而为代天行罚之忍人也。予一介寒生，终身落魄，非止国色难亲，天香未遇，即强颜陋质之妇，能见几人，而敢谬次音容，侈谈歌舞，贻笑于眠花藉柳之人哉！然而缘虽不偶，兴则颇佳，事虽未经，理实易谙，想当然之妙境，较身醉温柔乡者倍觉有情。如其不信，但以往事验之。楚襄王，人主也，六宫窈窕，充塞内庭，握雨携云，何事不有？而千古以下，不闻传其实事，止有阳台一梦[④]，脍炙人口。阳台今落何处？神女家在何方？朝为行云，暮为行雨，毕竟是何情状？岂有踪迹可考，实事可缕陈乎？皆幻境也。幻境之妙，十倍于真，故千古传之。能以十倍于真之事，谱而为法，未有不入闲情三昧者。凡读是书之人，欲考所学之从来，则请以楚国阳台之事对。

【注释】

① 食色，性也：语出《孟子·告子上》。

巫山神女

② 不知子都之姣者，无目者也：语出《孟子·告子上》。子都，古代美男子。

③ 素富贵，行乎富贵：语出《礼记·中庸》。

④ 阳台一梦：宋玉在《高唐赋序》中说，楚怀王游高唐，曾梦见一神女，自称巫山之女，来与楚王幽会，临去时说："妾在巫山之阳，高丘之阻。旦为行云，暮为行雨，朝朝暮暮，阳台之下。"后来怀王子襄王复游高唐，宋玉为他讲述怀王会神女之事。其夜襄王也梦见神女。后人常把这

故事归于襄王。

【译文】

“美食和男女之事是人的本性。”“不认为子都美丽的，那是没有眼睛的人。”古代圣贤不是随随便便说话的，他们之所以能不违背人情，而屡次作出这种论述，是因为人性中本来就有的，就不能强迫使它消失。别人有娇妻美妾，我去喜爱她们，这是违背人性的；这种喜爱不仅有损自己的德行，并且还会招来杀身之祸。我自己的娇妻美妾，我去喜爱她们，这是还原我本性中本来就有的东西，即使是圣人再生，也会赞同我的观点，而不认为这有损德行。孔子说：“处在富贵的地位上，就要做在富贵地位上所应该做的事情。”在条件允许的情况下，不买一两个姬妾自我欢乐，这是处于富贵之中却做贫贱的事情。君王之道所依据的是人情，何必要去伪装清高伪装俭朴呢？但如果家有悍妇，那就应该收藏起这种喜好，否则宠爱姬妾实际上是厌恶她们，爱怜姬妾却足以把她们害死，不要用红颜薄命为借口，让自己成为一个替天来惩罚这些女子的残忍之人。我是一个贫寒的书生，一身落魄潦倒，不只是国色天香的美人难以遇到、没得亲近，即使是勉强看得过去的女子，又能见到几个？哪敢妄说音容，侈谈歌舞，让整日寻花问柳的人笑话呢？然而尽管我的缘分不好，但对这些事却颇有兴致，虽然没有亲身经历过，其中的一些道理却容易明白。想象中的美妙境界，比身处温柔乡更有情趣。如果不信，可以拿以前的事来验证。楚襄王是君王，后宫内廷美女无数，男女欢爱，什么样的事没发生过？但千百年以来，没有听到人们传述他的真事，只有他那“阳台一梦”的传说脍炙人口。阳台如今在哪里？神女的家在哪里？朝为行云，暮为行雨，究竟是怎样的情景？哪里有踪迹可以考查、有真实的事可以详述？都是幻境啊！幻境的美妙，要比实境高出十倍，所以能千百年流传。能把比实境美妙十倍的事情记录下来，以资为法，没有不得到闲情真谛的。凡是读这本书的人，要问我这些东西是从哪儿来的，就请让我用楚国阳台的事情来回答吧。

肌肤

妇人妩媚多端，毕竟以色为主。《诗》不云乎“素以为绚兮”？素者，白也。妇人本质，惟白最难。常有眉目口齿般般入画，而缺陷独在肌肤者。岂造物生人之巧，反不同于染匠，未施漂练之力，而遽加文采之工乎？曰：非然。白难而色易也。曷言乎难？是物之生，皆视根本，根本何色，枝叶亦作何色。人之根本维何？精也，血也。精色带白，血则红而紫矣。多受父精而成胎者，其人之生也必白。父精母血交聚成胎，或血多而精少者，其人之生也必在黑白之间。若其血色浅红，结而为胎，虽在黑白之间，及其生也，豢以美食，处以曲房，犹可日趋于淡，以脚地未尽缁也。有幼时不白，长而始白者，此类是也。至其血色深紫，结而成胎，则其根本已缁，全无脚地可漂。及其生也，即服以水晶云母，居以玉殿琼楼，亦难望其变深为浅，但能守旧不迁，不致愈老愈黑，亦云幸矣。有富贵之家，生而不白，至长至老亦若是者，此类是也。知此，则知选材之法。当如染匠之受衣，有以白衣使漂者受之，易为力也；有白衣稍垢而使漂者亦受之，虽难为力，其力犹可施也；若以

红绡衫子雪肌肤

既染深色之衣，使之剥去他色，漂而为白，则虽什佰其工价，必辞之不受。以人力虽巧，难拗天工，不能强既有者而使之无也。妇人之白者易相，黑者亦易相，惟在黑白之间者，相之不易。有三法焉：面黑于身者易白，身黑于面者难白；肌肤之黑而嫩者易白，黑而粗者难白；皮肉之黑而宽者易白，黑而紧且实者难白。面黑于身者，以面在外而身在内，在外则有风吹日晒，其渐白也为难；身在衣中，较面稍白，则其由深而浅，业有明征，使面亦同身，蔽之有物，其验亦若是矣，故易白。身黑于面者反此，故不易白。肌肤之细而嫩者，如绫罗纱绢，其体光滑，故受色易，退色亦易，稍受风吹，略经日照，则深者浅而浓者淡矣。粗则如布如毯，其受色之难，十倍于绫罗纱绢，至欲退之，其工又不止十倍，肌肤之理亦若是也，故知嫩者易白，而粗者难白。皮肉之黑而宽者，犹绸缎之未经熨，靴与履之未经楦者，因其皱而未直，故浅者似深，淡者似浓，一经熨楦之后，则纹理陡变，非复曩时色相矣。肌肤之宽者，以其血肉未足，犹待长养，亦犹待楦之靴履，未经烫熨之绫罗纱绢，此际若此，则其血肉充满之后必不若此，故知宽者易白，紧而实者难白。相肌之法，备乎此矣。若是，则白者、嫩者、宽者为人争取，其黑而粗、紧而实者遂成弃物乎？曰：不然。薄命尽出红颜，厚福偏归陋质，此等非他，皆素封伉俪之材，诰命夫人之料也①。

【注释】

① 诰命夫人：封建时代受过封号的妇女。

【译文】

女子种种娇美的仪态，到底是以肤色为主。《诗经》里不是说“素以为绚兮”吗？素就是白。女子天生的东西，以肤白为最难得。经常有些女子眉毛、眼睛、嘴巴、牙齿样样都长得很标致，完全可以入画，但惟独的缺憾在肌肤。难道造物主造人的技巧反倒不如染匠来得高明，未经漂白就匆忙染上颜色吗？不是这样的。想让皮肤白很难，想让皮肤有颜色则很容易。为什么说难呢？这是因为万物的生长要看它的根本，根本是什么颜色，枝叶也就是什么颜色。人的根本是什么呢？是精，是血。精的颜色发白，血的颜色是红中带紫。胚儿是父亲的精和母亲的血交聚而成的。受父精多而成胎的，这个人生下来必然白皙；受母血多而受父精少的，这个人的肤色必定在黑白之间。如果母血颜色浅红，结成胎儿，虽然肤色在黑白之间，等到其出生，给她好食物吃，让她住在幽深的房子里，还是可以使她渐渐变白的，因为她的本质不完全是黑的。有的人小时候不白，长大才变白，就是这种情况。至于母血颜色深紫，和父精结成胎儿，那么她的本质是黑的，就完全没有变白的基础了。等到其出生，即使给她吃水晶云母，让她住玉殿琼楼，也很难指望她能由黑变白，只要能维持原来的肤色不变，不至于越老越黑，也可以说是万幸了。有的人生于富贵之家，生下来皮肤就不白，等到长大变老依然不白，就是这种情况。知道这道理，就知道了挑选美女的方法。就像染匠接活，让他把白色的衣服漂白他会接受，因为这容易做；让他把稍有污垢的衣服漂白他也会接受，虽然有些难，但花些力气还是可以做到的；如果已经染成深色的衣服让他除去颜色漂白，那就是给他超出十倍百倍的工钱，他也一定辞掉。因为人的技能虽然巧妙，但难以和天然的工巧抗敌，不能迫使让已有的消失掉。女子的肤白容易识别，肤黑也容易识别，只有在黑白之间不容易识别。这里有三种方法：面部皮肤比身上皮肤黑的容易变白，身上皮肤比面部皮肤黑的难以变白；皮肤黑而嫩的容易变白，黑而紧实的难以变白；皮肉黑而松弛的容易变白，黑而紧实的难以变白。面部肤色比身上黑的，是因为脸暴露在外边而身体在衣服里边，暴露在外边的皮肤受到风吹日晒，要变白就有些难；身体在衣服里面，比脸稍白一点，可证明她的肤色能由深变浅。假使脸也同身体一样，遮上东西，结果也会像身体一样容易变白。身体黑于面部的与此相反，是不容易变白的。肌肤细嫩的，就像绫罗纱绢，质地光滑，所以染色容易，褪色也容易，少受些风吹日晒，就会深的变浅，浓的变淡。皮肤粗糙得像粗布像毯子，给它染色要比绫罗纱绢难上十倍，如果要褪去颜色时，比绫罗纱绢还不止难上十倍。肌肤的原理相同，由此可知皮肤嫩的容易变白，而粗糙的不易变白。皮肉黑而松弛的，就像绸缎未经熨烫，靴子和鞋没有楦过，因为它既皱又不平，所以浅色看起来像是深色，淡色看上去很浓，一经熨楦，就使纹理突变，不再是以前的色相了。肌肤松弛的，是因为血肉不够丰满，还有待滋养，也像没有楦过的靴子和鞋、没有烫熨过的绫罗纱绢，现在是这样，等到长得丰满之后，一定不是这样。所以由此可知，松弛的皮肤容易变白，紧实的皮肤难以变白。识别肌肤的方法，都写在这儿了。真的如上所说，那么皮肤白的、嫩的、松弛的女子就被人抢着要，而皮肤黝黑粗糙、紧绷结实的女子就会被人遗弃吗？并不是这样。红颜大多薄命，长得粗陋的女子却偏偏有福气。这不是因为别的，是因为这些女子天生就是当诰命夫人的料。

眉眼

面为一身之主，目又为一面之主。相人必先相面，人尽知之，相面必先相目，人亦尽知，而未必尽穷其秘。吾谓相人之法，必先相心，心得而后观其形体。形体维何？眉发口齿，耳鼻手足之类是也。心在腹中，何由得见？曰：有目在，无忧也。察心之邪正，莫妙于观眸子，子

目细而长者，秉性必柔。

舆氏笔之于书[①]，业开风鉴之祖。予无事赘陈其说，但言情性之刚柔，心思之愚慧。四者非他，即异日司花执爨之分途[②]，而狮吼堂与温柔乡接壤之地也。目细而长者，秉性必柔；目粗而大者，居心必悍；目善动而黑白分明者，必多聪慧；目常定而白多黑少，或白少黑多者，必近愚蒙。然初相之时，善转者亦未能遽转，不定者亦有时而定。何以试之？曰：有法在，无忧也。其法维何？一曰以静待动，一曰以卑瞩高。目随身转，未有动荡其身，而能胶柱其目者；使之乍往乍来，多行数武[③]，而我回环其目以视之，则秋波不转而自转，此一法也。妇人避羞，目必下视，我若居高临卑，彼下而又下，永无见目之时矣。必当处之高位，或立台坡之上，或居楼阁之前，而我故降其躯以瞩之，则彼下无可下，势必环转其睛以避我。虽云善动者动，不善动者亦动，而勉强自然之中，即有贵贱妍媸之别，此又一法也。至于耳之大小，鼻之高卑，眉发之淡浓，唇齿之红白，无目者犹能按之以手，岂有识者不能鉴之以形？无俟哓哓，徒滋繁渎。

眉之秀与不秀，亦复关系情性，当与眼目同视。然眉眼二物，其势

画眉贵曲，最忌平空一抹。

往往相因。眼细者眉必长，眉粗者眼必巨，此大较好，然亦有不尽相合者。如长短粗细之间，未能一一尽善，则当取长恕短，要当视其可施人力与否。张京兆工于画眉④，则其夫人之双黛，必非浓淡得宜，无可润泽者。短者可长，则妙在用增；粗者可细，则妙在用减。但有必不可少之一字，而人多忽视之者，其名曰“曲”。必有天然之曲，而后人力可施其巧。“眉若远山”，“眉如新月”，皆言曲之至也。即不能酷肖远山，尽如新月，亦须稍带月形，略存山意，或弯其上而不弯其下，或细其外而不细其中，皆可自施人力。最忌平空一抹，有如太白经天；又忌两笔斜冲，俨然倒书八字。变远山为近瀑，反新月为长虹，虽有善画之张郎，亦将畏难而却走。非选姿者居心太刻，以其为温柔乡择人，非为娘子军择将也。

【注释】

① 子舆氏：即孟子。孟子，名轲，字子舆。

② 爨（cuàn）：烧火煮饭。

③ 武：古以六尺为步，半步为武。

④ 张京兆：即张敞。汉宣帝时为京兆尹。《汉书》本传中说他常替妻子画眉。

【译文】

脸是身体的主体，眼睛又是脸的主体。相人必先相面，人们都知道这个道理；相面一定要先看眼睛，人们也都知道这个道理，却未必能探明其中的奥秘。我认为相人之法须先相心，知道她的内心后再观察她的形体。形体是什么呢？就是眉毛、头发、嘴巴、牙齿、耳朵、手和脚之类。人心在肚子里边，怎么能看得见呢？回答是：有眼睛在，就不用担心。识别内心的邪正，最重要的是观察眼睛。孟子把这些写进书里，已经开了以相貌鉴人的先河，我在这里不想重复他的观点，只是想说说情性的刚烈与温柔，心思的愚蠢与聪慧。这四者没有别的，乃是区分这个女子将来是掌管花事还是烧火做饭，是凶悍还是温柔。女子眼睛细长的，秉性一定温柔；眼睛粗大的，性格一定凶悍；眼睛善动而黑白分明的，必定大多聪慧；目光呆滞而白多黑少或白少黑多的，必定近于愚蠢。然而刚开始相面的时候，眼睛灵活的未必马上转动，目光有时也会呆滞，如何来识别呢？有办法，不用担心。是什么办法呢？一是以静待动，二是从低看高。目光是随着身体转动的，没有身体转动而眼睛却不动的情况。让她来来回回多走几次，而我随着她的走动观察她的眼睛，那么即使她不想转动，眼睛也会自然而然地转起来，这是一种方法。女子害羞，目光必然往下看，如果我站在高处看她，她的目光会越来越往下，这样就永远看不见她的眼光了。一定要让她站在高处，要么站在台阶上，要么站在楼阁前，而我故意站在低处看她，那么她的眼睛无法再往下看了，势必会来回转动她的目光以躲避我，虽然说这时候目光灵活的眼睛会转动，目光呆滞的眼睛也会转动，但在这勉强和自然之中，就可以分出贵贱美丑，这是又一种办法。至于耳朵的大小，鼻梁的高低，眉毛头发的浓淡，嘴唇牙齿的红白，瞎子也能用手摸出来，哪里会有明眼人不能从外形看出来呢？不用我在这儿唠唠叨叨了，再说就令人厌烦了。

眉毛的秀气与不秀气，也关系到人的性情，应当同眼睛一样看待。

然而眉毛和眼睛往往相互关联。眼睛细长的眉毛必定细长，眉毛粗的眼睛必定大，情况大致是这样。但有时也不完全相同，比如眉毛的长短粗细，不可能处处都很完美，就应当取长补短，要看看能否依靠人工修饰。张京兆擅长画眉毛，那么可想而知他夫人的双眉一定不是浓淡相宜、不用修饰的。眉短可以画长，妙在用增法；眉粗可以变细，妙在用减法。但还有一个必不可少的字，往往被人们忽略，那就是“曲”。眉毛必须要有天生的弯曲，然后人工才能修饰好。“眉若远山”、“眉如新月”，都是形容眉毛弯曲的极致。即使不能都酷似远山，都像新月，也应该稍带点月形，略有些山意，或是上面弯而下面不弯，或是眉梢细而中间不细，这些都可人工修饰。最忌讳的是平空一抹，就如同太白星掠过天空；也忌讳两笔斜冲，就像倒写的“八”字。把远远的山峦变成近处的瀑布，把弯弯的新月变成长长的彩虹，即使是擅长画眉毛的张京兆，也会畏难而逃。这并非挑选姿容的人要求太苛刻，而是因为这是在挑选悦人身心的美人，不是在为娘子军挑选大将啊！

手足

相女子者，有简便诀云：“上看头，下看脚。”似二语可概通身矣。予怪其最要一着，全未提起。两手十指，为一生巧拙之关，百岁荣枯所系，相女者首重在此，何以略而去之？且无论手嫩者必聪，指尖者多慧，臂丰而腕厚者，必享珠围翠绕之荣；即以现在所需而论之，手以挥弦，使其指节累累，几类弯弓之决拾①；手以品箫，如其臂形攘攘，几

手嫩者必聪，指尖者多慧。

同伐竹之斧斤；抱枕携衾，观之兴索，捧卮进酒，受者眉攒，亦大失开门见山之初着矣。故相手一节，为观人要着，寻花问柳者不可不知，然此道亦难言之矣。选人选足，每多窄窄金莲；观手观人，绝少纤纤玉指。是最易者足，而最难者手，十百之中，不能一二觏也。须知立法不可不严，至于行法，则不容不恕。但于或嫩或柔或尖或细之中，取其一得，即可宽恕其他矣。

至于选足一事，如但求窄小，则可一目了然。倘欲由粗以及精，尽美而思善，使脚小而不受脚小之累，兼收脚小之用，则又比手更难，皆不可求而可遇者也。其累维何？因脚小而难行，动必扶墙靠壁，此累之在己者也；因脚小而致秽，令人掩鼻攒眉，此累之在人者也。其用维何？瘦欲无形，越看越生怜惜，此用之在日者也；柔若无骨，愈亲愈耐抚摩，此用之在夜者也。昔有人谓予曰："宜兴周相国，以千金购一丽人，名为'抱小姐'，因其脚小之至，寸步难移，每行必须人抱，是以得名。"予曰："果若是，则一泥塑美人而已矣，数钱可买，奚事千金？"造物生人以足，欲其行也。昔形容女子娉婷者，非曰"步步生金莲"，即曰

凌波微步的洛神

“行行如玉立”，皆谓其脚小能行，又复行而入画，是以可珍可宝，如其小而不行，则与刖足者何异？此小脚之累之不可有也。予遍游四方，见足之最小而无累，与最小而得用者，莫过于秦之兰州，晋之大同。兰州女子之足，大者三寸，小者犹不及焉，又能步履如飞，男子有时追之不及，然去其凌波小袜而抚摩之，犹觉刚柔相半；即有柔若无骨者，然偶见则易，频遇为难。至大同名妓，则强半皆若是也。与之同榻者，抚及金莲，令人不忍释手，觉倚翠偎红之乐，未有过于此者。向在都门，以此语人，人多不信。一日席间拥二妓，一晋一燕，皆无丽色，而足则甚小。予请不信者即而验之，果觉晋胜于燕，大有刚柔之别。座客无不翻然，而罚不信者以金谷酒数。此言小脚之用之不可无也。噫！岂其娶妻必齐之姜②？就地取材，但不失立言之大意而已矣。

验足之法无他，只在多行几步，观其难行易动，察其勉强自然，则思过半矣。直则易动，曲即难行；正则自然，歪即勉强。直而正者，非止美观便走，亦少秽气。大约秽气之生，皆强勉造作之所致也。

【注释】

① 决拾：同“抉拾”。古代射箭用具。抉即扳指；拾即臂衣，套于左臂上用以护臂。

② 齐之姜：姜系周朝齐国贵族的姓，后以齐姜称贵族女子。《诗·陈风·衡门》：“岂其娶妻，必齐之姜？”

【译文】

相女子有简便的口诀：“上看头，下看脚。”这两句话似乎可以概括全身。我奇怪其中最重要的一条却完全没有提到。两手十指既是决定一个女子一生的巧拙，也关系到其一生的荣衰，所以相女子首先要看手，怎么能将其忽略呢？且不说手细嫩的一定聪明，指尖细的大多聪慧，手臂手腕丰满的必定能享受荣华富贵，就拿现在需要的来论述：用手弹琴，假如手指粗大，如同拉弓射箭的用具；用手品箫，假如手臂粗壮，如同砍伐竹子的斧子。与这样的人同床共眠，看到之后让人兴味索然；让这样的人捧杯进酒，接受之际令人皱起眉头，这不是有失挑选女子的初衷吗？所以看手是观察女子的关键，寻花问柳的人对此不可不知。但是这其中的道理也很难说明白。挑选女子看脚的话，有三寸金莲的人很多；而通过看手来选人的话，则有纤纤玉指的人很少。所以说最容易选的是脚，最难选的是手。上百人中很难找出一两个长有妙手的女子。要知道制定选择的规则不能不严格，至于执行时可放宽些，只要在细嫩、柔软、尖细之中具备一点，就可以原谅其他方面的不足。

至于选脚，如果只求窄小，那可以一目了然。如果要求精致，尽善尽美，使脚小而不受脚小的拖累，又兼具脚小的用处，就比选手更难了，这样的女子都是可遇而不可求的。脚小的累赘是什么？一是因为脚小而走路困难，走动时必须扶墙靠壁，这是拖累自己啊；二是因为脚小而发出臭气，让人捂鼻皱眉，这是拖累别人啊。脚小的优点是什么？瘦小得像没有形状，让人越看越生怜惜，这个优点体现在白天；柔软得像没有骨头，让人越看越爱不释手，这个优点体现在夜里。以前有人对我说：“宜兴的周相国用千金买了一个美人，名字叫‘抱小姐’，因为她的脚非常小，寸步难移，每次走路时都要人抱，所以取了此名。”我回答说：“如果真是这样，只要一个泥塑的美人就可以了，花几个钱就可买到，何必费千金呢？”造物主让人长脚，是要人走路的。过去形容娉娉婷婷的女子，不是说“步步生金莲”，就是说“行行如玉立”，都表明脚小能走路，并且那步行的形态还可以入画，所以让人珍爱。如果脚小而走不了路，那和被砍掉脚的人又有什么区别？由此看来，不能让脚小成为累赘。我遍游天下，见脚最小而没有拖累，又能发挥作用的，莫过于西北兰州和山西大同的女子。兰州女子的脚，大的三寸长，小的不到三寸，却能走得飞快，有时候男子都赶不上。然而脱掉她们的凌波小袜抚摩小脚，仍然感觉刚柔相半；即便有柔若无骨的，也只是偶尔一个，很难频繁地遇见。至于大同的名妓，大多也都是如此。和她们共枕同眠，抚摩着她们的小脚，令人不忍释手，觉得依红偎翠的乐趣，没有比这更妙了。以前我在京城时把这些体会告诉别人，别人多不信。有一天酒席上有两个妓女，一是山西的，一是河北的，姿色一般，但脚都很小。我请不相信我话的人当场验证，果然觉得山西的胜过河北的，刚和柔的差别很大。在座的客人无不幡然醒悟，罚了不信我话的人好几杯酒。这里是说小脚也有它的好处啊。唉！难道娶妻一定要娶齐国那样的美女吗？就地取材，只要大致符合挑选女子的标准就行了。

验脚没有别的方法，就是让她多走几步，观察她走路困不困难，自不自然，这些观察就基本可以了。脚直的容易走动，脚弯的难以行走；脚正就走得自然，脚歪就走得勉强。脚既直又正的，不仅好看便于走路，也很少臭味。大概脚臭的产生都是走路勉强扭捏造成的。

态度

古云："尤物足以移人。"尤物维何？媚态是已。世人不知，以为美色，乌知颜色虽美，是一物也，乌足移人？加之以态，则物而尤矣。如云美色即是尤物，即可移人，则今时绢做之美女，画上之娇娥，其颜色较之生人，岂止十倍，何以不见移人，而使之害相思成郁病耶？是知"媚态"二字，必不可少。媚态之在人身，犹火之有焰，灯之有光，珠贝

"回头一笑百媚生"的杨贵妃

金银之有宝色，是无形之物，非有形之物也。惟其是物而非物，无形似有形，是以名为“尤物”。尤物者，怪物也，不可解说之事也。凡女子，一见即令人思之而不能自已，遂至舍命以图，与生为难者，皆怪物也，皆不可解说之事也。吾于“态”之一字，服天地生人之巧，鬼神体物之工。使以我作天地鬼神，形体吾能赋之，知识我能予之，至于是物而非物，无形似有形之态度，我实不能变之化之，使其自无而有，复自有而无也。态之为物，不特能使美者愈美，艳者愈艳，且能使老者少而媸者妍，无情之事变为有情，使人暗受笼络而不觉者。女子一有媚态，三四分姿色，便可抵过六七分。试以六七分姿色而无媚态之妇人，与三四分姿色而有媚态之妇人同立一处，则人止爱三四分而不爱六七分，是态度之于颜色，犹不止一倍当两倍也。试以二三分姿色而无媚态之妇人，与全无姿色而止有媚态之妇人同立一处，或与人各交数言，则人止为媚态所惑，而不为美色所惑，是态度之于颜色，犹不止于以少敌多，且能以无而敌有也。今之女子，每有状貌姿容一无可取，而能令人思之不倦，甚至舍命相从者，皆“态”之一字之为祟也。是知选貌选姿，总不如选态一着之为要。态自天生，非可强造。强造之态，不能饰美，止能愈增其陋。同一颦也，出于西施则可爱，出于东施则可憎者，天生、强造之别也。相面、相肌、相眉、相眼之法，皆可言传，独相态一事，则予心能知之，口实不能言之。口之所能言者，物也，非尤物也。噫！能使人知，而能使人欲言不得，其为物也何如！其为事也何如！岂非天地之间一大怪物，而从古及今，一件解说不来之事乎？

诘予者曰：既为态度立言，又不指人以法，终觉首鼠，盍亦舍精言粗，略示相女者以意乎？予曰：不得已而为言，止有直书所见，聊为榜样而已。向在维扬，代一贵人相妾。靓妆而至者不一其人，始皆俯首而立，及命之抬头，一人不作羞容而竟抬；一人娇羞腼腆，强之数四而后抬；一人初不即抬，及强而后可，先以眼光一瞬，似于看人而实非看人，瞬毕复定而后抬，俟人看毕，复以眼光一瞬而后俯，此即“态”也。记曩时春游遇雨，避一亭中，见无数女子，妍媸不一，皆踉跄而至。中一缟衣贫妇，年三十许，人皆趋入亭中，彼独徘徊檐下，以中无隙地故也；人皆抖擞衣衫，虑其太湿，彼独听其自然，以檐下雨侵，抖之无益，徒现丑态故也。及雨将止而告行，彼独迟疑稍后，去不数武而雨复作，乃趋入亭。彼则先立亭中，以逆料必转，先踞胜地故也。然臆虽偶中，绝

态自天生，非可强造。

无骄人之色。见后入者反立檐下，衣衫之湿，数倍于前，而此妇代为振衣，姿态百出，竟若天集众丑，以形一人之媚者。自观者视之，其初之不动，似以郑重而养态；其后之故动，似以徜徉而生态。然彼岂能必天复雨，先储其才以俟用乎？其养也，出之无心，其生也，亦非有意，皆天机之自起自伏耳。当其养态之时，先有一种娇羞无那之致现于身外，令人生爱生怜，不俟娉婷大露而后觉也。斯二者，皆妇人媚态之一斑，举之以见大较。噫！以年三十许之贫妇，止为姿态稍异，遂使二八佳人与曳珠顶翠者皆出其下，然则态之为用，岂浅鲜哉！

人问：圣贤神化之事，皆可造诣而成，岂妇人媚态独不可学而至乎？予曰：学则可学，教则不能。人又问：既不能教，胡云可学？予曰：使无态之人与有态者同居，朝夕薰陶，或能为其所化；如蓬生麻中，不扶自直①，鹰变成鸠，形为气感，是则可矣。若欲耳提而面命之，则一部"廿一史"②，当从何处说起？还怕愈说愈增其木强，奈何！

【注释】

① 蓬生麻中，不扶自直：语见《荀子·劝学》。

② 廿一史：这里是指《史记》、《汉书》、《后汉书》、《三国志》、《晋书》、《宋书》、《南齐书》、《梁书》、《陈书》、《魏书》、《北齐书》、《周书》、《隋书》、《南史》、《北史》、《新唐书》、《新五代史》、《宋史》、《辽史》、《金史》、《元史》二十一部正史。

【译文】

古人云："尤物足以摇动人心。"尤物是什么？就是媚态。世人不明白这一点，以为尤物就是美色，哪里知道模样即便长得美丽，只不过是一个东西罢了，怎么能够摇动人心呢？如果加上媚态，那就成尤物了。如果说长得美丽就是尤物，就可以摇动人心，那么当今绢做的美女、画上的娇娥，她们的美丽比真人又何止十倍？为何不能摇动人心，使人害相思，抑郁成病呢？由此可知，“媚态”两个字是必不可少的。女人之有媚态，就像火之有焰、灯之有光、珠贝金银之有宝色，这是无形的东西，而不是有形的东西。正因为是物又不是物，无形又像是有形，因此叫作“尤物”。尤物这东西，是怪物，是不可解说的。凡是女子，一见就让人思念而不能自拔，甚至甘愿舍命追求，与自己生命作对，都是怪物啊，都是不可解说的啊。我对于“态”这个字，特别佩服天地鬼神造人的工巧。假如让我来做造物主，那么我能赋予人的形体，赋予人的知识，至于是物又不像物、无形又似有形的态度，我实在不能变化出来，使它从无到有，又从有到无。媚态这东西，不仅能使美的更美，艳的更艳，还能让年老的变年轻，丑陋的变漂亮，无情的事变为有情的事，使人暗中受到滋养却不觉得。女子一旦有了媚态，那么三四分的姿色便可抵过六七分。试着让有六七分姿色而无媚态的女子，与只三四分姿色却有媚态的女子站在一起，那么人们往往只爱三四分姿色的却不爱六七分姿色的。这就说明媚态和姿色相比，还不止胜过一倍两倍。试着让有两三分姿色却无媚态的女子，与全无姿色却有媚态的女子站在一起，或者让她们都和别人说几句话，那么人们只会被媚态所吸引，而不会被美色所吸引。这说明媚态和姿色相比，还不止以少敌多，还能以无胜有啊。现在有些女子，常常是容貌没有一点可取之处，却能让人思之不倦，甚至舍命相随，这都是“态”这个字在作祟。所以知道挑选容貌与姿色，总比不上挑选媚态这一点来得重要。媚态是天生的，不能勉强做作，做作的媚态，不但不能增加美丽，只会更显丑陋。同样是皱眉，出于西施就让人觉得可爱，出于东施则让人感到可憎，这就是天生与做作的区别。相面、相肌、相眉、相眼之法，都可以用语言表达出来，唯独相态这件事，我心里能明白，嘴上却说不出来。嘴里能说的是物，而不是尤物。唉！能让人知道，却又让人欲说不能的，是什么东西呢？是怎样一回事呢？难道不是天地间的一大怪物，一件从古至今无法解说的事情吗？

有人反问我说：你既然为“态度”立论，却又不告诉别人方法，终究令人无所适从，何不去精取粗，给相女人者一些大致的提示呢？我说：我是不得已而说的，只能直接写我所见到的，姑且做个榜样罢了。以前在扬州，我曾替一个当官的相妾。打扮得漂漂亮亮出来的不止一人，刚开始时都是低头站着，等到让她们抬头，一女子没有害羞，直接把头抬起来了；一女子娇羞腼腆，强迫她多次才抬起头；一女子起始没马上抬头，等到强迫她抬才抬起来，先是眼光一瞄，像似看人而并非看人，等眼光定住后才抬起头，等人看完，又眼光一瞄而把头低下。这就是“态”。记得过去春游遇雨，躲避在一亭子里，看见无数的女子，美丑不一，都踉踉跄跄地跑来。其中有一个穿白衣的贫妇，年纪有三十左右，别的女子都进到亭子里，只有她在亭檐下徘徊，因为亭中已没空间了。别的女子都担心衣服太湿，抖着衣衫，唯独她任其自然，因为亭檐下挡不住雨，抖也没用，只会露出丑态。等到雨欲停而大家都要走的时候，只有她犹豫着落在后面，没走几步雨又下起来了，于是就回到亭里。她先站立在亭子中间，因为预料到雨还会下，先占个好位置。虽然她偶然估计对了，却毫无骄傲的神色。看到后进来的人反而站在亭檐下，衣衫比先前更湿了，这个女子就帮助她们理衣服，姿态百出，竟像是上天把众多丑女集到一起，来显示她一人的妩媚。从旁观者的角度来看，她开始没动，似乎是在郑重地养态；其后来的动，似乎是很随意地露态。然而，她难道能料到天一定会再下雨，先养神等待一会儿再表现吗？她养态是出于无心，露态也不是有意，都是自然而然的。当她养态的时候，先有一种娇羞无奈的神态显露在外边，让人产生怜爱，不用等到她的媚态大露出来时才感觉到。这两个例子，都是女子媚态之一斑，举出来可知大概。唉！年纪三十左右的贫妇，只因为姿态与别人稍异，就把那些妙龄女子和镶珠戴翠的贵妇人都比下去了。由此看来，媚态的作用还小吗？

有人问：圣贤神化的事，都可以通过努力而达到，难道女子的媚态就不能通过学习得到吗？我回答：学是可以学的，教就不行了。又有人问：既然不能教，怎么可以学呢？我回答：让没媚态的女子与有媚态的女子住在一起，朝夕熏陶，或许能被她同化。就像蓬草长在麻中间，不扶它它也自然会变直，鹰变成鸠，是因为它受到鸠的气息感染，只要这样就可以了。如果想要耳提面命地去教，那么一部“廿一史”，应当从何处说起？还怕是越说越让她呆板，有什么办法呢！

修容第二

妇人惟仙姿国色，无俟修容；稍去天工者，即不能免于人力矣。然予所谓“修饰”二字，无论妍媸美恶，均不可少。俗云：“三分人材，七分妆饰。”此为中人以下者言之也。然则有七分人材者，可少三分妆饰乎？即有十分人材者，岂一分妆饰皆可不用乎？曰：不能也。若是，则修容之道

三分人材，七分妆饰。

不可不急讲矣。今世之讲修容者，非止穷工极巧，几能变鬼为神，我即欲勉竭心神，创为新说，其如人心至巧，我法难工，非但小巫见大巫，且如小巫之徒，往教大巫之师，其不遭喷饭而唾面者鲜矣。然一时风气所趋，往往失之过当。非始初立法之不佳，一人求胜于一人，一日务新于一日，趋而过之，致失其真之弊也。“楚王好细腰，宫中皆饿死；楚王好高髻，宫中皆一尺；楚王好大袖，宫中皆全帛。”细腰非不可爱，高髻大袖非不美观，然至饿死，则人而鬼矣。髻至一尺，袖至全帛，非但不美观，直与魑魅魍魉无别矣。此非好细腰、好高髻大袖者之过，乃自为饿死，自为一尺，自为全帛者之过也。亦非自为饿死，自为一尺，自为全帛者之过，无一人痛惩其失，著为章程，谓止当如此，不可太过，不可不及，使有遵守者之过也。吾观今日之修容，大类楚宫之末俗，著为章程，非草野得为之事。但不经人提破，使知不可爱而可憎，听其日趋日甚，则在生而为魑魅魍魉者，已去死人不远，矧腰成一缕，有饿而必死之势哉！予为修容立说，实具此段婆心，凡为西子者，自当曲体人情，万毋遽发娇嗔，罪其唐突。

【译文】

国色天香的女子不用修饰，稍差一些的，就不能免于人工修饰了。但是我所说的“修饰”二字，无论长得美丑都不可少。俗话说：“三分人材，七分妆饰。”这是针对中等姿色以下的人说的。那么，有七分姿色的，就可少去那三分的妆饰吗？即使有十分姿色的，难道一分妆饰都不需要吗？我说：不可以。既然如此，那么修饰面容的道理就不得不马上讲了。当今世上所讲的修饰面容，不但穷极工巧，还几乎能把魔鬼变成神仙。我立刻想绞尽脑汁创立新说，无奈别人的心思极其巧妙，我的手段不够精妙，不仅是小巫见大巫，还有如小巫的徒弟去教大巫的老师，不让人喷饭唾脸就很好了。如果一味地追求流行，往往过犹不及。并非是最初设立的规则不好，而是因为人人争胜，日日求新，追求得过了头，导致失去天真。楚王喜欢腰细女子，于是宫中的女子都为减肥而饿死；楚王喜欢高髻女子，于是宫中的女子头发梳得都有一尺高；楚王喜欢宽袖的女装，于是宫中的女子都用整块布料做袖子。细腰并非不可爱，高高的发髻、宽宽的袖子也不是不好看，但是致人活活饿死，那么人就变成鬼了。发髻挽到一尺之高，袖子大到整块布料，不但不好看，简直与妖魔鬼怪没什么区别了。这不是喜欢细腰、喜欢高髻、喜欢宽袖者的过错，而是那些自我饿死、自梳高髻、自己用整块布做袖子者的过错。实际上也不是自我饿死、自梳高髻、自己用整块布做袖子者的过错，而是因为没人去纠正这种错误，制定章程，告诉她们只能如此，不能过头或不及，使她们有章可循。我觉得现今女子修饰面容很像当年楚宫陋俗，建立章程不是我这平民所做的事，但若不把此事点破，使她们知道这样做不但不可爱反而可憎，而是任凭这种风气日趋严重，那么像鬼怪那样活着的人，离死人已经不远了，更何况腰已瘦成一缕、势必有饿死趋向的人呢！我为修容写这些东西，实在是出于这样一种苦心。凡是像西施那样的美女，自应体谅我这番好心，千万不要突发嗔怪，责怪我说话唐突。

盥栉

盥面之法，无他奇巧，止是濯垢务尽，面上亦无他垢。所谓垢者，油而已矣。油有二种，有自生之油，有沾上之油。自生之油，从毛孔沁出，肥人多而瘦人少，似汗非汗者是也。沾上之油，从下而上者少，从上而下者多，以发与膏沐势不相离，发面交接之地，势难保其不侵。况以手按发，按毕之后，自上而下亦难保其不相挨擦，挨擦所至之处，即生油发亮之处也。生油发亮，于面似无大损，殊不知一日之美恶系焉，面之不白不匀，即从此始。从来上粉着色之地，最怕有油，有即不能上色。倘于浴面初毕，未经搽粉之时，但有指大一痕为油手所污，迨加粉搽面之后，则满面皆白而此处独黑，又且黑而有光，此受病之在先者也。既经搽粉之后，而为油手所污，其黑而光也亦然，以粉上加油，但见油而不见粉也，此受病之在后者也。此二者之为患，虽似大而实小，以受病之处止在一隅，不及满面，闺人尽有知之者。尚有全体受伤之患，从古佳人暗受其害而不知者，予请攻而出之。从来拭面之巾帕，多不止于拭面，擦臂抹胸，随其所至；有腻即有油，则巾帕之不洁也久矣。即有好洁之人，止以拭面，不及其他，然能保其上不及发，将至额角而遂止乎？一沾膏沐，即非无油少腻之物矣。以此拭面，非拭面也，犹打磨细物之人，故以油布擦光，使其不沾他物也。他物不沾，粉独沾乎？凡有面不受妆，越匀越黑；同一粉也，一人搽之而白，一个搽之而不白者，职是故也。以拭面之巾有异同，非搽面之粉有善恶也。故善匀面者，必须先洁其巾。拭面之巾，止供拭面之用，又须用过即浣，勿使稍带油痕，此务本穷源之法也。

善栉不如善篦，篦者，栉之兄也。发内无尘，始得丝丝现相，不则一片如毡，求其界限而不得，是帽也，非髻也，是退光黑漆之器，非乌云蟠绕之头也。故善蓄姬妾者，当以百钱买梳，千钱购篦。篦精则发

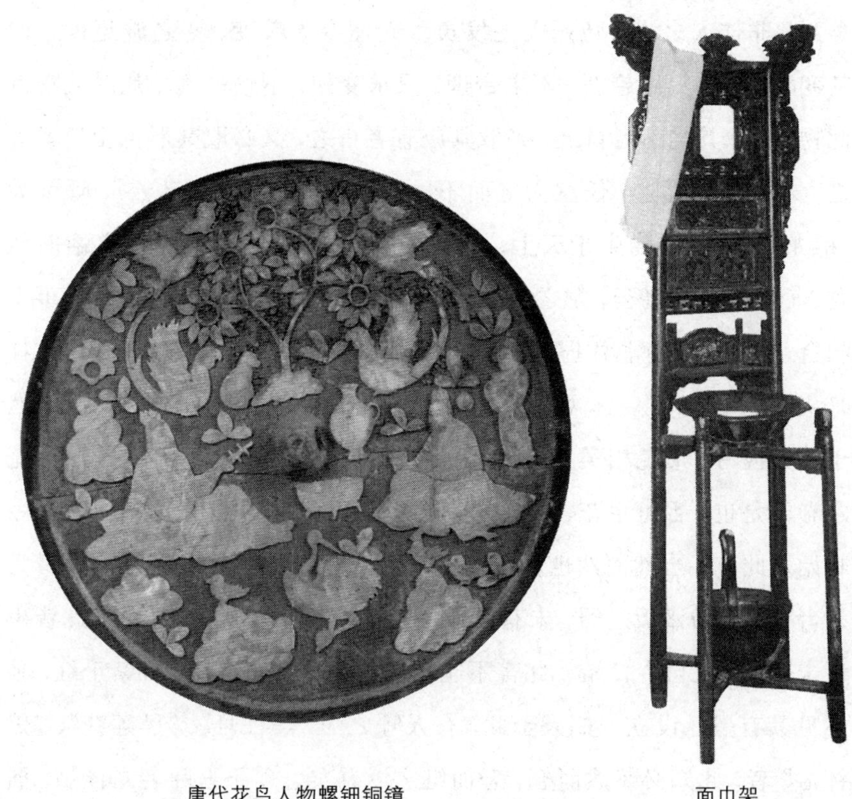

唐代花鸟人物螺钿铜镜　　面巾架

精，稍俭其值，则发损头痛，篦不数下而止矣。篦之极净，使便用梳。而梳之为物，则越旧越精。“人惟求旧，物惟求新。”古语虽然，非为论梳而设。求其旧而不得，则富者用牙，贫者用角。新木之梳，即搜根剔齿者，非油浸十日，不可用也。

古人呼髻为“蟠龙”。蟠龙者，髻之本体，非由妆饰而成。随手绾成，皆作蟠龙之势，可见古人之妆，全用自然，毫无造作。然龙乃善变之物，发无一定之形，使其相传至今，物而不化，则龙非蟠龙，乃死龙矣；发非佳人之发，乃死人之发矣。无怪今人善变，变之诚是也。但其变之之形，只顾趋新，不求合理；只求变相，不顾失真。凡以彼物肖此物，必取其当然者肖之，必取其应有者肖之，又必取其形色相类者肖之，未有凭空捏造，任意为之而不顾者。古人呼发为“乌云”，呼髻为“蟠龙”者，以二物生于天上，宜乎在顶。发之缭绕似云，发之蟠曲似龙，而云之色有乌云，龙之色有乌龙。是色也，相也，情也，理也，事事相合，是以得名，非凭捏造，任意为之而不顾者也。窃怪今之所谓“牡丹头”、“荷花头”、“钵盂头”，种种新式，非不穷新极异，令人改观，然于当然应有、形色相类之义，则一无取焉。人之一身，手可生花，江淹之彩笔是也；舌可生花，如来之广长是也；头则未见其生花，生之自今日始。此言不当然而然也。发上虽有簪花之义，未有以头为花，而身为蒂者；钵盂乃盛饭之器，未有倒贮活人之首，而作覆盆之象者，此皆事所未闻，闻之自今日始。此言不应有而有也。群花之色，万紫千红，独不见其有黑。设立一妇人于此，有人呼之为“黑牡丹”、“黑莲花”、“黑钵盂”者，此妇必艴然而怒，怒而继之以骂矣。以不喜呼名之怪物，居然自肖其形，岂非绝不可解之事乎？吾谓美人所梳之髻，不妨日异月新，但须筹为理之所有。理之所有者，其象多端，然总莫妙于云龙二物。仍用其名而变更其实，则古制新裁，并行而不悖矣。勿谓止此二物，变来有限，须知普天下之物，取其千态万状，越变而越不穷者，无有过此二物者矣。龙虽善变，犹不过飞龙、游龙、伏龙、潜龙、戏珠龙、出海龙之数种。至于云之为物，顷刻数迁其位，须臾屡易其形，“千变万化”四字，犹为有定之称，其实云之变相，“千万”二字，犹不足以限量之也。若得聪明女子，日日仰观天象，既肖云而为髻，复肖髻而

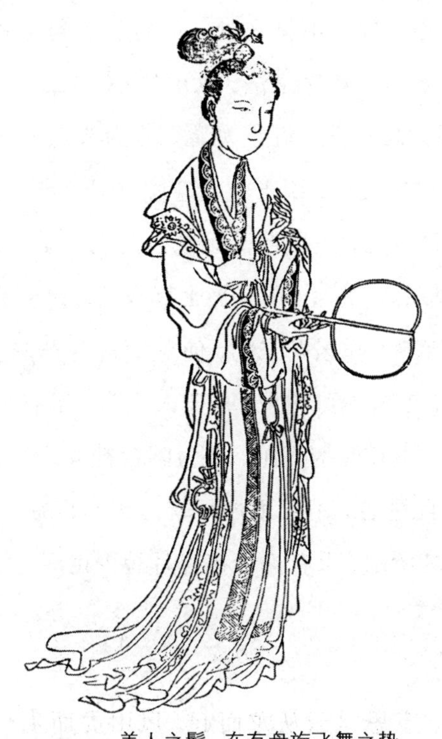

美人之髻，在有盘旋飞舞之势。

为云，即一日一更其式，犹不能尽其巧幻，毕其离奇，矧未必朝朝变相乎？若谓天高云远，视不分明，难于取法，则令画工绘出巧云数朵，以纸剪式，衬于发下，俟栉沐既成，而后去之，此简便易行之法也。云上尽可着色，或簪以时花，或饰以珠翠，幻作云端五彩，视之光怪陆离。但须位置得宜，使与云体相合，若其中应有此物者，勿露时花珠翠之本形，则尽善矣。肖龙之法，如欲作飞龙、游龙，则先以己发梳一光头于下，后以假髲制作龙形，盘旋缭绕，覆于其上。务使离发少许，勿使相粘相贴，始不失飞龙、游龙之义，相粘相贴则是潜龙、伏龙矣。悬空之法，不过用铁线一二条，衬于不见之处，其龙爪之向下者，以发作线，缝于光发之上，则不动矣。戏珠龙法，以髲作小龙二条，缀于两旁，尾向后而首向前，前缀大珠一颗，近于龙嘴，名为“二龙戏珠”。出海龙亦照前式，但以假髲作波浪纹，缀于龙身空隙之处，皆易为之。是数法者，皆以云龙二物分体为之，是云自云而龙自龙也。予又谓云龙二物势不宜分，“云从龙，风从虎”①，《周易》业有成言，是当合而用之。同用一髲，同作一假，何不幻作云龙二物，使龙勿露全身，云亦勿作全朵，忽而见龙，忽而见云，令人无可测识，是美人之头，尽有盘旋飞舞之势，朝为行云，暮为行雨，不几两擅其绝，而为阳台神女之现身哉？噫！笠翁于此搜尽枯肠，为此髻者，不可不加尸祝。天年以后，倘得为神，则将往来绣阁之中，验其所制，果有裨于花容月貌否也。

【注释】

① 云从龙，风从虎：意思是云从龙而起，风由虎而生。语出《易经·乾卦》。

【译文】

洗脸之法没什么特别之处，只要把脸上的污垢洗干净就是了。所说的污垢，就是油。油有两种，有自生的，有沾上的。自生的，从毛孔分泌而出，胖人多而瘦人少，像汗又不是汗。沾上的，从下往上的少，从上往下的多。因为头发上总会有油，头发和脸的相交处难保就不沾油。何况用手抚发后，手势自上而下，也难保不会碰到脸，脸被手碰到之处就会有油，就会发亮。生油发亮，对脸似乎没什么影响，殊不知它关系到脸一天的美观。脸上肤色的不白皙、不匀称就是由此引起的。从来搽粉着色的地方最怕有油，有油就不能上色。倘若刚洗完脸，还没搽粉的时候，就有手指大的一块皮肤被油手弄脏，等到搽过粉后，就会满脸皆白色而此处独黑，并且黑而发亮，这是在搽粉之前留下的毛病。搽粉过后，又被油手弄脏，弄脏之处也会变得黑而发亮。因为搽的粉上沾油后，只看得见油而看不见粉，这是在搽粉之后留下的毛病。这两种情况对皮肤的损害似乎很大，实际上很小，因为弄脏的只是一块地方，不是整张脸，女子都应该知道这一点。还有使满脸皮肤受损伤的情况，从古到今不知有多少美人暗中受害却自己还不明白，请让我把它揭示出来。从来擦脸的毛巾手帕，大多不只是用来擦脸，还用它擦臂抹胸的，擦到哪儿算哪儿，脏处有油脂，那么手巾早就不干净了。即使有爱干净的女子，只用它来擦脸，不擦别处，但能保证不碰到头发，只是擦到额角就停下吗？一沾到头上的发油，手巾就不是干净之物了。用这样的手巾擦脸，就不是在擦脸，而是像打磨细物者故意用油布把器物擦光，使器物不沾上别的东西。别的东西沾不上，粉就能沾上吗？凡是脸上上不了妆，越抹越黑，同样一种粉，有人搽上就白，有人搽上不白，就是这个原因。这是由于擦脸的手巾有差别，而不是搽脸的粉有好坏之分。所以善于擦脸者，必定是先把手巾洗干净。擦脸的手巾只用于擦脸，又必须用过即洗，不让它带上一点油迹，这就是最根本的做法。

善用梳子不如善用篦子，篦子要在梳子之上。头发里没有灰尘，才能一根根都显现出来，否则就如一块毡子；发丝之间都粘连在一起，这成了帽子，而不是发髻了，是没有光泽的漆器，而不是乌云盘绕的头了。所以善于蓄养姬妾的，应当花百钱买梳子，花千钱买篦子。篦子好头发就好，稍微便宜些的，就会使头发受损，头皮发痛，梳不了几下就得停下来。用篦子把头发篦净后，再使用梳子，而梳子这东西是越旧越好。“朋友是旧的好，器物是新的好。”古语虽然这样说，但不是对梳子而言的。旧梳子找不到，富人就用象牙梳，穷人就用牛角梳。新的梳子，就像用来抠指甲、剔牙齿的器物一样，不用油浸泡十天的话就不能用。

古人称发髻为“蟠龙”，蟠龙是说发髻本身，不是妆饰而成的。随手把头发一绾，都是蟠龙的样子，可见古人的妆饰全在自然，毫不造作。但是龙是善变之物，头发也没有固定的形状，假如这种发式传至今天，没有任何变化，那么龙就不是蟠龙，而是死龙；头发就不是美人的头发，而是死人的头发。难怪现在女子的发型善于变化，有变化是对的。但是现在女子变化发型，只求新潮，不顾是否合理；只求变化，不顾是否失真。凡是一物模仿另一物，必须取其本质的东西来模仿，必须取其固有的元素来模仿，还必须取其相似的形状颜色来模仿，不能自己凭空捏造、随心所欲而不顾其他。古人称头发为“乌云”，称发髻为“蟠龙”，是因为这两者都生在天上，适用于头顶。头发缭绕像云，头发盘曲像龙，而且从颜色上说，云有黑云，龙有黑龙。这样一来，于色于相、于情于理，各方面都相符，所以才得到这样的名称，并非是凭空捏造、任意称呼而不顾其他的。我奇怪当今所谓的“牡丹头”、“荷花头”、“钵盂头”等各种新发型，虽已新颖到极致，令人耳目一新，但在合乎情理及形状和颜色相符方面，就无任何可取之处。人的全身，手上可以生花，江淹的彩笔就是；舌上可以生花，如来佛的舌头就是，却没见过头上生花的，头上生花是现在才开始的。这是说不应该这样做却这样做了。头上虽可簪花，但没有把头当作花，把身体当作花蒂的；钵盂是用来盛饭的，没有用它倒按在活人的脑袋上，做出倒扣盆子的发型的。这种前所未闻的事，今天开始听到了。这是说不应该有的事却发生了。花之颜色，万紫千红，却从来没见过黑色。假设一个女子站在这里，有人喊她“黑牡丹”、“黑莲花”、“黑钵盂”，这女子必定会勃然大怒，然后就是大骂。居然去模仿自己不喜欢那些名字的怪物的形状，这难道不是令人费解的事吗？我认为美人所梳的发髻，不妨日新月异，但应该合乎情理。合乎情理的发型虽然变化多端，但总没有比“乌云”、“蟠龙”这二者更妙的。如果袭用其名而改变它的实际形状，那么古代的发式和现在的发式就可并行不悖了。不要认为只有这两样东西，变化有限，要知道世上之物，要找出千态万状、变化无穷的，没有超过这两样东西的。龙虽善变，也不过是飞龙、游龙、伏龙、潜龙、戏珠龙、出海龙等数种；至于云这种东西，瞬息万变，“千变万化”四个字对它来说还只是定量，其实云之变化，用“千万”二字来形容还远远不够。假使一位聪慧的女子，每天都仰观天象，模仿云的形状来梳发型，又根据发型的形状来观察云，即使发型一天一变，也不能穷尽云的巧妙奇幻，何况她也不是天天变换发型呢！如果说天高云远看不清楚，难以模仿云的形状，那就让画工画出几朵新巧的云，剪成纸样，衬在发下，等梳洗完毕再拿去，这是一个简便可行的方法。云髻上尽可加上颜色，或插上鲜花，或饰以珠翠，幻化成五彩的云朵，让人看上去光怪陆离。但这些饰品必须位置得当，使它们与发型相互吻合，犹如头发上本来就应该有这些东西，不把鲜花、珠宝的本形露出来，那就非常完美了。把发髻做成龙形的方法是：如果想做飞龙、游龙状，那就先把自己的头发梳得光滑平直，然后用假发做成龙状，使假发盘旋缭绕，覆盖在自己的发上。不要让假发和真发粘在一起，要保持一点空隙，这样才不失飞龙、游龙的含义。如果假发和真发相互粘在了一起，就成为潜龙、伏龙了。使龙悬空之法，不过是用一两条铁线衬在看不见的地方，龙爪向下的，就用头发当作线，系到自己的光滑的头发上，这样就会固定住。把发髻做成戏珠龙的方法是：用假发做成小龙两条，缀到发髻两旁，龙尾向后，龙头向前，靠近龙嘴处点缀一颗大珠，就叫作“二龙戏珠”。出海龙也是按照前面的方法做，只不过是把假发做成波纹状，缀到龙身的空隙处，这都是很容易做的。这几种方法，都是把云、龙分开来做，云是云，龙是龙。我又认为，云、龙这二者是不应该分开的。“云从龙，风从虎”，《周易》中已经有这样的话，这是说应该把它们结合起来。同是用假发，同是做成假的，为什么不同时做出云、龙这两个东西，使龙不露全身，云也不是整朵，忽而见龙，忽而见云，令人分辨不出哪是龙哪是云，这样一来，美人的头发就有了盘旋飞舞的气势，早上的发型像“行云”，晚上的发型像“行雨”，不就两全其美，成为阳台神女的化身吗？唉！我在这里费尽心思，梳这种发髻的，一定要为我祈祷啊。等我死后，如果能变成神仙，就一定要到绣房去检验一下我所说的发型，是不是真的让那些花容月貌的女子更添美色。

熏陶

名花美女，气味相同，有国色者，必有天香。天香结自胞胎，非由熏染，佳人身上实实有此一种，非饰美之词也。此种香气，亦有姿貌不甚姣艳，而能偶擅其奇者。总之，一有此种，即是夭折摧残之兆，红颜薄命未有捷于此者。有国色而有天香，与无国色而有天香，皆是千中遇一，其余则熏染之力不可少也。其力维何？富贵之家，则需花露。花露者，摘取花瓣入甑[①]，酝酿而成者也。蔷薇最上，群花次之。然用不须多，每于盥浴之后，挹取数匙入掌，拭体拍面而匀之。此香此味，妙在似花非花，是露非露，有其芬芳，而无其气息，是以为佳，不似他种香气，或速或沉，是兰是桂，一嗅即知者也。其次则用香皂浴身，香茶沁口[②]，皆是闺中应有之事。皂之为物，亦有一种神奇，人身偶染秽物，或偶沾秽气，用此一擦，则去尽无遗。由此推之，即以百和奇香拌入此中，未有不与垢秽并除，混入水中而不见者矣，乃独去秽而存香，似有攻邪不攻正之别。皂之佳者，一浴之后，香气经日不散，岂非天造地设，以供修容饰体之用者乎？香皂以江南六合县出者为第一[③]，但价值稍昂，又恐远不能致，多则浴体，少则止以浴面，亦权宜丰俭之策也。至于香茶沁口，费亦不多，世人但知其贵，不知每日所需，不过指大一片，重止毫厘，裂成数块，每于饭后及临睡时以少许润舌，则满吻皆香，多则味苦，而反成药气矣。凡此所言，皆人所共知，予特申明其说，以见美人之香不可使之或无耳。别有一种，为值更廉，世人食而但甘其味，嗅而不辨其香者，请揭出言之：果中荔子，虽出人间，实与交梨、火枣无别，其色国色，其香天香，乃果中尤物也。予游闽粤，幸得饱啖而归，庶不虚生此口，但恨造物有私，不令四方皆出。陈不如鲜，夫人而知之矣。殊不知荔之陈者，香气未尝尽没，乃与橄榄同功，其好处却在回味时耳。佳人就寝，止啖一枚，则口脂之香，可以竟夕，多则甜而腻

冰盘进荔

矣。须择道地者用之，枫亭是其选也④。人问：沁口之香，为美人设乎？为伴美人者设乎？予曰：伴者居多。若论美人，则五官四体皆为人设，奚止口内之香。

【注释】

① 甄（zhēn）：古代的一种瓦器，用以贮物或做饭。

② 香茶：用茶叶、香料、中药制成，以除口中臭味。

③ 六合县：即今江苏省南京市六合区，位于长江以北。

④ 枫亭：地名，位于福建莆田、仙游之间。

【译文】

名花和美女，气味相同，有国色必有天香。天香是从胞胎里带来的，并非熏染而成。佳人身上确实有这种香气，这不是夸大其词。这种香气，也有些姿色不太娇艳的女子偶尔能散发出来。总之，身上一有这种香气，就是过早死亡或被摧残的兆头。红颜薄命还没有比这更快的。有国色又有天香，与无国色而有天香，都是千里挑一的女子；其他女子身上的香气，都是靠熏染之功。熏染的作用表现在哪里呢？如果是富贵人家，就需要花露。花露就是摘取花瓣放进瓦器中酝酿而成的。最上等的是蔷薇花露，其他花要差一些。蔷薇花露不必多用，每次洗浴完毕，只要舀出几勺放入手掌，均匀地拭拍到身上和脸上就行了。这种香味，妙在像花非花，是露非露，有花的芬芳却没花的气息，所以效果最好。不像其他花的香气，要么很快就挥发掉，要么很长时间也散不去，是兰花还是桂花，一闻就知。其次是用香皂洗澡，用香茶漱口，都是女子应做之事。香皂这东西，还有一种神奇的功效，人身上偶尔沾上脏东西，或者偶尔沾上难闻的气味，用它一擦，就消失殆尽。由此推断，若把百种奇香混合其中，定能将不同污垢秽气一起除掉，混入水中而消失不见，而香皂往往既能去掉污秽又能保留香气，似乎有攻邪不攻正的功效。好的香皂洗浴用后，香气整日不散，难道不是生来就是专供修饰容貌与身体的吗？最好的香皂出自江南六合县，但价钱稍贵，又担心路途太远难以买到，所以如果比较多的话就用于洗身，比较少的话只用于洗脸，这也是出于节俭的考虑。至于用香茶漱口，费用也不高。世人只知道香茶较贵重，却不知道每天漱口所需要的香茶，只不过如同手指大小，重量只有毫厘。把香茶撕成几块，每天饭后或临睡时用少量润舌，就会满嘴皆香。香茶不能多用，量多味道就苦，反有药味。这里所说都是人们共知的，我特意重申，是为了说明美人的香气是不可或缺的。还有一种东西，价钱更便宜，平时人们吃这种东西只觉它味道甜美，但闻后却分辨不出它的香味，请让我把这种东西揭示给大家：果子中的荔枝，虽然生长在人间，实际和交梨、火枣这些神仙所食用的果品没什么区别，其色是国色，其香是天香，实在是果子中的尤物啊。我曾经去过闽粤一带，很幸运地饱食而归，觉得自己的嘴没白长，只是恨造物主偏心，不让各地都产荔枝。陈荔枝不如鲜荔枝，人人所知，但人们不知陈荔枝的香气并未完全消失，与橄榄一样，好处是在回味之时。美人在睡觉前只吃一颗，那么口中的香味就可保持一个晚上，吃多了则会觉得甜腻。必须选择纯正的荔枝来吃，枫亭出产的是首选。有人问：沁口的香气是为美人准备的呢？还是为陪伴美人的人准备的呢？我说：为陪伴美人的人准备的居多。如果说到美人，那么她的五官四肢都是为别人长的，何止口中的香气呢？

|点染|

“却嫌脂粉污颜色，淡扫蛾眉朝至尊。”①此唐人妙句也。今世讳言脂粉，动称污人之物，有满而是粉而云粉不上面，遍唇皆脂而曰脂不沾唇者，皆信唐诗太过，而欲以虢国夫人自居者也。噫！脂粉焉能污人，人自污耳。人谓脂粉二物，原为中材而设，美色可以不需。予曰：不然。惟美色可施脂粉，其余似可不设。何也？二物颇带世情，大有趋炎附热

淡扫蛾眉的虢国夫人

之态，美者用之愈增其美，陋者加之更益其陋。使以绝代佳人而微施粉泽，略染猩红，有不增娇益媚者乎？使以嫫颜陋妇而丹铅其面，粉藻其姿，有不惊人骇众者乎？询其所以然之故，则以白者可使再白，黑者难使遽白；黑上加之以白，是欲故显其黑，而以白物相形之也。试以一墨一粉，先分二处，后合一处而观之，其分处之时，黑自黑而白自白，虽云各别其性，未甚相仇也；迨其合处，遂觉黑不自安，而白欲求去。相形相碍，难以一朝居者，以天下之物，相类者可使同居，即不相类而相似者，亦可使之同居，至于非但不相类、不相似，而且相反之物，则断断勿使同居，同居必为难矣。此言粉之不可混施也。脂则不然，面白者可用，面黑者亦可用。但脂粉二物，其势相依，面上有粉而唇上涂脂，则其色灿然可爱，倘面无粉泽而止丹其唇，非但红色不显，且能使面上之黑色变而为紫，以紫之为色，非系天生，乃红黑二色合而成之者也。黑一见红，若逢故物，不求合而自合，精光相射，不觉紫气东来，使乘老子青牛②，竟有五色灿然之瑞矣。若是，则脂粉二物，竟与若辈无缘，终身可不用矣，何以世间女子人人不舍，刻刻相需，而人亦未尝以脂粉多施，摈而不纳者？曰：不然。予所论者，乃面色最黑之人，所谓不相类、不相似，而且相反者也。若介在黑白之间，则相类而相似矣，既相类而相似，有何不可同居？但须施之有法，使浓淡得宜，则二物争效其灵矣。从来傅粉之面，止耐远观，难于近视，以其不能匀也。画士着色，用胶始匀，无胶则研杀不合。人面非同纸绢，万无用胶之理，此其所以不匀也。有法焉：请以一次分为二次，自淡而浓，由薄而厚，则可保无是患矣。请以他事喻之。砖匠以石灰粉壁，必先上粗灰一次，后上细灰一次；先上不到之处，后上者补之；后上偶遗之处，又有先上者衬之，是以厚薄相均，泯然无迹。使以二次所上之灰，并为一次，则非但拙匠难匀，巧者亦不能遍及矣。粉壁且然，况粉面乎？今以一次所傅之粉，分为二次傅之，先傅一次，俟其稍干，然后再傅第二次，则浓者淡而淡者浓，虽出无心，自能巧合，远观近视，无不宜矣。此法不但能匀，且能变换肌肤，使黑者渐白。何也？染匠之于布帛，无不由浅而深，其在深浅之间者，则非浅非深，另有一色，即如文字之有过文也。如欲染紫，必先使白变红，再使红变为紫，红即白紫之过文，未有由白

点唇之法，一点即成，始类樱桃之体。

竟紫者也。如欲染青，必使白变为蓝，再使蓝变为青，蓝即白青之过文，未有由白竟青者也。如妇人面容稍黑，欲使竟变为白，其势实难。今以薄粉先匀一次，是其面上之色已在黑白之间，非若曩时之纯黑矣；再上一次，是使淡白变为深白，非使纯黑变为全白也，难易之势，不大相径庭哉？由此推之，则二次可广为三，深黑可同于浅，人间世上，无不可用粉匀面之妇人矣。此理不待验而始明，凡读是编者，批阅至此，即知湖上笠翁原非蠢物，不止为风雅功臣，亦可谓红裙知己。初论面容黑白，未免立说过严。非过严也，使知受病实深，而后知德医人，果有起死回生之力也。舍此更有二说，皆浅乎此者，然亦不可不知：匀面必须匀项，否则前白后黑，有如戏场之鬼脸；匀面必记掠眉，否则霜花覆眼，几类春生之社婆③。至于点唇之法，又与匀面相反，一点即成，始类樱桃之体；若陆续增添，二三其手，即有长短宽窄之痕，是为成串樱桃，非一粒也。

【注释】

① “却嫌脂粉污颜色”二句：语出杜甫《虢国夫人》诗。虢（guó）国夫人，杨贵妃三姐，原嫁裴氏，后得唐明皇宠幸。扫蛾眉，即画蛾眉。

② 汉刘向《列仙传》：“老子西游，关令尹喜望见有紫气浮关，而老子果乘青牛而过也。”后遂以“紫气东来”表示祥瑞。

③ 春生之社婆：春天祭祀土神仪式上妆成白眉的土地婆。

【译文】

“却嫌脂粉污颜色，淡扫蛾眉朝至尊。”这是唐人的妙句。现在的人忌讳谈论脂粉，动不动就说它是玷污人的东西。有的人满脸是粉却说自己从来不抹粉，满唇胭脂却说自己从来不涂胭脂，这都是对唐诗太过相信，想以虢国夫人自居。唉！脂粉怎能玷污人呢？只是人自己玷污自己而已。有人说脂、粉这两种东西，本来是为中等姿色的人准备的，美貌的女子不需要。我说：不是这样，只有美貌的女子才可以施脂粉，其他女子似乎可以不用。为什么呢？因为这两种东西很世俗，很有趋炎附势的样子，美丽的女子用了它会更加美丽，丑陋的女子用了它反而更加丑陋。假如让绝代美女略施脂粉，能不增加她的娇媚吗？假使相貌丑陋的女子脸上涂脂抹粉，能不让人害怕吗？之所以会有这样的结果，是因为肤色白抹粉后会更加白，肤色黑抹粉后却不能马上变白。黑的肤色上加上白色，这是想故意显出自己的黑，而用白色来形成对比。试用墨和粉先分开放在两处，然后合在一起观察。当它们分开放时，黑就是黑，白就是白，虽说各有各的性质，却并没有太相互排斥。等把它们合到一起时，就感觉黑的似有不安，而白的也想离开，两者互相妨碍，难以在一起相处。因为天下万物，同类的可以相处，不同类而有相似之处的也可以使它们相处。至于既不是同类又没有相似之处，而且是相反的东西，就千万不能把它们放在一起，放在一起必然会很为难。这是说粉不可以乱用。胭脂就不同，脸白的人能用，脸黑的人也能用。但胭脂和粉这两样东西，相互依附。脸上抹了粉，而唇上涂了胭脂，就会显得灿烂可爱；如果脸上没抹粉，只染红了嘴唇，不但红色显不出来，而且红色还会将脸上的黑色变成紫色。紫色这种颜色不是天生的，而是红黑两种颜色混合形成的。黑色一遇到红色，就像遇到老朋友一样，不让它们合在一起，它们也会自动合在一起，脸上精光四射，不觉生出一片紫色，假如让她骑着老子的青牛，竟然会呈现色彩斑斓的祥瑞之气。由此可见，脂、粉这两样东西，和脸色黑的女子没有缘分，一辈子都可以不用。为什么世上的女子都舍不得放弃，时时刻刻都需要它们，而且人们也从来没有因为某个女子多用些脂粉就抛弃她呢？我说：不是这样的。我上面所说的，是脸色最黑的女子，就是所说的不同类、不相似，甚至是相反的情况。如果脸色是介于黑白之间，就属于同类而且有相似之处了，既然是同类而且相似，为什么不能够放在一起呢？但必须使用得法，使浓淡配合恰当，这样它们两者就争着发挥自己的作用了。从来抹过粉的脸，只可远看，不宜近观，因为粉很难涂抹均匀。画匠着色时，用胶才能使颜色均匀，没有胶即使把颜料研磨得再细也调不匀。人的脸不同于纸、绢，绝对没有借助胶的道理，这就是涂不均匀的原因。对此还是有办法的：请把一次用的粉分成两次涂，由淡到浓，由薄到厚，就可以保证没有这种忧虑了。请让我用其他事情来比喻：砖匠用石灰粉刷墙壁，总是先刷一层粗灰，之后再刷一层细灰，先前没有刷上的地方，后刷的补上，后刷的偶然遗漏的地方，又有先刷的灰衬着，所以显得厚薄均匀，一点漏痕都没有。倘若把两次刷的灰并作一次刷完，那么不但笨拙的工匠难以刷均匀，就是能工巧匠也不是都刷得均匀的。粉刷墙壁况且是这样，更何况在脸上抹粉呢？现在把一次用的粉，分成两次抹，先抹一遍，等到它稍干点，然后再抹第二遍，那么浓的地方淡，淡的地方浓，虽然出于无心，但它们也会自然融合在一起，不论远观近看，都没有不合适的。这种方法不仅能把脸上的脂粉抹均匀，而且可以改变皮肤的颜色，使黑色的皮肤渐渐变白。为什么呢？染匠在染布的时候，都是由浅到深的。处在深浅之间的，则不浅不深，是另有一种颜色，就像文章有过渡的文字一样。如果想要染成紫色，一定要先把白色染成红色，再把红色染成紫色，红色就是白色和紫色的过渡，从来没有从白色直接染成紫色的。如果想要染成青色，一定要先把白色染成蓝色，再把蓝色染成青色，蓝色就是白色和青色的过渡，从来没有从白色直接染成青色的。如果女子脸色稍微有些黑，想要让它变白，确实很有难度。现在先薄薄的涂一层粉，这时脸色就处在黑白之间了，不再是先前的纯黑色了；再涂一次，就使浅白变成深白，不是把纯黑变成全白。难易的情况，实在是差别太大了啊。由此推断，两次可以扩展为三次，深黑就会变成浅黑了，人间世上，就没有不能用粉均匀涂脸的女子了。这种道理不用证明就可以明白，凡是阅读本书的，读到这里时，就会知道我李渔原来不是愚才，我不仅对风雅有所贡献，也可以说是红颜知己。前面讨论脸色黑白的问题，未免要求太严格。其实也不是过于严格，只不过是想让人知道自己病得实际上很严重了，之后知道感谢医生的恩德，知道医生确实有起死回生的能力。除了这一点之外，还有两点需要注意，虽然都比这点浅显一点，但是也不可以不知道。在给脸抹粉的时候必须把脖子也抹均匀，否则前面脸白，后面脖子黑，就像戏台上的鬼脸了。在脸上抹粉时必须记着擦眉毛，不然粉屑就会盖住眼睛，就几乎像春天祭祀的社婆。至于点染嘴唇的方法，又与搽脸正好相反，点一下就好，这样才是樱桃小嘴；如果陆陆续续的增添，点两三次，就会有长短宽窄不等的痕迹，就成了整串的樱桃，而不是一颗了。

治服第三

古云："三世长者知被服，五世长者知饮食。"俗云："三代为宦，着衣吃饭。"古语今词，不谋而合，可见衣食二事之难也。饮食载于他卷，兹不具论，请言被服一事。寒贱之家，自羞褴褛，动以无钱置服为词，谓一朝发迹，男可翩翩裘马，妇则楚楚衣裳。孰知衣衫之附于人身，亦犹人身之附于其地。人与地习，久始相安，以极奢极美之服，而骤加俭朴之躯，则衣衫亦类生人，常有不服水土之患。宽者似窄，短者疑长，手欲出而袖使之藏，项宜伸而领为之曲，物不随人指使，遂如桎梏其身。"沐猴而冠"为人指笑者，非沐猴不可着冠，以其着之不惯，头与冠不相称也。此犹粗浅之论，未及精微。"衣以章身"，请晰其解。章者，着也，非文采彰明之谓也。身非形体之身，乃智愚贤不肖之实备于躬，犹"富润屋，德润身"①之身也。同一衣也，富者服之章其富，贫者服之益章其贫；贵者服之章其贵，贱者服之益章其贱。有德有行之贤者，与无品无才之不肖者，其为章身也亦然。设有一大富长者于此，衣百结之衣履踵决之履，一种丰腴气象，自能跃出衣履之外，不问而知为长者。是敝服垢衣亦能章人之富，况罗绮而文绣者乎？丐夫菜佣窃得美服而被焉，往往因之得祸，以服能章贫，不必定为短褐，有时亦在长裾耳。"富润屋，德润身"之解，亦复如是。富人所处之屋，不必尽为画栋雕梁，即居茅舍数椽，而过其门、入其室者，常见荜门圭窦之间②，自有一种旺气，所谓"润"也。公卿将相之后，子孙式微，所居门第未尝稍改，而经其地者，觉有冷气侵人，此家门枯槁之过，润之无其

衣以章身

人也。从来读《大学》者，未得其解，释以雕镂粉藻之义。果如其言，则富人舍其旧居，另觅新居，而加以雕镂粉藻；则有德之人亦将弃其旧身，另易新身，而后谓之心广体胖乎？甚矣，读书之难，而章句训诂之学非易事也。予尝以此论见之说部，今复叙入闲情。噫！此等诠解，岂好闲情、作小说者所者道哉？偶寄云尔。

【注释】

① 富润屋，德润身：语出《礼记·大学》。

② 荜门圭窦：荜门，篱笆门；圭窦，形状如圭的墙洞。

【译文】

古语说："三世长者知被服，五世长者知饮食。"俗话说："三代为宦，着衣吃饭。"古今话语，不谋而合，可见穿衣和吃饭两件事的困难。饮食记录在其他卷上，这里就不具体说了，请让我来说说穿着这件事。贫穷人家，羞愧自己的衣衫褴褛，动不动就以没钱买衣服为说辞，说等哪天发了财，男的要轻裘快马，女的要衣着鲜亮。哪里知道衣衫穿在人身上，就像人生活在某个地方一样需要适应。人们住在一个地方，时间久了才能适应当地风俗。如果把非常昂贵非常漂亮的衣服突然穿在一个生性俭朴的人身上，那么衣服也会像人一样，常常会有水土不服的病患。本来挺宽大的衣服会觉得它窄，明明很短小的衣服会怀疑它长，手想伸出来袖子却好像把它藏在里面，脖子想伸直领子却让它直不起来，衣服不听人的指挥，像人把枷锁套在了身上。猕猴戴上帽子被人指着嘲笑，不是因为猕猴不可以戴帽子，而是因为它戴着帽子不适合，头和帽子不相称。这还是粗浅的道理，没有涉及精微深细的地方。"衣以章身"，请让我分析一下这句话的含义。"章"是显露的意思，不是指文采彰明的意思；"身"不是指身体的"身"，而是指聪敏或愚蠢、贤德或不肖的媒介，就像"富润屋，德润身"中所说的"身"。同一件衣服，富人穿上就显出他的富有，穷人穿上却更加显出他的穷；有身份的人穿上会显出他的身份，身份低下的人穿上会更显出他的低贱。品行高尚的贤人，和没有品德没有才能的小人，穿上同一件衣服也会显出各自不同的本质。假设有一个富有的长者站在这儿，身上穿着满是补丁的衣服，脚上穿着露出脚趾的鞋子，他身上富贵雍容的气质，仍然能跃出破衣烂衫之外，不用问就知道他是一位长者。所以，破衣烂衫也能显示出人的富贵，何况是绣花的绫罗绸衣呢？乞丐和菜农把偷来的漂亮衣服穿在身上，往往会因此得祸，因为彰显人贫穷的，不一定是粗布短衣，有时是广袖长袍也。“富润屋，德润身”的道理也是这样。富人住的房屋，不一定都是画栋雕梁，即使住在几间茅屋里，经过他的家门或进入他屋中的人，也会在柴门墙洞之间感觉到一种兴旺之气，即所说的“润”。公卿将相的后代，子孙衰落了，所居住的门第宅院丝毫没有改变，但从门前经过的人都觉得很冷清，这是因为家道衰落的缘故，没有人能够将它润起来。历来读《大学》的人，都不理解“富润屋，德润身”的意思，常把“润屋”解释成修饰房屋。果真像他们说的那样，那么富人就会舍弃他的旧屋，再寻找新房子进行雕镂粉饰，有德行的人也会丢掉他的旧身体，另外寻找新的身体，然后说他们心宽体胖了。读书实在太难了，学习章句训诂不是一件容易的事啊！我曾把这种观点写进解释字义的书中，现在又把它写进这本关于闲情的书。唉！这种诠释，难道是喜好闲情、做小说的人有资格说的吗？我只是偶尔写一下心中的感想罢了。

首饰

珠翠宝玉，妇人饰发之具也，然增娇益媚者以此，损娇掩媚者亦以此。所谓增娇益媚者，或是面容欠白，或是发色带黄，有此等奇珍异宝覆于其上，则光芒四射，能令肌发改观，与玉蕴于山而山灵，珠藏于泽而泽媚同一理也。若使肌白发黑之佳人满头翡翠，环鬓金珠，但见金而不见人，犹之花藏叶底，月在云中，是尽可出头露面之人，而故作藏头盖面之事。巨眼者见之，犹能略迹求真，谓其美丽当不止此，使去粉饰而全露天真，还不知如何妩媚；使遇皮相之流，止谈妆饰之离奇，不及姿容之窈窕，是以人饰珠翠宝玉，非以珠翠宝玉饰人也。故女人一生，戴珠顶翠之事，止可一月，万勿多时。所谓一月者，自作新妇于归之日

对镜插金钗

始，至满月卸妆之日止。只此一月，亦是无可奈何。父母置办一场，翁姑婚娶一次，非此艳妆盛饰，不足以慰其心。过此以往，则当去桎梏而谢羁囚，终身不修苦行矣。一簪一珥，便可相伴一生。此二物者，则不可不求精善。富贵之家，无妨多设金玉犀贝之属，各存其制，屡变其形，或数日一更，或一日一更，皆未尝不可。贫贱之家，力不能办金玉者，宁用骨角，勿用铜锡。骨角耐观，制之佳者，与犀贝无异，铜锡非止不雅，且能损发。簪珥之外，所当饰鬓者，莫妙于时花数朵，较之珠翠宝玉，非止雅俗判然，且亦生死迥别。《清平调》之首句云："名花倾国两相欢。"[①]欢者，喜也，相欢者，彼既喜我，我亦喜彼之谓也。国色乃人中之花，名花乃花中之人，二物可称同调，正当晨夕与共者也。汉武云："若得阿娇，贮之金屋。"[②]吾谓金屋可以不设，药栏花榭则断断应有，不可或无。富贵之家，如得丽人，则当遍访名花，植于阃内，使之旦夕相亲，珠围翠绕之荣不足道也。晨起簪花，听其自择。喜红则红，爱紫则紫，随心插戴，自然合宜，所谓两相欢也。寒素之家，如得美妇，屋旁稍有隙地，亦当种树栽花，以备点缀云鬟之用。他事可俭，此事独不可俭。妇人青春有几，男子遇色为难。尽有公侯将相、富室大家，或苦缘分之悭，或病中宫之妒，欲亲美色而毕世不能。我何人斯，而擅有此乐，不得一二事娱悦其心，不得一二物妆点其貌，是为暴殄天物，犹倾精米洁饭于粪壤之中也。即使赤贫之家，卓锥无地，欲艺时花而不能者，亦当乞诸名园，购之担上。即使日费几文钱，不过少饮一杯酒，既悦妇人之习，复娱男子之目，便宜不亦多乎？更有俭于此者，近日吴门所制象生花，穷精极巧，与树头摘下者无异，纯用通草，每朵不过数文，可备月余之用。绒绢所制者，价常倍之，反不若此物之精雅，

采得好花满头插

又能肖真。而时人所好，偏在彼而不在此，岂物不论美恶，止论贵贱乎？噫！相士用人者，亦复如此，奚止于物。

吴门所制之花，花象生而叶不象生，户户皆然，殊不可解。若去其假叶而以真者缀之，则因叶真而花益真矣。亦是一法。

时花之色，白为上，黄次之，淡红次之，最忌大红，尤忌木红。玫瑰，花之最香者也，而色太艳，止宜压在髻下，暗受其香，勿使花形全露，全露则类村妆，以村妇非红不爱也。

花中之茉莉，舍插鬓之外，一无所用。可见天之生此，原为助妆而设，妆可少乎？珠兰亦然。珠兰之妙，十倍茉莉，但不能处处皆有，是一恨事。

予前论髻，欲人革去“牡丹头”、“荷花头”、“钵盂头”等怪形，而以假髲作云龙等式。客有过之者，谓：“吾侪立法，当使天下去赝存真，奈何教人为伪？”余曰：“生今之世，行古之道，立言则善，谁其从之？不若因势利导，使之渐近自然。”妇人之首，不能无饰，自昔为然矣，与其饰以珠翠宝玉，不若饰之以髲。髲虽云假，原是妇人头上之物，以此为饰，可谓还其固有，又无穷奢极靡之滥费，与崇尚时花，鄙黜珠玉，同一理也。予岂不能为高世之论哉？虑其无裨人情耳。

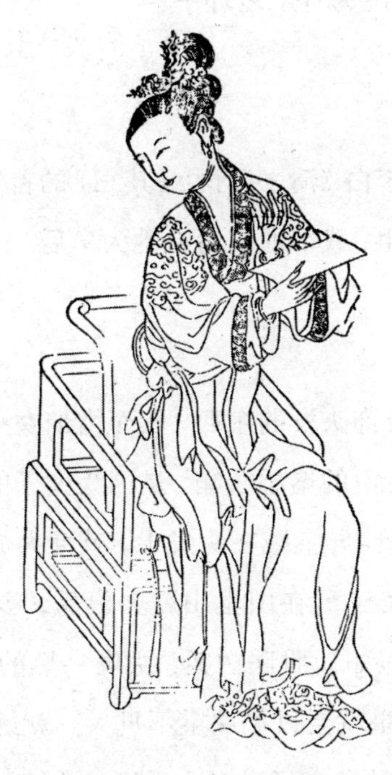

饰耳之环，愈小愈佳。

簪之为色，宜浅不宜深，欲形其发之黑也。玉为上，犀之近黄者、蜜蜡之近白者次之，金银又次之，玛瑙琥珀皆所不取。簪头取象于物，如龙头、凤头、如意头、兰花头之类是也。但宜结实自然，不宜玲珑雕斫；宜于发相依附，不得昂首而作跳跃之形。盖簪头所以压发，服帖为佳，悬空则谬矣。

饰耳之环，愈小愈佳，或珠一粒，或金银一点，此家常佩戴之物，俗名“丁香”，肖其形也。若配盛妆艳服，不得不略大其形，但勿过丁香之一倍二倍。既当约小其形，复宜精雅其制，切忌为古时络索之样，时非元夕，何须耳上悬灯？若再饰以珠翠，则为福建之珠灯，丹阳之料丝灯矣。其为灯也犹可厌，况为耳上之环乎？

【注释】

① 名花倾国两相欢：李白《清平调词》（其三）的首句。

② 阿娇：汉武帝的表姐，武帝即位后立她为皇后。

【译文】

珍珠美玉是女子装饰头发的东西，然而增加女子娇媚的是它，有损女子娇媚的也是它。所说的增添娇媚，是因为女子的脸色不够白皙，有的发色稍黄，有这种奇珍异宝戴在头发上，就会大放异彩，能使肌肤和头发都有改善。这跟美玉藏在山里山就会灵秀，珍珠藏在水里水就会柔媚是同一个道理。假如让肌肤白皙、头发乌黑的美女满头都戴满翡翠，插着金银珠宝，结果就会只见珠宝不见人。就好比鲜花藏到叶子底下，月亮藏在云里，这是完全可以出头露面的人，却故意装作藏头盖脸的事。明眼人看见她，还能透过那些装饰看到她的真面目，认为她的美丽只是这样，让她去掉这些饰物而完全露出本来的面目，还不知道会怎样的妩媚。假使遇到见识肤浅的人，就只会谈论她的装饰离奇，不涉及她姿态容貌的窈窕美丽。这是用人来装饰珍珠美玉，不是用珍珠美玉来装饰人。所以，女子一生戴珍珠美玉的时间只可以有一个月的时间，千万不要太久。所说的一个月，是从做新娘出嫁的那天开始，到满一个月卸妆时为止。只是这一个月，也是无可奈何的事。父母操办了一回，公婆家娶聘了一次，不用这些浓妆艳抹，就不能安慰他们的一番心意。等过了这段特殊的日子，就应当把这些饰物都去掉，拒绝接受它们的束缚，终身不用再去忍受顶着珠宝、戴着翠玉的痛苦生活了。女子只要一个簪子和一对耳环，就足以陪伴自己一生。这两样东西就不可不求精致完美了。富贵之家，不妨多储存一些金簪、玉簪、犀角簪、贝壳簪等等，每样都可以有一些不同的形状。有时几天更换一次，有时一天更换一次，都未尝不可。贫穷人家，没钱买金簪、玉簪的，宁可用骨或牛角做的，也不要用铜或锡做的。骨或牛角都很耐看，手工细致的，同犀角、贝壳做的没什么明显差别。铜或锡做成的簪子不但看上去不雅观，还会损伤头发。除了簪子、耳环之外，还可以点缀头发的，就没有比鲜花更好的了。鲜花和珍珠美玉相比，不但有明显的雅俗之分，而且还有死板和富于生气的差别。《清平调》的头一句是这样的："名花倾国两相欢。""欢"的意思是欢喜。"相欢"，就是你喜欢我、我也喜欢你的意思。有倾国之貌的女子是人中之花，名花是花中之人，两者可以说是具有同样气质，正好应该朝夕相伴。汉武帝说："如果我能娶阿娇为妻，我就造一间黄金屋把她藏起来。"我认为金屋可以没有，但种花的地方万万不能没有。富贵人家得到个美女，就应当到各处去搜罗名贵花种，栽种在庭院里，让美女和名花朝夕相伴，那么戴玉环珠的荣华富贵就不用提了。清晨起床后到院中簪花，可以由她任意选择，喜欢红的就簪红花，喜欢紫的就簪紫花，愿意怎样戴就怎样戴，自然便会显得十分适宜，这就是所说的两相欢的意思。贫寒人家要是娶到美貌女子，住的屋旁稍有空地，就应该种些树木，栽些花草，以供美人点缀云鬓。其他的事情可以简省，惟独这件事不能节俭。女子的美好年华能有多长时间呢？男子遇到美丽的女子是很困难的。公侯将相、富贵人家的男子，或因为没有缘分，或因为妻子的忌妒，想亲近美人，一辈子也做不到。和这些富贵人家相比，我算什么人呢，竟然有幸能享受这种乐趣？不想出些办法来让美女心里高兴，不拿出一两样装饰品装扮她的容貌，简直就是浪费宝物，就像把精致的米饭倒到粪土里去。即使是赤贫的人家，一点空地都没有，想种鲜花却没有条件的，也应该到种花的园子要一些，到卖花的那里买一些。就算每天花费几文钱，也不过是少喝一杯酒，既取悦了女子的心，又愉悦了自己的眼睛，不是也得到很多便宜吗？还有更省钱的办法，最近苏州人制作的假花，非常精致，和从树上摘下的没什么差别。这种花完全是用通草做的，每朵不过几文钱，却可以戴一个多月。用绒绢制成的绢花，价钱要高出几倍，倒比不上通草做的别致典雅，还能像真的一样。但当今人们偏偏喜欢绢花而不喜欢草花。东西怎么可以不管它好坏，只论贵贱呢？唉！　挑选任用人才，往往也是这样，何止是东西呢？

苏州人制作的鲜花，花像真的但叶子不像真的，每家每户做的都是这样，很难理解。倘若把它的假叶子去掉而换成真的叶子，那么就因为花叶是真的而花也像真花了。这也算是一种办法。

鲜花的颜色，白色的最好，黄色的稍逊一点，淡红色的又稍差一些，最忌讳的是大红的颜色，尤其是忌讳水红。玫瑰是花中最香的，但颜色过于艳丽，只适合放在发髻下边，让它暗暗发出香味，不要让花的形体完全暴露出来。完全露出来就像农村人的装扮，因为农妇除了大红色之外什么颜色都不喜欢。

花中的茉莉，除了适合插头之外，没有其他用处。可见老天爷造出这种花，原本就是为了让女子更加美丽，梳妆打扮的时候可以少了它吗？珠兰花也是这样，它要比茉莉花美妙十倍，只是不能到处都生长，这是一大遗憾。

我在前面讨论发髻时，想让人废除“牡丹头”、“荷花头”、“钵盂头”等怪异的发型，而用假发做出云和龙等发式。有个客人来拜访我，问我说：我们创立梳妆打扮的法则，应该指导天下人去伪存真，为什么你教人作起假来了？我回答说：生活在当今时代，却要实行古代的法则，观点倒是不错，但有谁会去听呢？不如因势利导，使她们的发型逐渐接近自然。女子头上不能没有饰品，过去就有这种习俗。与其任凭用珍珠宝玉来做装饰，不如用假发来修饰，假发虽然是假的，毕竟原本就是女人头上生出的东西，用它来装饰，可以说是恢复它本来的面目，又不用穷奢极靡地滥用钱。这和崇尚鲜花、摒弃珍珠玉石是同一个道理。我难道提不出高论吗？只是担心这样与人情不符罢了。

簪子的颜色，适宜浅而不适宜深，因为要衬托出头发的黑才好。玉簪子是最好的，接近于黄色的犀角簪、接近于白色的蜜蜡簪稍逊一点，金银做的就更差了，玛瑙簪、琥珀簪根本就不能用。簪子是仿造别的东西的形状造的，如龙头、凤头、如意头、兰花头之类的形状。但应该结实自然，而不应过于精雕细刻；应该和头发相互映衬，不能一抬头就跳来跳去的。因为簪头就是为了压住头发，越服帖越好，悬在空中就不对了。

耳环是越小越好，或者是一粒珍珠，或者是一点金银，这是家常佩戴的东西，俗名称作丁香，是因为像丁香花的形状。如果要搭配盛妆艳服，就不得不用略微大一点的，但不要比丁香花大一两倍。既要考虑其小巧，又要考虑做工精细雅致，千万不要做成古代璎珞的样子。不是元宵之夜，哪里用得着在耳朵上悬挂灯笼？如果再戴上珠宝，就成了福建的珠灯、丹阳的料丝灯了。这样形状的灯已让人觉得讨厌，更何况是耳环呢！

衣衫

妇人之衣，不贵精而贵洁，不贵丽而贵雅，不贵与家相称，而贵与貌相宜。绮罗文绣之服，被垢蒙尘，反不若布服之鲜美，所谓贵洁不贵精也。红紫深艳之色，违时失尚，反不若浅淡之合宜，所谓贵雅不贵丽也。贵人之妇，宜披文采，寒俭之家，当衣缟素，所谓与人相称也。然人有生成之面，面有相配之衣，衣有相配之色，皆一定而不可移者。今试取鲜衣一袭，令少妇数人先后服之，定有一二中看，一二不中看者，以其面色与衣色有相称、不相称之别，非衣有公私向背于其间也。使贵人之妇之面色，不宜文采而宜缟素，必欲去缟素而就文采，不几与面为仇乎？故曰不贵与家相称，而贵与面相宜。大约面色之最白最嫩，与体态之最轻盈者，斯无往而不宜：色之浅者显其淡，色之深者愈显其淡；衣之精者形其娇，衣之粗者愈形其娇。此等即非国色，亦去夷光[①]、王嫱不远矣，然当世有几人哉？稍近中材者，即当相体裁衣，不得混施色相矣。相体裁衣之法，变化多端，不应胶柱而论，然不得已而强言其略，则在务从其近而已。面颜近白者，衣色可深可浅；其近黑者，则不宜浅而独宜深，浅则愈彰其黑矣。肌肤近腻者，衣服可精可粗；其近糙

女子之衣，不贵丽而贵雅。

者，则不宜精而独宜粗，精则愈形其糙矣。然而贫贱之家，求为精与深而不能，富贵之家，欲为粗与浅而不可，则奈何？曰：不难。布苎有精粗深浅之别，绮罗文采亦有精粗深浅之别，非谓布苎必粗而罗绮必精，锦绣必深而缟素必浅也。绸与缎之体质不光、花纹突起者，即是精中之粗，深中之浅；布与苎之纱线紧密、漂染精工者，即是粗中之精，浅中之深。凡予所言，皆贵贱咸宜之事，既不详绣户而略衡门，亦不私贫家而遗富室。盖美女未尝择地而生，佳人不能选夫而嫁，务使得是编者，人人有裨，则怜香惜玉之念，有同雨露之均施矣。

迩来衣服之好尚，其大胜古昔，可为一定不移之法者，又有大背情理，可为人心世道之忧者，请并言之。其大胜古昔，可为一定不移之法者，大家富室，衣色皆尚青是已。青非青也，元也。因避讳，故易之。②记予儿时所见，女子之少者，尚银红桃红，稍长者尚月白，未几而银红桃红皆变大红，月白变蓝，再变则大红变紫，蓝变石青。迨鼎革以后，则石青与紫皆罕见，无论少长男妇，皆衣青矣，可谓“齐变至鲁，鲁变至道”，变之至善而无可复加者矣。其递变至此也，并非有意而然，不过人情好胜，一家浓似一家，一日深于一日，不知不觉，遂趋到尽头处耳。然青之为色，其妙多端，不能悉数。但就妇人所宜者而论，面白者衣之，其面愈白，面黑者衣之，其面亦不觉其黑，此其宜于貌者也。年少者衣之，其年愈少，年老者衣之，其年亦不觉甚老，此其宜于岁者也。贫贱者衣之，是为贫贱之本等，富贵者衣之，又觉脱去繁华之习，但存雅素之风，亦未尝失其富贵之本来，此其宜于分者也。他色之衣，极不耐污，略沾茶酒之色，稍侵油腻之痕，非染不能复着，染之即成旧衣。此色不然，惟其极浓也，凡淡乎此者，皆受其侵而不觉；惟其极深也，凡浅乎此者，皆纳其污而不辞，此又其宜于体而适于用者也。贫家止此一衣，无他美服相衬，亦未尝尽现底里，以覆其外者色原不艳，即使中衣敝垢，未甚相形也；如用他角于外，则一缕欠精，即彰其丑矣。富贵之家，凡有锦衣绣裳，皆可服之于内，风飘袂起，五色灿然，使一衣胜似一衣，非止不掩中藏，且莫能穷其底蕴。诗云“衣锦尚䌹”，恶其文之著也。此独不然，止因外色最深，使里衣之文越著，有复古之美名，无泥古之实害。二八佳人，如欲华美其制，则青上洒线，青上堆花，较之他色更显。反复求之，衣色之妙，未有过于此者。后来即有所变，亦皆举一废百，不能事事咸宜，此予所谓大胜古昔，可为一定不移之法者也。至于大背情理，可为人心世道之忧者，则零拼碎补之服，俗名呼为“水田衣”者是已。衣之有缝，古人非好为之，不得已也。人有肥瘠长短之不同，不能象体而织，是必制为全帛，剪碎而后成之，即此一条两条之缝，亦是人身赘瘤，万万不能去之，故强存其迹。赞神仙之美者，必曰“天衣无缝”，明言人间世上，多此一物故也。而今且以一条两条广为数十百条，非止不似天衣，且不使类人间世上，然而愈趋愈下，将肖何物而后已乎？推原其始，亦非有意为之，盖由缝衣之奸匠，明为裁剪，暗作穿窬，逐段窃取而藏之，无由出脱，创为此制，以售其奸。不料人情厌常喜怪，不惟不攻其弊，且群然则而效之。毁成片者为零星小块，全帛何罪，使受寸磔之刑？缝碎裂者为百衲僧衣，女子何辜，忽现出家之相？风俗好尚之迁移，常有关于气数，此制不昉于今，而昉于崇祯末年。予见而诧之，尝谓人曰：“衣衫无故易形，殆有若或使之者，六合以内，得无有土崩瓦解之事乎？”未几而闯氛四起，割裂中原，人谓予言不幸偶中。方今圣人御世，万国来归，车书一统之朝，此等制度，自应潜革。倘遇同心，谓刍荛之言，不甚訾谬，交相劝谕，勿效前颦，则予为是言也，亦犹鸡鸣犬吠之声，不为无补于盛治耳。

云肩以护衣领，不使沾油，制之最善者也。但须与衣同色，近观则有，远视若无，斯为得体。即使难于一色，亦须不甚相悬。若衣色极深，而云肩极浅，或衣色极浅，而云肩极深，则是身首判然，虽曰相连，实同异处，此最不相宜之事也。予又谓云肩之色，不惟与衣相同，更须里外合一，如外色是青，则夹里之色亦当用青，外色是蓝，则夹里之色亦当用蓝。何也？此物在肩，不能时时服帖，稍遇风飘，则夹里向外，有如飓吹残叶，风卷败荷，美人之身不能不现历乱萧条之象矣。若使里外一色，则任其整齐颠倒，总无是患。然家常则已，出外见人，必须暗定以线，勿使与服相离，盖动而色纯，总不如不动之为愈也。

妇人之妆，随家丰俭，独有价廉功倍之二物，必不可无。一曰半臂，俗呼“背褡”者是也；一曰束腰之带，欲呼“鸾绦”者是也。妇人之体，宜窄不宜宽，一着背褡，则宽者窄，而窄者愈显其窄矣。妇人之腰，宜细不宜粗，一束以带，则粗者细，而细者倍觉其细矣。背褡宜着于外，人皆知之；鸾绦宜束于内，人多未谙。带藏衣内，则虽有若无，似腰肢本细，非有物缩之使细也。

裙制之精粗，惟视折纹之多寡。折多则行走自如，无缠身碍足之患，折少则往来局促，有拘挛桎梏之形；折多则湘纹易动，无风亦似飘飖，折少则胶柱难移，有态亦同木强。故衣服之料，他或可省，裙幅必不可省。古云：“裙拖八幅湘江水。”幅既有八，则折纹之不少可知。予谓八幅之裙，宜于家常；人前美观，尚须十幅。盖裙幅之增，所费无几，况增其幅，必减其丝。惟细縠轻绡可以八幅十幅，厚重则为滞物，与幅

裙拖八幅湘江水

减而折少者同矣。即使稍增其值，亦与他费不同。妇人之异于男子，全在下体。男子生而愿为之有室，其所以为室者，只在几希之间耳。掩藏秘器，爱护家珍，全在罗裙几幅，可不丰其料而美其制，以贻采葑采菲者诮乎③？近日吴门所尚“百裥裙”，可谓尽美。予谓此裙宜配盛服，又不宜于家常，惜物力也。较旧制稍增，较新制略减，人前十幅，家居八幅，则得丰俭之宜矣。吴门新式，又有所谓“月华裙”者，一裥之中，五色俱备，犹皎月之观光华也，予独怪而不取。人工物料，十倍常裙，暴殄天物，不待言矣，而又不甚美观。盖下体之服，宜淡不宜浓，宜纯不宜杂。予尝读旧诗，见“飘飏血色裙拖地”④、“红裙妒杀石榴花”⑤等句，颇笑前人之笨。若果如是，则亦艳妆村妇而已矣，乌足动雅人韵士之心哉？惟近制“弹墨裙”，颇饶别致，然犹未获我心，嗣当别出新裁，以正同调。思而未制，不敢轻以误人也。

【注释】

① 夷光：即西施。

② 因避讳，故易之：指避清圣祖玄烨讳而改“玄”为“元”。玄即黑色。

③ 采葑（fèng）采菲：《诗经·邶风·谷风》：“采葑采菲，无以下体。”葑和菲都是植物，可以食用。

④ 飘飏血色裙拖地：语出宋释惠洪《秋千》诗。

⑤ 红裙妒杀石榴花：语出唐代万楚《五日观妓》诗。

【译文】

女子的衣服，不贵在精致而贵在清洁，不贵在华丽而贵在高雅，不贵在与家境相称，而贵在与容貌相吻合。绫罗绸缎的衣服有污垢，蒙上了灰尘，反而比不上布衣鲜亮，这就是所说的衣服贵在清洁不贵在精致。大红大紫这些又深又艳的颜色，违背时尚，反而不如浅淡的衣服合适，这就是所说的贵在高雅不贵在华丽。富贵人家的女子，合适穿色彩华丽的衣服；贫寒人家的女子，合适穿朴素的衣服，这指的是与家境相称。然而人有天生的容貌，不同的容貌要配不同的衣服，不同的衣服又要配不同的颜色，这都有固定的规律不可改变。现在试着拿来一件光鲜的衣服，叫几个少妇依次穿上，结果一定有一两个穿上好看，一两个穿上不好看。因为她们脸的颜色和衣服的颜色有相称和不相称之分，并不是衣服有什么厚薄偏袒之心。假如有个富贵人的妻子，她的脸色不适宜穿华丽的衣服而适宜穿朴素的衣服，却一定要她脱掉朴素的衣服而穿华丽的，这不是要和她的容貌为敌吗？所以说女子穿衣服不重在和家境相称，而重在和相貌相称。大概脸色特别白特别嫩的，体态极其轻盈的女子，无论穿什么样的衣服都合适。浅色的衣服可以衬出她的淡雅白嫩，深色的衣服更能衬出她的淡雅白嫩；精致的衣服可以显出她的妩媚，粗布衣服更能显出她的妩媚。这样的女子即使不是国色天香，也和西施、王昭君差不多了。然而如今的世界能有几个这样的美女呢？稍微接近于中等姿色的女子，就应该根据自己的身体特点做衣服，不能哪种颜色的衣服都穿。

依据自己身体条件裁剪衣服的办法，是变化多端的，不能一概而论。如果不得已要勉强说说其要领，那就是衣服务必跟她的脸色相称。脸色较白的，衣服的颜色可深可浅；脸色较黑的，就不适宜穿浅色的，只适宜穿深色的，因为浅色的衣服会更加显出脸黑来。肌肤较细腻的，衣服可以精致些也可以粗糙些；肌肤较粗糙的，衣服就不宜精而只宜粗，衣服的精致就会更加显出肌肤的粗糙。但是穷人家的女子想穿精致、颜色深的衣服却穿不到，富人家的女子想穿粗布、颜色浅的衣服也有难处，那么怎么办呢？我认为不难。麻布、棉布，都有精致、粗糙和颜色深浅的区别，绫罗绸缎也有这样的不同。不是说棉布和麻布就一定粗，绫罗就一定精致；不是说彩绣的就一定色深，朴素的就一定色浅。那种质地不光滑、有花纹突起的，就是精致中的粗糙，深色中的浅色；那种纱线细密、漂染细巧的布和麻，就是粗糙中的精致，浅色中的深色。我所说的，既适合富人家的女子，也适合穷人家的女子；既不是对富人家说得详细而忽略穷人家，也不偏向穷人家而忽略富人家。

因为美女从来不是择地而生的，美人也不能自己择夫而嫁，如果她们能读到我这本书，并且都有收获，那么我的一片怜香惜玉的苦心，就会像雨露一样洒向人间了。

近来人们对衣服的喜好崇尚，有些地方大大胜过古代，可以成为固定不变的式样，但有些地方也显得过于违背情理，使人为世道人心产生担忧，请让我一并说出来。大大胜过古代的，可以成为不变法则的是，富家女子都崇尚青色衣服。青并非是青色，乃是黑色，因避讳，所以用“元”字替代。记得我年少时，年轻一点的女子都爱穿银红色桃红色的衣服，稍大一点的喜欢月白色衣服。后来银红桃红都变成大红，月白色变成蓝色，再变就大红变成紫色，蓝色变成石青色。改朝换代之后，石青色和紫色就很少见到了，不管男女老幼，都穿一身青色的衣服。可以说是“齐国从霸道变成了鲁国的王道，鲁国又从王道变成了孔子的圣人之道”，变到了不能再完美的境界。衣服的颜色的变化，并非是有意的，只不过是大家都争强好胜，一家要比一家颜色深，一天要比一天颜色深，不知不觉就变到现在这样了。青色这种颜色的妙处很多，却无法一一举出。只就女子所适宜的方面来说，脸色白的穿上它显得更加白，脸色黑的穿上它也不会觉其脸黑，这是说这种颜色适宜不同的肤色。年龄小的穿上会显得更小，年纪大的穿上它也不会觉得老，这是说这种颜色适宜不同的年龄。贫贱的人穿上它，能显出本色，富贵的人穿上它，让人觉得摆脱了奢华之气，只留下淡雅和朴素，也没有失去富贵的本色，这是说这种颜色适宜不同的身份。其他颜色的衣服，很不耐脏，略沾上一点茶酒颜色，稍微染上油腻，非得染才能恢复，可衣服一染就成了旧衣裳。此种颜色则不是这样，正因为它的颜色特别浓，凡是颜色比它淡的东西染上它，它都看不出；正因为它的颜色特别深，凡是颜色比它浅的东西弄脏它，它都能接受，这是说这种颜色既适宜身体又非常实用。穷人就只有一件衣服，没有其他的漂亮衣服陪衬，也不会完全露出里面的衣服。因为外衣颜色不鲜艳，即使里面的衣服旧了、脏了，也不看出来。若是别的颜色的衣服穿在外边，那么只要有一点不干净，就会出丑了。富贵的人家，有锦绣衣裳，都可以穿在里面，风一吹，衣角飘起来，就会五彩缤纷，一件比一件艳丽，就不会掩盖住里面的衣服，而且还会把它完全显露出来。《诗经》上说："穿锦衣还应外罩麻布衣服。"这是讨厌把华美的衣服显露在外。这种颜色却不是这样，只因为外衣色深，才使里边衣服的花纹更明显，有恢复古风的美名，却没有拘泥古人的害处。妙龄女子如果想穿得华美，那么青色衣服上绣上花纹、绣上花，就比别的颜色更显眼。我反复寻思，衣服颜色之妙，没有超过青色的。往后即使有变化，也都是弊大于利，不可能所有变化都有很好效果，这就是我所说的大大胜过古代，可以成为固定不变的法则。至于大大违背情理，让人为世道人心担忧的，就是那种零拼碎补成的衣服，俗名叫"水田衣"的。衣服上有缝，不是古代人喜欢，而是没有办法。人有胖瘦高矮的差别，无法量好身材再织布，只能制成整块的帛，剪开之后做成衣服。即使是这一两条缝，就像人身上的瘤子一样，想尽办法也除不去，所以勉强留着它的痕迹。称赞神仙的美丽，一定说"天衣无缝"，明确说明人间衣服上的缝是多余的。然而今天却把一两条缝扩展到几十上百条，不但不如天衣，连世上的一般衣服都不像了。于是，穿衣的风气越变越糟，将模仿到什么地步才会停止呢？推究这样做的本意，并不是故意的，大概是因为缝衣服的奸匠，明着是裁剪，暗地里却偷工减料，把布一块块地偷裁下来，没有什么办法使用，所以就创造了这种制法，把自己骗来的东西卖出去。没想到人们喜欢新鲜怪异的东西，所以不但没有攻击这种做法的弊病，而且争先恐后地去做去穿。把整匹布剪成零星的小块儿，整匹布有什么罪呢，让它遭受碎尸万段的刑罚？把碎布缝成百衲僧衣，女子有什么罪呢，使她穿这种衣服好像出家的模样？风俗好尚的变更，常和时代有关联。这种制法不是从现在开始的，是从崇祯末年开始的。我那时见到就很诧异，曾经对人说："衣服没有缘由地变化样式，大概是有某种神秘力量在指使，难道天下将要发生土崩瓦解的大事吗？"不久闯王起义的烽烟四起，割裂了中原，人们说我的话不幸说准了。如今圣明的君主治理天下，邻近的国家都来归顺，江山稳固，这种做衣服的规矩，自然也要废除掉。倘若碰到和我看法一致的人，认为我的话有点道理，愿意互相劝告，让人们不再穿这种衣服，那么我说这番话，也就像鸡鸣狗叫的声音一样，不能说对国家的治理没一点用处。

披肩是保护衣领的，是为了不让衣领沾上油，这是一种非常完善的设计。但披肩的颜色应该与衣领相同，从近处看戴着披肩，从远处看似乎没戴，这才是浑然一体，即使难于同色，也不要相差得太悬殊。如果衣服的颜色极深，而披肩的颜色极浅，或者衣服的颜色极浅，而披肩的颜色极深，那么头部和整个身子的区别就很明显，虽然说是相连，实际上和处在两个地方差不多，这是最不协调的事情。我还认为，披肩的颜色除了应该和外衣的颜色一致外，其本身也应该内外颜色一致。如果面上的颜色是黑色，那么衬里的颜色也应该是黑色；如果面上的颜色是蓝色，那么衬里的颜色也应该是蓝色。为什么呢？因为披肩是穿在肩上的，不能每时每刻都贴在肩上，稍稍遇到点风，就会翻过来，衬里向外，如同风吹落叶，风卷残荷，美女的身体就会呈现出一片凌乱萧条。若是里外同一颜色，那么不管它是整齐还是翻转，都不用有这种担心。不过平常在家可以如此，如果出门会客，就一定要在暗处缝上线，把披肩和衣服连在一起，不要让它离开衣服，因为掀动后，让别人看见里外颜色相同，总不如不掀动好。

女子的装束，应随着家庭条件来决定是奢华点还是节俭点。但有两种物美价廉的东西是必不可少的：一种是坎肩，就是俗话说的"背褡"；一种是束腰的带子，就是俗话说的"鸾绦"。女子的身体，宜窄不宜宽，一穿上坎肩，就会肩宽的不显肩宽，肩窄的看来更窄。女子的腰，宜细不宜粗，一束上腰带，那么腰粗的看起来细了，腰细的看起来更细了。坎肩适合穿在外面，人人都懂得；腰带应该系在里面，人们却大多不知。腰带藏在衣服里面，那么虽然束了腰带也像没束，让人觉得腰本来就这么细，不是有东西把它束细的。

裙子的做工是不是精细，只看折纹多少就可知道。折纹多行走就会自如，不用担心会缠着身子碍着脚；折纹少走路就会不方便，像被枷锁束缚一样。折纹多裙子易动，没有风也似乎要飘起来；折纹少裙子难动，即使动起来也显得呆板僵硬。所以做衣服的料子或许可以节省，但做裙子千万不能省。古诗讲："裙拖八幅湘江水。"裙子既然有八幅，那么就可以知道折纹是少不了的。我认为，八幅的裙子还只适宜在家里穿，在人前要穿得美观的话，需要十个裙幅。增加裙幅，并不用花多少钱，何况裙幅增加了，而所用丝线将会减少。只有又轻又软的料子才适合做八幅十幅的裙子，厚重的料子让人感觉累赘，和裙幅折纹少的缺点一样。所以即使在料子上多花些钱，也还是值得的。女子和男子的不同，差别全在下身。男子一生下来就想让他娶妻生子，女子之所以能为妻室，就在于她下面的不同。把隐秘的地方遮掩好，像爱护珍宝一样，就全靠几幅罗裙，能不多用点料子，做得美观些，以免那些喜欢寻花问柳的人笑话吗？现在苏州一带流行的“百裥裙”，可以说是十分美观了。我认为这种裙子只宜配盛装，而不适合平时穿，有些浪费物力。如果做得比旧式样稍增加几幅，比新式样稍减少几幅，在人前就穿十幅的，平时就穿八幅的，这样就奢俭得当了。苏州一带还有一种新样式的裙子，叫“月华裙”，每个褶皱中有五种颜色，就像皎洁的月亮现出光彩一样，我却不欣赏这种裙子。这种裙子的人工、料子都比一般的裙子多十倍，浪费是不用说了，并且也不太美观。遮盖下体的衣服，颜色宜淡不浓，质料宜纯不宜杂。我曾经读过一些古诗，见到“飘飏血色裙拖地”、“红裙妒杀石榴花”这样的句子，就十分嘲笑前人的愚笨。如果真是这样，那也是一个打扮浓艳的乡下妇女罢了，怎会引得文人雅士动心呢？近来出现的“弹墨裙”倒十分别致，但也尚未使我动心。我一定会设计出新的样式，来匡正当前的风气。我还在思考阶段，并未着手去做，因为不敢轻举妄动而误导后人。

鞋袜

男子所着之履，俗名为鞋，女子亦名为鞋。男子饰足之衣，俗名为袜，女子独易其名曰“褶”，其实褶即袜也。古云“凌波小袜”[1]，其名最雅，不识后人何故易之？袜色尚白，尚浅红；鞋色尚深红，今复尚青，可谓制之尽美者矣。鞋用高底，使小者愈小，瘦者越瘦，可谓制之尽美又尽善者矣。然足之大者，往往以此藏拙。埋没作者一段初心，是止供丑妇效颦，非为佳人助力。近有矫其弊者，窄小金莲，皆用平底，使与伪造者有别。殊不知此制一设，则人人向高底乞灵，高底之为物也，遂成百世不祧之祀，有之则大者亦小，无之则小者亦大。尝有三寸无底之足，与四五寸有底之鞋同立一处，反觉四五寸之小，而三寸之大者，以有底则指尖向下，而秃者疑尖，无底则玉笋朝天，而尖者似秃故也。吾谓高底不宜尽去，只在减损其料而已。足之大者，利于厚而不利于薄，薄则本体现矣；利于大而不利于小，小则痛而不能行矣。我以极薄极小者形之，则似鹤立鸡群，不求异而自异。世岂有高底如钱，不扭捏而能行之大脚乎？

古人取义命名，纤毫不爽，如前所云，以“蟠龙”名髻，“乌云”为发之类是也。独于妇人之足，取义命名，皆与实事相反。何也？足者，形之最小者也；莲者，花之最大者也；而名妇人之足者，必曰“金莲”，名最小之足者，则曰“三寸金莲”。使妇人之足，果如莲瓣之为形，则其阔而大也，尚可言乎？极小极窄之莲瓣，岂止三寸而已乎？此“金莲”之义之不可解也。从来名妇人之鞋者，必曰“凤头”。世人顾名思义，遂以金银制凤，缀于鞋尖以实之。试思凤之为物，止能小于大鹏；方之众鸟，不几洋洋乎大观也哉？以之名鞋，虽曰赞美之词，实类讥讽之迹。如曰“凤头”二字，但肖其形，凤之头锐而身大，是以得名；然则众鸟之头，尽有锐于凤者，何故不以命名，而独有取于凤？且凤较他鸟，其

元杂剧《王月英元夜留鞋记》插图

首独昂，妇人趾尖，妙在低而能伏，使如凤凰之昂首，其形尚可观乎？此“凤头”之义之不可解者也。若是，则古人之命名取义，果何所见而云然？岂终不可解乎？曰：有说焉。妇人裹足之制，非由前古，盖后来添设之事也。其命名之初，妇人之足亦犹男子之足，使其果如莲瓣之稍尖，凤头之稍锐，亦可谓古之小脚。无其制而能约小其形，较之今人，殆有过焉者矣。吾谓“凤头”、“金莲”等字相传已久，其名未可遽易，然止可呼其名，万勿肖其实；如肖其实，则极不美观，而为前人所误矣。

不宁惟是，凤为羽虫之长，与龙比肩，乃帝王饰衣饰器之物也，以之饰足，无乃大亵名器乎？尝见妇人绣袜，每作龙凤之形，皆昧理僭分之大者，不可不为拈破。近日女子鞋头，不缀凤而缀珠，可称善变。珠出水底，宜在凌波袜下，且似粟之珠，价不甚昂，缀一粒于鞋尖，满足俱呈宝色。使登歌舞之氍毹，则为走盘之珠；使作阳台之云雨，则为掌上之珠。然作始者见不及此，亦犹衣色之变青，不知其然而然，所谓暗合道妙者也。予友余子澹心，向著《鞋袜辨》一篇，考缠足之从来，核妇履之原制，精而且确，足与此说相发明，附载于后。

【注释】

① 凌波小袜：语见曹植《洛神赋》。

【译文】

男子穿的鞋俗名叫作“鞋”，女子穿的鞋也叫作“鞋”。男子穿在脚上的东西俗名叫“袜”，女子穿在脚上的却偏偏改名叫“褶”，其实“褶”就是“袜”。古人说“凌波小袜”，这个名字最文雅，不知道后人为什么把它改掉了。袜子的颜色流行白色和淡红色，鞋子的颜色流行深红色，如今又流行青色，可以说是制作得最完美了。鞋的底做得高高的，能使小脚显得更小，瘦脚看起来更瘦，也可以说是做得尽善尽美了。然而脚大的女子，往往穿着高底鞋来掩饰自己的缺陷，这就埋没了设计高底鞋的人的初衷。脚大的女子穿高底鞋，无助于她的漂亮。近来有人想矫正这个弊病，让脚窄小的女子都穿平底鞋，使脚小的女子与那些伪装脚小的女子有所区别。殊不知这种鞋做出来，反而使得人人都穿起了高底鞋，高底鞋于是就成为永世都不能废除的东西了。有了它，大脚也就成了小脚；没有它，小脚也就成了大脚。曾经有三寸的小脚穿上平底鞋和四五寸的大脚穿上高底鞋同站在一处，人们反而觉得四五寸的脚小，而三寸的脚大。因为高底鞋会使脚趾尖朝下，凸起的部分看起来就尖瘦；平底鞋会使脚趾朝天，尖瘦的脚看起来似乎就变大了。我认为高底鞋不宜完全去掉，只是应减少一些用料而已。脚大的，鞋底宜厚而不宜薄，鞋底薄了会让大脚暴露无遗；鞋子宜大而不宜小，鞋小了会箍痛脚而不能行走。我用极薄极小的高底鞋来试穿，就像鹤立鸡群一样，不想怪异也自然显得怪异。世上哪有穿着薄如铜钱的高底鞋而不扭扭捏捏就能行走的大脚呢？

古人根据意思来命名事物，丝毫也不会错，比如前面所说的，用“蟠龙”来给发髻命名，用“乌云”来给头发命名，就是如此。唯独对于女子的脚，用意思命名，都跟事实相反。为什么呢？女子的脚，就叫“三寸金莲”。假使女子的脚，果真如同莲花花瓣，那么脚又宽又大用得着说吗？极小极窄的莲花瓣，又怎么只有三寸呢？因此，这“金莲”的意思实在让人不可理解。从来给女子的鞋命名，一定叫“凤头”。世人顾名思义就用金银制作凤凰，缀在鞋尖上来让它名副其实。试想凤凰这种动物，只是比大鹏小，跟其他的鸟相比，不也是算庞然大物吗？用它来命名女子的鞋子，虽说是赞美之词，实际上却像有些讥讽的意味。如果说“凤头”二字，只是用来形容鞋子的形状，凤头尖小而身子很大，因此得名，虽然这样，众鸟的头比凤头尖小的有很多，那为什么不用它们来命名，却偏偏要选择凤凰呢？况且凤凰比起其他鸟，独有它的头是高昂的，可是女子的脚趾尖，妙处就在能够低垂弯伏，假如像凤凰那样高昂着头，那个样子还能观赏吗？这“凤头”的意思真是让人不可理解。假如是这样，那么古人用意思命名，又是依据什么来的呢？难道真的就不可解释了吗？对此我认为是有一定的说法的。女子裹脚的制度，不是从古代就有的，而是后来添设的。起初给脚命名时，女子的脚也跟男子的脚一样，假如她们的脚果真如同莲花花瓣和凤头那样尖小，也可说是古代的小脚了。没有裹脚的制度却能把脚的形状约束得那么小，比起现在的人恐怕强了好多。我认为“凤头”、“金莲”等称呼，相传已久，这不能随便改变。然而只能口头上叫它们的名字，万万不要去模仿它们真实的样子。如果模仿它们真实的样子，那就不美观了，那就要被前人的话所误导。不仅如此，凤凰是鸟中之王，与龙并列，是帝王用来装饰衣服、器物的东西，用它来装饰脚，不是极大地亵渎国家的尊严吗？我曾经见到女子绣袜子，常常绣的是龙凤的形象，这都是违背情礼、逾越本分的大事，我不能不给她们点破。近来女子的鞋头，不点缀凤凰而点缀珍珠，这可以说是好的变化。珍珠产自水底，适宜相配凌波小袜，况且像米粒般的珍珠，价钱也不怎么贵，点缀一粒在鞋尖，满脚都呈现珠光宝气。假如穿上这种鞋登上舞台轻歌曼舞，就成了在玉盘上滚动的珍珠；假如穿上这种鞋赴阳台云雨之欢，就会被男子视为掌上明珠。然而最初制作这种鞋子的人预见不到这种结果，也就像衣服的颜色渐渐变成青色一样，不知道为什么这样却变成了这样，这就是所谓的暗中符合自然规律的奥妙吧。我的朋友余澹心，以前写过一篇《鞋袜辨》，考证了女子缠脚的由来，核实了女鞋原来的样式，写得精辟可信，能够与我的这种说法相互补充，现附载于后。

附：妇人鞋袜辨

古妇人之足，与男子无异。《周礼》有屦人①，掌王及后之服屦，为赤舄、黑舄、赤繶、黄繶、青绚素屦、葛屦②，辨外内命夫命妇之功屦、命屦、散屦③。可见男女之履，同一形制，非如后世女子之弓弯细纤，以小为贵也。考之缠足，起于南唐李后主。后主有宫嫔窅娘，纤丽善舞，乃命作金莲，高六尺，饰以珍宝，䌷带璎珞，中作品色瑞莲，令窅娘以帛缠足，屈上作新月状，着素袜，行舞莲中，回旋有凌云之态。由是人多效之，此缠足所自始也。唐以前未开此风，故词客诗人，歌咏美人好女，容态之殊丽，颜色之天姣，以至面妆首饰、衣褶裙裾之华靡，鬓发、眉眼，唇齿、腰肢、手腕之婀娜秀洁，无不津津乎其言之，而无一语及足之纤小者。即如古乐府之《双行缠》云："新罗绣白胫，足趺如春妍。"曹子建云："践远游之文履。"李太白诗云："一双金齿屐，两足白如霜。"韩致光诗云："六寸肤圆光致致。"杜牧之诗云："钿尺裁量减四分。"汉《杂事秘辛》云："足长八寸，胫跗丰妍。"夫六寸八寸，素白丰妍，可见唐以前妇人之足，无屈上作新月状者也。即东昏潘妃，作金莲花帖地，令妃行其上，曰"此步步生金莲花"，非谓足为金莲也。崔豹《古今注》："东晋有凤头重台之履"，不专言妇人也。宋元丰以前，缠足者尚少，自元至今，将四百年，娇揉造作亦泰甚矣。古妇人皆着袜。杨太真死之日，马嵬媪得锦袎袜一只，过客一玩百钱。李太白诗云："溪上足如霜，不着鸦头袜。"袜一名"膝裤"。宋高宗闻秦桧死，喜曰："今后免膝裤中插匕首矣。"则袜也，膝裤也，乃男女之通称，原无分别。但古有底，今无底耳。古有底之袜，不必着鞋，皆可行地；今无底之袜，

窅娘以帛缠足

非着鞋，则寸步不能行矣。张平子云："罗袜凌蹑足容与。"曹子建云："凌波微步，罗袜生尘。"李后主词云："划袜下香阶，手提金缕鞋。"古今鞋袜之制，其不同如此。至于高底之制，前古未闻，于今独绝。吴下妇人，有以异香为底，围以精绫者；有凿花玲珑，囊以香麝，行步霏霏，印香在地者。此则服妖，宋元以来诗人所未及，故表而出之，以告世之赋"香奁"、咏"玉台"者。

袜色与鞋色相反，袜宜极浅，鞋宜极深，欲其相形而始露也。今之女子，袜皆尚白，鞋用深红深青，可谓尽制。然家家若是，亦忌雷同。予欲更翻置色，深其袜而浅其鞋，则脚之小者更露。盖鞋之为色，不当与地色相同。地色者，泥土砖石之色是也。泥土砖石其为色也多深，浅者立于其上，则界限分明，不为地色所掩。如地青而鞋亦青，地绿而鞋亦绿，则无所见其短长矣。脚之大者则应反此，宜视地色以为色，则藏拙之法，不独使高底居功矣。鄙见若此，请以质之金屋主人，转询阿娇，定其是否。

【注释】

① 屦（jù）人：宫廷中掌管鞋子的官。屦，葛、麻所制的单底鞋。

② 舄（xì）：鞋。繶（yì）：装饰鞋的丝带。絇（qú）：古时鞋头上的装饰。

③ 命夫：为王所命的卿大夫和士。在朝者称外命夫，在宫中称内命夫。命妇：受有封号的妇女，多为官员之母或官员之妻。外廷官员母、妻称外命妇，宫廷中嫔妃称内命妇。功屦：贵族穿的鞋。命屦：命夫命妇穿的鞋。散屦：无装饰的鞋。

【译文】

古代女子的脚，与男子的脚没有什么区别。《周礼》中设有“屦人”一职，专门掌管君王和王后是穿红鞋还是黑鞋，是系红鞋带还是系黄鞋带，是用绢帛装饰鞋还是用葛布装饰鞋等等；他们还要辨识朝廷内外公卿大臣以及命夫命妇是否穿了适合自己身份、地位、等级的鞋。可见那时男女的鞋子，都是同样的样式，不像后代女子的鞋子弓弯纤细，以小为贵。考证女子的缠脚，是起始于南唐的李后主。李后主有个嫔妃叫窅娘，长得小巧靓丽，擅长舞蹈，他就让人造了一座黄金的莲花台，台高六尺，外用珠宝流苏装饰，台中是一朵美丽的莲花，让窅娘用布缠脚，搞成新月的形状，穿上白色的袜子，在莲花中跳舞，舞姿回旋恍若腾云。从此，很多人都去效仿，缠脚就是从这时开始的。唐代以前没有开这种风气，所以当时的词客诗人，歌咏美人靓女，从她们容貌的美丽、姿色的娇娆，以至脸上的化妆、头上的装饰、衣裙的华丽，以及头发、眉眼、唇齿、腰肢、手腕的婀娜清秀，无不津津乐道，却没有一句提到脚的纤小的。就像古乐府《双行缠》说："新罗绣白胫，足趺如春妍。"曹植诗说："践远游之文履。"李白诗说："一双金齿屐，两足白如霜。"韩致光诗说："六寸肤圆光致致。"杜牧诗说："钿尺裁量减四分。"汉代《杂事秘辛》说："足长八寸，胫跗丰妍。"这些诗文说到的脚都是长六寸八寸，洁白丰满，可见唐代以前女子的脚，没有缠成新月形状的。即便是南齐东昏侯，让人造了一朵贴地的金莲花，让潘妃在上面行走，说"这是步步生金莲花"，也没有把脚说成金莲。崔豹的《古今注》中说"东晋有称作凤头、重台的鞋"，这不是专门对女子说的。宋代元丰年以前，缠脚的人还很少，从元代到现在，将近四百年，矫揉造作的风气就过于严重了。古代的女子都穿袜子。杨贵妃死的那天，马嵬坡的一个老妇得到了一只杨贵妃穿过的锦袎袜，过往的客人把玩一次要花一百个铜钱。李白诗说："溪上足如霜，不着鸦头袜。"袜子又叫作"膝裤"。宋高宗听说秦桧死了，高兴地说："今后免去在膝裤中插匕首了。"由此可见，袜子就是膝裤，是男女的通用称呼，原本没有什么区别。只是古代的袜子有底，现在的袜子没有底罢了。古代有底的袜子，不一定穿鞋也可以走路；现在没有底的袜子，不穿鞋，就寸步也不能走了。张衡说："罗袜凌波，从容漫步。"曹植说："凌波微步，罗袜生尘。"李后主的词说："刬袜下香阶，手提金缕鞋。"古今鞋袜制作的不同就在这里。至于高底鞋的制作，以前是闻所未闻，到如今却是独领风骚。眼下，吴地女子有的把奇异的香料绣在鞋底，周围再用精美的绫子装饰起来；有的在鞋上刺些小巧玲珑的花，花里包上麝香，走起路来香气飘散，香留地上。这些都是妖冶的鞋饰，宋元以来诗人没有提起过，所以描述出来，可供世上那些喜欢赋"香奁"、咏"玉台"的风流文人参考。

袜子的颜色与鞋子的颜色相反，袜子适宜极浅的颜色，鞋子适宜极深的颜色，要让它们互相对比才能显露出脚的美观。如今的女子，穿的袜子都喜欢白色的，穿的鞋子都喜欢深红色的或者深青色的，可以说是完美的搭配了。家家户户都是这样的话，就应该忌讳雷同了。我想把颜色颠倒过来，袜子换成深色的，鞋子换成浅色的，这样小脚就会更加显眼。因为鞋子的颜色，不应当与地面的颜色相同。地面的颜色，是泥土砖石的颜色，泥土砖石的颜色大多是深色的，穿浅色的鞋子站在上面，就会界限分明，不会被地面的颜色所掩盖。如果地面是青色的，鞋子也是青色的；地面是绿色的，鞋子也是绿色的，就看不出它们的特点了。脚大的就应该与此相反，适宜把地面的颜色作为鞋子的颜色。这是掩藏脚部缺点的办法，不单单让高底鞋独占功劳。我浅薄的见解就是这些，请把这些见解拿去问问金屋藏娇的主人，再让他们转问金屋的阿娇们，由她们确定是对还是错。

习技第四

“女子无才便是德。”言虽近理，却非无故而云然。因聪明女子失节者多，不若无才之为贵。盖前人愤激之词，与男子因官得祸，遂以读书作宦为畏途，遗言戒子孙，使之勿读书、勿作宦者等也。此皆见噎废食之说，究竟书可竟弃，仕可尽废乎？吾谓才德二字，原不相妨。有才之女，未必人人败行；贪淫之妇，何尝历历知书？但须为之夫者，既有怜才之心，兼有驭才之术耳。至于姬妾婢媵，又与正室不同。娶妻如买田庄，非五谷不殖，非桑麻不树，稍涉游观之物，即拔而去之，以其为衣食所出，地力有限，不能旁及其他也。买姬妾如治园圃，结子之花亦种，不结子之花亦种；成荫之树亦栽，不成荫之树亦栽，以其原为娱情而设，所重在耳目，则口腹有时而轻，不能顾名兼顾实也。使姬妾满堂，皆是蠢然一物，我欲言而彼默，我思静而彼喧，所答非所问，所应非所求，是何异于入狐狸之穴，舍宣淫而外，一无事事者乎？故习技之道，不可不与修容、治服并讲也。技艺以翰墨为上，丝竹次之，歌舞又次之，女工则其分内事，不必道也。然尽有专攻男技，不屑女红，鄙织纴为贱役，视针线如仇雠，甚至三寸弓鞋不屑自制，亦倩老妪贫女为捉刀人者[1]，亦何借巧藏拙，而失造物生人之初意哉！予谓妇人职业，毕竟以缝纫为主，缝纫既熟，徐及其他。予谈习技而不及女工者，以描鸾刺凤之事，闺阁中人人皆晓，无俟予为越俎之谈[2]。其不及女工，而仍郑重其事，不敢竟遗者，虑开后世逐末之门，置纺绩蚕缫于不讲也。虽说闲情，无伤大道，是为立言之初意尔。

女工则其分内事

【注释】

① 捉刀人：《世说新语·容止》："魏武将见匈奴使，自以形陋，不足雄远国，使崔季珪代，帝自捉刀立床头。既毕，令间谍问曰：'魏王何如？'匈奴使答：'魏王雅望非常，然床头捉刀人，此乃英雄也。'"

② 越俎：越俎代庖的省语。《庄子·逍遥游》："庖人虽不治庖，尸祝不越樽俎而代之矣。"

【译文】

“女子无才便是德”，这句话虽然有一定道理，却不是无缘无故这样说的。因为聪明女子失节的多，还不如没有才气的女子可贵。其实这是前人的愤激之词，它与男子因做官而惹祸，就把读书做官当成畏途，留话告诫子孙，让他们不要读书不要做官是同样的道理。这都是因噎废食的说法，难道书可以都抛弃，官可以全废掉吗？我认为“才德”二字，原本不是互相妨碍的。有才气的女子，未必人人都德行败坏；贪淫的女子，又何曾个个知书达理？只需那些做丈夫的，既有怜爱才女的心，又有驾驭才女的办法就可以了。至于姬妾婢女，又与正室不同。娶妻如同买田庄，这田庄上不是五谷就不种，不是桑麻就不栽，稍长出一点供人观赏的花草，就赶紧拔掉，因为吃穿都靠这片地，地力有限，也就不能兼种其他东西。买姬妾如同治理花园，结子的花要种，不结子的花也要种；能长成树荫的树要栽，不能长成树荫的树也要栽，因为它本来就是为了娱情，只要视听的感受能够满足，饥渴的要求有时就不那么重要了，精神享受与物质享受是很难兼顾的。如果满屋的姬妾，都是笨蛋蠢物，我想说话她们却沉默，我想要安静她们却喧哗吵闹，回答的不是我所问的，回应的不是我想要的，这和在狐狸洞里除了淫乱之外就无所事事，有什么不同呢？所以学习技艺的道理，不能不和修饰容貌、服饰搭配一起讲一下。技艺以学习文章诗画最好，其次是弹琴，再次是歌舞，针线活儿是她们分内的事，就不用说了。但也有些女子专门学习男子的技能，不屑学习针线活儿，把纺织缝纫当成低贱的活儿，把针线当作仇敌，甚至连自己的鞋都不愿去做，而让一些老太太或贫家女代做，这是怎样地借助巧手来掩藏自己的笨拙，丧失了造物主造女子的本意啊！

我认为，女人的事情终究以针线活为主，针线活熟练了，再慢慢去学别的。我之所以只谈论女子学习技艺而不谈针线活儿，是因为像刺绣这些事，妇女们人人都懂得，用不着我再说一些越俎代庖的话。我虽不谈针线活，但我还是在此郑重地作出说明，不敢遗漏，是担心后人从此就舍本逐末，把纺织养蚕这些事放在一边不理睬。虽然说的是闲情逸致的事，但也不能伤大雅大道，我写这些东西的本意也正在于此。

文艺

学技必先学文。非曰先难后易，正欲先易而后难也。天下万事万物，尽有开门之锁钥。销钥维何？文理二字是也。寻常锁钥，一钥止开一锁，一锁止管一门；而文理二字之为锁钥，其所管者不止千门万户。盖合天上地下，万国九州，其大至于无外，其小至于无内，一切当行当学之事，无不握其枢纽，而司其出入者也。此论之发，不独为妇人女子，通天下之士农工贾，三教九流，百工技艺，皆当作如是观。以许大世界，摄入文理二字之中，可谓约矣，不知二字之中又分宾主。凡学文者，非为学文，但欲明此理也。此理既明，则文字又属敲门之砖，可以废而不用矣。天下技艺无穷，其源头止出一理。明理之人学技，与不明理之人学技，其难易判若天渊。然不读书不识字，何由明理？故学技必先学文。然女子所学之文，无事求全责备，识得一字，有一字之用，多多益善，少亦未尝不善；事事能精，一事自可愈精。予尝谓土木匠工，但有能识字记帐者，其所造之房屋器皿，定与拙匠不同，且有事半功倍

妇人读书习字，所难只在入门。

之益。人初不信，后择数人验之，果如予言。粗技若此，精者可知。甚矣，字之不可不识，理之不可不明也。

妇人读书习字，所难只在入门。入门之后，其聪明必过于男子，以男子念纷，而妇人心一故也。导之入门，贵在情窦未开之际，开则志念稍分，不似从前之专一。然买姬置妾，多在三五、二八之年，娶而不御，使作蒙童求我者，宁有几人？如必俟情窦未开，是终身无可授之人矣。惟在循循善诱，勿阻其机，“扑作教刑”①一语，非为女徒而设也。

先令识字，字识而后教之以书。识字不贵多，每日仅可数字，取其笔画最少，眼前易见者训之。由易而难，由少而多，日积月累，则一年半载以后，不令读书而自解寻章觅句矣。乘其爱看之时，急觅传奇之有情节、小说之无破绽者，听其翻阅，则书非书也，不怒不威而引人登堂入室之明师也。其故维何？以传奇、小说所载之言，尽是常谈俗语，妇人阅之，若逢故物。譬如一句之中，共有十字，此女已识者七，未识者三，顺口念去，自然不差。是因已识之七字，可悟未识之三字，则此三字也者，非我教之，传奇、小说教之也。由此而机锋相触，自能曲喻旁通。再得男子善为开导，使之由浅而深，则共枕论文，较之登坛讲艺，其为时雨之化，难易奚止十倍哉？十人之中，拔其一二最聪慧者，日与谈诗，使之渐通声律，但有说话铿锵，无重复聱牙之字者，即作诗能文之料也。苏夫人说："春夜月胜于秋夜月，秋夜月令人惨凄，春夜月令人和悦。"此非作诗，随口所说之话也。东坡因其出口合律，许以能诗，传为佳话。此即说话铿锵，无重复聱牙，可以作诗之明验也。其余女子，未必人人若是，但能书义稍通，则任学诸般技艺，皆是锁钥到手，不忧阻隔之人矣。

妇人读书习字，无论学成之后受益无穷，即其初学之时，先有裨于观者：只须案摊书本，手捏柔毫，坐于绿窗翠箔之下，便是一幅画图。班姬续史之容②，谢庭咏雪之态③，不过如是，何必睹其题咏，较其工拙，而后有闺秀同房之乐哉？噫！此等画图，人间不少，无奈身处其地，皆作寻常事物观，殊可惜耳。

欲令女子学诗，必先使之多读，多读而能口不离诗，以之作话，则其诗意诗情，自能随机触露，而为天籁自鸣矣。至其聪明之所发，思路

欲令女子学诗，必先使之多读。

之由开，则全在所读之诗之工拙，选诗与读者，务在善迎其机。然则选者维何？曰：在“平易尖颖”四字。平易者，使之易明且易学；尖颖者，妇人之聪明，大约在纤巧一路，读尖颖之诗，如逢故我，则喜而愿学，所谓迎其机也。所选之诗，莫妙于晚唐及宋人，初中盛三唐，皆所不取；至汉魏晋之诗，皆秘勿与见，见即阻塞机锋，终身不敢学矣。此予边见，高明者阅之，势必哑然一笑。然予才浅识隘，仅足为女子之师，至高峻词坛，则生平未到，无怪乎立论之卑也。

女子之善歌者，若通文义，皆可教作诗余。盖长短句法，日日见于词曲之中，入者既多，出者自易，较作诗之功为尤捷也。曲体最长，每一套必须数曲，非力赡者不能。诗余短而易竟，如《长相思》、《浣溪纱》、《如梦令》、《蝶恋花》之类，每首不过一二十字，作之可逗灵机。但观诗余选本，多闺秀女郎之作，为其词理易明，口吻易肖故也。然诗余既熟，即可由短而长，扩为词曲，其势亦易。果能如是，听其自制自歌，则是名士佳人合而为一，千古来韵事韵人，未有出于此者。吾恐上

大家闺秀，书画琴棋四艺，均不可少。

界神仙，自鄙其乐，咸欲谪向人寰而就之矣。此论前人未道，实实创自笠翁，有由此而得妙境者，切勿忘其所本。

以闺秀自命者，书、画、琴、棋四艺，均不可少。然学之须分缓急，必不可已者先之，其余资性能兼，不妨次第并举，不则一技擅长，才女之名著矣。琴列丝竹，别有分门，书则前说已备。善教由人，善习由己，其工拙浅深，不可强也。画乃闺中末技，学不学听之。至手谈一节，则断不容已，教之使学，其利于人己者，非止一端。妇人无事，必生他想，得此遣日，则妄念不生，一也；女子群居，争端易酿，以手代舌，是喧者寂之，二也；男女对坐，静必思淫，鼓瑟鼓琴之暇，焚香啜茗之余，不设一番功课，则静极思动，其两不相下之势，不在几案之前，即居床第之上矣。一涉手谈，则诸想皆落度外，缓兵降火之法，莫善于此。但与妇人对垒，无事角胜争雄，宁饶数子而输彼一筹，则有喜无嗔，笑容可掬；若有心使败，非止当下难堪，且阻后来弈兴矣。

纤指拈棋，踌躇不下，静观此态，尽勾消魂。必欲胜之，恐天地间无此忍人也。

双陆、投壶诸技④，皆在可缓。骨牌赌胜，亦可消闲，且易知易学，似不可已。

【注释】

① 扑作教刑：语出《尚书·舜典》。扑，鞭子、戒尺。古代体罚用具。

② 班姬：即班昭。班固之妹，东汉女辞赋家，续成了班固未完成的《汉书》。

元人玩双陆图

③ 谢庭咏雪：用谢道韫的故事。谢道韫为谢安侄女，王羲之之子王凝之之妻。一次大雪纷飞，谢安问道："白雪纷纷何所似？" 谢安侄子谢朗答："撒盐空中差可拟。" 道韫说："未若柳絮因风起。" 谢安大悦。

④ 双陆、投壶：双陆，古代的一种赌博游戏。投壶，古代宴饮时的娱乐活动。

【译文】

学习技艺必须先学习文字。不是说先难后易，正是为了先易后难。天下的万事万物，都有打开它的锁钥。锁钥是什么？就是"文理"这二字。一般的锁和钥匙，一把钥匙只开一把锁，一把锁只管一扇门，但“文理”这二字作为钥匙和锁，所管辖的何止是千门万户。天地之间，整个世界，大到不能再大的，小到不能再小的，一切该做该学的事，无不掌握在这二字之中。这番言论不是只说给女子听的，全天下的士、农、工、商、三教九流、百工技艺，都是如此。将如此大的世界纳入“文理”这二字当中，可以说是很简约了，但不知这二字里面又有主次之分。凡是学文的，不是为了学文，只是为了明白这个道理。这个道理明白了，文字就成了敲门砖，可以废弃不用了。天下的技艺是无数，原理只有一个，明理的人学习技艺，与不明理的人学习技艺，他们学习起来一个容易，一个困难，有很明显的差别。不读书不识字，又怎么明理呢？所以学习技艺必须先学习文字。然而女子所学文字，不能对她们要求太严格，认得一个字有一个字的用处，多多益善，认得少也未尝不好。事事都能精通，对一件事自然能更加精通。我曾经说，土木匠当中，只要是能认识字、会记账的，他所造的房屋器皿，必定与拙劣的工匠不同，并且还可以事半功倍。有人开始不相信，后来挑选了几个工匠来试验，果然如我说。粗糙的技能尚且如此，精湛的技艺就可想而知了。不可以不认识字，不可以不明理，这个道理太重要了！

女子读书认字，困难的地方只在于入门，入门之后，一定比男子聪明，因为男子杂念多，而女子专心。引导女子入门，最好在女子情窦未开时，情窦开了就会分心，不像以前那样专一。然而买置姬妾，多数在女子十五十六岁时。娶过来而不亲近，让她们像小孩子一样学习的，能有几个人呢？如果一定要等到情窦未开，那么一辈子都没有人可以教授了。所以教女子读书认字要循循善诱，不要阻挡了她们的灵性。“扑作教刑”这句话，不是针对女学生而言的。先让女子识字，字认识后再教她读书。识字不用多，每天只能教几个字。先挑笔画最少、最常见的字，由易到难，由少到多，日积月累，那么经过一年半载，不让她读书她自己也会去读了。趁着她爱看书时，赶快找一些有情节的传奇、写得没有破绽的小说，让她随便翻阅，那么这些书就不是书了，而是不发脾气、没有威严，能够引导她们登堂入室的开明老师了。什么原因呢？因为传奇、小说所写的话，都是家常俗语，女子看了，就像遇到了熟悉的东西。比如一句话当中有十个字，女子已经认识七个，三个不认识的，顺口念去，自然不会念错，这是因为已经认识的七个字，能够悟出不认识的三个字。那么这三个字就不是我教的，而是传奇、小说教她的。就这样通过字与字之间的互相引发，自然能够触类旁通。如果男子好好引导；使她由浅而深地学习，那么睡在一起探讨学习，比起登台授课，就像春风化雨一样，难易何止相差十倍？十个人中，挑出一两个最聪明的，每天和她谈论诗歌，使她慢慢通晓声律，说话只要是铿锵悦耳、没有重复、不拗口的女子，就是作诗作文的材料。苏轼的夫人说：“春夜月胜于秋夜月，秋夜月令人凄惨，春夜月令人和悦。”这不是作诗，而是随口所说的话而已。苏东坡因为夫人说的话合于韵律，赞许她能作诗，而被传为佳话。这就是说话铿锵悦耳、没有重复、不拗口的女子就可以作诗的明证。其他的女子，未必人人都这样，但只要能稍微通晓书中含义，就可以随便学习各种技艺了，就像拿到了开锁的钥匙，不会担心被阻碍了。女子读书习字，不说学成后会受益无穷，即使在刚开始学的时候，先就对观看她学习的人有益。只要桌上摊开书本，手里拿着笔，坐在绿窗翠帘下，就是一幅美丽的图画。班昭续写《汉书》时的姿容，谢道韫咏雪时的神态，也不过如此。何必要看她们所写诗的内容，比较诗的高下，然后才有同床共枕的乐趣呢？唉！这样的画面，人间也不少，无奈身处其中的人，都把它当成了平常的事来看待，真是太可惜了！

想让女子学诗，必须先让她多读。多读才能口不离诗，将诗当作说话，那么诗意诗情自然能够出现了。至于发掘女子的聪明，打开她们的思路，就完全取决于所读诗的好坏。选诗给女子读，关键是善于迎合女子的天性。那么如何选诗呢？回答是：在于“平易尖颖”四个字。“平易”就是选的诗要容易明白和学习；“尖颖”是指女人的聪明通常体现在纤巧风格的诗上，让她读纤巧的诗，就像遇到了自己熟悉的东西，她就会很高兴而愿意学习，这就是所说的迎合其天性。所选的诗，最好是晚唐和宋代的。初唐、中唐、盛唐的诗，都不是好选择。至于汉代、魏晋的诗，都要藏起来不让她们看到，她们看到后会阻塞灵感，终身不敢再学了。这是我的愚见，高明的人看了势必会哑然失笑。我才疏学浅，仅仅能做女子的老师，至于高峻的词坛，则一生也没达到，不要怪我的观点浅薄。

擅长唱歌的女子，如果通晓文理，都可以教她填词。因为词长短的句法，都蕴含在词曲当中，看得多了，写出来自然就容易，比学作诗要快很多。曲子篇幅长，每套都必须有几支曲子，功力不深厚的写不出来。词的篇幅短，容易写完，如《长相思》、《浣溪沙》、《如梦令》、《蝶恋花》之类，每首只有一二十个字，多写可以激发灵感。只要看看词的选本，很多都是闺阁中女子的作品，这是因为填词的原理容易明白，语气也容易模仿。填词熟悉以后，就可以由短到长，扩为词曲，这样写起来也容易把握。真能像这样，就听凭她自己填词自己演唱，那就是集才子佳人于一身，千百年的风流人物、风流韵事，没有超过它的了。我恐怕神仙也要自愧不如，都想贬到人间来聆听她的音乐。这种观点前人没有说过，确实是我李笠翁创立的，如果有从这里享受到妙境的，千万不要忘记我的功劳。

以闺秀自命的女子，书、画、棋、琴四种技艺都不能缺少。然而学这些应该分清轻重缓急，必不可少的技艺先学，其他的技艺如果天资和能力能够兼顾，不妨一起都学。只要擅长一种技艺，才女的名声就会很显著。琴分丝、竹两类，其下还各有分类。“书”在前面已经讲得很详细了，善教在于别人，善学在于自己，学得好坏深浅，不能勉强。绘画是女子最末等的技艺，学不学随意。至于下棋，就不能由着自己。教围棋让她学习，既有利于自己又有利于别人，不止一个好处。女子没事做，一定会产生杂念，如果能用下围棋消磨时间，就不会生出非分的念头，这是一个好处。女子们在一起，容易产生事端，用下棋来代替争吵，能够让她们安静下来，这是第二个好处。男女对坐，静下来后会产生邪念，在弹琴鼓瑟、烧香品茶的闲暇，不安排一些事情，那么静极思动，男女不相让的形势，不是在桌前，就是到床笫之上。一涉及下棋，那么所有的念头就会抛到脑后，清心寡欲的方法，没有比这更好的了。只是与女人下棋，不要争强好胜，宁可让她几个棋子，输给她一点，就会让她喜笑颜开，笑容可掬；如果故意让她输棋，不仅使她当时难堪，而且会阻塞她以后下棋的兴致。

纤纤玉指拈着棋子，踌躇着久久不下，静静欣赏这种姿态，足以让人销魂，一定要胜过她，恐怕天地之间都没有如此残忍的人。

双陆、投壶这些技艺，都是可以以后慢慢学。骨牌赌输赢，也可以当作消遣，并且易懂易学，好像也不可放弃。

丝竹

丝竹之音，推琴为首。古乐相传至今，其已变而未尽变者，独此一种，余皆末世之音也。妇人学此，可以变化性情，欲置温柔乡，不可无此陶熔之具。然此种声音，学之最难，听之亦最不易。凡令姬妾学此者，当先自问其能弹与否。主人知音，始可令琴瑟在御，不则弹者铿然，听者茫然，强束官骸以俟其阕，是非悦耳之音，乃苦人之具也，习之何为？凡人买姬置妾，总为自娱。己所悦者，导之使习；己所不悦，戒令勿为，是真能自娱者也。尝见富贵之人，听惯弋阳、四平等腔，极嫌昆调之冷，然因世人雅重昆调，强令歌童习之，每听一曲，攒眉许久，座客亦代为苦难，此皆不善自娱者也。予谓人之性情，各有所嗜，亦各有所厌，即使嗜之不当，厌之不宜，亦不妨自攻其谬。自攻其谬，则不谬矣。予生平有三癖，皆世人共好而我独不好者：一为果中之橄榄，一为馔中之海参，一为衣中之茧绸。此三物者，人以食我，我亦食之；人以衣我，我亦衣之；然未尝自沽而食，自购而衣，因不知其精美之所在也。谚云："村人吃橄榄，不知回味。"予真海内之村人也。因论习琴，而谬谈至此，诚为饶舌。

人问：主人善琴，始可令姬妾学琴，然则教歌舞者，亦必主人善歌善舞而后教乎？须眉丈夫之工此者，有几人乎？曰：不然。歌舞难精

女子学琴，可以变化性情。

而易晓，闻其声音之婉转，睹见体态之轻盈，不必知音，始能领略，座中席上，主客皆然，所谓雅俗共赏者是也。琴音易响而难明，非身习者不知，惟善弹者能听。伯牙不遇子期①，相如不得文君②，尽日挥弦，总成虚鼓。吾观今世之为琴，善弹者多，能听者少；延名师教美妾者尽多，果能以此行乐，不愧文君、相如之名者绝少。务实不务名，此予立言之意也。若使主人善操，则当舍诸技而专务丝桐。"妻子好合，如鼓瑟琴。"③"窈窕淑女，琴瑟友之。"④琴瑟非他，胶漆男女，而使之合一；联络情意，而使之不分者也。花前月下，美景良辰，值水阁之生凉，遇绣窗之无事，或夫唱而妻和，或女操而男听，或两声齐发，韵不参差，无论身当其境者俨若神仙，即画成一幅合操图，亦足令观者消魂，而知音男妇之生妒也。

丝音自蕉桐而外⑤，女子宜学者，又有琵琶、弦索、提琴之三种。琵琶极妙，惜今时不尚，善弹者少，然弦索之音，实足以代之。弦索之形较琵琶为瘦小，与女郎之纤体最宜。近日教习家，其于声音之道，能

浔阳江上的琵琶女

不大谬于宫商者，首推弦索，时典次之，戏曲又次之。予向有场内无文，场上无曲之说，非过论也。止为初学之时，便以取舍得失为心，虑其调高和寡，止求为“下里巴人”，不愿作“阳春白雪”，故造到五七分即止耳。提琴较之弦索，形愈小而声愈清，度清曲者必不可少。提琴之音，即绝少美人之音也。春容柔媚，婉转断续，无一不肖。即使清曲不度，止令善歌二人，一吹洞箫，一拽提琴，暗谱悠扬之曲，使隔花间柳者听之，俨然一绝代佳人，不觉动怜香惜玉之思也。

丝音之最易学者，莫过于提琴，事半功倍，悦耳娱神。吾不能不德创始之人，令若辈尸而祝之也。

竹音之宜于闺阁者，惟洞箫一种。笛可暂而不可常。到笙、管二物，则与诸乐并陈，不得已而偶然一弄，非绣窗所应有也。盖妇人奏技，与男子不同，男子所重在声，妇人所重在容。吹笙搦管之时，声则可听，而容不耐看，以其气塞而腮胀也，花容月貌为之改观，是以不应使习。妇人吹箫，非止容颜不改，且能愈增娇媚。何也？按风作调，玉笋为之愈尖；簇口为声，朱唇因而越小。画美人者，常作吹箫图，以其易于见好也。或箫或笛，如使二女并吹，其为声也倍清，其为态也更显，焚香啜茗而领略之，皆能使身不在人间世也。

吹箫品笛之人，臂上不可无钏。钏又勿使太宽，宽则藏于袖中，不得见矣。

【注释】

① 伯牙不遇子期：俞伯牙善弹琴，钟子期知音，钟子期死后，俞伯牙终身不复鼓琴。事见《吕氏春秋·本味》。

竹音之宜于闺阁者，惟洞箫一种。

② 相如不得文君：司马相如爱慕卓文君，以琴动其心，两人私奔。事见《史记·司马相如传》。

③ 妻子好合，如鼓瑟琴：语出《诗经·小雅·常棣》，是说夫妻关系像弹琴、鼓瑟一样和谐。

④ 窈窕淑女，琴瑟友之：语出《诗经·周南·关雎》，是说文静美丽的女子，弹琴鼓瑟结识她。

⑤ 蕉桐：即焦桐，琴名。东汉蔡邕曾用烧焦的桐木造琴，后因称琴为焦桐。

【译文】

各种丝竹之音，琴居于首位。古代音乐流传到今天，发生变化却没有完全改变的，只有琴乐这一种，其余的都是颓废的靡靡之音。妇人学弹琴，可以陶冶性情。想置身于温柔乡，就不能缺少这种陶冶性情的工具。但这种音乐学起来最难，也不易欣赏。凡是让姬妾去学弹琴的，一定要先问问自己会不会弹。主人懂得音乐，才能让别人去弹奏，否则弹琴的人弹得悦耳动听，听的人却无动于衷，勉强集中精神去听完，那就不是悦耳动听的音乐，而是折磨人的工具，学它又是为何呢？凡是买姬妾的人，都是为了自己娱乐。自己喜欢的，就让她们去学习；自己不喜欢的，就严禁她们去学习，这才是真正能懂得娱乐自己的人。我曾见过一个有钱有势的人，听习惯了弋阳、四平等热闹的唱腔，特别讨厌昆曲的高雅，但是因为世人都喜好昆曲的高雅，于是就强迫歌童演习，每听歌童唱一支曲子，他都会皱半天眉头，旁座的客人也替他难受，这都是不善于娱乐自己的人。我认为人的性情，每个人都有自己嗜好的东西，也都有自己讨厌的东西，即使喜欢得不恰当，厌恶得不适宜，也不妨自驳其谬。能够自驳其谬，那就不会有什么错误了。我生平有三种怪癖，都是人人都喜爱而我却不喜爱的：一个是果子中的橄榄，一种是食物中的海参，还有一种是服饰中的丝绸。这三样东西，别人给我吃，我也吃的，别人给我穿，我也会穿，但是从没有自己买过，因为我不知道它们的精美在何处。俗话说："农村人吃橄榄，不知道它的味道。"我真是天下一个地地道道的农村人。本来是谈论学琴，却信口开河地说到这些，实在是废话。

有人问："主人擅长弹琴，才能够让姬妾学弹琴，然而教歌舞的人，也一定需要主人擅长歌舞之后再教她们吗？男子大丈夫有几个人善于歌舞呢？"我认为不应这样的说。歌舞难以精通，却容易懂得，听到婉转的乐音，看见轻盈的体态，不一定要懂得音乐也能领略其中的妙处，宴席上的主人客人都是这样，这就是所说的雅俗共赏。琴声容易弹奏，却很难明白它的意味。自己没弹奏过的人不知道，只有擅长弹的人才会欣赏。如果伯牙没有遇到钟子期，司马相如没有遇到卓文君，那么即使他们整日弹琴，也等于是白弹。我看现在这个世界上，擅长弹琴的人多，懂得欣赏的人却很少；请名师教自己美妾的人多，真正能从中得到乐趣，不愧于卓文君、司马相如声名的就更少了。讲究实际而不贪图虚名，这就是我说此番话的用意所在。如果主人善于弹琴，就应该放弃其他的技艺专攻音乐。《诗经》里说："妻子好合，如鼓琴瑟。""窈窕淑女，琴瑟友之。"这里的琴瑟不是其他什么东西，而是可以把男子和女子粘合在一起，使他们之间情意互通，永不分离的音乐。花前月下，美景良辰，或在水上楼阁刚生出凉意的夜晚，或是共处房中的闲暇，时而夫唱妻和，时而妻弹夫听，时而两人齐唱，和韵谐拍，不要说身临其境的男女宛若神仙一般，就是画成一幅男女合弹的图画，也足以让观赏的人销魂，让通晓音乐的夫妇生出无穷的妒意。

弦乐器除了琴以外，适宜女子学的，还有琵琶、弦索、提琴三种。琵琶十分动听，可惜的是现在不流行，弹得好的人很少，而且完全可以由弦索弹出的音乐来代替。弦索的形状与琵琶相比瘦小一些，最适于苗条身材的女子弹奏。现在教习乐器弹奏的人，在音律上能不出大错误，弦索为第一，其次是流行的曲子，再次是戏曲。我一直认为戏场上没有好曲文，没有好曲子，这并没有言过其实。只因为人们初学时，便有了取舍得失的功利之心，担心没人听高雅的曲子，只想成为通俗的“下里巴人”，不去追求那种雅致的“阳春白雪”，所以只能达到五七分的水平。提琴和弦索相比，形状更小，声音也更清亮，是给清唱伴奏必不可少的乐器。提琴的音色，就好比是美少女的歌喉，婉转悠扬，赏心悦目，惟妙惟肖。即使不是给清唱伴奏，只让两个善于演唱的人，一人吹洞箫，一人拉提琴，暗暗奏起悠扬的曲子，让处在花柳丛中的人听到，也会觉得她们是一对绝代佳人，怜香惜玉之情会无形地在心中产生。

弦乐器最容易学的，莫过于提琴，可以收到事半功倍的效果，听起来既悦耳动人又能放松精神，我不能不赞颂发明提琴的人，让大家为他烧香祈祷。

管乐器中适宜女子学的，只有洞箫这一种。笛子只能偶尔吹吹，不能常吹。至于笙、管两种乐器，和其他的管弦乐器一样，不得已才去摆弄摆弄，不是女子应该学的。女子弹奏乐曲，和男子有所不同。男子演奏重在声音，女人演奏重在姿容。吹笙和管的时候，吹出的声音还可以听，但姿容就不十分雅观了，因为吹时气塞得满满的，会使腮帮鼓起来，使美丽的容貌变形，所以不应让女子学这种乐器。而女子吹箫时，不但不会改变容颜，还能更加增加她的娇媚。为什么呢？因为女子手按着箫上的风孔吹时，纤纤玉指会显得更加纤细；女人撮着小口吹时，红唇会显得更小。画美人像的，常画吹箫图，因为此时更容易表现出女子的优美。要么箫要么笛子，如果让两个女子一起吹，发出的声音会更加清晰响亮，姿态也更显得优美。焚着香，一边品茶一边欣赏，会让人感觉飘飘欲仙。

吹箫和吹笛的女子，手臂上不可不戴手镯。镯子也不要太大了，太大了就会藏到袖子里，不能看见了。

歌舞

昔人教女子以歌舞，非教歌舞，习声容也。欲其声音婉转，则必使之学歌；学歌既成，则随口发声，皆有燕语莺啼之致，不必歌而歌在其中矣。欲其体态轻盈，则必使之学舞；学舞既熟，则回身举步，悉带柳翻花笑之容，不必舞而舞在其中矣。古人立法，常有事在此而意在彼者。如良弓之子先学为箕，良冶之子先学为裘。妇人之学歌舞，即弓冶之学箕裘也。后人不知，尽以声容二字属之歌舞，是歌外不复有声，而征容必须试舞，凡为女子者，即有飞燕之轻盈，夷光之妩媚，舍作乐无所见长。然则一日之中，其为清歌妙舞者有几时哉？若使声容二字，单为歌舞而设，则其教习声容，犹在可疏可密之间。若知歌舞二事，原为声容而设，则其讲究歌舞，有不可苟且塞责者矣。但观歌舞不精，则其贴近主人之身，而为殢雨尤云之事者，其无娇音媚态可知也。

"丝不如竹，竹不如肉。"①此声乐中三昧语，谓其渐近自然也。予又谓男音之为肉，造到极精处，止可与丝竹比肩，犹是肉中之丝，肉中之竹也。何以知之？但观人赞男音之美者，非曰"其细如丝"，则曰"其清如竹"，是可概见。至若妇人之音，则纯乎其为肉矣。语云："词出佳人口。"予曰：不必佳人，凡女子之善歌者，无论妍媸美恶，其声音皆迥别男人。貌不扬而声扬者有之，未有面目可观而声音不足听者也。但须教之有方，导之有术，因材而施，无拂其天然之性而已矣。歌舞二字，

轻盈起舞的赵飞燕

不止谓登场演剧，然登场演剧一事，为今世所极尚，请先言其同好者。

一曰取材。取材维何？优人所谓“配脚色”是已。喉音清越而气长者，正生、小生之料也；喉音娇婉而气足者，正旦、贴旦之料也，稍次则充老旦；喉音清亮而稍带质朴者，外末之料也；喉音悲壮而略近噍杀者，大净之料也。至于丑与副净，则不论喉音，只取性情之活泼，口齿之便捷而已。然此等脚色，似易实难。男优之不易得者二旦，女优之不易得者净丑。不善配脚色者，每以下选充之，殊不知妇人体态不难于庄重妖娆，而难于魁奇洒脱，苟得其人，即使面貌娉婷，喉音清婉，可居生旦之位者，亦当屈抑而为之。盖女优之净丑，不比男优，仅有花面之名，而无抹粉涂胭之实，虽涉诙谐谑浪，犹之名士风流。若使梅香之面貌胜于小姐，奴仆之词曲过于官人，则观者听者倍加怜惜，必不以其所处之位卑，而遂卑其才与貌也。

二曰正音。正音维何？察其所生之地，禁为乡土之言，使归《中原音韵》之正者是已。乡音一转而即合昆调者，惟姑苏一郡。一郡之中，又止取长、吴二邑，余皆稍逊，以其与他郡接壤，即带他郡之音故也。

家中弹唱场景

即如梁溪境内之民，去吴门不过数十里，使之学歌，有终身不能改变之字，如呼酒钟为“酒宗”之类是也。近地且然，况愈远而愈别者乎？然不知远者易改，近者难改；词语判然、声音迥别者易改，词语声音大同小异者难改。譬如楚人往粤，越人来吴，两地声音判如霄壤，或此呼而彼不应，或彼说而此不言，势必大费精神，改唇易舌，求为同声相应而后已。止因自任为难，故转觉其易也。至入附近之地，彼所言者，我亦能言，不过出口收音之稍别，改与不改，无甚关系，往往因仍苟且，以度一生。止因自视为易，故转觉其难也。正音之道，无论异同远近，总当视易为难。选女乐者，必自吴门是已。然尤物之生，未尝择地，燕姬赵女、越妇秦娥，见于载籍者，不一而足。“惟楚有材，惟晋用之。”②此言晋人善用，非曰惟楚能生材也。予游遍域中，觉四方声音，凡在二八上下之年者，无不可改，惟八闽、江右二省，新安、武林二郡，较他处为稍难耳。正音有法，当择其一韵之中，字字皆别，而所别之韵，又字字相同者，取其吃紧一二字，出全副精神以正之。正得一二字转，则破竹之势已成，凡属此一韵中相同之字，皆不正而自转矣。请言一二以概之。九州以内，择其乡音最劲、舌本最强者而言，则莫过于秦晋二地。不知秦晋之音，皆有一定不移之成格。秦音无东钟，晋音无真文；秦音呼东钟为真文，晋音呼真文为东钟。此予身入其地，习处其人，细细体认而得之者。秦人呼中庸之中为“肫”，通达之通为“吞”，东南西北之东为“敦”，青红紫绿之红为“魂”，凡属东钟一韵者，字字皆然，无一合于本韵，无一不涉真文。岂非秦音无东钟，秦音呼东钟为真文之实据乎？我能取此韵中一二字，朝训夕诂，导之改易，一字能变，则字字皆变矣。晋音较秦音稍杂，不能处处相同，然凡属真文一韵之字，其音皆仿佛东钟，如呼子孙之孙为“松”，昆腔之昆为“空”之类是也。即有不尽然者，亦在依稀仿佛之间。正之亦如前法，则用力少而成功多。是使无东钟而有东钟，无真文而有真文，两韵之音，各归其本位矣。秦晋且然，况其他乎？大约北音多平而少入，多阴而少阳。吴音之便于学歌者，止以阴阳平仄不甚谬耳。然学歌之家，尽有度曲一生，不知阴阳平仄为何物者，是与蠹鱼日在书中，未尝识字等也。予谓教人学歌，当从此始。平仄阴阳既谙，使之学曲，可省大半工夫。正音改字之论，不止为学歌而设，凡有生于一方，而不屑为一方之士者，皆当用此法以掉其舌。至于身在青云，有率吏临民之责者，更宜洗涤方音，讲求韵学，务使开口出言，人人可晓。常有官说话而吏不知，民辩冤而官不解，以致误施鞭扑，倒用劝惩者。声音之能误人，岂浅鲜哉！

正音改字，切忌务多。聪明者每日不过十余字，资质钝者渐减。每正一字，必令于寻常说话之中，尽皆变易，不定在读曲念白时。若止在曲中正字，他处听其自然，则但于眼于依从，非久复成故物，盖借词曲以变声音，非假声音以善词曲也。

三曰习态。态自天生，非关学力，前论声容，已备悉其事矣。而此复言习态，抑何自相矛盾乎？曰：不然。彼说闺中，此言场上。闺中之态，全出自然。场上之态，不得不由勉强，虽由勉强，却又类乎自然，此演习之功之不可少也。生有生态，旦有旦态，外末有外末之态，净丑有净丑之态，此理人人皆晓；又与男优相同，可置弗论，但论女优之态而已。男优妆旦，势必加以扭捏，不扭捏不足以肖妇人；女优妆旦，妙在自然，切忌造作，一经造作，又类男优矣。人谓妇人扮妇人，焉有造作之理，此语属赘。不知妇人登场，定有一种矜持之态；自视为矜持，

家中歌舞场景

人视则为造作矣。须令于演剧之际，只作家内想，勿作场上观，始能免于矜持造作之病。此言旦脚之态也。然女态之难，不难于旦而难于生；不难于生而难于外末净丑；又不难于外末净丑之坐卧欢娱，而难于外末净丑之行走哭泣。总因脚小而不能跨大步，面娇而不肯妆瘁容故也。然妆龙像龙，妆虎像虎，妆此一物，而使人笑其不似，是求荣得辱，反不若设身处地，酷肖神情，使人赞美之为愈矣。至于美妇扮生，较女妆更为绰约。潘安、卫玠③，不能复见其生时，借此辈权为小像，无论场上生姿，曲中耀目，即于花前月下偶作此形，与之坐谈对弈，啜茗焚香，虽歌舞之余文，实温柔乡之异趣也。

【注释】

① 丝不如竹，竹不如肉：语见《左传·襄公二十六年》。肉，指人的声音。

② 惟楚有材，惟晋用之：语出《左传·襄公二十六年》。

③ 潘安、卫玠（jiè）：潘安，即晋代潘岳，字安仁。潘安貌美，故诗文中常用作美男子的代称。卫玠，字叔宝，晋代美男子。

【译文】

过去教女子学习歌舞，不是单单教唱歌跳舞，而在于练习女子的声音与姿容。想要女子的声音变得婉转动听，就必须让她们学唱歌，学成以后，那么脱口而出便有莺歌燕语的韵致，不用唱而歌的韵味已在其中了。想让女子的体态轻盈，就一定让她学跳舞，熟练以后，那么一转身、一投足，都有柳枝飘扬、花儿灿烂的姿态，不用跳而舞的韵味已在其中了。古人设立规矩，常常是别有用心。比如擅长做弓箭的工匠的儿子，要先学做簸箕；擅长冶炼金属的铁匠的儿子，要先学制皮衣。女子学习唱歌跳舞，就像要制造弓箭、冶炼金属先学做簸箕、制皮衣一样。后来的人不知道这一点，都把声容只限于歌舞之中，导致了排选声音就是让她们歌唱，挑选姿容就是让她们跳舞。凡是女子，即使有赵飞燕的轻盈，西施的妩媚，除了歌舞以外就没有什么长处了。但是一天之中，她轻歌曼舞的时间能有多少呢？如果只是单纯为唱歌跳舞去学习声音、姿容的，那么这件事就可急可不急了。如果知道唱歌跳舞本来就是为训练声音、姿容的，那么对教习歌舞这件事，就不能敷衍搪塞了。如果一个妇女既不精通唱歌，也不善于跳舞，那么当她和主人亲热时，肯定不会有娇美的声音、妩媚的姿态。

“弦乐不如管乐，管乐不如声乐。”这句话说中了唱歌的奥妙，意思是说越接近自然越好。我还认为男子歌唱，即使达到极高的造诣，也只是与丝竹相比肩，那是喉咙里发出的管弦之音。凭什么这样说呢？只要看看人们赞美男子歌声美妙时，不是说“他的歌声细腻如丝”，就是说“他的歌声清脆如竹”，就可以知道个大概了。至于女子的声音，就纯粹是发自口中。俗话说：“美妙的歌声出自美人的口。”我要说，不必是美人，只要是擅长唱歌的女子，不管长得美和丑，她的声音都和男子迥然不同。其貌不扬但声音优美的女子可以找到，长得好看而声音难听的人倒是难寻。只要教导得法，因材施教，不要违背她的天性就行了。歌唱跳舞，不仅仅是为登台演出，但对登台演出一事，当今人们很推崇，所以我先从这件大家都喜欢的事情说起。

一是取材。取材是什么呢？就是唱戏所说的分配角色。嗓音清越而气韵悠长的，是扮演正生、小生的材料；声音娇美柔婉而气韵充足的，是扮演正旦、贴旦的材料，声音稍微差点的是扮演老旦的材料；嗓音清亮、稍带质朴的，是演外末的材料；声音悲壮、略微沙哑的，是演大净的材料。至于演丑角和净副，就不论嗓音怎样，只要性格活泼、口齿伶俐的人就行。然而这种角色的人，看似容易，实际上很难，男演员中不易找到可以演正旦、贴旦的人，女演员中不易找到可以演净角、丑角的人。不擅长分配角色的人，总是用水平差的充数，却不知女人的体态，不难扮演庄重、妖娆的角色，却很难扮演魁梧、洒脱的角色。如果有这样的女演员，即使她长得娉娉婷婷，嗓音清婉，可以演生角旦角的，也应当委屈一下，让她去演净角和丑角。因为女的扮演净丑，和男的扮演净丑不同，只是有个花脸的名称，并不真的涂成花脸；虽然诙谐放浪，却也像名士风流洒脱。如果让她扮演丫头，她的容貌胜过小姐；如果让她扮演仆人，她唱的词曲比主人还好听，那么听的人和看的人就会对她倍加怜惜，必定不会因为她扮演的角色身份卑贱就贬低她的才气和容貌。

二是正音。正音是什么呢？就是看演员出生之地，严禁他带乡土口音，使他按照《中原音韵》的标准发音。地方口音稍微一变就符合昆调的，只有苏州郡；苏州郡当中，又只选长洲、吴县两个县。其他的地方都稍微逊色，因为它们和其他的郡相邻，带有其他郡的口音。即使像无锡县境内的居民，离苏州不过几十里，让他们学唱戏，就有一辈子也改不了发音的字，比如酒钟叫作“酒宗”之类就是。近的地方尚且如此，更何况越远差别就越大呢！然而却不能不知离得远容易改，离得近反而难改；用词与发音差别大的容易改，而大同小异的却难改的道理。比如楚地的人去越地，越地的人来吴地，两个地方的口音有天壤之别，或者我叫他他不应，或者他说话我不答，所以一定会大费精神来改变各自的口音，以达到用相同的口音交流。因为是把它当作困难的任务来完成，所以转变起来反而觉得容易。至于离得近的地方，他所说的，我也能说，不过在发音和收音上稍微有点差别，改不改没什么大关系，所以往往因凑合度过了一生。因为是把它当作一件容易的事，所以转变起来反而觉得困难。纠正口音的方法，不管发音差别的大小、地方距离的远近，都应该把容易的事看成难事来做。选女歌舞演员，一定要选苏州的。但是美女的出生却不选择地点，燕、赵、越、秦等地的美女记载在史册的有很多。“惟楚有材，惟晋用之”，这句话是说晋国人善用人才，不是说人才只在楚地。我走遍全国，觉得各地的口音，凡是年龄在十六岁左右的人，没有不能改的。只有福建、江西两省，新安、杭州两郡，相比其他地方改起来要难。纠正字音是有方法的，应当在同一韵内不同韵母的字、不同韵内相同韵母的字中，选出一两个关键的字，把一两个关键字纠正了，那么纠正别的字就会势如破竹。凡是属于这一韵中韵母相同的字，都不用纠正就会自然而然转变过来。请让我举一两个例子来概括：普天之下，口音最重、舌根最硬的，莫过于秦晋这两个地方。却不知这两个地方的语音都有一定不变的规律。秦地口音中没有“东钟”韵，晋地语音中没有“真文”韵；秦地语音把“东钟”韵读成“真文”韵，晋地语音把“真文”韵念成“东钟”韵。这是我亲自到这些地区，长期和当地人相处，仔细体会到的。秦地人把“中庸”的“中”念成“肫”，“通达”的“通”念成“吞”，“东南西北”的“东”念成“敦”，“青红紫绿”的“红”念成“魂”。凡属于“东钟”韵的字，全都是这样，没有一个符合本韵，没有一个不涉及“真文”韵的。这难道不是秦地语音中没有“东钟”韵、秦地语音把“东钟” 韵念成“真文”韵的真凭实据吗？如果我能从此韵中选一两个字，日夜琢磨，把错误的音改过来，那么一个字能改正，其他字就都能改正了。晋地口音和秦地口音比较起来有些杂乱，不能处处相同，但凡是属于“真文”韵的字，它的发音都像“东钟”韵，比如把“子孙”的“孙”念成“松”，把“昆腔”的“昆”念成“空”之类就是。即使不完全如此，也相差不多。纠正的方法也像前面所说，那么不用费多大力气就能改过来，这样就使没有“东钟”韵的有“东钟”韵，没有“真文”韵的有“真文”韵，两韵的发音，各归各位。秦、晋两地尚且如此，何况其他地方呢？　一般北方话中平声字多入声字少，阴调的字多阳调的字少。吴地口音之所以便于学唱戏，只是因为它的阴阳平仄没太多的错误而已。但有些学唱戏的唱了一辈子，却不知道阴阳平仄是什么，就像蠹虫整天呆在书中，却不认识字一样。我认为教人学唱戏，应该从这个地方开始。平仄阴阳弄清楚了，然后再让他学唱曲子，可以省一大半的功夫。纠正发音不仅是为了学习唱戏，凡是生在某地却不屑只在那里生活的人，都应该用这个方法来纠正发音。至于地位显赫，有领导官吏、治理百姓责任的人，更应该把口音去掉，讲究音韵，一定要在开口说话时让每个人都能听清楚。常常有这样的情况：有些官员说的话让下属听不懂，百姓申辩自己的冤情而官员却听不明白，以致误用刑罚、颠倒是非。口音能误人，这样的情况难道还少见吗？

纠正字的读法，切忌贪多。聪明的每天不超过十几个字，天资愚钝的要根据接受程度逐渐减少。每纠正一个字，一定要在平常说话中都把这个字的发音改过来，不只是在念曲词说白时才改正。如果只在读曲时纠正字音，别处听其自然，那么只是眼下纠正过来了，过不了多久又会成老样子。这是借助词曲来改变口音，不是借助口音来完善词曲。

三是习态。神态是天生的，和学与练没什么关系，这在前边谈论声音和姿容时已经说得很清楚了，而这里又谈学习姿态，不是自相矛盾吗？我回答：不是这样的。前边谈的是闺中媚态，这里说的是在台上姿态。闺中媚态，都是出于自然；台上姿态，不能不勉强自己。虽然说是勉强，却又类似自然，所以演练的工夫不能缺少。生角有生角的姿态，旦角有旦角的姿态，外末有外末的姿态，净丑有净丑的姿态，这个道理人人都懂，这又和男演员相同，可以先放到一边不说，只谈论女演员的姿态。男演员扮演旦角，一定要扭扭捏捏，不扭捏就扮得不像女子。女演员扮演旦角，妙在自然，切忌做作，一做作，就反而像男演员。有人说女子扮演女子，哪里有做作的道理，这是纯属多余。殊不知女子登台演戏，一定有一种矜持之态，自己认为是矜持，但别人觉得是做作，应该让她们在演戏时，只当作是在家里一样自然，不要当成在台上演戏，这样才能避免矜持做作的毛病。这是说的旦角的姿态。但是女人姿态的难演，不是难在演旦角上，而难在演生角上；不是难在演生角上，而难在演外末、净丑上；又不是难在演外末、净丑的坐卧和欢乐上，而难在演外末、净丑的行走哭泣上。这是女人总是因为自己脚小而不肯跨大步，总是因为自己面容娇媚而不肯装成憔悴的样子。但是扮龙就要像龙，演虎就要像虎，扮演外末、净丑这种角色，却让人笑话演得不像，这样想要荣耀却得到羞辱，反而不如设身处地把角色的神情演得惟妙惟肖，让人都赞美才好。至于美丽的女子扮演生角，常常要比扮演女角更加绰约。潘安、卫玠这样的美男子，我们现在不能看到他们在世时的样子，借女子来扮演，且不说是在舞台上生姿，在唱曲中耀眼，就是在花前月下偶尔装出这些美男子的形态，和她在一起坐着谈话下棋，焚香品茶，虽然不能和看戏的情形相比， 也实在是风月场上的另一番情趣啊！

闲情偶寄

居室部

房舍第一

人之不能无屋，犹体之不能无衣。衣贵夏凉冬燠，房舍亦然。堂高数仞，榱题数尺[①]，壮则壮矣，然宜于夏而不宜于冬。登贵人之堂，令人不寒而栗，虽势使之然，亦寥廓有以致之；我有重裘，而彼难挟纩故也。及肩之墙，容膝之屋，俭则俭矣，然适于主而不适于宾。造寒士之庐，使人无忧而叹，虽气感之乎，亦境地有以迫之；此耐萧疏，而彼憎岑寂故也。吾愿显者之居，勿太高广。夫房舍与人，欲其相称。画山水者有诀云："丈山尺树，寸马豆人。"使一丈之山，缀以二尺三尺之树；一寸之马，跨以似米似粟之人，称乎？不称乎？使显者之躯，能如汤文之九尺十尺[②]，则高数仞为宜，不则堂愈高而人愈觉其矮，地愈宽而体愈形其瘠，何如略小其堂，而宽大其身之为得乎？处士之庐，难免卑隘，然卑者不能耸之使高，隘者不能扩之使广，而污秽者、充塞者则能去之使净，净则卑者高而隘者广矣。吾贫贱一生，播迁流离，不一其处，虽债而食，赁而居，总未尝稍污其座。性嗜花竹，而购之无资，则必令妻孥忍饥数日，或耐寒一冬，省口体之奉，以娱耳目。人则笑之，而我怡然自得也。性又不喜雷同，好为矫异，常谓人之葺居治宅，与读书作文同一致也。譬如治举业者，高则自出手眼，创为新异之篇；其极卑者，亦将读熟之文移头换尾，损益字句而后出之，从未有抄写全篇，而自名善用者也。乃至兴造一事，则必肖人之堂以为堂，窥人之户以立户，稍有不合，不以为得，而反以为耻。常见通侯贵戚，掷盈千累万之资以治园圃，必先谕大匠曰：亭则法某人之制，榭则遵谁氏之规，勿使稍异。

人之不能无屋，犹体之不能无衣。

而操运斤之权者，至大厦告成，必骄语居功，谓其立户开窗，安廊置阁，事事皆仿名园，纤毫不谬。噫！陋矣。以构造园亭之胜事，上之不能自出手眼，如标新创异之文人；下之至不能换尾移头，学套腐为新之庸笔，尚嚣嚣以鸣得意，何其自处之卑哉！予尝谓人曰：生平有两绝技，自不能用，而人亦不能用之，殊可惜也。人问：绝技维何？予曰：一则辨审音乐，一则置造园亭。性嗜填词，每多撰著，海内共见之矣。设处得为之地，自选优伶，使歌自撰之词曲，口授而躬试之，无论新裁之曲，可使迥异时腔，即旧日传奇，一概删其腐习而益以新格，为往时作者别开生面，此一技也。一则创造园亭，因地制宜，不拘成见，一榱一桷，必令出自己裁，使经其地、入其室者，如读湖上笠翁之书，虽乏高才，颇饶别致，岂非圣明之世，文物之邦，一点缀太平之具哉？噫！吾老矣，不足用也。请以崖略付之简篇，供嗜痂者采择。收其一得，如对笠翁，则斯编实为神交之助尔。

土木之事，最忌奢靡。匪特庶民之家当崇俭朴，即王公大人亦当以此为尚。盖居室之制，贵精不贵丽，贵新奇大雅，不贵纤巧烂漫。凡人

置造园亭，当饶别致。

止好富丽者，非好富丽，因其不能创异标新，舍富丽无所见长，只得以此塞责。譬如人有新衣二件，试令两人服之，一则雅素而新奇，一则辉煌而平易，观者之目，注在平易乎？在新奇乎？锦绣绮罗，谁不知贵，亦谁不见之？缟衣素裳，其制略新，则为众目所射，以其未尝睹也。凡予所言，皆属价廉工省之事，即有所费，亦不及雕镂粉藻之百一。且古语云："耕当问奴，织当访婢。"予贫士也，仅识寒酸之事。欲示富贵，而以绮丽胜人，则有从前之旧制在。

新制人所未见，即缕缕言之，亦难尽晓，势必绘图作样。然有图所能绘，有不能绘者。不能绘者十之九，能绘者不过十之一。因其有而会其无，是在解人善悟耳。

【注释】

① 堂高数仞，榱题数尺：语出《孟子·尽心》。仞，古代长度单位，约合周制八尺。榱题，屋檐。

② 汤文：指商汤和周文王。

【译文】

人不能没有房屋，就像身上不能没有衣服。衣服以夏天凉爽、冬天暖和为好，房屋也是如此。厅堂高达数丈，屋檐伸出很远，固然很壮观，然而它只适宜夏天住，而不适宜冬天住。走进显贵人家的房子，往往令人不寒而栗，虽然与主人的权势有关，可是也跟房屋的高大空旷不无关系。这种感觉是我身穿厚袄，而他衣衫单薄所造成的。齐肩的矮墙，仅能容膝的小屋，固然很俭朴，但是它只适合主人居住，却不适合招待客人。到贫寒人士的家里，虽难产生敬畏之情，但也会发出感叹，这既有受到屋里气氛感染的因素，也是因为房屋的低矮窄小使人感到不适。即使主人能够忍耐萧条清冷，可客人却讨厌这种孤寂凄凉。我希望显贵人家的房屋不要建造得过于高大宽敞。房屋要与人的需要相称。山水画家有一句口诀："丈山尺树，寸马豆人。"就是说一丈左右的山，点缀的却是三尺高的树，一寸左右的马，背上驮的是豆粒般的人，相不相称呢？假如一个显贵者的身躯能像商汤、周文王那样有九尺十尺，那么房屋要高达数丈才合适，否则房子越高就显得人越矮小，地面越宽就显得人越消瘦。将房子建得小一点，而使自己的身材显得高大魁梧些不是更好吗？贫寒人家的房子，难免矮小狭窄，虽然矮小不能再加高，狭窄不能再扩充，但屋子里面污秽的东西可以除去，使房屋变得干净。房屋干净了，那么矮小的会显得高大，狭窄的会显得宽阔。我贫苦一生，到处奔波流离，没有一个固定的住处，虽然是靠借钱吃饭，靠租房居住，却从来没有让我居住的房子稍微沾上一点污秽。我生性嗜好花竹，又没钱购买，宁可让妻儿忍耐几天饥饿，或者忍受一个冬季的寒冷，也要节衣缩食省出点生活费用，购买花竹娱悦耳目。别人嘲笑我，而我却怡然自得。我生性又不喜欢雷同，喜欢标新立异，常说人们修建房屋就与读书作文一样。比如参加科举考试的人，高明者能够自出心裁写出新颖奇异的篇章；拙劣者也会将读熟的文章，改头换尾，增减字句，作出一篇新文章，从来没有人会把整篇文章都抄过来而自命不凡的。但是在建造房屋方面，有些人就一定要仿造别人的厅堂来建厅堂，依照别人的窗户来建窗户，稍有不同，不认为是有所创造，反而觉得羞耻。常见那些公侯贵戚，耗资成千上万来建造园圃，总是先要关照工匠：亭子要效仿某某家的式样，台榭要遵照某某家的设计，不要有丝毫不同。而那些房屋的主人，等到建成以后，也总是会夸耀自己的功劳，说他建造的房屋的门窗、走廊、亭阁，全都是模仿名园的样子，丝毫也不差。唉！真是太浅陋了。建造园亭这样的大事，从高标准来说，不能别出心裁，如标新立异的文人；从低要求来说，不能像那些庸俗的文人一样，套用别人的文章，改头换面，还在那里满不在乎，自鸣得意。为何要把自己的身份降得如此低呢？我曾经对别人说："我生平有两大绝技，自己不能用，别人也不能用，真是太可惜了！"别人问我：是什么绝技呢？我回答说："一是辨审音乐，一是建造园亭。"我生性爱好填词，写了很多，世人都看到了。假使让我处在能够做主的位置，能够自己挑选演员，让他们演唱我创作的戏曲，并由我亲自教导，那么，不仅我新编的戏曲，能让它与眼前流行的腔调完全不同，即使是旧戏，也能一洗陈腐之气而形成新的风格，使过去的作品具有新的格局。这是第一种绝技。另一种绝技是建造园亭，能够因地制宜，不被已有的观念束缚，每一个地方都自己亲手设计，别出心裁，使路过的人和进来的人，都像读我笠翁的书一样，虽然没有很高的才气，但也别有一番情致。这难道不是给这个圣明之世、文明之邦的点缀吗？唉！我老了，不中用了，请让我把自己的一些粗浅的感受写在书里，以供爱好者参考。若能得到一些收获，就像面对我一样，那么这部书就是我们神交的载体了。

兴建土木，最忌奢侈铺张。不仅普通百姓应当崇尚俭朴，即使身为王公大人也应如此。因为房子贵在精致而不贵在华丽，贵在新奇高雅而不贵在纤巧绚丽。凡是喜好富丽堂皇的人，并不是真的喜欢富丽堂皇，而是因为他不能标新立异，除了富丽堂皇再没有什么别的新意，只好以此来敷衍了事。比如某人有两件新衣服，试想让两个人穿上，一个穿素雅而新颖的，一个穿华丽而普通的，哪件衣服会引起观赏者的注意呢？是普通的呢？还是新颖的呢？绫罗绸缎，谁不知道贵重？谁又没有见过呢？一件朴素的衣服，只因为它的样式稍微新颖一些，就会引起众人的注意，因为以前没见过。凡是我所说的，都是省钱又省力的事，即使有点花费，也比不上雕镂粉饰的百分之一。而且古语说："想学耕作问奴仆，想学织布问婢女。"我是一个贫穷之士，只知道这些寒酸的事情。谁若想要炫耀自己的富贵，靠华丽来胜过别人，那么就按以前的旧样式。

新的样式人们没有见过，即使我在这里详细说明，也难全弄明白，必须要绘制图样。但是有的东西可以画出来，有的东西是画不出来的。不能画的十分之九，能画出来的只有十分之一。凭借能画的东西去领会不能画的，这就全要靠自己去领悟了。

向背

屋以面南为正向。然不可必得，则面北者宜虚其后，以受南薰①；面东者虚右，面西者虚左，亦犹是也。如东、西、北皆无余地，则开窗借天以补之。牖之大者，可抵小门二扇；穴之高者，可敌低窗二扇，不可不知也。

【注释】

① 南薰：指《南风》歌。相传为虞舜所作，歌中有“南风之薰兮，可以解吾民之愠兮”等句。这里借指从南面刮来的风。

【译文】

房屋以面朝南为正向。然而不可能都能做到，所以正面朝北的房屋就应该留出空地在后面，以接受南面刮来的风；正面朝东的房屋要留出空地在右边；正面朝西的房屋要留出空地在左边，也是为了接受南风这个道理。如果东、西、北面都没有空地，就要开天窗来补救。大窗户，可以抵得上两扇小门；窗户开得高的，可以抵得上两扇开得低的窗户，这些不能不知道。

途径

径莫便于捷，而又莫妙于迂。凡有故作迂途，以取别致者，必另开耳门一扇，以便家人之奔走，急则开之，缓则闭之，斯雅俗俱利，而理致兼收矣。

【译文】

道路中最方便的莫过于近道，而最妙的路莫过于迂回曲折的小道。凡是故意把道路修得迂回曲折来达到别具一格的，必须要另开一扇边门，以方便家人出入。有紧急事的时候就打开，没紧急事的时候就关

径莫妙于迂

上。这种房子雅致和实用两者兼备。

高下

房舍忌似平原，须有高下之势，不独园圃为然，居宅亦应如是。前卑后高，理之常也。然地不如是，而强欲如是，亦病其拘。总有因地制

前卑后高，理之常也。

宜之法：高者造屋，卑者建楼，一法也；卑处叠石为山，高处浚水为池，二法也。又有因其高而愈高之，竖阁磊峰于峻坡之上；因其卑而愈卑之，穿塘凿井于下湿之区。总无一定之法，神而明之，存乎其人，此非可以遥授方略者矣。

【译文】

房屋忌讳建造得像平原，应该有高低起伏的气势。不仅花园应该如此，住宅也应该这样。前面低后面高，这是一般的情形。如果地形不允许，而强要如此，也就犯了僵化刻板的毛病。总是有因地制宜的方法：在地势高的地方造屋，在地势低的地方建楼，这是一种方法。在地势低的地方用石头砌假山，在地势高的地方引水建水池，这又是一种方法。还有一种方法，可以把高的地方弄得更高，比如在陡峭的坡地上建亭阁、垒山峰；或者把低的地方弄得更低，比如在低洼潮湿处挖池塘、凿井。总之，没有固定的规律，全靠自己心领神会，这是别人无法传授的。

出檐深浅

居宅无论精粗，总以能避风雨为贵。常有画栋雕梁，琼楼玉栏，而止可娱晴，不堪坐雨者，非失之太敞，则病于过峻。故柱不宜长，长为招雨之媒；窗不宜多，多为匿风之薮；务使虚实相半，长短得宜。又有贫士之家，房舍宽而余地少，欲作深檐以障风雨，则苦于暗；欲置长牖以受光明，则虑在阴。剂其两难，则有添置活檐一法。何为活檐？法于瓦檐之下，另设板棚一扇，置转轴于两头，可撑可下。晴则反撑，使正面向下，以当檐外顶格；雨则正撑，使正面向上，以承檐溜。是我能用天，而天不能窘我矣。

【译文】

房屋不管是精致还是简陋，最重要的是能遮风避雨。常有一些雕梁

檐以障雨

画栋的精美楼阁，只能在晴天时让人玩乐，却不能遮雨，不是由于太宽敞，就是由于太高大。所以柱子不宜太高，柱子太高了就会招雨；窗户不宜太多，窗户太多了就会招风，一定要虚实各半，长短适合。有的贫寒人家，房舍宽而空地少，想造深一点的房檐来阻挡风雨，却担心屋里光线变暗；想开大窗子来接受光线，又担心阴天下雨。调节这一两难问题，有一个添置活檐的办法可以解决。什么是“活檐”呢？就是在瓦檐下面另外安一扇板棚，在两头安上转轴，使它可以撑开也可以放下。晴天反过来撑，让正面朝下，当作房檐外的顶格；下雨天正着撑，让正面朝上，用来承接屋檐滴下的雨水。这样，是我能利用天，而天却不能给我造成危害。

置顶格

精室不见椽瓦，或以板覆，或用纸糊，以掩屋上之丑态，名为“顶格”，天下皆然。予独怪其法制未善。何也？常因屋高檐矮，意欲取平，遂抑高者就下，顶格一概齐檐，使高敞有用之区，委之不见不闻，以为鼠窟，良可慨也。亦有不忍弃此，竟以顶板贴椽，仍作屋形，高其中而卑其前后者，又不美观，而病其呆笨。予为新制，以顶格为斗笠之形，可方可圆，四面皆下，而独高其中。且无多费，仍是平格之板料，但令工匠画定尺寸，旋而去之。如作圆形，则中间旋下一段是弃物矣，即用弃物作顶，升之于上，止增周围一段竖板，长仅尺许，少者一层，多则二层，随人所好，方者亦然。造成之后，若糊以纸，又可于竖板之上裱贴字画，圆者类手卷，方者类册叶，简而文，新而妥，以质高明，必当取其有裨。方者可用竖板作门，时开时闭，则当壁橱四张，纳无限器物于中，而不之觉也。

【译文】

精致的房间看不见椽子和瓦，有的用木板盖着，有的用纸糊着，把屋顶上不好看的地方掩盖起来，这就叫“顶格”。所有的房子都是这样，我却偏偏觉得这种做法不够完善。为什么呢？因为经常会出现屋顶高房檐矮的情况，想让顶格和房檐齐平，于是就让高的迁就低的，把顶格建得与房檐一样高。这样就使高大宽敞的有用空间被废弃不管，只成为老鼠洞，真是太可惜了。也有不忍心舍弃这个地方的，竟然把顶格紧贴着屋椽，仍然做出屋顶的形状，中间高而前后低，这样又不美观，而且显得呆板笨拙。我设计出一种新式样，把顶格做成斗笠的形状，可做成方形，也可做成圆形，四面都低，只有中间高。而且不用多花费，和平格所用的材料一样。只要让工匠画好尺寸，把中间升高的部分去掉就行了。如果是做成圆形，那么去掉的中间升高部分的材料就成了废物，可以用来做顶，把它放在高处，只要增加四周的竖板，竖板仅一尺来长，少的用一层，多的用两层，根据各人喜好而定，做方顶也是这样。做成之后，如果用纸糊上，还可以在竖板上裱贴字画，圆的像手卷，方的像册叶，简朴又雅致，新颖又妥帖。以此请教高明的人，一定会认为这样做很合理。方形还可以用竖板做门，时开时关，当成四张壁橱使用，里面可以放置很多东西，却不会被人发现。

甃地

古人茅茨土阶，虽崇俭朴，亦以法制未尽备也。惟幕天者可以席地，梁栋既设，即有阶除，不戴冠者不可跣足，同一理也。且土不覆砖，尝苦其湿，又易生尘。有用板作地者，又病其步履有声，喧而不寂。以三和土甃地，筑之极坚，使完好如石，最为丰俭得宜。而又有不便于人者：若和灰和土不用盐卤，则燥而易裂；用之发潮，又不利于天阴。且砖可挪移，而甃成之土不可挪移，日后改迁，遂成弃物，是又不宜用也。不若仍用砖铺，止在磨与不磨之间，别其丰俭，有力者磨之使光，无力者听其自糙。予谓极糙之砖，犹愈于极光之土。但能自运机杼，使小者间大，方者合圆，别成文理，或作冰裂，或肖龟纹，收牛溲马渤入

用砖铺地

药笼[①]，用之得宜，其价值反在参苓之上。此种调度，言之易而行之甚难，仅存其说而已。

【注释】

① 牛溲（sōu）马渤：牛溲，车前草。马渤，一种菌类。两者都是价廉易得之物，这里是说至贱之物亦有用处。

【译文】

古人住的是茅草屋，门前的台阶用泥土堆成，虽说是出于崇尚俭朴，也是因为当时的建筑技术不完备。只有以天为帐的人才能以地为席，房屋有了栋梁，就应当有台阶，这与人戴了帽子就不能光着脚是同样的道理。而且如果地面不用砖来铺上，既潮湿又易生灰。有人用木板铺地，可走起路来有响声，喧闹而不安静。也有用三和土铺地的，建好后非常坚固，像石头一样的完好，最为奢俭适宜。但又有对人不便的地方，如果和灰和土时不用盐卤，就会很干燥，容易开裂；用了盐卤，阴雨天又容易发潮。而且砖可以挪动，而三和土却不能迁移，以后要改建或者搬家时，就成了废物，这种方法又不适合采用。不如仍然用砖来铺地，体现简朴还是奢侈，全在磨与不磨之间。有能力的就把砖磨光，没有能力的就任凭它粗糙。我认为极其粗糙的砖也比极其光滑的土好。只要自己去思考，将小砖大砖、方砖圆砖搭配成图案，或者做成冰裂状，或者做成龟甲纹，就像牛溲马渤做成药，只要使用得当，价值反而在人参、茯苓之上。这种搭配，说起来容易，做起来很难，这里仅仅是保留我的说法而已。

洒扫

精美之房，宜勤洒扫。然洒扫中亦具大段学问，非僮仆所能知也。欲去浮尘，先用水洒，此古人传示之法，今世行之者，十中不得一二。盖因童子性懒，虑有汲水之烦，止扫不洒，是以两事并为一事，惜其力也。久之习为固然，非特童子忘之，并主人亦不知扫地之先，更有一事矣。彼但知两者并一是省事法，殊不知因其懒也，遂以一事化为数十事。服役者既以为苦，而指使者亦觉其繁，然总不知此数十事者，皆从一事苟简而生之者也。精舍之内，自明窗净几而外，尚有图书翰墨、骨董器玩之种种，无一不忌浮尘。不洒而扫，是以红尘掺物，物物皆受其蒙，并栋梁之上、榱桷之间亦生障翳，势必逐件擦磨，始现本来面目，手不停挥者，半日才能竣事，不亦劳乎？若能先洒后扫，则扫过之后，

多洒不如轻扫

只须麈尾一拂[1]，一日清晨之事毕矣，何指使服役之纷纷哉？此洒水之不容已也。然勤扫不如勤洒，人则知之；多洒不如轻扫，人则未知之也。饶其善洒，不能处处皆遍，究竟干地居多，服役者不知，以其既经洒湿，则任意挥扫无妨。扬尘舞蹈之际，障翳之生也更多，故运帚切记勿重；匪特勿重，每于歇手之际，必使帚尾着地，勿令悬空，如扫一帚起一帚，则与挥扇无异，是扬灰使起，非抑尘使伏也。此是一法。又有闭门扫地之诀，不可不知。如人先扫房舍，后及阶除，则将房舍之门紧闭，俟扫完阶除后，略停片刻，然后开门，始无灰尘入户之患。臧获不知，以为房舍扫完，其事毕矣，此后渐及门外，与内绝不相蒙，岂知有顾此失彼之患哉！顺风扬灰，一帚可当十帚，较之未扫更甚。此皆世人所忽，故拈出告之，然未免饶舌。

洒扫二事，势必相因，缺一不可，然亦有时以孤行为妙，是又不可不知。先洒后扫，言其常也，若旦旦如是，则土胶于水，积而不去，日厚一日，砖板受其虚名，而有土阶之实矣。故洒过数日，必留一日勿洒，止令童子轻轻用帚，不致扬尘，是数日所积者一朝去之，则水土交相为用，而不交相为害矣。

【注释】

① 麈（zhǔ）尾：古人用来驱虫、掸尘的一种工具。

【译文】

精美的房屋，适宜经常洒扫。但是洒扫里面也有很深的学问，不是僮仆能懂的。要除去灰尘，必须先洒水，这是古人传下来的方法，现在能这样做的人，十人中找不到一两个。这是因为僮仆生性懒惰，嫌提水太麻烦，图省力气，只扫地不洒水，这样把两件事并成一件事来做，久而久之就习以为常了。不但是僮仆把洒水的事忘了，就连主人也不知道扫地之前还有洒水这件事。他们只知道把两事合一是省事的办法，却不知正是因为他们的懒惰，才把一件事变成了几十件事。不仅做事的人把这事当成苦差事，连指使做事的人也觉得这事太烦琐，却不知这几十件事，都是从洒水这一件事偷懒而滋生出来的。精致的房屋里面，除了窗明几净以外，还应该有图书字画、古董器玩这一类东西，没有一件不忌讳灰尘。不洒水就扫地，这是让尘土飞扬，每一件东西都会蒙上灰尘，并且连栋梁上、椽子之间也布满灰尘，必须要逐一地擦拭，才能现出本来面目。就是手不停歇地做，也要半天才能完事，不是太劳累了吗？如果能先洒水后扫地，那么扫过之后，只需用拂尘一拂，清晨的打扫工作就干完了，哪里用得着主人指使、仆人打扫那样忙乱不堪呢？这就是洒水不能省去的原因。然而，勤扫不如勤洒的道理人们虽然知道了，却不知道多洒不如轻扫的道理。就算善于洒水，也不可能每一个地方都洒到，毕竟还是干的地方居多。打扫的人不懂，以为既然已经将地洒湿了，就没有顾忌地任意挥扫，结果扬起的灰尘满屋飞舞的时候，灰尘也就更多了。所以扫地一定不要扫得太重，不但不要太重，每次歇手的时候，一定要让扫帚的尾部落地，不要让它悬空。如果扫帚扫一下扬起一下，就与挥舞扇子没有什么差异，这是把灰尘扬起来，而不是把尘土压下去。这是一种方法。还有关门扫地的秘诀，不能不知道。比如先扫完房屋再打扫台阶，应先将房屋的门关紧，等台阶扫完后，略微停歇片刻再打开门，这样就不会有灰尘进入屋内的烦恼。僮仆不知道这个道理，以为房屋扫过就没事儿了，之后再扫门外，似乎与屋内完全没有关系，怎么知道会顾此失彼呢？顺风扫地扬起的灰尘，一扫帚可以抵得上十扫帚，比没扫的时候还要糟糕。这都是被世人经常忽略的地方，因此把它指出来告诉大家，但未免有些多话了。

洒水和扫地这两件事情，是相辅相成的，缺一不可，然而有时只做一件事反而更妙，这又是不可不知的。先洒水后扫地，说的是一般的情况，假如每天清晨都这样，就会使土和水胶合在一起，积留在地面扫不去，一天比一天厚，让砖地、木板地都徒有虚名，却有土阶的实名了。因此洒过几天水之后，一定要有一天不洒水，只让僮仆用扫帚轻轻地扫，不致扬起灰尘，将几天积留在地面的尘土，一早就除去，这样水和土交相为人所用，而不会交相有损于人了。

藏垢纳污

欲营精洁之房，先设藏垢纳污之地。何也？爱精喜洁之士，一物不整齐，即如目中生刺，势必去之而后已。然一人之身，百工之所为备，能保物物皆精乎？且如文人之手，刻不停批；绣女之躬，时难罢刺。唾绒满地，金屋为之不光；残稿盈庭，精舍因而欠好。是极韵之物，尚能使人不韵，况其他乎？故必于精舍左右，另设小屋一间，有如复道，俗名“套房”是也。凡有败笺弃纸、垢砚秃毫之类，卒急不能料理者，姑置其间，以俟暇时检点。妇人之闺阁亦然，残脂剩粉无日无之，净之将不胜其净也。此房无论大小，但期必备。如贫家不能办此，则以箱笼代

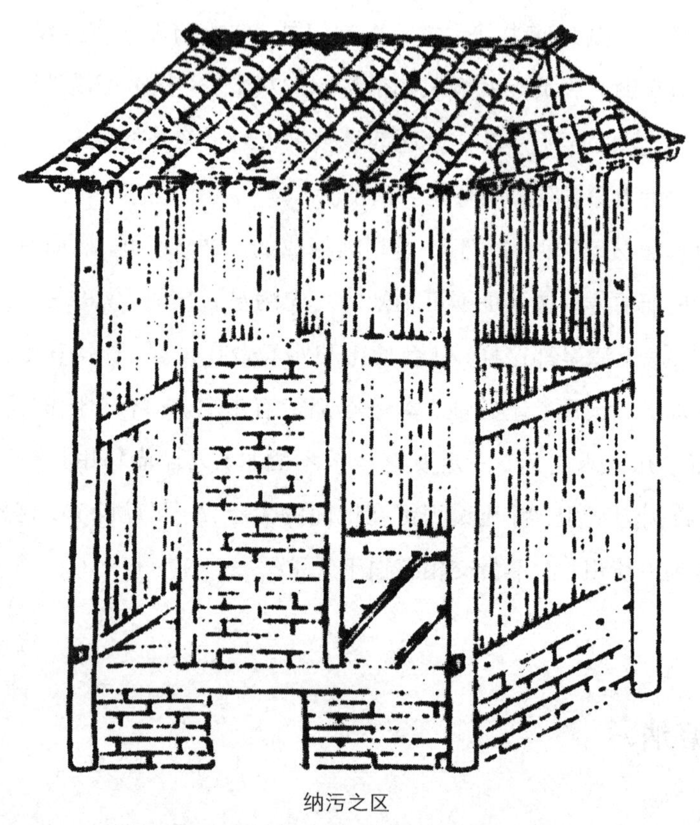
纳污之区

之，案旁榻后皆可置。先有容拙之地，而后能施其巧，此藏垢之不容已也。至于纳污之区，更不可少。凡人有饮即有溺，有食即有便。如厕之时尚少，可于溷厕之外，不必另筹去路。至于溺之为数，一日不知凡几，若不择地而遗，则净土皆成粪壤，如或避洁就污，则往来仆仆，“是率天下而路也”①。此为寻常好洁者言之。若夫文人运腕，每至得意疾书之际，机锋一转，则断不可续。然而寝食可废，便溺不可废也。“官急不知私急”，俗不云乎？常有得句将书而阻于溺，及溺后觅之杳不可得者，予往往验之，故营此最急。当于书室之旁，穴墙为孔，嵌以小竹，使遗在内而流于外，秽气罔闻，有若未尝溺者，无论阴晴寒暑，可以不出户庭。此予自为计者，而亦举以示人，其无隐讳可知也。

【注释】

① 是率天下而路也：语出《孟子·滕文公》，意思是让天下人都忙得疲惫不堪。

【译文】

要想使房屋干净整洁，先要准备一块地方用来堆放垃圾。为什么呢？喜欢干净整洁的人，一样东西放得不整齐，就像眼里面长了刺，必定要把它清除掉才舒服。但是一个人要做的事情很多，能保证每样东西都那么干净整洁吗？就像文人的手终日不停地写文章，刺绣的女子一天不停地刺绣，如果地上到处都是绒线头，即使是金屋也会失去光彩；如果地上到处都是废纸稿，房子再精致也不好看了。这些本来都是很高雅的东西，但是到处乱丢便有失高雅，何况别的东西呢？所以一定要在房屋的旁边，另外盖一间小屋，就像俗称的“套房”。只要有残弃的纸笺稿纸、脏了的砚台、用坏的笔，以及一时腾不出时间处理的物品，就暂且放在这间房子里，等到闲暇时再去处理。女子的闺房也是这样。残脂剩粉，每天都有，清理都清理不过来。这间房子不论大小，只要有那么一间就可以了。如果家里穷，盖不了一间屋子，可以用箱子代替，放在桌子旁边或是床铺后面。先要有掩藏垃圾的地方，然后才能施展自己的灵巧，这是藏垢之处不可缺少的原因。至于纳污的地方，更是不可缺少。任何人只要喝了水就要撒尿，吃了饭就要大便。一天中大便的时间比较少，可在猪圈厕所，不必另外寻找其他地方。但是撒尿的次数多，一天当中不知有多少次，如果随地小便，就会使干净的土地都变成粪土。如果要避开干净的地方，选择脏地方去撒尿，就要来回跑，这样会使人疲惫不堪。这是针对那些平常爱干净的人而言的。如果是文人写作，写到得意时，思路一断，就很难再接上了。然而吃饭睡觉可以拖延，尿却不能不撒。“官急不如私急”，俗话不是这样说的吗？常有这种情况，刚想出一个妙句想写下来，却因为要小便而被打断，等方便完再去想这句话，却再也想不起了，我往往是这样。所以准备方便的地方是最要紧的事。可以在书房旁边的墙上挖一个小孔，里面嵌上一根小竹管，尿撒在房内却流在外面，一点也闻不到秽气，就像没撒过尿一样。不论阴晴寒暑，都可以足不出户。这是我为自己想出来的计策，现在把它告诉别人，可知我是毫无隐讳的。

窗栏第二

吾观今世之人，能变古法为今制者，其惟窗栏二事乎！窗栏之制，日新月异，皆从成法中变出。“腐草为萤”[①]，实具至理，如此则造物生人，不枉付心胸一片。但造房建宅与置立窗轩，同是一理，明于此而暗于彼，何其有聪明而不善扩乎？予往往自制窗栏之格，口授工匠使为之，以为极新极异矣，而偶至一处，见其已设者，先得我心之同然，因自笑为辽东白豕[②]。独房舍之制不然，求为同心甚少。门窗二物，新制既多，予不复赘，恐其又蹈白豕辙也。惟约略言之，以补时人之偶缺。

窗栏之制，日新月异。

【注释】

① 腐草为萤：语出《礼记·月令》，古人认为腐草可以变为萤火虫。

② 辽东白豕：《后汉书·朱浮传》："往时辽东有豕，生子白头，异而献之，行至河东，见群豕皆白，怀惭而还。若以子之功论于朝廷，则为辽东豕也。"后以"辽东豕"指知识浅薄、少见多怪之人。

【译文】

在我看来现在的人，能够做到将古法今用的，只有窗和栏这两样东西了！窗和栏的式样日新月异，都是从古代的固定式样中演变而来的。"腐草为萤"，这话很有道理。这样，大自然造物生人，才不枉费一片心机。建造房屋和开窗设栏的道理是一样的，可是人们在这件事情上明白，却在那件事情上糊涂，为何不将自己的聪明才智应用到更多事情上去呢？我常常自己设计窗栏的图样，口授给工匠制作，自以为很新颖很独特。但是我偶然到一个地方，看到也有这种样式，才知道有人已经先有和我同样的想法了，于是自嘲是"辽东白豕"。在房屋的设计方面却很少能找到与我想法一致的人。门窗这两件东西，新的样式已经很多，我就不再多说了，否则恐怕又会像"辽东白豕"一样了。只简略说一下，以弥补现在人们偶然的缺漏。

制体宜坚

窗棂以明透为先，栏杆以玲珑为主，然此皆属第二义；具首重者，止在一字之坚，坚而后论工拙。尝有穷工极巧以求尽善，乃不逾时而失头堕趾，反类画虎未成者，计其新而不计其旧也。总其大纲，则有二语：宜简不宜繁，宜自然不宜雕斫。凡事物之理，简斯可继，繁则难久，顺其性者必坚，戕其体者易坏。木之为器，凡合笋使就者，皆顺其性以为之者也；雕刻使成者，皆戕其体而为之者也；一涉雕镂，则腐朽可立待矣。故窗棂栏杆之制，务使头头有笋，眼眼着撒①。然头眼过密，笋撒太多，又与雕镂无异，仍是戕其体也，故又宜简不宜繁。根数愈少愈佳，少则可坚；眼数愈密愈贵，密则纸不易碎。然既少矣，又安能密？曰：此在制度之善，非可以笔舌争也。窗栏之体，不出纵横、欹斜、屈曲三项，请以萧斋制就者②，各图一则以例之。

【注释】

① 撒：用以塞紧器物的竹木片。

② 萧斋：指书斋。

【译文】

窗棂以明亮通风为主，栏杆以玲珑精巧为主。然而这都是属于第二位的，首要的是一定要坚固，坚固之后才能谈论做工的好坏。经常有人挖空心思追求精巧美观，但是过不了多久不是掉头就是断腿，画虎不成反类犬，这是因为只考虑到新的时候好看，而没有设想到旧了以后的样子。总括要点来讲，就是两条：宜简洁不宜繁杂，宜自然不宜雕琢。但凡事物都有一个规律，简单的可保持长久，而繁杂的寿命就短；顺应事物本性的必然坚牢，破坏事物本性的就容易毁坏。木头制成的物品，凡是合榫接头的，都是顺应了它的本性，而雕刻成的东西就破坏了它的本性。一旦经过雕刻，腐朽就很快了。因此制作窗棂栏杆，一定要做到每个头都有榫，每个榫眼里都嵌有用以紧固的竹木片。但是榫头太密，榫眼太多，又和雕刻没什么区别了，仍然是在破坏它的本体，所以应该简单不应该繁杂。根数越少越好，少就可以坚固；眼数越密越好，密了窗纸就不易破碎。然而根数少了，又怎么能密呢？我回答：这就在于设计是否完善，不需要用语言来争辩。窗户和栏杆的式样，不外乎"纵横格"、"欹斜格"、"屈曲体"这三种，请让我把书斋现成的式样，各绘一图为例。

纵横格

是格也，根数不多，而眼亦未尝不密，是所谓头头有笋，眼眼着撒者，雅莫雅于此，坚亦莫坚于此矣。是从陈腐中变出。由此推之，则旧式可化为新者，不知凡几。但取其简者、坚者、自然者变之，事事以雕镂为戒，则人工渐去，而天巧自呈矣。

【译文】

这种格式，木料根数不多，而榫眼却很密，这就是所谓的"头头有笋，眼眼着撒"。没有比这种款式更雅致、更坚固的了。这是从旧式样中变化出来的。由此可以推断，旧式样可以变化成新式样不知有多少种方法。只选取其中简洁的、坚固的、自然的来变化，处处都避免雕镂，人工的痕迹就会渐渐消失，而天然的精巧就会自然呈现。

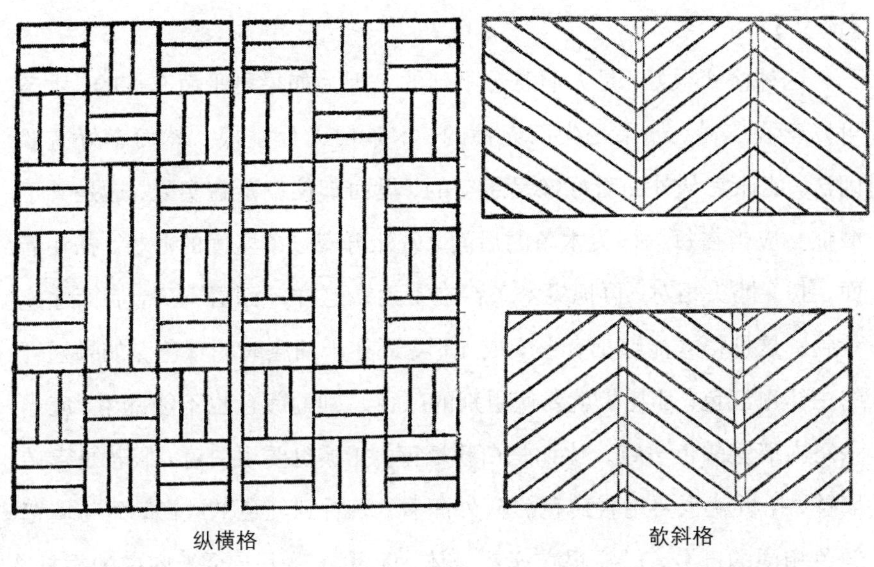

纵横格　　　欹斜格

欹斜格（系栏）

此格甚佳，为人意想所不到，因其平而有笋者，可以着实，尖而无笋者，没处生根故也。然赖有躲闪法，能令外似悬空，内偏着实，止须善藏其拙耳。当于尖木之后，另设坚固薄板一条，托于其后，上下投笋，而以尖木钉于其上，前看则无，后观则有。其能幻有为无者，全在油漆时善于着色。如栏杆之本体用朱，则所托之板另用他色。他色亦不得泛用，当以屋内墙壁之色为色。如墙系白粉，此板亦作粉色；壁系青砖，此板亦肖砖色。自外观之，止见朱色之纹，而与墙壁相同者，混然一色，无所辨矣。至栏杆之内向者，又必另为一色，勿与外同，或青或蓝，无所不可，而薄板向内之色，则当与之相合。自内观之，又别成一种文理，较外尤可观也。

【译文】

这种格式很好，是人们意想不到的。因为如果是平而有榫的，木条可以落在实处，如果是尖而无榫的，木条便无处生根。然而幸好有躲闪法，能让它从外面看好像是悬空的，里面却偏偏落在实处，这是善于藏拙。应当在每一根尖木条的后面，另外再安一条坚固的薄板，托在后面，上下榫头相对，再把尖木条钉在上面。这样前面看不到，后面才能看到。这种格式能够把有形变成无形，还在于油漆时的着色。如果栏杆的主体用红色，那托板就要使用别的颜色。别的颜色也不能乱用，应当和室内墙壁颜色一致。比如是白粉墙壁，托板也要用白色；假若是青砖墙壁，托板就也要用青砖色。从外面看，只看到红色的纹路，而与墙壁颜色相同的部分，已经跟它浑然一体，无从分辨了。至于向内的栏杆，又必须用另外一种颜色而不能与外面颜色相同，或是青色或是蓝色，都可以。而这时薄板向里的颜色则应该跟它相配。从里面看上去，又是另一种图案，比外面更加好看。

屈曲体（系栏）

此格最坚，而又省费，名“桃花浪”，又名“浪里梅”。曲木另造，花另造，俟曲木入柱投笋后，始以花塞空处，上下着钉，借此联络，虽有大力者挠之，不能动矣。花之内外，宜作两种，一作桃，一作梅，所云“桃花浪”、“浪里梅”是也。浪色亦忌雷同，或蓝或绿，否则同是一色，而以深浅别之，使人一转足之间，景色判然。是以一物幻为二物，又未尝于本等材料之外，另费一钱。凡予所为，强半皆若是也。

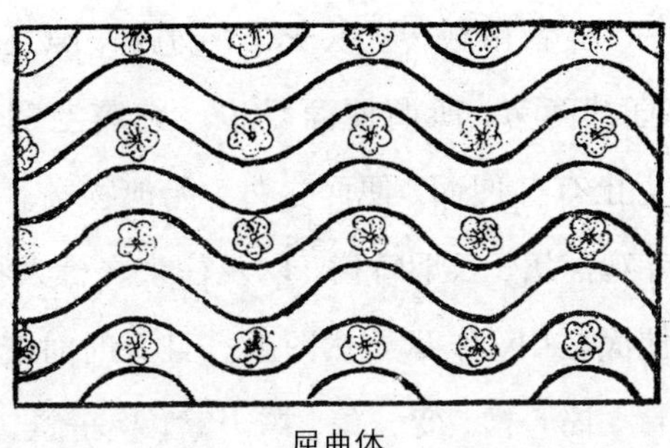

屈曲体

【译文】

这种格式最为坚固，而且又节省费用，名叫“桃花浪”，也叫“浪里梅”。弯曲的木条和装饰的花要分开制作。把弯曲的木条安上去后，再把花塞到空隙处，上下钉上钉子，这样联结起来，即使力气大的人去摇它，也无法摇动。内外的花应该做两种，一种桃花，一种梅花，这就是所谓的“桃花浪”和“浪里梅”。浪的颜色忌讳相同，或用蓝色或用绿色，如果用了同一种颜色，就用深浅来区分。让人转身之间，就能看出完全不同的景色。这是把一件东西变幻成两件东西，又没在原有材料之外另外花钱。我做的窗栏，大半是这样。

取景在借

开窗莫妙于借景，而借景之法，予能得其三昧。向犹私之，乃今嗜痂者众，将来必多依样葫芦，不若公之海内，使物物尽效其灵，人人均有其乐。但期于得意酣歌之顷，高叫笠翁数声，使梦魂得以相傍，是人乐而我亦与焉，为愿足矣。向居西子湖滨，欲购湖舫一只，事事犹人，不求稍异，止以窗格异之。人询其法，予曰：四面皆实，独虚其中，而为“便面”之形①。实者用板，蒙以灰布，勿露一隙之光；虚者用木作框，上下皆曲而直其两旁，所谓便面是也。纯露空明，勿使有纤毫障翳。是船之左右，止有二便面，便面之外，无他物矣。坐于其中，则两岸之湖光山色、寺观浮屠、云烟竹树，以及往来之樵人牧竖、醉翁游女，连人带马，尽入便面之中，作我天然图画。且又时时变幻，不为一定之形。非特舟行之际，摇一橹，变一象，撑一篙，换一景，即系缆时，风摇水动，亦刻刻异形。是一日之内，现出百千万幅佳山佳水，总以便面收之。而便面之制，又绝无多费，不过曲木两条、直木两条而已。世有掷尽金钱，求为新异者，其能新异若此乎？此窗不但娱己，兼可娱人。不特以舟外无穷无景色摄入舟中，兼可以舟中所有之人物，并一切几席杯盘射出窗外，以备来往游人之玩赏。何也？以内视外，固是一幅便面山水；而以外视内，亦是一幅扇头人物。譬如拉妓邀僧，呼朋聚友，与之弹棋观画，分韵拈毫，或饮或歌，任眠任起，自外观之，无一不同绘事。同一物也，同一事也，此窗未设以前，仅作事物观；一有此窗，则不烦指点，人人俱作画图观矣。夫扇面非异物也，肖扇面为窗，又非难事也。世人取象乎物，而为门为窗者，不知凡几，独留此眼前共见之物，弃而

开窗莫妙于借景

弗取，以待笠翁，讵非咄咄怪事乎？所恨有心无力，不能办此一舟，竟成欠事。兹且移居白门，为西子湖之薄幸人矣。此愿茫茫，其何能遂？不得已而小用其机，置此窗于楼头，以窥钟山气色，然非创始之心，仅存其制而已。予又尝作观山虚牖，名“尺幅窗”，又名“无心画”，姑妄言之。浮白轩中，后有小山一座，高不逾丈，宽止及寻，而其中则有丹崖碧水，茂林修竹，鸣禽响瀑，茅屋板桥，凡山居所有之物，无一不备。盖因善塑者肖予一像，神气宛然，又因予号笠翁，顾名思义，而为把钓之形。予思既执纶竿，必当坐之矶上，有石不可无水，有水不可无山，有山有水，不可无笠翁息钓归休之地，遂营此窟以居之。是此山原为象设，初无意于为窗也。后见其物小而蕴大，有“须弥芥子”之义②，尽日坐观，不忍阖牖，乃瞿然曰：“是山也，而可以作画；是画也，而可以为窗；不过损予一日杖头钱③，为装潢之具耳。”遂命童子裁纸数幅，以为画之头尾，及左右镶边。头尾贴于窗之上下，镶边贴于两旁，俨然堂画一幅，而但虚其中。非虚其中，欲以屋后之山代之也。坐而观之，则窗非窗也，画也；山非屋后之山，即画上之山也。不觉狂笑失声，妻孥群至，又复笑予所笑，而“无心画”、“尺幅窗”之制，从此始矣。予又尝取枯木数茎，置作天然之牖，名曰“梅窗”。生平制作之佳，当以此为第一。己酉之夏，骤涨滔天，久而不涸，斋头淹死榴、橙各一株，伐而为薪，因其坚也，刀斧难入，卧于阶除者累日。予见其枝柯盘曲，有似古梅，而老干又具盘错之势，似可取而为器者，因筹所以用之。是时栖云谷中幽而不明，正思辟牖，乃幡然曰：“道在是矣！”遂语工师，取老干之近直者，顺其本来，不加斧凿，为窗之上下两旁，是窗之外廓具矣。再取枝柯之一面盘曲、一面稍平者，分作梅树两株，一从上生而倒垂，一从下生而仰接，其稍平之一面则略施斧斤，去其皮节而向外，以便糊纸；其盘曲之一面，则匪特尽全其天，不稍戕斫，并疏枝细梗而留之。既成之后，剪彩作花，分红梅、绿萼二种，缀于疏枝细梗之上，俨然活梅之初着花者。同人见之，无不叫绝。予之心思，讫于此矣。后有所作，当亦不过是矣。

便面不得于舟，而用于房舍，是屈事矣。然有移天换日之法在，亦可变昨为今，化板成活，俾耳目之前，刻刻似有生机飞舞，是亦未尝不

以内视外，便是一幅图画。

妙，止费我一番筹度耳。予性最癖，不喜盆内之花，笼中之鸟，缸内之鱼，及案上有座之石，以其局促不舒，令人作囚鸾絷凤之想。故盆花自幽兰、水仙而外，未尝寓目。鸟中之画眉，性酷嗜之，然必另出己意而为笼，不同旧制，务使不见拘囚之迹而后已。自设便面以后，则生平所弃之物，尽在所取。从来作便面者，凡山水人物、竹石花鸟以及昆虫，无一不在所绘之内，故设此窗于屋内，必先于墙外置板，以备承物之用。一切盆花笼鸟、蟠松怪石，皆可更换置之。如盆兰吐花，移之窗外，即是一幅便面幽兰；盎菊舒英，纳之牖中，即是一幅扇头佳菊。或数日一更，或一日一更；即一日数更，亦未尝不可。但须遮蔽下段，勿露盆盎之形。而遮蔽之物，则莫妙于零星碎石，是此窗家家可用，人人可办，讵非耳目之前第一乐事？得意酣歌之顷，可忘作始之李笠翁乎？

【注释】

① 便面：扇面。

② 须弥芥子：佛教用语，谓将极大的须弥山容纳在极小的芥子内，比喻不可思议之事。

③ 杖头钱：指买酒钱。《世说新语·任诞》："阮宣子常步行，以百钱挂杖头，至酒店便独酣畅。"

【译文】

开设窗户最妙的在于能够借景。而借景的方法，我深得其中的真谛。过去我还保密，但如今喜欢模仿的人多，将来一定会有许多照葫芦画瓢的，还不如把秘密向世人公开，使物尽其用，人人都能享受它的乐趣。只是希望大家在得意酣歌的时候，高叫几声李笠翁，在梦魂中也能想到我，这样人们快乐时而我也跟着快乐，我也就心满意足了。从前我住在西子湖畔的时候，想购买一条小船，这船哪里都可以和别人的船一样，不求有任何差异，只是窗格要特殊些。别人问我窗格的做法，我说：四面都是实的，只有中间是虚的，做成扇面的形状。实的地方用木板，蒙上灰布，不要露一点光亮；虚的地方用木框，上下两边用弯木，左右两旁用直木，所谓的"扇面"就是这样。窗户要完全空明，不能有丝毫遮挡。这样，船的左右只有两个扇面窗，除此之外再也没有其他东西了。坐在船中，两岸的湖光山色、寺庙佛塔、云烟竹树以及来往的樵夫牧童、醉翁游女，连人带马，全都进入扇面窗中，成为我的天然图画，而且还时时变换，不是固定的形态。不但船行时摇一橹变一景，撑一篙变一色，就是在停靠时，风摇水动，也时刻在变幻景色。这样，一天之内，出现成千上万幅的山水佳画，全都收进扇面窗中。而制作扇面窗，不需花费很多，不过两条弯木、两条直木罢了。世上有人一掷千金，寻求新鲜奇异，那种新鲜奇异能够像这样吗？这种窗户不只愉悦自己，还可以愉悦别人。它不仅能够把船外无穷的景色摄入船窗中，还可以把船中所有的人和物，以及桌席杯盘映出窗外，以供来往的游人观赏。为什么呢？因为从窗里看窗外，固然能看到一幅扇面山水画，而从窗外看窗内，也会看到一幅扇面人物画。譬如拉妓邀僧，呼朋聚友，弹琴观画，吟诗挥毫，时饮时歌，任眠任起，从窗外看进去，没有一样不像是绘画。同一样东西，同一种事物，在没有开这扇窗以前，仅仅是普通事物，一旦有了这扇窗，不用别人指点，人人都会把它当作图画来观赏。扇面并不是什么特别的东西，模仿扇面做成窗户，也不是难事。世人模仿事物的形状来做门窗的不知有多少，唯独留下眼前大家都能见到的扇面，弃而不用，却要等我李笠翁来发现，这不是咄咄怪事吗？遗憾的是我有心无力，置办不起这样的一条船，终成憾事。现在我移居到了白门，成了西子湖的无缘人。这个愿望已经渺茫了，何时才能如愿以偿呢？不得已，只好小动心思，在楼头做了一扇这样的窗子，用来欣赏钟山的景色。然而这已不是我设计扇面窗的本意，仅仅是保存扇面这种形式罢了。我还曾经制作过观赏山景的虚窗，名叫“尺幅窗”，也叫“无心画”，姑且随意说说。浮白轩的后面有一座小山，高不过一丈，宽只有八尺，其中却有丹崖碧水，茂林修竹，鸣禽响瀑，茅屋板桥，凡是山居所需要的东西，没有一样不具备。有位善于雕塑的人为我塑了一座像，神气逼真，又因为我自号“笠翁”，顾名思义，所以把我雕塑成垂钓的形象。我想到既然手执钓竿，就应该坐在石头上，有了石头不可无水，有了水不可无山，有山有水，又不可没有我笠翁钓鱼归来休息的地方，于是营造了这个地方来安置塑像。这座山原本是为安置塑像才建的，当初无意开窗，后来看见这座山的景物虽小，却小中蕴大，有“纳须弥山于芥子”的意思，于是，我整天坐在那里观看景色，不愿关窗。有一天突然想明白：“这座山，可以当画；这幅画，也可以当窗。不过花掉我一天的酒钱来装饰罢了。”于是叫仆童裁了几幅纸，作为画的头尾及左右的镶边。头尾贴在窗户上下，镶边贴在窗户两旁，俨然成了一幅堂画，只不过中间是空的。并不是真的要让中间空白，而是想用屋后的山来代替。再坐下来观赏，那么窗户就不是窗户，而是画了；山也不只是屋后的山，而是画中的山了。得意之中，不觉狂笑失声，妻儿全都赶过来，又笑我所笑，而“无心画”、“尺幅窗”的做法从此就开始了。我曾经又用几根枯木，制作成天然的窗户，叫作“梅窗”。我生平制作得最好的，应当以梅窗为第一。己酉年的夏天，大雨倾盆，地面很长时间不干，我书房前的一棵石榴树和一棵橙树淹死了，于是想砍掉它们当柴。可是它们很坚硬，柴刀和斧头都劈不动，就在台阶上放了好几天。我见树枝弯弯曲曲，有点像古梅，而老枝干又呈盘桓交错之势，好像可以拿来做什么东西，所以我就考虑它的用处。这时乌云密布，幽暗不明，正想开窗，却突然醒悟道：“有办法了！”于是告诉工匠，将老树干中最直的，按本来的形状，不作加工，截成窗户的上下两边，窗户的外框就做成了。再拿一面盘曲一面比较平直的树枝，分别做成两棵梅树，一棵从上面向下倒垂，一棵从下面向上仰接。比较平直的一面用斧头稍微加工，削去皮和节疤，朝外安放，以便往上糊纸；盘曲的一面，则不仅完全保留天然的形状，不作任何加工，连稀疏的枝丫和细小的树梗都留下来。窗户做成之后，将彩纸剪开做成花，把红梅和绿萼都做出来，点缀在枝丫和树梗上，俨然是活梅初开的样子。朋友见了，无不叫绝。我的心思用到这里也就枯竭了，后来再有其他的制作，也不过如此。

扇面窗不用于小船，而用于房屋，是委屈它了。然而有移天换日的方法，可以变昨天为今天，化呆板为灵活，使耳目之前，时时刻刻充满生机，这样也未尝不妙，只是耗费我一番心思罢了。我的生性怪癖，就是不喜欢盆中的花、笼中的鸟、缸中的鱼，以及桌上有底座的石头，因为它们受到拘束而不自然舒展，让人有种鸾凤被囚的感觉。因此盆花除了幽兰、水仙之外，别的我都不曾看上眼。鸟中的画眉，我生性酷爱它，然而要按我的意思来做鸟笼，必定与旧样式的鸟笼不同，我要让它看不出有拘囚的痕迹。自从设置了扇面窗以后，那些平常丢弃的东西，全都利用起来了。从来制作扇面窗的，凡是山水人物、竹石花鸟以及昆虫，没有一样不在描绘的范围之内，所以在屋内设置扇面窗，一定要先在墙外放置一块木板，准备用来承受要观赏的东西。所有的盆花笼鸟、蟠松怪石，都可以在上面更换放置。比如把开花的盆兰，移到窗外，就是一幅扇面幽兰图；菊花开了，把它放在窗中，就是一幅扇面佳菊图。或几天一换，或一天一换，就是一天换几次，也未尝不可。只是必须遮蔽住盆景的下面，不要露出花盆的形状。至于遮蔽的东西，就没有比零星碎石更好了。这样的窗户家家都可以用，人人都可以做，这难道不是使人赏心悦目的乐事吗？人们在得意酣歌的时候，难道能够忘记首创者李笠翁吗？

湖舫式

此湖舫式也。不独西湖，凡居名胜之地，皆可用之。但便面止可观山临水，不能障雨蔽风，是又宜筹退步，以补前说之不逮。退步云何？外设推板，可开可阖，此易为之事也。但纯用推板，则幽而不明；纯用

湖舫式（一）

湖舫式（二）

明窗，又与扇面之制不合，须以板内嵌窗之法处之。其法维何？曰：即仿梅窗之制，以制窗棂。亦备其式于右。

【译文】

这就是湖船扇面窗的样式。不只在西湖，凡是名胜之地，都可以采用。但是扇面窗只能观赏山水景色，不能遮风挡雨，这就应该想一个补救的方法，来补充前面说法的不足。如何弥补呢？就是在窗外设置推板，可开可关，这是容易办的事。可是如果只用推板，屋内就会幽暗不明，如果就用明窗，又与扇面的式样不符合，必须用板内嵌窗的方法来处理。这种方法是什么呢？我说：就是仿照梅窗的样式来做窗棂，这里也介绍式样如下。

便面窗外推板装花式

四围用板者，既取其坚，又省制棂装花人工之半也。中作花树者，不失扇头图画之本色也。用直棂间于其中者，无此则花树无所倚靠，即勉强为之，亦浮脆而难久也。棂不取直，而作欹斜之势，又使上宽下窄者，欲肖扇面之折纹；且小者可以独扇，大则必分双扇，其中间合缝处，糊纱糊纸，无直木以界之，则纱与纸无所依附故也。若是，则棂与花树纵横相杂，不几泾渭难分，而求工反拙乎？曰：不然。有两法盖藏，勿虑也。花树粗细不一，其势莫妙于参差，棂则极匀，而又贵乎极细，须以极坚之木为之，一法也；油漆并着色之时，棂用白粉，与糊窗之纱纸同色，而花树则绘五彩，俨然活树生花，又一法也。若是泾渭自分，而便面与花，判然有别矣。梅花止备一种，此外或花或鸟，但取简便者为

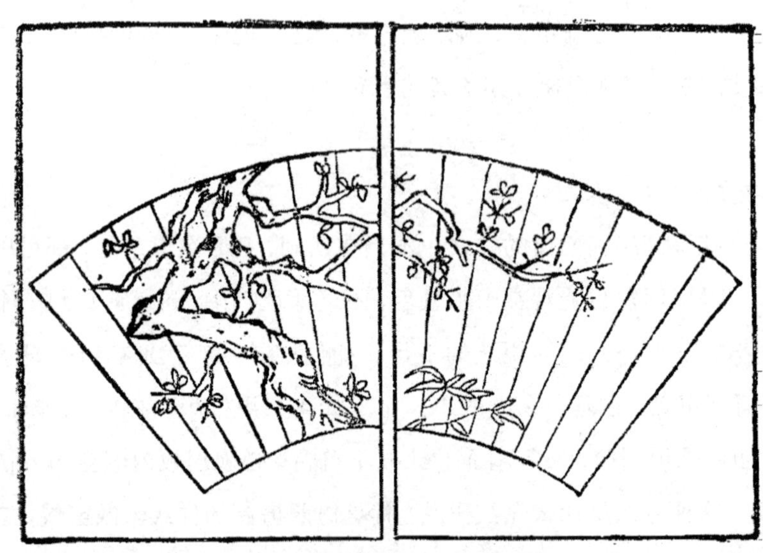

便面窗外推板装花式

之，勿拘一格。惟山水人物，必不可用。板与花棂俱另制，制就花棂，而后以板镶之。即花与棂，亦难合适，须使花自花而棂自棂，先分后合。其连接处，各损少许以就之，或以钉钉，或以胶粘，务期可久。

【译文】

推板四周围用木板，既坚固，又省去了制作窗棂、装饰假花一半的人工。中间之所以装饰花和树，是为了不失去扇面画的本色。用直棂间隔在中间，是因为假使没有窗棂支撑，花树就没有倚靠，即使勉强安了上去，也会松动而难以持久。窗棂不要做成直立的，要做成欹斜的形状，又要让它上宽下窄，是为了模仿扇面的折纹。而且小的推板只可用一扇，大的窗子则一定要分成两扇。两扇中间的合缝处要糊上纱或纸，如果没有直立木来做分界，纱和纸就没有依附的地方了。这样的话，窗棂和花树纵横错杂，不是就无法区分、弄巧成拙了吗？我说不是的。这里有两种方法可以弥补。花树的粗细可以不同，妙就妙在参差不齐，窗棂却必须要匀称，而且越细越好，还必须用极其坚固的木料来做，这是方法之一。油漆和上色时，窗棂用白色粉刷，与糊窗的纱纸颜色相同，而花树则绘成五彩色，就像活树开花，这又是一种方法。像这样，自然泾渭分明，扇面与花树就能明显地区别了。梅花只要准备一种，除此之外，无论花鸟，都只选最简单的制作，不拘一格。山水人物，绝对不可选用。板与花棂都要另外制作，先做好花棂，然后再用板镶上。即使是花与棂，也难合在一起制作，必须使花是花、棂是棂，先分后合。在它们的连接处，各自削去一点以便连接，或者用钉子钉，或者用胶水粘，一定要使它持久耐用。

便面窗花卉式　便面窗虫鸟式

诸式止备其概，余可类推。然此皆为窗外无景，求天然者不得，故以人力补之；若远近风物尽有可观，则焉用此碌碌为哉？昔人云："会心处正不在远。"若能实具一段闲情、一双慧眼，则过目之物尽是画图，入耳之声无非诗料。譬如我坐窗内，人行窗外，无论见少年女子是一幅美人图，即见老妪白叟扶杖而来，亦是名人画幅中必不可无之物；见婴儿群戏是一幅百子图，即见牛羊并牧、鸡犬交哗，亦是词客文情内未尝偶缺之资。"牛溲马渤，尽入药笼。"予所制便面窗，即雅人韵士之药笼也。

此窗若另制纱窗一扇，绘以灯色花鸟，至夜篝灯于内，自外视之，

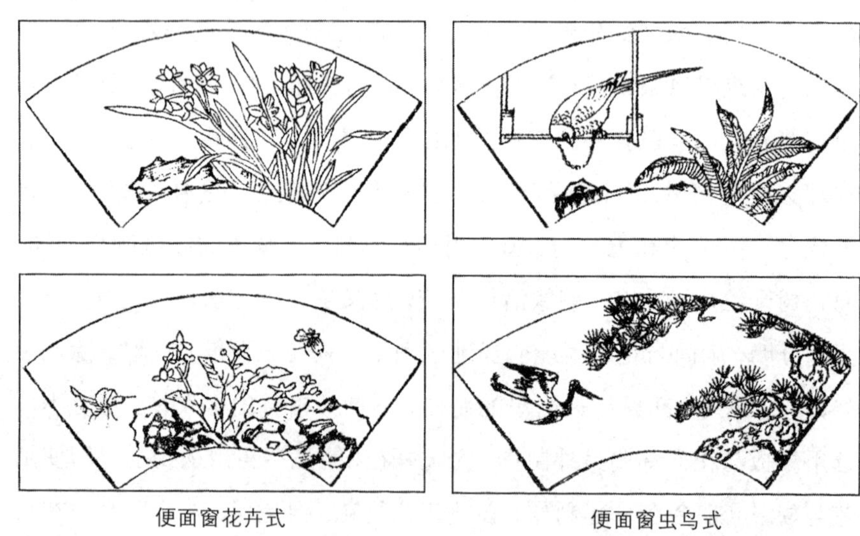
便面窗花卉式　便面窗虫鸟式

又是一盏扇面灯。即日间自内视之，光彩相照，亦与观灯无异也。

【译文】

各种样式的窗户只要明白了大概，其余的可以类推。然而这都是因为窗外没有风景，不能得到天然的景色，所以才用人工来弥补。假如远近都有可以观赏的风景，又哪里需要这样忙忙碌碌的呢？古人说："会心处正不在远。"如果真有一段闲情、一双慧眼，那么凡是眼睛看到的东西，都可以当作图画，耳朵听到的声音，都可以当作诗料。比如我坐在窗内，别人在窗外行走，不要说看见年轻的女子是一幅美人图，即使看见老妇或是白发老翁，拄着拐杖走来，也是名士图画中必不可缺的部分；即使看见幼童成群嬉戏便是一幅百子图，看见牛羊合牧，鸡犬相鸣，也是骚人墨客诗文里不可缺少的材料。就像"牛溲马渤，尽入药笼"一样，我设计的扇面窗，就是文人雅士的药笼了。

这种窗户如果另制一扇纱窗，画上灯色花鸟，到了夜晚在里面点亮一盏灯，那么从外面观看，就又是一盏扇面灯了。即使是白天从里面看去，光彩相映，也和观花灯没有什么不同。

山水图窗

凡置此窗之屋，进步宜深，使座客观山之地去窗稍远，则窗之外廓为画，画之内廓为山，山与画连，无分彼此，见者不问而知为天然之画

山水图窗

矣。浅促之屋，坐在窗边，势必倚窗为栏，身之大半出于窗外，但见山而不见画，则作者深心有时埋没，非尽善之制也。

【译文】

凡是设置这种窗户的房屋，进深应该要深，让座中客人观山的位置离窗稍远一点，那么窗的外廓就成了画，画的内廓就成了山，山与画相连，彼此难分，看见的人不用问就知道是一幅天然的图画了。进深较浅的房子，坐在窗边，一定会倚靠窗子作为栏杆，身体大半部分都会探出窗外，这就会只见山却不见画，作者的良苦用心也就这样被埋没了，这不是完美的设计。

尺幅窗图式

尺幅窗图式，最难摹写。写来非似真画，即似真山，非画上之山与山中之画也。前式虽工，虑观者终难了悟，兹再绘一纸，以作副墨。且此窗虽多开少闭，然亦间有闭时；闭时用他槅他棂，则与画意不合，丑态出矣。必须照式大小，作木槅一扇，以名画一幅裱之，嵌入窗中，又是一幅真画，并非“无心画”与“尺幅窗”矣。但观此式，自能了然。

裱槅如裱回屏，托以麻布及厚纸，薄则明而有光，不成画矣。

【译文】

尺幅窗的图样，最难摹画。画出来不是像真画，就是像真山，却不是画上的山与山中的画了。前面的图样虽然很工整，考虑到看图的人

尺幅窗图式

终究难以完全明白，这里再绘上一幅，作为副本。况且这种窗户虽然打开的时候多，关闭的时候少，然而也有关闭的时候；如果关闭的时候用其他的木隔窗棂，就与画的意境不合，也就丑态毕现了。可以依照样式的大小，做一扇木隔，用一幅名画来装裱，嵌进窗中，就又是一幅真画，而不是“无心画”与“尺幅窗”了。看过图样，自然就能明白。

裱木隔如同裱回屏，用麻布和厚纸托在下面，若太薄会明亮透光，就不成画了。

梅窗

制此之法，总论已备之矣，其略而不详者，止有取老干作外廓一事。外廓者，窗之四面，即上下两旁是也。若以整木为之，则向内者古朴可爱，而向外一面屈曲不平，以之着墙，势难贴伏。必取整木一段，分中锯开，以有锯路者着墙，天然未斫者向内，则天巧人工，俱有所用之矣。

梅 窗

【译文】

制作这种窗子的方法，总论中已经说得很详细了。其中说得简略不详细的，只有用老树干做外廓这件事。外廓是指窗户的四周，即上下和两边。如果用整块木头来做，向里的一面固然古朴可爱，可向外的一面却弯曲不平，用它靠墙，肯定很难服贴。必须把一段整木从中间锯开，把有锯痕的一面贴墙，天然没有加工的一面向内，那么天巧与人工，都各尽所用了。

墙壁第三

“峻宇雕墙”，“家徒壁立”①，昔人贫富，皆于墙壁间辨之。故富人润屋，贫士结庐，皆自墙壁始。墙壁者，内外攸分而人我相半者也。俗云：“一家筑墙，两家好看。”居室器物之有公道者，惟墙壁一种，其余一切皆为我之学也。然国之宜固者城池，城池固而国始固；家之宜坚者

一家筑墙，两家好看。

墙壁，墙壁坚而家始坚。其实为人即是为己，人能以治墙壁之一念治其身心，则无往而不利矣。人笑予止务闲情，不喜谈禅讲学，故偶为是说以解嘲，未审有当于理学名贤及善知识否也。

【注释】

① 家徒壁立：谓家中一无所有。

【译文】

“峻宇雕墙”、“家徒壁立”，从这两个词就可见前人的贫与富，都是在墙壁的反差之间辨别出来的。因此富人装饰房屋，穷人建造陋舍，首先考虑的都是墙壁。墙壁是有内外区分的，内墙是给自己看的，外墙是给别人看的。俗话说的“一家筑墙，两家好看”就是这个意思。居室器物中为公众考虑的只有墙壁一件，其他都是只为自己设想的。国家应该坚固的是城墙，城墙坚固了国家才能坚固。家应该稳固的是墙壁，墙壁稳固了家才稳固。其实为别人就是为自己，人们如果用修治墙壁的观念来修治身心，就没有什么事情做起来会不顺利了。有人笑我只喜欢追求闲情，不喜欢谈禅讲学，所以发这样的言论来解嘲，不知在理学名贤或是善知者看来是否觉得正确。

界墙

界墙者，人我公私之畛域[①]，家之外廓是也。莫妙于乱石垒成，不

泥墙土壁，贫富皆宜。

限大小方圆之定格，垒之者人工，而石则造物生成之本质也。其次则为石子。石子亦系生成，而次于乱石者，以其有圆无方，似执一见，虽属天工，而近于人力故耳。然论二物之坚固，亦复有差；若云美观入画，则彼此兼擅其长矣。此惟傍山邻水之处得以有之，陆地平原，知其美而不能致也。予见一老僧建寺，就石工斧凿之余，收取零星碎石几及千担，垒成一壁，高广皆过十仞，嶙峋崭绝，光怪陆离，大有峭壁悬崖之致。此僧诚韵人也。迄今三十余年，此壁犹时时入梦，其系人思念可知。砖砌之墙，乃八方公器，其理其法，是人皆知，可以置而弗道。至于泥墙土壁，贫富皆宜，极有萧疏雅淡之致，惟怪其跟脚过肥，收顶太窄，有似尖山，又且或进或出，不能如砖墙一截而齐，此皆主人监督之不善也。若以砌砖墙挂线之法，先定高低出入之痕，以他物建标于外，然后以筑板因之，则有旃墙粉堵之风，而无败壁颓垣之象矣。

【注释】

① 畛域：范围，界限。

【译文】

界墙，是划分别家与我家、公与私的界限，是家宅的外廓。界墙最好用乱石堆砌，不受大小方圆的限制。虽然是人工堆砌成的，可是乱石却保持着天然的本色。其次就是石子。石子也是天然生成的，但比乱石要差，因为石子只有圆的，没有方的，形状都大致相似，所以它虽然是天然生成的，却像是人工雕琢的。从坚固程度来看，两者也有差别，如果说到美观，那么两者就各有所长。这两样东西只有依山傍水的地方才有，在陆地平原上，虽然知道它们很美却没办法得到。我见过一位老僧建造寺庙，把石匠凿下的碎石块收集起来，差不多有上千担，将它们砌成了一面石壁，高和宽都超过十丈，嶙峋峥嵘，光怪陆离，大有悬崖峭壁的韵致。这位僧人真是个雅人。到现在都已经三十多年了，这面石壁还经常闯入我的梦中，让人思念的程度可想而知。砖砌的界墙，天下通用，它的原理和方法人人皆知，可以放在一边不说。至于泥墙土壁，贫富都适用，也能显示清高淡雅的情致，只是墙脚太厚，收顶太窄，好像一座尖山，而且凹进凸出，不能像砖墙那样能砌得整齐，这些都是因为主人没有监督好。如果砌砖墙用吊线的方法，先将建筑的位置画出来，用东西标出来，再用筑板根据标记来筑，筑出来的墙就具有美观大方的风韵，没有残缺断裂的情形了。

女墙

《古今注》云：“女墙者，城上小墙。一名睥睨，言于城上窥人也。”予以私意释之，此名甚美，似不必定指城垣，凡户以内之及肩小墙，皆可以此名之。盖女者，妇人未嫁之称，不过言其纤小，若定指城上小

及肩小墙

墙，则登城御敌，岂妇人女子之事哉？至于墙上嵌花或露孔，使内外得以相视，如近时园圃所筑者，益可名为女墙，盖仿睥睨之制而成者也。其法穷奇极巧，如《园冶》所载诸式①，殆无遗义矣。但须择其至稳极固者为之，不则一砖偶动，则全壁皆倾，往来负荷者，保无一时误触之患乎？坏墙不足惜，伤人实可虑也。予谓自顶及脚皆砌花纹，不惟极险，亦且大费人工。其所以洞彻内外者，不过使代琉璃屏，欲人窥见室家之好耳。止于人眼所瞩之处，空二三尺，使作奇巧花纹，其高乎此及卑乎此者，仍照常实砌，则为费不多，而又永无误触致崩之患。此丰俭得宜，有利无害之法也。

【注释】

①《园冶》：又名《园牧》，古代造园名著。

【译文】

《古今注》说："女墙，就是城上的矮墙，又叫'睥睨'，说的是从城上窥人的意思。"依我个人的理解，这个名字非常美妙，似乎不一定要专指城墙，凡是大门以内齐肩高的矮墙，都可以使用这个名字。因为"女"是没有出嫁的女子的称呼，不过是说她们的身材纤细而已，假如专指城上的矮墙，那么登城作战，不是成了妇人女子的事了吗？至于在墙上嵌花还是打孔，使内外能够互相看见，就像近来建造园圃的样式，就更可以叫作"女墙"了，因为它们是模仿"睥睨"而建的。这墙的建法非常奇巧，像《园冶》中记载的各种式样，大概没有什么遗漏了。只是必须选择其中最稳最坚固的样式来建造，否则松动一块砖，就会让整堵墙都倒塌。往来挑担的人，能保证没有误触误碰带来的危险吗？墙坏了不值得可惜，伤到人就要让人担忧了。我认为从墙顶到墙脚都砌上花纹，不仅极危险，而且太耗费人力。这墙上的孔是用来让人看清墙内墙外的，不过是用来替代琉璃屏风，使人得以看到宅院的美好罢了。只需在人的视线所及之处，空出两三尺，雕一些奇巧的花纹，那些比这高或比这低的，照常砌实就可以了。这样既不多花费，而且永远没有误触塌倒的隐患。这是奢俭适宜、有利无害的方法。

厅壁

厅壁不宜太素，亦忌太华。名人尺幅自不可少，但须浓淡得宜，错综有致。予谓裱轴不如实贴。轴虑风起动摇，损伤名迹，实贴则无是患，且觉大小咸宜也。实贴又不如实画，“何年顾虎头，满壁画沧州”①，自是高人韵事。予斋头偶仿此制，而又变幻其形，良朋至止，无不耳目一新，低回留之不能去者。因予性嗜禽鸟，而又最恶樊笼，二事难全，终年搜索枯肠，一悟遂成良法。乃于厅旁四壁，倩四名手，尽写着色花树，而绕以云烟，即以所爱禽鸟，蓄于虬枝老干之上。画止空迹，鸟有实形，如何可蓄？曰：不难，蓄之须自鹦鹉始。从来蓄鹦鹉者必用铜架，即以铜架去其三面，止存立脚之一条，并饮水啄粟之二管。先于所画松枝之上，穴一小小壁孔，后以架鹦鹉者插入其中，务使极固，庶往来跳跃，不致动摇。松为着色之松，鸟亦有色之鸟，互相映发，有如一笔写成。良朋至止，仰观壁画，忽见枝头鸟动，叶底翎张，无不

枝头鸟动，叶底翎张。

色变神飞，诧为仙笔；乃惊疑未定，又复载飞载鸣，似欲翱翔而下矣。谛观熟视，方知个里情形，有不抵掌叫绝，而称巧夺天工者乎？若四壁尽蓄鹦鹉，又忌雷同，势必间以他鸟。鸟之善鸣者，推画眉第一。然鹦鹉之笼可去，画眉之笼不可去也，将奈之何？予又有一法：取树枝之拳曲似龙者，截取一段，密者听其自如，疏者网以铁线，不使太疏，亦不使太密，总以不致飞脱为主。蓄画眉于中，插之亦如前法。此声方歇，彼喙复开；翠羽初收，丹睛复转。因禽鸟之善鸣善啄，觉花树之亦动亦摇；流水不鸣而似鸣，高山是寂而非寂。座客别去者，皆作殷浩书空，谓咄咄怪事[2]，无有过此者矣。

【注释】

① 何年顾虎头，满壁画沧州：语出杜甫《题玄武禅师屋壁》诗。顾虎头，即顾恺之，字长康，小字虎头，晋代著名画家。

② 皆作殷浩书空，谓咄咄怪事：《世说新语·黜免》中说晋代殷浩被桓温废免，终日用手在空中写“咄咄怪事”四字。此用以形容出乎意外、惊讶不已的事。

【译文】

厅堂的墙壁不适宜太朴素，也不适宜太奢华。名人的字画，自然不能少，但也应当浓淡得宜，错落有致。我认为裱成画轴不如直接贴在墙上。画轴被风吹动会损坏名人的手迹，而直接贴在墙上就不必担心了，而且大大小小的字画都适合这样做。直接贴在墙上又不如直接画在墙上，“顾恺之曾经在沧州满壁作画”，这自然是高人的风雅韵事。我书房里面曾经效仿过这个方法，朋友见了，都感觉耳目一新，流连忘返。我生性喜欢养鸟，却又讨厌鸟笼，这事就很难两全其美。于是常年思索这个问题，终于悟出一个好方法。我请来四位名家高手，在厅屋的四面墙上画满各种颜色的花树，又加上缭绕的云烟，再把我喜爱的鸟养在盘曲的老树干上。画是假的，鸟却是真的，怎么去喂养呢？我说：不难，要养就先从鹦鹉养起。从来养鹦鹉的，一定用铜架，我把铜架去掉三面，只留下立脚的一条和喝水啄食的两条管子。先在所画的松枝上，钻一个小孔，再将铜架插进去，一定要插牢固，使鹦鹉在跳动时，铜管不至于摇动。松树是着色的松树，鸟是有色的鸟，互相映衬，就像是同一时间画成的。好朋友来我家里做客，抬头去看壁画，突然看到枝头有小鸟在跳跃，叶子底下有翅膀在扇动，无不神飞色变，惊为神笔，没等他们回过神来，鸟又开始飞翔鸣叫，仿佛要从墙上飞下来。再仔细观察，才明白其中的奥妙，无不拍掌叫绝，赞称巧夺天工。如果四面墙上所养的都是鹦鹉，为避免雷同，还应该兼养一些其他的鸟。画眉鸟叫得最动听。然而养鹦鹉的笼子可以除去，养画眉的笼子却不能除去，怎么办呢？我又想了一个方法：找一根弯弯曲曲的树枝，截取一段，枝叶密集的地方不用管，听其自然，稀疏的地方用铁丝编成网，不要太稀也不要太密，鸟飞不出去就可以了。如同前面所说的把它插在墙上，把画眉鸟养在里面。这只鸟的叫声刚停，那只鸟又开始鸣叫了；这里的小鸟刚刚收起翅膀，那边的小鸟又探出头来。由于小鸟喜欢叫喜欢啄，让人觉得花树似乎在摇摆，流水似乎有响声，高山似乎在喧闹。离去的客人，无不惊叹不已，认为是咄咄怪事，没有比这更奇妙的了。

书房壁

书房之壁，最宜潇洒。欲其潇洒，切忌油漆。油漆二物，俗物也，前人不得已而用之，非好为是沾沾者。门户窗棂之必须油漆，蔽风雨也；厅柱榱楹之必须油漆，防点污也。若夫书房之内，人迹罕至，阴雨弗浸，无此二患而亦蹈此辙，是无刻不在桐腥漆气之中，何不并漆其身而为厉

书房之壁

乎？石灰垩壁，磨使极光，上着也；其次则用纸糊。纸糊可使屋柱窗楹共为一色，即壁用灰垩，柱上亦须纸糊，纸色与灰，相去不远耳。壁间书画自不可少，然粘贴太繁，不留余地，亦是文人俗态。天下万物，以少为贵。步幛非不佳[①]，所贵在偶尔一见，若王恺之四十里，石崇之五十里[②]，则是一日中哄市，锦绣罗列之肆廛而已矣。看到繁缛处，有不生厌倦者哉？昔僧玄览往荆州陟屺寺，张璪画古松于斋壁，符载赞之，卫象诗之，亦一时三绝，览悉加垩焉。人问其故，览曰："无事疥吾壁也。"诚高僧之言，然未免太甚。若近时斋壁，长笺短幅尽贴无遗，似冲繁道上之旅肆，往来过客无不留题，所少者只有一笔。一笔维何？“某年月日某人同某在此一乐”是也。此真疥壁，吾请以玄览之药药之。

糊壁用纸，到处皆然，不过满房一色白而已矣。予怪其物而不化，窃欲新之。新之不已，又以薄蹄变为陶冶③，幽斋化为窑器，虽居室内，如在壶中，又一新人观听之事也。先以酱色纸一层，糊壁作底，后用豆绿云母笺，随手裂作零星小块，或方或扁，或短或长，或三角或四五角，但勿使圆，随手贴于酱色纸上，每缝一条，必露出酱色纸一线，务令大小错杂，斜正参差，则贴成之后，满房皆冰裂碎纹，有如哥窑美器。其块之大者，亦可题诗作画，置于零星小块之间，有如铭钟勒卣，盘上作铭，无一不成韵事。问予所费几何，不过于寻常纸价之外，多一二剪合之工而已。同一费钱，而有庸腐新奇之别，止在稍用其心。“心之官则思。”④如其不思，则焉用此心为哉？

糊纸之壁，切忌用板。板干则裂，板裂而纸碎矣。用木条纵横作槅，如围屏之骨子然。前人制物备用，皆经屡试而后得之，屏不用板而用木槅，即是故也。即如糊刷用棕，不用他物，其法亦经屡试，舍此而另换一物，则纸与糊两不相能，非厚薄之不均，即刚柔之太过，是天生此物以备此用，非人不能取而予之。人知巧莫巧于古人，孰知古人于此亦大费辛勤，皆学而知之，非生而知之者也。

壁间留隙地，可以代橱。此仿伏生藏书于壁之义⑤，大有古风，但所用有不合于古者。此地可置他物，独不可藏书，以砖土性湿，容易发潮，潮则生蠹，且防朽烂故也。然则古人藏书于壁，殆虚语乎？曰：不然。东南西北，地气不同，此法止宜于西北，不宜于东南。西北地高而风烈，有穴地数丈而始得泉者，湿从水出，水既不得，湿从何来？即使

壁间书画自不可少

有极潮之地，而加以极烈之风，未有不返湿为燥者。故壁间藏书，惟燕赵秦晋则可，此外皆应避之。即藏他物，亦宜时开时阖，使受风吹；久闭不开，亦有霾湿生虫之患。莫妙于空洞其中，止设托板，不立门扇，仿佛书架之形，有其用而不侵吾地，且有磐石之固，莫能摇动。此妙制善算，居家必不可无者。予又有壁内藏灯之法，可以养目，可以省膏，可以一物而备两室之用，取以公世，亦贫士利人之一端也。我辈长夜读书，灯光射目，最耗元神。有用瓦灯贮火，留一隙之光，仅照书本，余皆闭藏于内而不用者。予怪以有用之光置无用之地，犹之暴殄天物，因效匡衡凿壁之义⑥，于墙上穴一小孔，置灯彼屋而光射此房，彼行彼事，我读我书，是一灯也，而备全家之用，又使目力不竭于焚膏，较之瓦灯，其利奚止十倍？以赠贫士，可当分财。使予得拥厚资，其不吝亦如是也。

【注释】

① 步幛：遮蔽视线或阻隔灰尘的屏幕，富人家常以绫罗绸缎为之。

② 《世说新语·汰侈》："君夫作紫丝布步幛碧绫裹四十里，石崇作锦步障五十里以敌之。"君夫是王恺的字，与石崇均为晋代贵族，常在一起斗富。

③ 薄蹄：语出《易·说卦》，此处指用纸糊。

④ 心之官则思：语出《孟子·告子上》。

⑤ 伏生：名胜，字子贱，秦朝博士。秦始皇焚书时，他将《尚书》藏于屋壁中。

⑥ 匡衡凿壁：《西京杂记》："匡衡，字稚圭，勤学而无烛。邻舍有烛而不逮，衡乃穿壁引其光，以书映光而读之。"后即以"凿壁偷光"为刻苦攻读之典。

【译文】

书房的墙壁最应该自然潇洒，想要它自然潇洒，切忌用油和漆。油与漆这两样东西都是俗物，前人是不得已才使用它们，并不是喜欢这样做。门和窗棂之所以必须用油漆，是为了避免风雨的侵蚀；厅柱和屋檐之所以必须用油漆，是为了防止污物的浸染。如果书房里面，很少有人来往，阴雨也不会来侵蚀，没有这两种担忧却也刷上油漆，使人无时无刻不处在刺鼻的油漆气味之中，那还不如连身上也刷上油漆来得更直接呢！用石灰粉刷墙壁，再经打磨让它很光洁，这是最好的做法。其次是用纸糊，纸糊可以让柱子和窗棂成为同一种颜色。即使墙壁用石灰粉刷，柱子上也须用纸糊，因为纸的颜色和石灰相差不远。墙壁上字画自然不能缺少，但是粘贴太多，不留一点空地，那是文人的一种俗气。天下万物，以稀少为贵。步幛不是不好，但是贵在偶尔一见，像王恺将其铺上四十里，石崇将其铺上五十里，那就像是一个热热闹闹、锦绣罗列的市场了。看到繁杂的东西，能不让人产生厌倦吗？从前僧人玄览，在荆州陟屺寺做住持，张璪在斋壁上画了古松，符载为它写了赞词，卫象为它题了诗，也称得上当时的三绝了。然而玄览却用白粉把它们都给刷掉了。有人问玄览原因。玄览说："不能让我的墙壁像长了疥疮一样。"虽然是高僧的话，但未免太过分了。像近来的寺墙，上面贴满了长篇短幅，就像繁忙大道上的旅店，来往的过客，都在上面题字，其中少的只有一笔。这一笔是什么呢？就是"某年某月某人同某人在此一乐"。这才真的是让墙壁长满疥疮，我希望能用玄览的方法来医治它。

用纸糊墙壁，到处都是这样，不过满屋都是一样的白色罢了。我嫌它太呆板没有变化，私下里想创新一番。经过不断的创新，把糊纸变为了陶泥，把书房变为了瓷器，虽然身在书房，却仿佛坐在瓷壶中，这又是一件让人耳目一新的事。先用一层酱色纸糊在墙壁上作底色，然后把豆绿色的云母笺随手撕裂成零星小片，或方或扁，或短或长，或三角或四五个角，只是不要圆形，随手把这些碎片贴在酱色纸上，在每一块衔接的地方，一定要露出一线酱色纸，要让它们大小错杂，斜正参差。这样贴成之后，满房墙壁都是冰裂碎纹，就像哥窑的精美瓷器。其中大块的，也可以题诗作画，它们置于零星小块之间，就像钟鼎酒器镌刻的铭文，没有一处不显出韵味。要问我花费多少，不过在平常的纸价之外，多花一点剪贴的工夫罢了。花费同样多的钱，却有庸腐和新奇的差别，就在于稍用一些心思而已。“心是思维的器官”，如果心不用来思考，那么要这心来干什么？

糊纸的墙壁，切忌用木板，木板干了就会开裂，木板开裂了纸也就碎了。要用木条横竖交错制成木槅，就像围屏的骨架一样很疏。前人制作和使用某种东西，都是经过反复试验才成功的。屏风不用木板而用木槅，就是这个缘故。就像糊墙的刷子用棕丝而不用其他的东西一样，这也是经过屡次试验的。若是不用棕丝而用其他的东西，纸和糨糊就不好粘合，不是厚薄不均，就是刷子太硬或太软。这真是天生的一物配一物，不是人们随便用什么东西可以取而代之的。人们只知道自己的巧思比不过古人，却不知古人对于这些事情也是付出了很多的辛勤劳动，都是通过学习才懂的，并不是生下来就什么都知道的。

墙壁上留出空隙的地方，可以代替壁橱。这是仿照伏生在墙壁中藏书的做法，很有古风的意味，只是它的用途有不同于古人的地方。壁橱可以放置其他的东西，却独不可以藏书。因为砖土容易潮湿，会生蠹虫，而且还需防止腐烂。那么古人在墙壁中藏书是假话吗？我说不是的。东南西北各地的气候不同。这种方法只适宜于西北，东南就不适宜了。西北地势高，风刮得猛烈，往往要挖地好几丈深才能见到水。湿气是从水里来的，既然见不到水，湿气又从哪里来呢？即使有非常潮湿的地方，可是因为有非常猛烈的风，也就变得干燥了。所以在墙壁里藏书，只有燕赵秦晋等地才可以，此外的地方都不能这样去做。即使藏其他的东西，也应该时开时闭，让壁橱通风。长期关着，也有潮湿发霉生虫的隐患。最好是把中间空起，只设托板，不装门扇，就像书架一样，既能发挥它的用处又不占地方，而且还坚固不可摇动。这样巧妙的设计，对于居家过日子来说是必不可少的。我还有壁内藏灯的好方法，可以保养眼睛，也可以节省灯油，还可以用一盏灯来供两间屋使用。将这种方法告诉世人，也是我这贫寒人士为人谋利的一种表现吧。我们这些读书人彻夜读书，灯光刺激着眼睛，最损耗精神。有人用瓦灯罩火，只留一线光亮照着书本，其余的光线全都被遮藏在瓦灯内却不利用。我奇怪人们为什么要把有用的光亮放在无用的地方，这简直就是浪费。于是我效仿匡衡凿壁借光的做法，在墙上挖一个小孔，把灯放在那间屋子，灯光也可射到这间屋子来，他人做他人的事，我读我的书。这一盏灯可以供全家使用，又让视力不受灯光的损害。与瓦灯相比，这种方法的好处何止十倍？把这种方法告诉贫寒的读书人，抵得上把财产分给他们。假使将来我拥有丰厚的资产，不用吝惜金钱，还是会这样做的。

联匾第四

堂联斋匾，非有成规。不过前人赠人以言，多则书于卷轴，少则挥诸扇头；若止一二字、三四字，以及偶语一联，因其太少也，便面难书，方策不满，不得已而大书于木。彼受之者，因其坚巨难藏，不便纳之笥中，欲举以示人，又不便出诸怀袖，亦不得已而悬之中堂，使人共见。此当日作始者偶然为之，非有成格定制，画一而不可移也。讵料一人为之，千人万人效之，自昔徂今，莫知稍变。夫礼乐制自圣人，后世莫敢窜易，而殷因夏礼，周因殷礼，尚有损益于其间，矧器玩竹木之微乎？予亦不必大肆更张，但效前人之损益可耳。锢习繁多，不能尽革，姑取斋头已设者，略陈数则，以例其余。非欲举世则而效之，但望同调者各出新裁，其聪明什佰于我。投砖引玉，正不知导出几许神奇耳。

有诘予者曰：观子联匾之制，佳则佳矣，其如挂一漏万何？由子所为者而类推之，则《博古图》中，如樽罍、琴瑟、几杖、盘盂之属，无一不可肖像而为之，胡仅以寥寥数则为也？予曰：不然。凡予所为者，不徒取异标新，要皆有所取义。凡人操觚握管，必先择地而后书之，如古人种蕉代纸[①]，刻竹留题，册上挥毫，卷头染翰，剪桐作诏[②]，选石题诗，是之数者，皆书家固有之物，不过取而予之，非有蛇足于其间也。若不计可否而混用之，则将来牛鬼蛇神无一不备，予其作俑之人乎！图中所载诸名笔，系绘图者勉强肖之，非出其人之手。缩巨为细，自失原神，观者但会其意可也。

【注释】

① 种蕉代纸：唐代书法家怀素和尚种植了芭蕉万余株，以蕉叶代纸练习书法，成为千古佳话。

② 剪桐作诏：《吕氏春秋·重言》："成王与唐叔虞燕居，援梧叶以为珪，而授唐叔虞曰：'余以此封女。'叔虞喜，以告周公。周公以请曰：'天子其封虞邪？'成王曰：'余一人与虞戏也。'周公对曰：'臣闻之，天子无戏言。天子言则史书之，工诵之，士称之。'于是遂封叔虞于晋 。"后因以"剪桐"为分封的典实。

【译文】

厅堂书房的对联和匾额，并没有固定的规矩。前人为别人题写赠言时，字多的就写在卷轴上，字少的就直接写在扇面上。如果只有一二字、三四字，或是偶尔写一副对联，因为字数太少，写在扇面上或是册页上都不合适，没有办法才用大字写到木匾上。接受赠言的人，因为木匾又大又硬，不方便放在箱子中，想拿给人看，又不能从衣袖里取出来，于是就把它挂在厅堂里，使大家都可以看见。这是创始者当时的做法，并没有什么固定的规矩，非要如此做不可。想不到一个人这么做了，千万个人都来仿效，而且从古到今都没有变动。礼乐是圣人制定的，后世没有人敢窜改，然而殷朝仿照夏朝礼制，周朝仿照殷朝礼制，尚且要作些变动，何况器具玩物呢？我也不用做大改革，只像前人那样略作增减就可以了。旧的陋习实在太多，很难一下子都改过来，就拿我书房里已有的举几个例子，来作为推行的典范。我并非想要天下人都来学我，只是希望和我有相同爱好的人能够别出心裁，比我聪明十倍百倍。我在此抛砖引玉，不知道能引出多少奇思妙想。

有人反问我："看你设计的联匾，好是好，但对于列举不周、多有遗漏的弊端又该怎么办呢？从你所谈的这些类推出去，《博古图》里像酒具、琴瑟、几杖、盘盂等等，全都可以拿来模仿，你怎么就举了这么几个例子呢？"我说不是这样。我所设计的，不仅是为了标新立异，重要的是要取它的涵义。人们做文章，必须想好思路然后下笔。像古人种蕉代纸，竹上刻字，纸上挥毫，桐叶作诏，石头题诗，这些都是书法家原本早已选用过的，我选取来用，并非画蛇添足。要是不管是否合适都随意取用，那么以后牛鬼蛇神，岂不都会被人拿来用呢？我不就成始作俑者了吗？图中所记载的各位名家手迹，是绘图的人勉强模仿的，并不是出自我的手笔。把大的东西缩小，自然会失去原有的神韵，观赏的人只要领会其中的意思就可以了。

蕉叶联

蕉叶题诗，韵事也；状蕉叶为联，其事更韵。但可置于平坦贴服之处，壁间门上皆可用之，以之悬柱则不宜，阔大难掩故也。其法先画蕉叶一张于纸上，授木工以板为之，一样二扇，一正一反，即不雷同。后付漆工，令其满灰密布，以防碎裂。漆成后，始书联句，并画筋纹。蕉色宜绿，筋色宜黑，字则宜填石黄，始觉陆离可爱，他色皆不称也。用石黄乳金更妙，全用金字则太俗矣。此匾悬之粉壁，其色更显，可称"雪里芭蕉"。

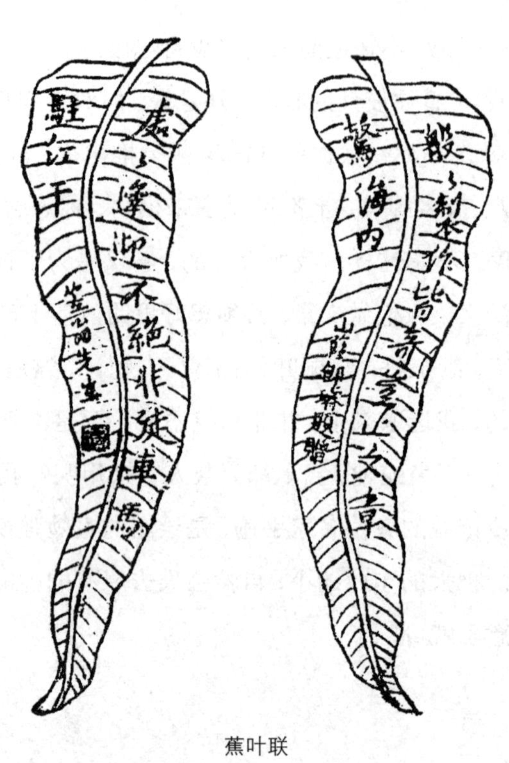

蕉叶联

【译文】

在蕉叶上题诗，是很有情趣的事情；依照蕉叶的形状做成联匾，就更有情趣了。这种联匾只可以挂在平坦的地方，像墙壁上或是门上，挂在柱子上就不适合了，因为它又宽又大，把柱子都遮掩了。制作这种联的方法是先在纸上画一张蕉叶，叫木工用木板照图纸上的蕉叶制作，一样两扇，一正一反，就不会雷同了。然后交给漆工，让他在上面刮满底灰，用来防碎裂。漆完以后，再开始写对联，并且画上蕉叶的筋络纹路。蕉的颜色宜用绿色，筋的颜色宜用黑色，字则最好填成石黄，才觉其可爱，其他颜色都不合适。用石黄乳金更好，但都用金字又太俗。把这种匾挂在洁白的墙上，颜色更明显，可以称为“雪里芭蕉”。

此君联[1]

“宁可食无肉，不可居无竹。”[2]竹可须臾离乎？竹之可为器也，自楼阁几榻之大，以至筲壶杯箸之微，无一不经采取，独至为联为匾诸韵

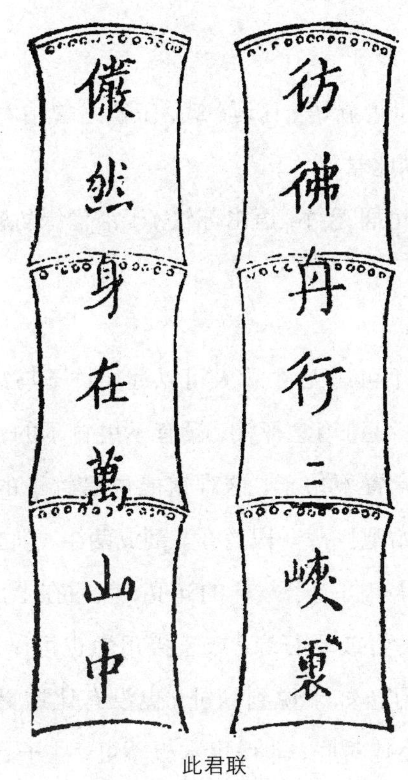

此君联

事弃而弗录，岂此君之幸乎？用之请自予始。截竹一筒，剖而为二，外去其青，内铲其节，磨之极光，务使如镜，然后书以联句，令名手镌之，摻以石青或石绿，即墨字亦可。以云乎雅，则未有雅于此者；以云乎俭，亦未有俭于此者。不宁惟是，从来柱上加联，非板不可，柱圆板方，柱窄板阔，彼此抵牾，势难贴服，何如以圆合圆，纤毫不谬，有天机凑泊之妙乎？此联不用铜钩挂柱，用则多此一物，是为赘瘤。止用铜钉上下二枚，穿眼实钉，勿使动移。其穿眼处，反择有字处穿之，钉钉后，仍用摻字之色补于钉上，混然一色，不见钉形尤妙。钉蕉叶联亦然。

【注释】

① 此君：即竹。《世说新语·任诞》载，王徽之曾指着竹子说："何可一日无此君！"后便以此君代竹。

② 宁可食无肉，不可居无竹：语出苏轼《于潜僧绿竹轩》诗。

【译文】

"宁可食无肉，不可居无竹。"人可以远离竹子吗？用竹子做成的器物，大到楼阁桌床，小到箱盒杯筷，没有不用竹子的，唯独到了做联做匾这种雅事，反而弃置不用了，这难道能说是竹子的幸运吗？使用竹子就从我这里来开始吧！截一段竹子，剖成两半，削去外面的青皮，铲掉中间的节疤，磨得如同镜子一样的光亮，然后在上面书写联句，再请来名匠篆刻，填上石青或是石绿，或直接用墨也可以。如果说到雅致，没有比这更雅致的了；如果说到简朴，也没有比这更简朴的了。不只如此，以前在柱子上挂对联，非得用木板不可，柱子是圆的而木板是方的，柱子是窄的而木板是宽的，彼此互相抵触，必定难以服贴，哪比得上用竹子，圆的与圆的相合，一点缝隙都没有，有没有天机自然的妙趣呢？这种联不用铜钩来挂，如果用了也是多此一举，又是一个累赘。只要用两枚铜钉，在联上穿眼钉牢使它移动不了就行。穿眼的地方，要特意选有字的地方。钉上钉子后，要用字的颜色涂在钉子上，使它们浑然一色，看不出钉子的形迹最好。钉蕉叶联也是如此。

碑文额

三字额，平书者多，间有直书者，匀作两行。匾用方式，亦偶见之。然皆白地黑字，或青绿字。兹效石刻为之，嵌于粉壁之上，谓之匾额可，谓之碑文亦可。名虽石，不果用石，用石费多而色不显，不若以木为之。其色亦不仿墨刻之色，墨刻色暗，而远视不甚分明。地用墨漆，字填白粉，若是则值既廉，又使观者耀目。此额惟墙上开门者宜用之，又须风雨不到之处。客之至者，未启双扉，先立漆书壁经之下，不待搴帷入室，已知为文士之庐矣。

【译文】

三个字的匾额，横着写的居多，偶尔也有竖着写的，要分作两行。也有把匾做成方形的，但都是用白色做底刻上黑字，或是青字绿字。这些都是仿照石刻做的，嵌在墙壁上，可以称作匾额，也可以称作碑文。名字虽然叫石，并不是真的用石头做成，用石头做不但花费大而且颜色

碑文额

也不明显，不如用木头做的好。颜色也不要仿照墨刻的颜色，墨刻的颜色暗，远看看不分明。木头的底色用黑漆，字则填上白色的粉，如此既省费用，又很醒目。然而这种匾只适合在墙上开门的地方用，又必须要放在风雨淋不到的地方。客人来了，还没开门，先站在匾额下面，不需等到掀开帘子进入房间，就已经知道来到了文人雅士的居所。

手卷额

额身用板，地用白粉，字用石青石绿，或用炭灰代墨，无一不可。

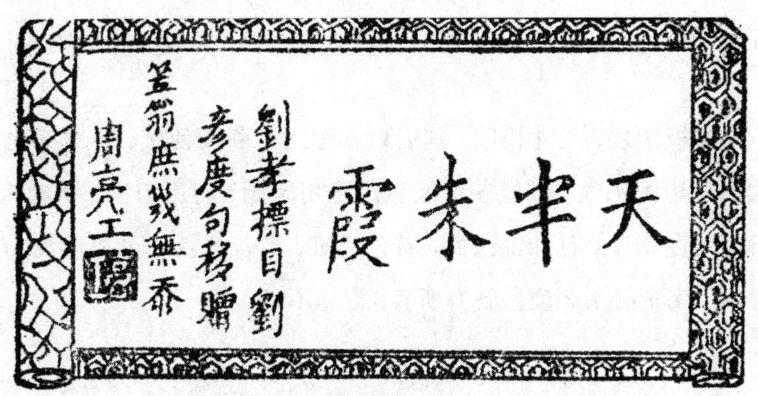

手卷额

与寻常匾式无异，止增圆木二条，缀于额之两旁，若轴心然。左画锦纹，以像装潢之色；右则不宜太工，但像托画之纸色而已。天然图卷，绝无穿凿之痕，制度之善，庸有过于此者乎？眼前景，手头物，千古无人计及，殊可怪也。

【译文】

这种匾的额身用木板制成，底子用白粉，字用石青或石绿，若用炭灰来代替墨汁，也是可以的。式样跟一般的匾没什么差别，只是增加两根圆木，缀在匾的两边，就像轴心一样。左边画上锦纹，和装潢的颜色一样，右边不需要太精巧，只要像托画纸的颜色就行。天然的画卷，没有半点穿凿的痕迹，还有比这更好的吗？这些眼前的景色，手边的材料，自古以来没有人想到，真让人奇怪。

册页匾

用方板四块，尺寸相同，其后以木绾之。断而使续，势取乎曲，然勿太曲。边画锦纹，亦像装潢之色。止用笔画，勿用刀镌，镌者粗略，反不似笔墨精工；且和油入漆，着色为难，不若画色之可深可浅，随取随得也。字则必用剞劂。各有所宜，混施不可。

【译文】

将尺寸相同的四块方板，后面用木条连接在一起，似断实连，连接时使它们弯曲，但不要太弯。边上画上锦纹，跟装潢颜色一致，只用笔画，不用刀刻，刀刻太粗糙，反而不如笔画精细。而且漆里掺了油，着色困难，不如笔画的颜色可深可浅，随时可以取得。字就必须用刀刻，该怎么做就怎么做，不能混淆。

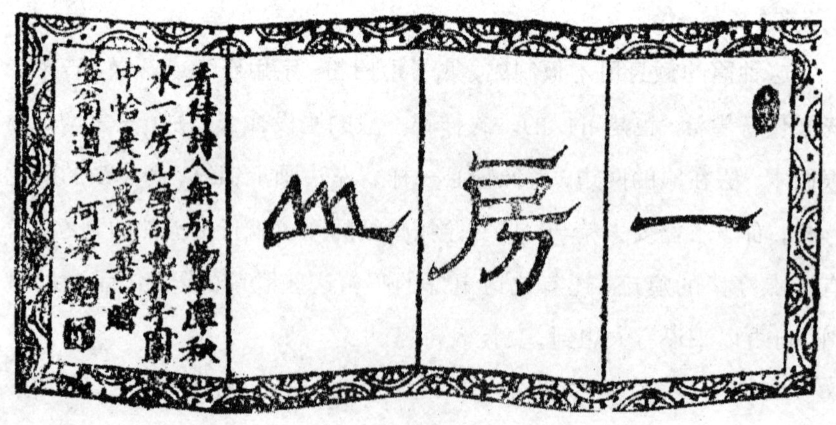

册页匾

虚白匾

“虚室生白”，古语也。且无事不妙于虚，实则板矣。用薄板之坚者，贴字于上，镂而空之，若制糖食果馅之木印。务使二面相通，纤毫无障。其无字处，坚以灰布，漆以退光。俟既成后，贴洁白绵纸一层于字后。木则黑而无泽，字则白而有光，既取玲珑，又类墨刻，有匾之名，去其迹矣。但此匾不宜混用，择房舍之内暗外明者置之。若屋后有光，则先穴通其屋，以之向外，不则置于入门之处，使正面向内。从来屋高门矮，必增横板一块于门之上。以此代板，谁曰不佳？

【译文】

“虚室生白”是一句古话。况且没有什么事不是妙在虚上，若是实了就太呆板了。用坚硬的木板把字贴在上面，再镂空，就像制作糖果或者水果馅的木印。一定要让两面相通，没有丝毫障碍。那没有字的地方，抹上灰使它变得坚固，刷上漆使它褪掉光泽。等到做成后，在字的

虚白匾

背后贴上一层洁白的绵纸。这样，木板就会变黑而失去光泽，字就会变白而富有光泽，既透出玲珑可爱，又像是墨刻一样，只有匾的名称，却没有匾的痕迹了。只是这种匾不能随便挂在什么地方，要选择内暗外明的房屋来设置。如果屋后面有光，就先凿通屋墙，把匾朝外面，或者就放在进门的地方，让正面朝里面。从来都是屋高门矮，如果一定要在门上增加一块横板，就用这种匾额来代替这块横板，谁又说不好呢？

石光匾

即“虚白”一种，同实而异名。用于磊石成山之地，择山石偶断外，以此续之。亦用薄板一块，镂字既成，用漆涂染，与山同色，勿使稍异。其字旁凡有隙地，即以小石补之，粘以生漆，勿使见板。至板之四围，亦用石补，与山石合成一片，无使有襞襀之痕，竟似石上留题，为后人凿穿以存其迹者。字后若无障碍，则使通天，不则亦贴绵纸，取光明而塞障碍。

【译文】

石光匾是“虚白匾”的一种，实质相同而名称不同。它用在石头垒成的假山上，选择山石偶然断裂处，用它来作连接。也是用一块薄的木板，把字镂空之后，用漆染成跟假山同样的颜色，不要使它稍有不同。那字旁凡是有空隙的地方，就用小石子填补，再用生漆粘上，不要看出来有木板。至于木板的四周，也用石头填补，与山石融成一片，不要让

石光匾

它露出修饰的痕迹，看起来就像是在石头上题的字，被后人凿穿而保存了它的遗迹。字的后面如果没有障碍，就让它透光，不然就贴上绵纸，这样既能透出光亮，又能遮挡后面的东西。

秋叶匾

御沟题红[1]，千古佳事；取以制匾，亦觉有情。但制红叶与制绿蕉有异：蕉叶可大，红叶宜小；匾取其横，联妙在是。是亦不可不知也。

秋叶匾

【注释】

① 御沟题红：又叫“红叶题诗”。据孟棨《本事诗》载，唐朝顾况在皇宫旁游玩，从皇宫流出的溪水中捡得一片桐叶，上有宫女题诗曰：“一入深宫里，年年不见春。聊题一片叶，寄与有情人。”顾况也在桐叶上题诗一首，放入水中，诗云：“花落深宫莺亦悲，上阳宫女断肠时。帝城不禁东流水，叶上题诗欲寄谁？”数日后，顾况又得一叶，上云：“一叶题诗出禁城，谁人酬和独含情。自嗟不及波中叶，荡漾乘春取次行。”

【译文】

红叶题诗是千古流传的佳话，拿来制作匾额，也让人觉得别有情趣。然而制作红叶匾和制作蕉叶匾也有不同的地方：蕉叶匾可以做得大一些，红叶匾则适合做得小一些；匾要做成横的，对联则要做成竖的。这也是不可不知的。

山石第五

幽斋磊石，原非得已。不能致身岩下，与木石居，故以一卷代山，一勺代水，所谓无聊之极思也。然能变城市为山林，招飞来峰使居平地，自是神仙妙术，假手于人以示奇者也，不得以小技目之。且磊石成山，另是一种学问，别是一番智巧。尽有丘壑填胸、烟云绕笔之韵士，

幽斋磊石

命之画水题山，顷刻千岩万壑，及倩磊斋头片石，其技立穷，似向盲人问道者。故从来叠山名手，俱非能诗善绘之人。见其随举一石，颠倒置之，无不苍古成文，纡回入画，此正造物之巧于示奇也。譬之扶乩召仙，所题之诗与所判之字，随手便成法帖，落笔尽是佳词，询之召仙术士，尚有不明其义者。若出自工书善咏之手，焉知不自人心捏造？妙在不善咏者使咏，不工书者命书，然后知运动机关，全由神力。其叠山磊石，不用文人韵士，而偏令此辈擅长者，其理亦若是也。然造物鬼神之技，亦有工拙雅俗之分，以主人之去取为去取。主人雅而喜工，则工且雅者至矣；主人俗而容拙，则拙而俗者来矣。有费累万金钱，而使山不成山、石不成石者，亦是造物鬼神作祟，为之摹神写像，以肖其为人也。一花一石，位置得宜，主人神情已见乎此矣，奚俟察言观貌，而后识别其人哉？

【译文】

幽静的居所内用石头垒成假山，原本就是不得已的做法。因为不能置身于自然山水之中，所以只好用假山假水来代替了，这也是所谓没有办法之际想出的好办法。然而能将城市变成山林，将飞来峰移到平地，自然是神仙妙术巧借人之手来显示它的奇异，不能看成雕虫小技。况且垒石成山，也是一种学问，别有一番智慧与技巧。不少雅士满胸丘壑，烟云绕笔，让他们画山水，顷刻之间千岩万壑就画出来了，可是要他们在房屋旁边垒一座假山，却一点办法都没有，如同向盲人问路。所以历来那些做假山的名家，都不是能诗善画的人。他们顺手拿起一块石头，随便一放，无不显得苍凉古朴、纡回入画，这正是造物主善于显示神奇的地方。就像术士占卜召仙时诗题与判词，随手写来便成法帖，随意落笔都是佳词。询问他们那些字句的含义，连他自己也说不明白。如果这些东西出自一个擅长书法、善于作诗的人，怎么知道是他自己捏造出来的呢？妙就妙在让不善于作诗的人去作诗，不擅长书法的人去写字，然后才会知道机妙全由神力控制。叠山垒石，文人雅士不擅长，而这些人偏偏擅长，就是这个道理。造物的鬼斧神工也有巧拙、雅俗的区别。这种区别是以主人的取舍为标准的。主人的趣味高雅而追求精巧，那么造出来的山石就是高雅精巧的；主人的趣味低俗而喜欢笨拙，那么造出来的山石一定是低俗笨拙的。有的人花费上万的金钱造山造石，然而造出来的山却不像山，石也不像石，这也是造物的鬼神在作祟，在为主人摹神写像，来显示主人的为人。一盆花一块石头，只要摆放的位置合适恰当，主人的品位就能显现出来，哪里还需要见到本人后察言观色，才能够识别他的为人呢？

大山

山之小者易工，大者难好。予遨游一生，遍览名园，从未见有盈亩累丈之山，能无补缀穿凿之痕，遥望与真山无异者。犹之文章一道，结构全体难，敷陈零段易。唐宋八大家之文，全以气魄胜人，不必句栉字篦，一望而知为名作。以其先有成局，而后修饰词华，故粗览细观，同一致也。若夫间架未立，才自笔生，由前幅而生中幅，由中幅而生后幅，是谓以文作文，亦是水到渠成之妙境；然但可近视，不耐远观，远

盈亩累丈之山，贵无补缀穿凿之痕。

观则襞褙缝纫之痕出矣。书画之理亦然。名流墨迹，悬在中堂，隔寻丈而观之，不知何者为山，何者为水，何处是亭台树木，即字之笔画杳不能辨，而只览全幅规模，便足令人称许。何也？气魄胜人，而全体章法之不谬也。至于累石成山之法，大半皆无成局，犹之以文作文，逐段滋生者耳。名手亦然，矧庸匠乎？然则欲累巨石者，将如何而可？必俟唐宋诸大家复出，以八斗才人，变为五丁力士①，而后可使运斤乎？抑分一座大山为数十座小山，穷年俯视，以藏其拙乎？曰：不难。用以土代石之法，既减人工，又省物力，且有天然委曲之妙。混假山于真山之中，使人不能辨者，其法莫妙于此。累高广之山，全用碎石，则如百衲僧衣，求一无缝处而不得，此其所以不耐观也。以土间之，则可泯然无迹，且便于种树。树根盘固，与石比坚，且树大叶繁，混然一色，不辨其为谁石谁土。立于真山左右，有能辨为积累而成者乎？此法不论石多石少，亦不必定求土石相半，土多则是土山带石，石多则是石山带土。土石二物原不相离，石山离土，则草木不生，是童山矣②。

【注释】

① 五丁力士：古代神话传说中的五个大力士。事迹见《水经注·沔水》。

① 童山：没有树木的山。

【译文】

小山容易造得精巧，大山却很难造好。我一生漫游，看遍名园，从没见过一亩以上、几丈之高的假山能够没有补缀穿凿的痕迹，远远看去有如真山的。这就好像做文章一样，构思全篇困难，零碎写来容易。唐宋八大家的文章，全是以气魄胜人，不一定要逐字逐句地斟酌，一看就知道是名作。因为它先有整体布局，然后才去修饰词藻，所以不管是粗看还是细看，都是一样。如果文章的骨架还没有立好，就顺着文思信笔写下去，从开头写到中间，再从中间写到结尾，这就叫以文作文，也有一种水到渠成的奇妙境界。然而这种文章，只可近观，不耐远看。远看就会看出拼凑的痕迹。书画的道理也是这样。名人的字画，挂在大厅里，隔了一丈多远来看，不知哪里是山，哪里是水，哪里是亭台树木，可能连字的笔画也看不清楚，可是如果只看全幅的规模气势，就会令人十分赞许。为什么呢？这是因为气魄胜人，整体的布局好。至于垒石成山，大半都没有固定的规则，就像以文作文，是一段一段写出来罢了。名家也是这样，更何况平庸的工匠呢？那么，要垒一座巨石大山，要怎么去做呢？难道一定要等唐宋各位大家再生，把才高八斗的文士变成大力士，然后才可以让他们操斧造山吗？或者把一座大山，分成几十座小山，终年俯视，这样来掩饰它的拙劣吗？其实这并不难。采用以土代石的方法，既减少人工，又节省物力，况且还有天然起伏的巧妙。就是把假山混在真山的中间，使人不能分辨出来，没有什么方法比这更妙了。要垒高大的山，如果全部用碎石，就如同百衲的僧衣，想找个没缝的地方都做不到，这是高大的山不耐看的原因。用土混杂在中间，就可以丝毫看不出拼凑的痕迹，这样还便于种树。树根盘曲稳固，可以跟石头一样坚硬，况且树大叶繁，浑然一色，分辨不出哪是土哪是石。把它立在真山的旁边，有谁能分辨出它是人工垒积而成的呢？用这种方法不用管石头是多是少，也不要求土和石各占一半，土多就是土山带石，石多就是石山带土。土和石这两样东西原本就是不可分离的，石山离开了土，就会草木不生，成为不毛之山了。

小山

小山亦不可无土，但以石作主，而土附之。土之不可胜石者，以石可壁立，而土则易崩，必仗石为藩篱故也。外石内土，此从来不易之法。

山石之美，俱在透、漏、瘦。

言山石之美者，俱在透、漏、瘦三字。此通于彼，彼通于此，若有道路可行，所谓透也；石上有眼，四面玲珑，所谓漏也；壁立当空，孤峙无倚，所谓瘦也。然透、瘦二字在在宜然，漏则不应太甚。若处处有眼，则似窑内烧成之瓦器，有尺寸限在其中，一隙不容偶闭者矣。塞极而通，偶然一见，始与石性相符。

瘦小之山，全要顶宽麓窄，根脚一大，虽有美状，不足观矣。

石眼忌圆，即有生成之圆者，亦粘碎石于旁，使有棱角，以避混全之体。

石纹石色，取其相同，如粗纹与粗纹，当并一处，细纹与细纹，宜在一方，紫碧青红，各以类聚是也。然分别太甚，至其相悬，接壤处反觉异同，不若随取随得，变化从心之为便。至于石性，则不可不依；拂其性而用之，非止不耐观，且难持久。石性维何？斜正纵横之理路是也。

【译文】

小山也不能没有土，只是以石头为主，以土为辅。土跟石头相比，是因为石头可以直立起来，而土很容易崩塌，必须用石头遮挡。外面用石，里面填土，这是一贯的方法，不可改变。

说起山石的美，全在“透、漏、瘦”三个字上。山石彼此相通，似乎有路可走，这叫作“透”。石头上有孔，四面玲珑，这叫作“漏”。当空直立，独立无依，这叫作“瘦”。但是“透”和“瘦”处处都可如此，“漏”却不能太过分。如果山石处处有孔，就像在窑里烧瓦器，在有限的场所中，一点缝隙都不能堵塞。在整块的山石中偶然见到一个孔，这才跟石的本性相符。

瘦小的山，全都要山顶宽山底窄。山脚一大，即使造型漂亮，也不值得看了。

石的孔眼忌讳圆形，即使天生是圆的，也要在旁边粘上些碎石，使它有棱有角，以避免过于圆滑。

石头的纹理和颜色要选相同的。例如粗纹的和粗纹的并在一起，细纹的和细纹的并在一起，紫、碧、青、红，各种颜色也应以同类归在一起。但是如果区分过于严格，到了不同颜色相接的地方，也会觉得颜色不自然，不如随取随垒，随心所欲为好。至于石的本性，就不能不依从；如果违背石性来用石，不但不耐看，而且很难持久。石的本性是什么呢？就是它的斜正纵横的纹理。

石壁

假山之好，人有同心；独不知为峭壁，是可谓叶公之好龙矣。山之为地，非宽不可；壁则挺然直上，有如劲竹孤桐，斋头但有隙地，皆可为之。且山形曲折，取势为难，手笔稍庸，便贻大方之诮。壁则无他奇巧，其势有若累墙，但稍稍纡回出入之，其体嶙峋，仰观如削，便与穷崖绝壑无异。且山之与壁，其势相因，又可并行而不悖者。凡累石之家，正面为山，背面皆可作壁。匪特前斜后直，物理皆然，如椅榻舟车之类；即山之本性亦复如是，逶迤其前者，未有不崭绝其后，故峭壁之设，诚不可已。但壁后忌作平原，令人一览而尽。须有一物焉蔽之，使座客仰观不能穷其颠末，斯有万丈悬岩之势，而绝壁之名为不虚矣。蔽之者维何？曰：非亭即屋。或面壁而居，或负墙而立，但使目与檐齐，不见石丈人之脱巾露顶①，则尽致矣。

石壁不定在山后，或左或右，无一不可，但取其地势相宜。或原有亭屋，而以此壁代照墙，亦甚便也。

【注释】

① 石丈人：宋代米芾好石。曾任无为州知军，衙门内有立石，米芾向

石壁或左或右，无一不可。

之礼拜，呼为石丈。

【译文】

人们都喜好假山，但却唯独不知道垒峭壁，这真可以说是“叶公好龙”了。垒造假山的地方，一定要宽；而峭壁却挺拔直立，如同劲竹孤桐，屋旁只要有一点空地，都可以造。而且假山的形状曲折，要造出气势很难，手艺稍微平庸，便会贻笑大方。石壁却没有其他的奇巧，就像垒墙，只要造得稍稍迂回凹凸一些，山体嶙峋，仰看如刀削，就与悬崖绝壁没有什么不同。而且山与石壁的形式是相辅相成的，可以并行不悖。凡是垒了石山的人家，正面垒假山，背面可以垒成峭壁。事物的规律都是前倾后直，比如椅榻、车船之类。就是山的本性，也是这样，前面蜿蜒起伏，后面没有不陡峭壁立的，所以峭壁是必不可少的。只是峭壁后面要避免留下空地，使人一览无余，必须用一样东西来遮蔽它，使座客仰视时不能把顶部全看清楚，这样才有万丈悬崖的气势，绝壁也就不是徒有虚名了。用什么来遮蔽呢？回答是：亭子或者屋子。无论是面朝石壁而坐，还是背靠石壁而立，只要让视线与屋檐相平，看不见石壁的顶端，这样的峭壁就完美了。

石壁不一定要造在山后，造在山的左边或右边都行，只要与地势相宜就可以。或者原来就有亭屋，而用石壁来代替照墙，也很方便。

石洞

假山无论大小，其中皆可作洞。洞亦不必求宽，宽则藉以坐人。如其太小，不能容膝，则以他屋联之，屋中亦置小石数块，与此洞若断若连，是使屋与洞混而为一，虽居屋中，与坐洞中无异矣。洞中宜空少许，贮水其中而故作漏隙，使涓滴之声从上而下，旦夕皆然。置身其中者，有不六月寒生，而谓真居幽谷者，吾不信也。

【译文】

假山无论大小，中间都要有洞。洞也不一定求宽，可以坐人就行。如果洞太小，连人都站不下，就把别的房屋和它连接起来。屋子里面也放些小石块，看起来与石洞似断似连，这样屋子与石洞就浑然一体，虽然坐在房子里，也跟坐在洞里差不多。洞中可以空出一小块地方，贮存少许水在里面，并且故意作出漏隙，让涓涓滴水之声从上而下，日夜不断。置身于山洞之人，如果有不感到六月生寒，而说自己身处幽谷的，我就不相信了。

零星小石

贫士之家，有好石之心而无其力者，不必定作假山。一卷特立，安置有情，时时坐卧其旁，即可慰泉石膏肓之癖[①]。若谓如拳之石亦须钱买，则此物亦能效用于人，岂徒为观瞻而设？使其平而可坐，则与椅榻同功；使其斜而可倚，则与栏杆并力；使其肩背稍平，可置香炉茗具，则又可代几案。花前月下，有此待人，又不妨于露处，则省他物运动之劳，使得久而不坏，名虽石也，而实则器矣。且捣衣之砧，同一石也，需之不惜其费；石虽无用，独不可作捣衣之砧乎？王子猷劝人种竹[②]，予复劝人立石；有此君不可无此丈。同一不急之务，而好为是谆谆者，以人之一生，他病可有，俗不可有；得此二物，便可当医，与施药饵济人，同一婆心之自发也。

平而可坐，则与椅榻同功。

【注释】

① 泉石膏肓之癖：这是说爱好山水成癖，已经病入膏肓。

② 王子猷：即王徽之，字子猷，王羲之之子。性卓尔不群，爱竹。《晋书》本传谓其尝寄居空宅中，便令种竹。或问其故，徽之但啸咏指竹曰："何可一日无此君邪？"

【译文】

贫寒的人家，有喜好假山的心，而没条件建造，就不一定要造假山了。一块小而独特的石头，只要安置得有情趣，时刻坐卧在它旁边，就可以满足对泉水山石的癖好。如果像拳头大的石头，也必须花钱去买，这个东西也一定能对人有用处，难道只是作为观赏之用吗？将它平放可以坐，就跟椅子和床有同样的功用；把它斜放可以倚靠，就跟栏杆有同样的功用；如果石头的表面比较平整，也可以放香炉和茶具，那么又可以代替几案了。花前月下，用石头来作为器具使用，也不怕它放在露天里，就省去了搬运其他东西时的劳累。何况它经久耐用，虽然叫石头，实际上已经是一件家具了。而且捣衣服的砧同样是用石头，如果需要就不要在乎价钱，石头即使再没用处，难道还不可以做捣衣服的砧吗？王子猷劝人种竹，我又劝人立石。有竹不可以没石，这两样东西都不是人们急需的，可是我在这里谆谆劝导，是因为人的一生，其他的病可以有，而俗气病却不可以有。得到石和竹这两样东西，就可以医治俗气，这与送药给人治病一样，都是出于一片仁慈之心。

闲情偶寄

器玩部

制度第一

人无贵贱，家无贫富，饮食器皿，皆所必需。“一人之身，百工之所为备。”①子舆氏尝言之矣。至于玩好之物，惟富贵者需之，贫贱之家，其制可以不问。然而粗用之物，制度果精，入于王侯之家，亦可同乎玩好；宝玉之器，磨砻不善，传于子孙之手，货之不值一钱。知精粗一理，即知富贵贫贱同一致也。予生也贱，又罹奇穷，珍物宝玩虽

以柴为扉，大有黄虞三代之风。

云未尝入手，然经寓目者颇多。每登荣朊之堂，见其辉煌错落者星布棋列，此心未尝不动，亦未尝随见随动，因其材美，而取材以制用者未尽善也。至入寒俭之家，睹彼以柴为扉，以瓮作牖，大有黄虞三代之风②，而又怪其纯用自然，不加区画。如瓮可为牖也，取瓮之碎裂者联之，使大小相错，则同一瓮也，而有哥窑冰裂之纹矣。柴可为扉也，取柴之入画者为之，使疏密中窾，则同一扉也，而有农户儒门之别矣。人谓变俗为雅，犹之点铁成金，惟具山林经济者能此，乌可责之一切？予曰：垒雪成狮，伐竹为马，三尽童子皆优为之，岂童子亦抱经济乎？有耳目即有聪明，有心思即有智巧，但苦自画为愚，未尝竭思穷虑以试之耳。

【注释】

① 一人之身，百工之所为备：语见《孟子·滕文公》。

② 黄虞三代：泛指三皇五帝时代。黄，黄帝。虞，古代部落名，即有虞氏，舜为其首领。

【译文】

人不论贵贱，家不论贫富，饮食器具都是必备的。“一人之身，百工之所为备。”这是孟子说过的话。至于玩物这类东西，只有富贵人家需要它们，贫贱的人家，可以不管它们的样式。然而那些日常使用的东西，如果制作和样式的确精美，到了王侯的家里，也可以像玩物一样；宝石玉器，如果制作粗糙，传到子孙手中，卖掉它也值不了几个钱。懂得了精致与粗糙一致的道理，那也就懂得了富贵与贫贱相通的道理。我出身贫贱人家，又穷困潦倒，珍贵的玩物虽说不曾有过，然而亲眼见过的却相当多。我每次到富贵人家，看到那奇珍异宝错落有致，琳琅满目，并非不动心，但也不是每次看见都动心，因为有些材料本身很美，可是在取材和制作上却不够精致。而到了贫寒人家，看见他们用木柴做门，拿瓮做窗，大有远古时代简朴的风范，却又嫌他们只懂使用自然的东西，而不懂得加以修饰。例如瓮可以做窗户，就选碎裂的瓮片接起来，让大的小的互相错落，那么同样是瓮，却有哥窑烧制出来的冰裂纹路了。柴可以做门，就选取能够怡眼的柴来做，使它疏密符合审美规范，那么同样是门，却有农户和儒门的区别了。有人认为变俗为雅，就好像点铁成金，只有具备雄才大略的人才能做到，怎么可以要求所有人都做到呢？我说：垒雪堆狮子，砍竹当马骑，就连三尺高的小孩都能做得很好，难道小孩也具有雄才大略吗？人有耳目就听得清看得明，用心思做事即能显出智巧来。只怕自己认为自己愚笨，就不肯竭尽心思想办法来尝试罢了。

几案

予初观《燕几图》，服其人之聪明什佰于我，因自置无力，遍求置此者，讯其果能适用与否，卒之未得其人。夫我竭此大段心思，不可不谓经营惨淡，而人莫之则效者，其故何居？以其太涉繁琐，而且无此极大之屋，尽列其间，以观全势故也。凡人制物，务使人人可备，家家可

清代带有抽屉的几案

用，始为布帛菽粟之才，不则售冕旒而沽玉食，难乎其为购者矣。故予所言，务舍高远而求卑近。几案之设，予以庀材无资，尚未经营及此。但思欲置几案，其中有三小物必不可少。一曰抽替。此世所原有者也，然多忽略其事，而有设有不设。不知此一物也，有之斯逸，无此则劳，且可藉为容懒藏拙之地。文人所需，如简牍刀锥、丹铅胶糊之属，无一可少，虽曰司之有人，藏之别有其处，究意不能随取随得，役之如左右手也。予性卞急，往往呼童不至，即自任其劳。书室之地，无论远近迂捷，总以举足为烦，若抽替一设，则凡卒急所需之物尽内其中，非特取之如寄，且若有神物俟乎其中，以听主人之命者。至于废稿残牍，有如落叶飞尘，随扫随有，除之不尽，颇为明窗净几之累，亦可暂时藏纳，以俟祝融，所谓容懒藏拙之地是也。知此则不独书案为然，即抚琴

清代红木雕花嵌大理石茶几

观画、供佛延宾之座，俱应有此。一事有一事之需，一物备一物之用。《诗》云："童子佩觿。"①《鲁论》云："去丧无所不佩。"②人身且然，况为器乎？一曰隔板，此予所独置也。冬月围炉，不能不设几席。火气上炎，每致桌面台心为之碎裂，不可不预为计也。当于未寒之先，另设活板一块，可用可去，衬于桌面之下，或以绳悬，或以钩挂，或于造桌之时，先作机彀以待之，使之待受火气，焦则另换，为费不多。此珍惜器具之婆心，虑其暴殄天物，以惜福也。一曰桌撒。此物不用钱买，但于匠作挥斤之际，主人费启口之劳，僮仆用举手之力，即可取之无穷，用之不竭。从来几案与地不能两平，挪移之时必相高低长短，而为桌撒，非特寻砖觅瓦时费辛勤，而且相称为难，非损高以就低，即截长而补短，此虽极微极琐之事，然亦同于临渴凿井，天下古今之通病也，请为世人药之。凡人兴造之际，竹头木屑，何地无之？但取其长不逾寸，宽不过指，而一头极薄，一头稍厚者，拾而存之，多多益善，以备挪台撒脚之用。如台脚所虚者少，则止入薄者，而留其有余者于脚外，不则尽数入之。是止一寸之木，而备高低长短数则之用，又未尝费我一钱，岂非极便于人之事乎？但须加以油漆，勿露竹头木屑之本形。何也？一则使之与桌同色，虽有若无；一则恐童子扫地之时，不能记忆，仍谬认为

明代黄花梨荷叶式六足香几

竹头木屑而去之，势必朝朝更换，将亦不胜其烦；加以油漆，则知为有用之器而存之矣。只此极细一着，而有两意存焉，况大者乎？劳一人以逸天下，予非无功于世者也。

【注释】

① 童子佩觿（xī）：语出《诗经·卫风·芄兰》。觿，古代解结的用具，形如锥，用象骨制成，也用作佩饰。

② 去丧无所不佩：语出《论语·乡党》。

【译文】

我初看《燕几图》，佩服绘图者聪明比我强十倍百倍。因为自己没有能力去置办，也就到处去寻找置办了这种几案的人家，想知道它们是否真的适用，却始终没有找到。我这样竭尽大量心思，不能不说是经营惨淡，却没有人效仿，这是什么原因呢？因为那些几案太繁琐，而且没有那么大的房屋可以把它们全部摆放进去来观看全貌。人们卖东西，总是选择人人都需要，家家都用的，像布匹粮食之类的东西；如果卖皇家的衣食，那就是在难为购买的人了。所以我所说的就是一定要舍弃高远而追求通俗。我因为没钱购买材料，也就还没有顾及到做几案。但我考虑过如果要置办几案，其中有三样东西必不可少。一是抽屉。这是世间原来就有的，然而人们大多忽略了这个东西，有些设置了抽屉，有些没有。却不知道抽屉这个东西，有了它就很方便，没有它就很麻烦，而且可以借它来做偷懒藏拙的地方。文人所需的东西，比如信笺、剪刀、锥子、笔墨、糨糊这一类，没有一样可以缺少，虽说有人专门掌管，另有收藏的地方，究竟不能随需随得，使用它们如同左右手一样。我生性急躁，往往喊书童不到，就自己去拿了。即使书房这块小小的地方，要起身走过去取物，我都觉得烦。假如设置了抽屉，那么凡是临时急需的东西都放在里面，不仅取用方便，而且就像有神物等在里面，以听候主人的使唤。至于废纸和残稿，如同落叶和飞尘，随扫随有，清除不尽，简直成了明窗净几的累赘，也可以暂时把它们收在里面，等多了就一起烧掉。这就是所说的可以偷懒藏拙的地方。懂得了这个道理，就知道不只是书案应该这样，就是弹琴赏画、烧香供佛或是接待宾客的地方，都应该有抽屉。一件事有一件事的需求，一种东西有一种东西的用途。《诗经》上说"童子佩觿"，《鲁论》上说"去丧无所不佩"。人身上佩戴的饰物尚且这样，何况是器物呢？一是隔板。这是我独创的。冬天围着火炉，不能不设置几案。火气上升，时间长了总会把桌面台心烤得碎裂，不能不提前想一个办法解决。应该在天冷之前，另外做一块可以活动的板子，可装可拆，将它衬在桌面下。用绳子或钩子把它悬挂起来，或者在做桌子的时候，先做一个能放置木板的机关，让它受了热气变焦之后，另外再换一块，不用多少花费。这是我珍惜器具的一片苦心，担心人们浪费财物，而不懂得珍惜自己的福祉。一是桌撒。这东西不需要用钱买，只需在工匠制作的时候，主人动一下口，仆人动一下手，就可以取之不尽，用之不竭。几案与地面从来不能两平，所以挪动的时候，必须根据桌腿和地面的空隙大小，拿桌撒垫在中间。如果寻找砖头瓦块不仅费时费力，而且想要使它们高低大小全都合适，也是非常困难的事情，结果不是要去掉高的来将就低的，就是要截掉长的来弥补短的。虽然这是极为细微琐碎的事情，但是也和临渴凿井一样，是古今天下人的通病。现在让我来为他们下一剂药：凡是兴造房屋或者制作器具的时候，竹片木屑，哪个地方没有？只要找那些长不过一寸、宽不过一指，一头薄一头厚的竹头木屑，收拾起来加以保存，多多益善，以备挪桌子时垫脚用。如果桌脚与地面的空隙小，只要把薄的一边塞进去，而把多余的部分留在外面，如果空隙大，那就全部塞进去。这样一块一寸长的木头，就可以满足高低长短各种情况的不同需要，又没有花一文钱，这难道不是对人极其方便的事吗？但是要把它刷上几案的油漆，不要把竹片木屑的本形露出来。为什么呢？一来可以使它和桌腿颜色统一，放在那里就像没放一样；一是担心童子扫地的时候忘记了，仍然把它当竹头木屑扫走或扔掉，这样就势必要天天更换，也会让人不胜其烦。如果把它涂上油漆，童子就会知道这是有用的东西，因此不会随意扫掉，而应该保留它。只是这小小的举措，就有两种好处，更何况大的方面呢？我一个人费点脑筋而能为天下人提供方便，也不算是无功于世的人了。

椅杌

器之坐者有三：曰椅，曰杌，曰凳。三者之制，以时论之，今胜于古，以地论之，北不如南；维扬之木器，姑苏之竹器，可谓甲于古今，冠乎天下矣，予何能赘一词哉！但有二法未备，予特创而补之，一曰暖椅，一曰凉杌。予冬月著书，身则畏寒，砚则苦冻，欲多设盆炭，使满室俱温，非止所费不赀，且几案易生生尘，不终日而成灰烬世界。若

明黄花梨圈椅

止设大小二炉以温手足，则厚于四肢而薄于诸体，是一身而自分冬夏，并耳目心思，亦可自号孤臣孽子矣①。计万全而筹尽适，此暖椅之制所由来也。制法列图于后。一物而充数物之用，所利于人者，不止御寒而已也。盛暑之月，流胶铄金，以手按之，无物不同汤火，况木能生此者乎？凉杌亦同他杌，但杌面必空其中，有如方匣，四围及底，俱以油灰嵌之，上覆方瓦一片。此瓦须向窑内定烧，江西福建为最，宜兴次之，各就地之远近，约同志数人，敛出其资，倩人携带，为费亦无多也。先汲凉水贮杌内，以瓦盖之，务使下面着水，其冷如冰，热复换水，水止数瓢，为力亦无多也。其不为椅而杌者，夏月少近一物，少受一物之暑气，四面无障，取其透风；为椅则上段之料势必用木，两胁及背又有物以障之，是止顾一臂而周身皆不问矣。此制易晓，图说皆可

明代花梨木方杌

不备。

【注释】

① 孤臣孽子：指孤立无助的远臣和贱妾所生的庶子。引申为不见信于当政者，但心怀忠诚的人。

【译文】

器物之中，用来坐的有三种：那就是椅子、杌子和凳子。这三种器物的制作，就时代来说，现在胜过古代；从地域来说，北方不如南方。扬州的木器，苏州的竹器，可以说是古往今来天下第一，我又怎么能妄加评论呢？但是也有两种式样前人未曾具备，我特地创制出来以弥补传统制作方法的缺憾：一种叫作暖椅，一种叫作凉杌。我在冬天写书时，一是身体畏寒，二是怕砚池上冻，想要多烧几盆炭，使整个屋子都暖和起来，但这样不仅费用太高，而且几案上也容易沾灰，不到一天就会成为灰烬世界。如果只用大小两个炉子，温暖手足，又只厚待了四肢而亏待了身体，好像是把自家身体分为冬夏，而耳目心思则更是变成无人过问的孤臣孽子了。想尽一切办法考虑周全，这就是我创制暖椅的缘故。制作方法列图于文后。一件物品能充当几种器物来使用，对于我们来说，其好处就不仅仅是御寒了。盛夏的时候，天气非常炎热，橡胶和金属都似乎要熔化一般，每样东西摸上去都像汤火，何况木头原本就能生火呢？凉杌也就像普通的杌子一样，只是杌面以下一定要虚空，像个方匣子那样。四围以及底部都用油灰镶嵌，上面盖一片方瓦，这种瓦必须向瓦窑专门定制，江西和福建的质量最好，宜兴的稍差一些。可以看其所在地方的远近，有同样打算的几个人一起出钱，请人携带，花费也就不会太多。先在凳内倒入凉水，上面盖上瓦。一定使底面碰着水，冷得跟冰一样，如果瓦片变热，可以再次换水。只需要几瓢水，不会花费太多力气。之所以不做成椅子而做成杌子，是因为夏天少接触一种器物，就能少受一点暑气。杌子四面没有遮挡，是便于透风。做成椅子，那么靠背、扶手一定是用木料，两肋和背部又会被东西挡住，这样就只能照顾自己的臀部，而忽略了全身。这东西的制作方法非常容易明白，不需要画图和解说了。

暖椅式

如太师椅而稍宽，彼止取容臀，而此则周身全纳故也。如睡翁椅而

暖椅式

稍直，彼止利于睡，而此则坐卧咸宜，坐多而卧少也。前后置门，两旁实镶以板，臀下足下俱用栅。用栅者，透火气也；用板者，使暖气纤毫不泄也；前后置门者，前进人而后进火也。然欲省事，则后门可以不设，进人之处亦可以进火。此椅之妙，全在安抽替于脚栅之下。只此一物，御尽奇寒，使五官四肢均受其利而弗觉。另置扶手匣一具，其前后尺寸，倍于轿内所用者。入门坐定，置此匣于前，以代几案。倍于轿内所用者，欲置笔砚及书本故也。抽替以板为之，底嵌薄砖，四围镶铜。所贮之灰，务求极细，如炉内烧香所用者。置炭其中，上以灰覆，则火气不烈而满座皆温，是隆冬时别一世界。况又为费极廉，自朝抵暮，止用小炭四块，晓用二块至午，午换二块至晚。此四炭者，秤之不满四两，而一日之内，可享室暖无冬之福，此其利于身者也。若至利于身而无益于事，仍是宴安之具，此则不然。扶手用板，镂去掌大一片，以极薄端砚补之，胶以生漆，不问而知火气上蒸，砚石常暖，永无呵冻之劳，此又利于事者也。不宁惟是，炭上加灰，灰上置香，坐斯椅也，扑鼻而来者，只觉芬芳竟日，是椅也而又可以代炉。炉之为香也散，此之为香也聚，由是观之，不止代炉，而且差胜于炉矣。有人斯有体，有体斯有衣，焚此香也，自下而升者能使氤氲透骨，是椅也而又可代熏笼。熏笼之受衣也，止能数件；此物之受衣也，遂及通身。迹是论之，非止代一熏笼，且代数熏笼矣。倦而思眠，倚枕可以暂息，是一有座之床。饥而就食，凭几可以加餐，是一无足之案。游山访友，何烦另觅肩舆，只须加以柱杠，覆以衣顶，则冲寒冒雪，体有余温，子猷之舟可弃也[①]，浩然之驴可废也[②]，又是一可坐可眠之轿。日将暮矣，尽纳枕簟于其中，不须臾而被窝尽热；晓欲起也，先置衣履于其内，未转睫而襦袴皆温。是身也，事也，床也，案也，轿也，炉也，熏笼也，定省晨昏之孝子也，送暖偎寒之贤妇也，总以一物焉代之。苍颉造字而天雨粟，鬼夜哭，以造化灵秘之气泄尽而无遗也。此制一出，得无重犯斯忌，而重杞人之忧乎[③]？

【注释】

① 子猷之舟：子猷，即王徽之，王羲之之子。《晋书》本传载其雪夜乘舟访友人戴逵，至其门口又折回，人问其故，答曰：吾本乘兴而行，兴尽

而返，何必见戴？

② 浩然之驴：浩然，即孟浩然。相传其曾骑驴云游四方。

③ 杞人之忧：《列子 · 天瑞》载，杞国有人担心天崩塌下来他将无处安身，因此愁得寝食难安。后借指不必要的忧虑。

【译文】

暖椅有点像太师椅而稍微宽一些，太师椅只能容纳臀部，但暖椅可以容纳整个身体。像睡翁椅又比它稍微直一些，但睡翁椅只能用来躺着睡觉，而暖椅坐卧都可以，而又以坐为主。暖椅前后各有一扇门，两旁镶有木板，臀部下面和脚下都安有栅栏。之所以安置栅栏，是为了让火气透出来，用板是为了使暖气能够全部保留，不会泄出一丝一毫。前后各装有一扇门，前门用来让人进入，后门用来放入炭火。但如果想省事一些，后面那一扇门也可以不要，进人的地方也可以用来进炭火。这种椅子的妙处，全在于在脚下的栅栏下面安置了抽屉。有了这么一个抽屉，就可以完全抵御天气奇寒，使五官四肢都在不知不觉中享受到温暖。另外设置一个扶手木匣，尺寸比轿中所用的大一倍。进门坐定后，把扶手木匣安放在前面，以此来代替几案。之所以要比轿中所用的大一倍，是为了放置笔砚和书本。抽屉用木板制成，底部嵌薄砖，四围镶上铜边。抽屉里储存的炭灰，一定要特别精细，像香炉烧香时所用的炭灰一样。在里面放上木炭，上面盖上灰，火气就不会太过浓烈，但是却已满座温暖，成为隆冬时节的另一个世界。何况花费极其低廉，从早到晚，只需用四块小木炭，早晨放两块可以坚持到中午，中午换上两块可以坚持到晚上，这四块木炭，其重量加起来不到四两，而一天之内，可以享受到满室的温暖，使人忘掉冬日的严寒，这是它对身体有利的地方。如果只是对身体有利而对做事没帮助，那它只是宴乐安坐的工具，而暖椅却不是这样。扶手用板制成，挖出手掌大的一块地方，补上很薄的端砚，用生漆粘上，不用说也知道火气上来时，砚台可以一直保暖，可以永远免去呵冻的辛苦。这是暖椅有利于做事的地方。不只如此，木炭之上覆盖炭灰，炭灰上再安放香料，坐在这种椅子中，整天都觉得芳香扑鼻。虽然只是一把椅子，却又可以代替香炉。香炉所发出的香气非常分散，暖椅焚香，香气可以凝聚在椅中。从这点来看，暖椅不仅可以代替香炉，而且比香炉还要略胜一筹。有人才有身体，有身体才有衣服。暖椅所焚的香料，其香气从下面上升，可以弥漫缭绕透人心骨，虽然只是一把椅子，却又可以代替熏笼。熏笼一次只能熏几件衣服，而暖椅能够遍及全身。从这来看，暖椅并非只能代替一只熏笼，可以说抵得上好几个熏笼了。困倦了想要休息睡眠，可以依靠着枕头，短暂休息一下，暖椅就成了一张有座位的床铺。饥饿想进餐，靠着几案就可以用餐，暖椅又成了一只没有腿的几案。若要游山或者访友，可避去寻找车轿的麻烦，只需要在四周加上柱杠，上面覆盖布篷，那么就算顶风冒雪，也会觉得体有余温。王子猷的船和孟浩然的驴都可以废弃不用，暖椅又成了一个可以安坐可以睡觉的轿子。天快晚的时候，只要把枕头卧具放进去，没多长时间被窝就会热起来。白天要起床时，把衣服和鞋子放进暖椅，一转眼衣服和鞋子就都暖和了。这个暖椅啊，既便于做事，又可代替床铺、几案、轿子、香炉和熏笼，代替晨晚请安的孝子、相偎送暖的贤妻，可谓集众物之功啊！苍颉创造文字，天上因此降下粮食，鬼魂在夜里哀哭，是因为自然界的神灵奥秘之气全被泄露出来的缘故。我创制了这种暖椅，会不会重犯这一禁忌，而造成不必要的担心与忧虑呢？

床帐

人生百年，所历之时，日居其半，夜居其半。日间所处之地，或堂或庑，或舟或车，总无一定之在，而夜间所处，则止有一床。是床也者，乃我半生相共之物，较之结发糟糠，犹分先后者也。人之待物，其最厚者，当莫过此。然怪当世之人，其于求田问舍，则性命以之，而寝处晏息之地，莫不务从苟简，以其只有已见，而无人见故也。若是，则妻妾婢媵是人中之榻也，亦因已见而人不见，悉听其为无盐嫫姆，蓬头垢面而莫之讯乎？予则不然。每迁一地，必先营卧榻而后及其他，以妻妾为人中之榻，而床笫乃榻中之人也。欲新其制，苦乏匠资；但于修饰床帐之具，经营寝处之方，则未尝不竭尽绵力，犹之贫士得妻，不能变村妆为国色，但令勤加盥栉，多施膏沐而已。其法维何？一曰床令生花，二曰帐使有骨，三曰帐宜加锁，四曰床要着裙。曷云"床令生花"？夫瓶花盆卉，文人案头所时有也，日则相亲，夜则相背，虽有天香扑鼻，国色昵人，一至昏黄就寝之时，即欲不为纨扇之捐，不可得矣。殊不知白昼闻香，不若黄昏嗅味。白昼闻香，其香仅在口鼻；黄昏嗅味，其味真入梦魂。法于床帐之内先设托板，以为坐花之具；而托板又勿露板形，妙在鼻受花香，俨若身眠树下，不知其为妆造也者。先为小柱二根，暗钉床后，而以帐悬其外。托板不可太大，长止尺许，宽可数寸，其下又用小木数段，制为三角架子，用极细之钉，隔帐钉于柱上，而后以板架之，

明代榉木开花架子床

务使极固。架定之后，用彩色纱罗制成一物，或像怪石一卷，或作彩云数朵，护于板外以掩其形。中间高出数寸，三面使与帐平，而以线缝其上，竟似帐上绣出之物，似吴门堆花之式是也。若欲全体相称，则或画或绣，满帐俱作梅花，而以托板为虬枝老干，或作悬崖突出之石，无一不可。帐中有此，凡得名花异卉可作清供者，日则与之同堂，夜则携之共寝。即使群芳偶缺，万卉将穷，又有炉内龙涎、盘中佛手与木瓜、香楠等物可以相继。若是，则身非身也，蝶也，飞眠宿食尽在花间；人非人也，仙也，行起坐卧无非乐境。予尝于梦酣睡足、将觉未觉之时，忽嗅蜡梅之香，咽喉齿颊尽带幽芬，似从脏腑中出，不觉身轻欲举，谓此身必不复在人间世矣。既醒，语妻孥曰："我辈何人，遽有此乐，得无折尽平生之福乎？"妻孥曰："久贱常贫，未必不由于此。"此实事，非欺人语也。曷云"帐使有骨"？床居外，帐居内，常也。亦有反此旧制，而使帐出床外者，善则善矣，其如夏月驱蚊，匿于床栏曲折之处，有若负嵎，欲求美观，而以膏血殉之，非长策也，不若仍从旧制。其不从旧制，而使帐出床外者，以床有端正之体，帐无方直之形，百计撑持，终难服帖，总以四角之近柱者软而无骨，不能肖柱以为形，有犄角抵牾之势也，故须别为赋形，而使之有骨。用不粗不细之竹，制为一顶及四柱，俟帐已挂定而后撑之，是床内有床，旧制之便与新制之精，二者兼而有之矣。床顶及柱，令置轿者为之，其价颇廉，仅费中人一饭之资耳。曷云"帐宜加锁"？设帐之故有二：蔽风、隔蚊是也。蔽风之利十之三，隔蚊之功十之七，然隔蚊以此，闭蚊于中而使之不得出者亦以此。蚊之为物也，体极柔而性极勇，形极微而机极诈。薄暮而驱，彼宁受奔驰之苦，挞伐之危，守死而弗去者十之八九。及其去也，又必择地而攻，乘虚以入。昆虫庶类之善用兵法者，莫过于蚊。其择地也，每弃后而攻前；其乘虚也，必舍垣而窥户。帐前两幅之交接处，皆其据险扼要，伏兵伺我之区也。或于风动帐开之际，或于取器之溺之时，一隙可乘，遂鼓噪而入。法于门户交关之地，上、中、下共设三纽，若妇人之衣扣然。至取溺器时，先以一手绾帐，勿使大开，以一手提之使入，其出亦然。若是，则坚壁固垒，彼虽有奇勇异诈，亦无所施其能矣。至于驱除之法，当使人在帐中，空洞其外，始能出而无阻。世人逐蚊，皆立帐檐之下，使所开之处蔽其大半，是欲其出而闭之门也。犯此弊者十人而九，

绮罗作帐

何其习而不察，亦至此乎？曷云“床要着裙”？爱精美者，一物不使稍污。常有绮罗作帐，精其始而不能善其终，美其上而不得不污其下者，以贴枕着头之处，在妇人则有膏沐之痕，在男子亦多脑汗之迹，日积月累，无瑕者玷而可爱者憎矣，故着裙之法不可少。此法与增添顶柱之法相为表里。欲令着裙，先必使之生骨，无力不能胜衣也。即于四竹柱之下，各穴一孔，以三横竹内之，去簟尺许，与枕相平，而后以布作裙，穿于其上，则裙污而帐不污，裙可勤涤，而帐难频洗故也。至于枕簟被褥之设，不过取其夏凉冬暖，请以二语概之，曰：求凉之法，浇水不如透风；致暖之方，增绸不如加布。是予贫士所知者。至于羊羔美酒，亦足御寒，广厦重水，尽堪避暑，理则固然，未尝亲试。“知之为知之，不知为不知”①，此圣贤无欺之学，不敢以细事而忽之也。

【注释】

① 知之为知之，不知为不知：语出《论语·为政》。

【译文】

人生百年所度过的时光，白天占一半，夜晚占一半，白天或是在厅堂或是在走廊，或是在船上或是在车中，没有固定的地方，而晚上待的地方，就只有床。这样说来，床是与我半生相伴的器物，比起结发妻子，相处的时间还要长。人对待器物，最应当看重的，就是床榻。但奇怪的是现在的人，在买田地建房子方面，可以不惜生命去求取，而对于休息睡觉的地方，全都只是简单凑合。那是因为这只有自己看见，而没有他人看见的原因。如果是这样，那么妻妾，对人来说也像床一样，也可以因为只有自己看见而别人看不见，就任由她们如丑女一般蓬头垢面也不去管吗？我不是这样，每换一个地方，都先整治床铺，然后再做别的事，因为妻妾对人来说是床，而床也是人的妻妾。我想要更新床的样式，却苦于缺乏工钱，只是在修饰床帐、安排睡处上尽心竭力，就好像贫穷的人娶了妻子，不能把她由村妇变为国色天香的美人，只好让她勤于梳洗，多上些脂粉而已。修饰床帐的方法是什么呢？一是“床令生花”，二是“帐使有骨”，三是“帐宜加锁”，四是“床要着裙”。什么是

“床令生花”呢？花瓶和花盆中的花，是文人时时放在案头的东西，白天亲近，晚上就分离，虽然香气扑鼻、国色可人，然而到晚上睡觉的时候，却不能不被抛弃一边。其实人们不知道白天闻花香不如晚上闻花香效果好。白天闻花香，香味只在口鼻之间，晚上闻花香，香气却能进入梦中。方法是在床帐里面，先设一块托板，用来放花。而托板又不要露出板的形状，妙处就在鼻子闻到花香，这就如同睡在花树下，不觉得它是人工装饰出来的。先做两根小柱子，钉在床后隐蔽的地方，把帐子悬在它外面。托板不能太大，只要一尺来长，几寸宽。它的下面又用几段小木条做成三角架子，用极细的钉子隔着帐子钉在柱子上，然后用木板架上去，务必让它非常牢固。架好后，用彩色的纱罗做成一样东西，或是像一块怪石，或是如数朵彩云，护在木板外面，用来掩盖它的形状。中间高出几寸，其他三面都跟帐子相平，用线把它缝在上面，就像帐子上绣出来的东西，宛如苏州的堆花。如果想要使整体相称，那么或者画或者绣，整个帐子都做上梅花，用托板做成虬曲的树枝或是老树干，或是做成悬崖上突出的石头，都可以。帐子里有这样东西，凡是得到什么名花异草，可以做摆设的，白天放在厅堂里，晚上就带着它共寝。即使一时之间没有花卉，还有香炉中的香料或是放在盘子里的佛手、木瓜、香楠等物可以代替。这样的话，身体就不是身体，而成了蝴蝶，飞翔食宿都在花丛之中；人也不再是人了，而成了神仙，行立坐卧都在欢乐之境。我曾在酣梦睡足、将醒未醒的时候，忽然闻到腊梅的香气，咽喉和牙齿间，都带着幽幽的芬芳，仿佛是从肺腑中散发出来的，只觉得身体轻飘飘地想要飞起来，我还以为自身已远离人间了。醒来后，告诉妻儿说：“我们是什么人，竟能享有这般乐趣，该不会把平生的福气都折尽了吧？”妻儿都说：“我们常年贫贱，未必不是由于这个原因。”这是真实的事，并没有虚构。什么是“帐使有骨”？床在帐外，帐在床内，这是常理。也有人违反这个旧办法，把帐子放在床外，好看是很好看，但是夏天时驱赶蚊子时，蚊子都藏在角落的地方，如同负隅顽抗。为了帐子的美观，却拿血作代价，毕竟不是长久之计，还不如照原来的方法。之所以不按旧的方法而使帐子超出床外，是因为床是方的，而帐子不是，不管怎么去撑都难以服帖，这都是因为帐子四角靠近柱子的地方，软而无骨，不能像柱子一样直立，很难合拢，所以需要另外给它想个办法让帐子有棱有角。可以用不粗不细的竹子，做成一个顶和四根柱子，等帐子挂定后把它撑起来，这样有如床中有床，旧办法的方便和新办法的美观，就两全其美了。床顶和柱子，让做轿子的人来做，价钱很便宜，只要花中等人家一顿饭的费用就行了。什么是“帐宜加锁”？设置帐子有两个原因：挡风、隔蚊子。挡风的目的占三成，隔蚊子的目的占七成。然而隔开蚊子的是它，把蚊子关在里面的也是它。蚊子这种东西，身体柔弱但却凶悍，形体微小但却狡诈。它们在傍晚的时候开始出现，宁可受奔波之苦和被人打死的危险也不肯离开。等赶出去了，还是要择地而攻，乘虚而入。昆虫当中善用兵法的，没有能比过蚊子的了。它们寻找地方，通常是弃后而攻前；它们寻找机会，一定是弃墙而择窗。帐子前面的两幅交接处，就是蚊子据险埋伏、伺机而入的地方。不管是在风吹动帐子的时候，还是在人取用便壶的时候，只要看到有一条缝隙能进，它们便叫着飞进来。我这个办法是在帐子上接缝的地方，缝上上、中、下三个纽扣，像妇女衣服上的扣子一样。在取便壶的时候，先一只手抓紧帐子不让它开洞太大，另一手去提进来，拿出去的时候也是一样。这样就防守严密了，蚊子虽然狡诈，也无法施展其才能。至于驱逐蚊子的办法，人应该在帐子里，将帐门打开，才能把蚊子赶走。而人们赶蚊子，都是站在帐帷底下，把帐门打开的地方挡住了大半，这是想把它赶走反而把门给关上了。十个人中有八九个会犯这种错误，为什么会习以为常到如此地步呢？什么是“床要着裙”？爱干净的人，不会让任何一样东西稍微有点脏。用绸缎做帐子的，经常是开始很干净后来就无法保持了，搞得上面干净下面很脏。这是因为放枕头的地方，女子会留有脂粉，男子会留有汗渍，日积月累，原来干净的帐子就被沾染而变得难看了。所以着裙这个方法是不能少的。此办法与增添顶柱的办法是相配套的。想要给床着裙，一定要给它造骨架，因为帐子无骨的话就不能支撑。在四根竹柱之下，各钻一个洞，横着插三根竹子，比席子高出一尺左右，跟枕头持平，然后用布做裙，穿在上面，这样就脏在裙上而不会脏在帐上，裙是可以经常洗而帐子却不能经常洗的。至于枕头席子和被褥的配置，自然是要冬暖夏凉。我可以用两句话概括：“求凉之法，浇水不如透风；取暖之法，增绸不如加布。”这是我这个没钱的人的想法。至于饮羊肉美酒能够御寒，住高楼大厦可以避暑，道理是这样，我没亲自试过。“知之为知之，不知为不知。”这是圣贤教导我们要诚实，这虽是一件小事但我也不敢忽视它。

橱柜

造橱立柜，无他智巧，总以多容善纳为贵。尝有制体极大而所容甚少，反不若渺小其形而宽大其腹，有事半功倍之势者。制有善不善也。善制无他，止在多设搁板。橱之大者，不过两层、三层，至四层而止矣。若一层止备一层之用，则物之高者大者容此数件，而低者小者亦止容此数件矣。实其下而虚其上，岂非以上段有用之隙，置之无用之地哉？当于每层之两旁，别钉细木二条，以备架板之用。板勿太宽，或及进身之半，或三分之一，用则活置其上，不则撤而去之。如此层所贮之物，其形低小，则上半截皆为余地，即以此板架之，是一层变为二层。总而计

明代柏木面条柜

之，则一橱变为两橱，两柜合成一柜矣，所裨不亦多乎？或所贮之物，其形高大，则去而容之，未尝为板所困也。此是一法。至于抽替之设，非但必不可少，且自多多益善。而一替之内，又必分为大小数格，以便分门别类，随所有而藏之，譬如生药铺中，有所谓“百眼橱”者。此非取法于物，乃朝廷设官之遗制，所谓五府六部群僚百执事，各有所居之地与所掌之簿书钱谷是也。医者若无此橱，药石之名盈千累百，用一物寻一物，则卢医扁鹊无暇疗病，止能为刻舟求剑之人矣①。此橱不但宜于医者，凡大家富室，皆当则而效之，至学士文人，更宜取法。能以一层分作数层，一格画为数格，是省取物之劳，以备作文著书之用。则思之思之，鬼神通之；心无他役，而鬼神得效其灵矣。

【注释】

① 刻舟求剑之人：喻拘泥固执之人。典出《吕氏春秋·察今》。

【译文】

制作橱柜，没什么技术含量，看重的是能多多容纳物品。有的柜子做得很大，然而所能容纳的物品却不多，反而不如外形做得小些，让它的里面宽大些，这样可以起到事半功倍的效果。橱柜的式样有完善的也有不完善的，完善的设计也就是多做些搁板。大橱柜，不过两三层，最多也就四层，如果一层就当一层来用，那么大体积的东西只能放几件，而小体积的也只能容纳几件而已。下半部分放东西而上半部分却空着，岂不是将上半部分的有用空间闲置了吗？应该在每层的两旁，钉上两根细木，以备架板之用。板不要太宽，为柜子深度的三分之一，或是二分之一，用的时候架上去，不用的时候撤掉。如果这层放置的东西都比较低小，上半部分空着了，就把板架上去，那么一层就变成两层了。总的来说，一个橱变成两个橱的容量，两个柜子只要一个柜子就行了，不是有很多好处吗？如果要存放的东西很大，就把板抽掉，这个板也不会成为障碍。这是一个办法。至于抽屉的设置，不只是必要的，应当越多越好。而抽屉必须分成大小数格，以便分门别类放置物品，有什么放什么，就像中药铺中的“百眼橱”一样。这不是从物品本身出发，而是仿照朝廷设官之法，就是所说的五府六部，文武百官，各有各居住的地方和各自掌管的文书财物。医生如果没有“百眼橱”，那么成百上千的药物，用一样找一样，即使是像卢国扁鹊那样的神医也没有时间给人治病，只能成为刻舟求剑之人了。这种橱柜不只适合医生，凡是大户人家，都应该仿效它做一个。至于学士文人，更应该采用这种办法。能够把一层分做几层，一格划分成几格，这样就省去了寻找东西的辛劳，而把精力都用在作文著书上。思考着思考着就会贯通神思；心中没有杂念牵挂，神思自然就畅通无阻了。

箱笼箧笥

随身贮物之器，大者名曰箱笼，小者称为箧笥。制之之料，不出革、木、竹三种；为之关键者，又不出铜、铁二项，前人所制亦云备矣。后之作者，未尝不竭尽心思，务为奇巧，总不出前人之范围；稍出范围即不适用，仅供把玩而已。予于诸物之体，未尝稍更，独怪其枢纽太庸，

明代黄花梨衣箱

物而不化，尝为小变其制，亦足改观。法无他长，惟使有之若无，不见枢纽之迹而已。止备二式者，腹稿虽多，未经尝试，不敢以待验之方误人也。予游东粤，见市廛所列之器，半属花梨、紫檀，制法之佳，可谓穷工极巧，止怪其镶铜裹锡，清浊不伦。无论四面包镶，锋棱埋没，即于加锁置键之地，务设铜枢，虽云制法不同，究竟多此一物。譬如一箱也，磨砻极光，照之如镜，镜中可使着屑乎？一笥也，攻治极精，抚之如玉，玉上可使生瑕乎？有人赠我一器，名“七星箱”，以中分七格，每格一替，有如星列故也。外系插盖，从上而下者。喜其不钉铜枢，尚未生瑕着屑，因筹所以关闭之。遂付工人，命于心中置一暗闩，以铜为之，藏于骨中而不觉，自后而前，抵于箱盖。盖上凿一小孔，勿透于外，止受暗闩少许，使抽之不动而已。乃以寸金小锁，锁于箱后。置之案

七星箱

上，有如浑金粹玉，全体昭然，不为一物所掩。觅关键而不得，似于无锁；窥中藏而不能，始求用钥。此其一也。后游三山，见所制器皿无非雕漆，工则细巧绝伦，色则陆离可爱，亦病其设关置键之地难免赘瘤，以语工师，令其稍加变易。工师曰："吾地般、倕颇多，①如其可变，不自今日始矣。欲泯其迹，必使无关键而后可。"予曰："其然，岂其然乎？"因置暖椅告成，欲增一匣置于其上，以代几案，遂使为之。上下四旁，皆听工人自为雕漆，俟其成后，就所雕景物而区画之。前面有替可抽者，所雕系《博古图》②，樽罍钟磬之属是也；后面无替而平者，系折枝花卉，兰菊竹石是也。皆备五彩，视之光怪陆离。但抽替太阔，开闭时多不合缝，非左进右出，即右进左出。予顾而筹之，谓必一法可当二用，既泯关键之迹，又免出入之疵，使适用美观均收其利而后可。乃

篋

命工人亦制铜闩一条，贯于抽替之正中，而以薄板掩之，此板即作分中之界限。夫一替分为二格，乃物理之常，而乌知有一物焉贯于其中，为前后通身之把握哉？得此一物贯于其中，则抽替之出入皆直如矢，永无左出右入、右出左入之患矣。前面所雕《博古图》，中系三足之鼎，列于两旁者一瓶一炉。予鼓掌大笑曰："'执柯伐柯，其则不远。'③即以其人之道，反治其身足矣！"遂付铜工，令依三物之成式，各制其一，钉于本等物色之上。鼎与炉瓶皆铜器也，尚欲肖其形与色而为之，况真者哉？不问而知其酷似矣。鼎之中心穴一小孔，置二小钮于旁，使抽替闭足之时，铜闩自内而出，与钮相平。闩与钮上俱有眼，加以寸金小锁，似鼎上原有之物，虽增而实未尝增也。锁则锁矣，抽开之时，手执何物？不几便于入而穷于出乎？曰：不然。瓶炉之上原当有耳，加以铜圈二枚，执此为柄，抽之不烦余力矣。此区画正面之法也。铜闩既从内出，必在后面生根，未有不透出本匣之背者，是铜皮一块与联络补缀之痕，俱不能泯矣。乌知又有一法，为天授而非人力者哉！所雕诸卉，菊在其中，菊色多黄，与铜相若，即以铜皮数层，剪千叶菊花一朵，以暗闩之透出者穿入其中，胶入甚固，若是则根深蒂固，谁得而动摇之？予于此一物也，纯用天工，未施人巧，若有鬼物伺乎其中，乞灵于我，为开生面者。制之既成，工师告予曰："八闽之为雕漆，数百年于兹矣，四方之来购此者，亦百千万亿其人矣，从未见创法立规有如今日之奇巧者，请行此法，以广其传。"予曰："姑迟之，俟新书告成，流布未晚。"窃恐世人先睹其物而后见其书，不知创自何人，反谓剿袭成功以为已有，讵非不白之冤哉？工师为谁？魏姓，字兰如；王姓，字孟明。闽省

笥

雕漆之佳，当推二人第一。自不操斤，但善于指使，轻财尚友，雅人也。

【注释】

① 般：即鲁班。倕（chuí）：尧时的巧匠。

② 博古图：宋代著作，记载古代铜器。在此为古玩图案。

③ 执柯伐柯，其则不远：语出《诗经·豳风·伐柯》，意为操斧伐木做斧柄，这个法则就在眼前。后喻做事须遵循一定的准则。

【译文】

随身贮藏物品的器具，大的叫“箱”、“笼”，小的叫“箧”、“笥”。制作的材料，不外是革、木、竹三种；用来做锁的，又不出铜、铁两种，前人制作这些东西已经很完备了。后来制作这些东西的人，也总是竭尽心思，想要做得奇巧，但都超不出前人的范围，稍微有些超出范围就不实用，只能供人把玩。我对于这些东西的形状不作改变，只是觉得上面的锁太庸俗呆板，试着给它稍微改变一下，让外形变得更美观。改变的方法没有别的，只是使它似有若无，看不出有锁的痕迹。这里准备介绍两种式样，因为我虽有许多想法，但自己没尝试过，不敢把没验证的方案拿来误人。我游历广东东部的时候，看到市场上所陈列的东西，大半是花梨、紫檀木的，制作得十分精巧，只是四面镶铜裹锡的地方，把棱角给埋没了，在装锁的地方，一定弄一个铜枢，虽说花样繁多，但还是觉得多出一样东西似的。比如一口箱子，磨得像镜子一样光亮，可以让镜子上有渣滓吗？一个做工精良的匣子，摸上去感觉和玉一样，玉上怎么可以有瑕疵呢？有人送我一只“七星箱”，叫这个名字是因为里面分成七格，每格是一个抽屉，好像星辰的分布一样。箱子的外面是插盖，是从上往下的。我很喜欢它没钉铜枢，看上去整洁平滑，就考虑如何来给它上锁。把它交给工匠，让他在箱子中心的位置装一个暗闩，用铜来做，藏在箱壁中，不让人察觉，从后向前，到达箱盖。箱盖上钻一个小孔，孔不要钻透，只要能把暗闩放进去一部分让它抽不动就可以了。再用一寸大小的金锁，锁在箱子后面。把它放在桌上，就像浑金粹玉，整体都很光滑，没有遮掩，找不到开关，就像没有锁一样，想看看里面藏的东西却不能打开，才知道需要用钥匙。这是其一。后来游三山，看见那里所制作的器具都是雕漆的，工艺精巧绝伦，颜色也光怪陆离，可是它的弊病也是装锁的地方看起来很繁琐。我把意见告诉工匠，请他们稍加改造。工匠说："我们这里能工巧匠非常多，如果能改造的话，不用等到现在才改。想要掩盖锁的痕迹，除非可以不装锁。"我说："真是这样？难道真是这样吗？"由于暖椅制作成功，想在上面装一个匣子来代替几案，就让工匠做了一个。上下四边都让工人照样自行雕刻上漆，等做好之后，根据所雕的图案来斟酌。前面有抽屉的地方，雕的是《博古图》，也就是樽罍钟磬这一类东西，后面没有抽屉的平板，雕的是折枝花卉，也就是兰菊竹石这一类图案。它们表面都是五彩颜色，看起来光怪陆离。只是抽屉太宽，开关时经常不合缝，不是左边进得太深而右边突出，就是右边进得大深而左边突出。我看着它仔细考虑，欲想一个一举两得的方法，既可遮蔽锁的痕迹，又可使抽屉开合时没有不合缝这个毛病，使得实用和美观这两者兼得。于是就让工人也做一条铜闩，贯穿抽屉的正中，上面盖一块薄板，这块板就是从中分开的界线。一个抽屉分成两格，这是常理，而谁知道有件东西贯穿着其中，使前后连贯为一体呢？有这样一件东西贯穿其中，抽屉进出就永远都是笔直的，不会有太突出或太深陷的毛病了。匣子正面所雕刻的《博古图》，中间是一个三足的鼎，两旁是一只炉子一只瓶子。我拍手大笑道：“‘执柯伐柯，其则不远。’就用这上面的方法来修理它已经足够了。”就交给铜匠，让他照这三样物品的形状，各打造一个，钉在图案上。鼎和炉子、瓶子本身都是铜器，本来在漆器上还要摹状描色，何况现在是真的铜器呢？不用说真是栩栩如生。鼎的中心钻一个小孔，旁边装两个小钮，在抽屉关紧的时候，铜闩从里面伸出来，跟钮相平，闩和钮上都有眼，加上一个寸金小锁，就像鼎上原本就有的东西，所以虽加也与没加一样。锁是锁上了，拉开抽屉的时候，手上抓着什么开呢？这不是便于进而难于出吗？我认为不是的。瓶子和炉子原本就该有耳，在上面加上两枚铜环，抓着它做把手，那么开抽屉就不用费力了。这是处理正面的方法。铜闩既然从里面出来，一定要在后面生根，这就不能不透出木匣的背面，这样一块铜皮和补缀连接的痕迹就都不能掩盖了。怎么才能有个方法，就像天然的而不是人工去做到啊！背面所雕的花卉中，菊花在中间，菊花的颜色大多是黄色的，跟铜十分相似，就用几层铜皮剪成一朵千层菊，让暗闩透出的地方，穿到菊花里面，用胶粘牢。这样就根深蒂固了，还有什么能摇动它呢？我在这件东西上，纯粹是用天然的技巧而不是人工的技巧，就像有鬼物藏在里面，通过我的手来达到这种别开生面的效果。制作完成后，工匠告诉我说：“福建做雕漆工艺，到现在已经有几百年了，四面八方来购买的人也不计其数，从来没见过设计创想有像今天这件东西这样巧妙的，请您允许我推行这种方法，以便广泛的流传。”我说：“暂且等一下，等我的新书写成之后，再去推广也不晚。”我担心世人先看见这样东西再看见我的书，不知是什么人创制的，反而说我抄袭别人的成果据为己有，这不就成不白之冤了吗？制作这件东西的工匠是谁呢？一个姓魏，字兰如；一个姓王，字孟明。福建漆雕做得最好的，应当是这两个人。自己不动手，但善于指导别人，轻视钱财而喜欢结交朋友，也属风雅之人。

骨董①

是编于骨董一项，缺而不备，盖有说焉。崇高古器之风，自汉魏晋唐以来，至今日而极矣。百金贸一卮，数百金购一鼎，犹有病其价廉工俭而不足用者。常有为一渺小之物，而费盈千累万之金钱，或弃整陌连阡之美产，皆不惜也。夫今人之重古物，非重其物，重其年久不坏；见古人所制与古人所用者，如对古人之足乐也。若是，则人与物之相去，又有间矣。设使制用此物之古人至今犹在，肯以盈千累万之金钱与整陌连阡之美产，易之而归，与之坐谈往事乎？吾知其必不为也。予尝谓人曰：物之最古者莫过于书，以其合古人之心思面貌而传者也。其书出自三代，读之如见三代之人；其书本乎黄虞，对之如生黄虞之世；舍此则皆物矣。物不能代古人言，况能揭出心思而现其面貌乎？古物原有可嗜，但宜崇尚于富贵之家，以其金银太多，藏之无具，不得不为长房缩地之法，敛丈为尺，敛尺为寸，如“藏银不如藏金，藏金不如藏珠”之说，愈轻愈小，而愈便收藏故也。矧金银太多，则慢藏诲盗②，贸为古董，非特穿窬不取，即误攫入手，犹将掷而去之。迹是而观，则古董、

清榆木四面空博古架

金银为价之低昂，宜其倍蓰而无算也③。乃近世贫贱之家，往往效颦于富贵，见富贵者偶尚绮罗，则耻布帛为贱，必觅绮罗以肖之；见富贵者单崇珠翠，则鄙金玉为常，而假珠翠以代之。事事皆然，习以成性，故因其崇旧而黜新，亦不觉生今而反古。有八口晨炊不继，犹舍旦夕而问商周；一身活计茫然，宁遣妻孥而不卖古董者。人心矫异，讵非世道之忧乎？予辑是编，事事皆崇俭朴，不敢侈谈珍玩，以为末俗扬波。且予窭人也④，所置物价，自百文以及千文而止，购新犹患无力，况买旧乎？《诗》云："惟其有之，是以似之。"⑤生平不识古董，亦借口维风，以藏其拙。

【注释】

① 骨董：即古器，又称古董。

② 慢藏诲盗：收藏财物不慎，无异于引导人来偷窃。语出《易·系辞上》。

③ 倍蓰：谓数倍。倍，一倍；蓰，五倍。

④ 窭人：贫寒之人。

⑤ 惟其有之，是以似之：语出《诗经·小雅·裳裳者华》。意谓因为他有能力，后人就去学他。

【译文】

这本书对于古董这一项，忽略过去不作介绍，对此我自有原因。崇尚古代器物的风气，从汉、魏、晋、唐以来，到今天算到极致了。一百两金子购买一个酒杯，数百两金子购买一只铜鼎，还要嫌价钱低廉做工粗糙而不满意。常有人为一件细小的器物，而花费成千累万的钱财，又或者放弃大片的田地而不可惜。其实今天的人重视古代的器物，并不是看重器物的本身，而是看重它们经历如此久远的年代依然不曾损坏；见到古人所制作和使用过的器物，就好像面对着古人一样心里感到满足快乐。如果是这样的话，那么古人和古物之间的距离，还是有一些的。假使当年制作这件器物的人今天还活着，谁愿意用成千上万的金钱和大片的田产来把它换回去，难道要与它坐谈往事吗？我肯定他是不会这样做的。我曾经对人说："最古老久远的东西，莫过于书，这是因为它合乎古人的心思面貌而流传后世。如果那本书出自夏、商、周三代，那么阅读时就好像面对着三代的人一样；如果那本书出自黄帝、虞舜时代，那么阅读时就好像面对着黄帝、虞舜时代的人一样。除了古书之外就都只是物品而已。物品不能代替古人说话，又怎么能够揭示古人的心思并且表现出他们的面貌呢？古物原本有值得人们喜爱的地方，但却只适合富贵人家收藏，因为富贵人家的金银太多，没办法收藏，不得不用古人缩地之法，把丈缩成尺，把尺缩成寸。这就像"藏银不如藏金，藏金不如藏珠"的说法一样，越是轻越是小，也就越是便于收藏。富贵人家宜于崇尚古物，就是这个原因。况且金银太多，容易引来盗贼，如果把金银换成古董，盗贼不只不愿偷，即使无意间拿到手，最终还会抛弃。照此来看，古董、金银价值的高低，应该加倍来估算。而最近贫贱的人家，也效仿富贵人家，见富贵者偶尔崇尚穿绫罗绸缎，就以穿布服为耻，也一定要找绫罗绸缎来做衣服跟人家一样；见富贵者只是喜欢珠宝首饰，就将金玉视为普通之物，而拿假的珠翠来代替。事事都是这样，习以为常。所以，因为富贵人家崇尚古物，他就贬低当代器具，导致了生在现代却喜欢返回古代，而且对此却不知不觉。有时一家人饭也吃不上，还不关心眼前而忙着玩弄古物；自己生计都没有保障，还宁肯抛妻弃子却不愿出售古董。人心扭曲得这样怪异，难道不是世道的忧患吗？我编这本书，每件事都崇尚俭朴，不敢侈谈珍玩，怕的是为不良习俗推波助澜。而且我是个贫寒之人，购置东西的价钱，从一百文到一千文就到顶了。购买新东西还担忧没有能力，何况买旧东西呢？《诗经》中说："惟其有之，是以似之。"我生平不懂古董，也就借口维护世道风尚，来掩盖自己的笨拙无知。

炉瓶

炉瓶之制，其法备于古人，后世无容蛇足。但护持衬贴之具，不妨意为增减。如香炉既设，则锹箸随之，锹以拨灰，箸以举火，二物均不可少。箸之长短，视炉之高卑，欲其相称，此理易明，人尽知之；若锹之

唐三彩釉龙纹三足炉

方圆，须视炉之曲直，使勿相左，此理亦易明，而为世人所忽。入炭之后，炉灰高下不齐，故用锹作准以平之，锹方则灰方，锹圆则灰圆，若使近边之地炉直而锹曲，或炉曲而锹直，则两不相能，止平其中而不能平其外矣，须用相体裁衣之法，配而用之。然以铜锹压灰，究难齐截，且非一锹二锹可了。此非僮仆之事，皆必主人自为之者。予性最懒，故每事必筹躲懒之法，尝制一木印印灰，一印可代数十锹之用。初不过为省繁惜劳计耳，讵料制成之后，非止省力，且极美观，同志相传，遂以为一定不移之法。譬如炉体属圆，则仿其尺寸，镟一圆板为印，与炉相若，不爽纤毫，上置一柄，以便手持。但宜稍虚其中，以作内昂外低之势，若食物之馒首然。方者亦如是法。加炭之后，先以箸平其灰，后用此板一压，则居中与四面皆平，非止同于刀削，且能与镜比光，共油争滑，是自有香灰以来，未尝现此娇面者也。既光且滑，可谓极精，予顾而思之，犹曰尽美矣，未尽善也，乃命梓人镂之。凡于着灰一面，或作老梅数茎，或为菊花一朵，或刻五言一绝，或雕八卦全形，只须举手一按，现出无数离奇，使人巧天工，两擅其绝，是自有香炉以来，未尝开此生面者也。湖上笠翁实有裨于风雅，非僭词也。请名此物为“笠翁香印”。方之眉公诸制①，物以人名者，孰高孰下，谁实谁虚，海内自有定评，非予所敢饶舌。用此物者，最宜神速，随按随起，勿迟瞬息，稍一逗留，则气闭火息矣。雕成之后，必加油漆，始不沾灰。焚香必需之物，香锹香箸之外，复有贮香之盒，与插锹箸之瓶之数物者，皆香与炉之股肱手足，不可或无者也。然此外更有一物，势在必需，人或知之而多不设，当为补入清供。夫以箸拨灰，不能免于狼藉，炉肩鼎耳之上，往往蒙尘，必得一物扫除之。此物不须特制，竟用蓬头小笔一枝，但

唐鎏金卧龟莲花纹五足银熏炉

精其管，使与濡墨者有别，与锹箸二物同插一瓶，以便次第取用，名曰“香帚”。至于炉有底盖，旧制皆然，其所以用此者，亦非无故。盖以覆灰，使风起不致飞扬；底即座也，用以隔手，使移动之时，执此为柄，以防手汗沾炉，使之有迹，皆有为而设者也。然用底时多，用盖时少。何也？香炉闭之一室，刻刻焚香，无时可闭；无风则灰不自扬，即使有风，亦有窗帘所隔，未有闭熄有用之火，而防未必果至之风者也。是炉盖实为赘瘤，尽可不设。而予则又有说焉：炉盖有时而需，但前人制法未善，遂觉有用为无用耳。盖以御风，固也。独不思炉不贮火，则非特盖可不用，并炉亦可不设；如其必欲置火，则盖之火熄，用盖何为？予尝于花晨月夕及暑夜纳凉，或登最高之台，或居极敞之地，往往携炉自随，风起灰扬，御之无策，始觉前人呆笨，制物而不善区画之，遂使贻患及今也。同是一盖，何不于顶上穴一大孔，使之通气，无风置之高阁，一见风起，则取而覆之，风不得入，灰不致扬，而香气自下而升，未尝少阻，其制不亦善乎？止将原有之物，加以举手之劳，即可变无益为有裨。昔人点铁成金，所点者不必是铁，所成者亦未必皆金，但能使不值钱者变而值钱，即是神仙妙术矣。此炉制也。瓶以磁者为佳，养花之水清而

明宣德年间青花海水双龙瓷瓶

难浊，且无铜腥气也。然铜者有时而贵，以冬月生冰，磁者易裂，偶尔失防，遂成弃物，故当以铜者代之。然磁瓶置胆，即可保无是患。胆用锡，切忌用铜，铜一沾水即发铜青，有铜青而再贮以水，较之未有铜青时，其腥十倍，故宜用锡。且锡柔易制，铜劲难为，价亦稍有低昂，其便不一而足也。磁瓶用胆，人皆知之，胆中着撒，人则未之行也。插花于瓶，必令中窾，其枝梗之有画意者随手插入，自然合宜，不则挪移布置之力不可少矣。有一种倔强花枝，不肯听人指使，我欲置左，彼偏向右，我欲使仰，彼偏好垂，须用一物制之。所谓撒也，以坚木为之，大小其形，勿拘一格，其中则或扁或方，或为三角，但须圆形其外，以便合瓶。此物多备数十，以俟相机取用。总之不费一钱，与桌撒一同拾取，弃于彼者，复收于此。斯编一出，世间宁复有弃物乎？

【注释】

① 眉公：即陈继儒，字仲醇，号眉公，华亭（今上海松江）人。诗书画俱善，为明末名士。

【译文】

香炉和瓶子的样式，古人设计得很完备了，后世之人没必要去画蛇添足。只是保护和衬托它们的东西，不妨想想怎样增减。比如既然有了香炉，就该配备铲子和筷子，铲子用来拨灰，筷子用来夹炭，这两样都不可缺少。筷子的长短，要看香炉的高低来定，要让它们相称，这个道理非常简单，每个人都能明白。而铲子用方形的还是用圆形的也要视炉子是方是圆而定，要使它们相互协调，这个道理也非常容易明白，但世人却经常忽视。装了炭以后，炉灰高低不齐，所以要拿铲子做准来压平。铲子是方形的灰就成方形，铲子是圆形的灰就成圆形。如果是靠近边缘的地方，香炉是方的而铲子是圆的，或是香炉是圆的而铲子是方的，那就不容易吻合，只能压平中间部分，而不能压平边缘的地方了。必须用量体裁衣的办法，配合起来使用。然而用铜铲压灰，终究很难压得平整，而且不是一铲两铲就能做完。这不是僮仆的事，而应该由主人亲自来做。我生性很懒，所以每件事情都想找个偷懒的方法。我曾经做了一个木印来印灰，一个印能代替数十把铲子，一开始只是为了省些麻烦，没想到做好之后，不仅省力而且非常美观，在朋友中流传，于是成了固定的方法。比如炉子是圆的，就仿照它的尺寸，镟一块圆板做印，这样就和炉子相配，丝毫不差。上面装一个柄，手拿着比较方便。只是圆板的中心应该稍微凹下去，使得中间高四周低，像馒头一样。方的印也是这样。加了炭以后，先用筷子抹平灰，然后用这种板压一下，中间和四面就都很平整了，不仅跟刀削的一样，而且还像镜子和油那样光滑。这是从有香灰以来，未曾出现过这样漂亮的灰面，又光又滑，可以算是非常精妙。我看着它又有了新的思考，觉得它虽然很美，但还不够好，就让木匠再作镂刻。凡是着灰的那一面，或是刻上几枝老梅，或是刻上一朵菊花，或是刻上一首五绝，或是刻上一个完整的八卦图。只要举起这个板往灰上一按，就会显现出许多奇特的图案，人的聪明和天然的巧妙，都得到了发挥。这是自从香炉产生之后，就没见过有如此别开生面的。我湖上笠翁，实在是有益于风雅，这不是溢美之词。我给这个东西起名叫“笠翁香印”。和眉公设计出来的那些以人名命名的东西相比较，谁高谁下，谁虚谁实，天下自有定论，我不敢妄评。使用这种印的时候，最需要神速，一按就拿起来，不能有一点迟缓。稍微有点逗留迟疑，就会气闭火熄。灰印雕好后，一定要加上油漆，才不会沾灰。焚香所必需的东西，除了铲子和筷子之外，还有储存香的盒子和插香铲香筷的瓶子这几件东西，它们与香炉相辅相成，并不是可有可无的。但此外还有一样东西，也是必不可少的，人们或许知道，但大都没有置备，我把它补充进来。用筷子拨灰，不可避免会弄得一片狼藉，炉子的肩上和鼎的耳上，经常会蒙上灰尘，一定得有一样东西来打扫。这不需要另外制作，只要用一把散开毛的小毛笔，笔管要坚硬一些，使其和用来写字的笔有所不同。将它和铲子、筷子一起放在瓶子里，需要时取用，我给它取名叫香帚。至于炉子有底和盖，以前也是这样。之所以如此，也并不是没有原因。盖是用来遮香灰的，使有风的时候香灰不会飞扬起来。炉底就是底座，用来隔手，在移动香炉的时候，握着这个作为手柄，可防手上的汗渍沾到炉子上，留下痕迹。这些东西都是有用处的，但是用底座的时候多，用盖的时候少，这是为什么呢？因为香炉放在关闭的房间里时，时刻在焚烧，需要盖的时候很少；没有风，灰就不会自己飞起来，即使有风，也被窗帘挡住，没有熄灭有用的香火来防止不一定能刮进来的风这样的道理。所以炉盖实在是个累赘，不设置也可以。但是我又有说法：炉盖有时候也是需要的，只是前人的设计不够完善，让人觉得有用的东西也成为没有用的了。盖子用来挡风，是当然的，唯独没想到，香炉如果不燃火，不仅盖子可以不用，连香炉也可以不用。如果必须点火，那么盖上盖子火就灭了，盖子又有什么用处呢？我早晨赏花，傍晚赏月，或是在夏天晚上乘凉，不是在高高的楼台，就是在开阔的地方，常常自己随身带个香炉。风刮来的时候香灰也飞起来，无法防风，才觉得前人呆笨，制作器物却不懂得规划周到，以至于麻烦还留到今天。同样是一个盖子，为什么不在顶上钻一个大孔，没风的时候收起来，有风的时候盖上，风吹不进去，灰也扬不出来，而香气从下上升，又不会受任何阻挡，这办法不是很好吗？只需要把原有的东西，稍加改变，就可以使无益变为有用。古人所谓的点铁成金，所点的不一定是铁，所成的也并非是金，只要能把不值钱的变成值钱的，那就是神仙的妙术了。这里说的是香炉。瓶子以瓷为最佳，这样养花的水容易保持清洁而不易变浊，而且不会有铜腥气。然而铜的瓶子有时也有可贵之处。冬天结冰，瓷瓶容易裂，不小心就成了废物，所以要用铜瓶代替。但若瓷瓶装上胆，就可以保证没有这种麻烦。胆要用锡来制作，不要用铜，铜一沾水就会长铜青，长了铜青再装水，铜腥气会比没有铜青的时候增加十倍，所以应当用锡。而且锡软容易制作，铜硬很难加工，其价格也有高低之别，用锡的好处还有好多。瓷瓶用胆，这是大家都知道的事，可是在胆中装撒，却很少有人这样做。把花插入瓶中，一定让它插在适合位置，花枝富有诗情画意，随手插入就自然适宜，否则就要花费挪动布置的工夫。有一种倔强的花枝，不肯听人的指挥，想要把它放左边，它偏向右；想使它向上，它偏下垂，必须拿个东西制服它，这东西就是“撒”。它用坚硬的木头做成，形状大小不一，中间或扁或方，如果成三角形也可以，但是外面必须是圆形，以便与瓶子相合。这种东西多准备几十个，以根据不同情况来取用。总之不花费一个钱，跟桌撒一起拾取，别的地方丢弃的东西，在这里又收拾起来了。此书一出，世间难道还会有废弃物吗？

屏轴

十年之前，凡作围屏及书画卷轴者，止有巾条、斗方及横批三式。近年幻为合锦，使大小长短以至零星小幅，皆可配合用之，亦可谓善变者矣。然此制一出，天下争趋，所见皆然，转盼又觉陈腐，反不若巾条、斗方诸式，以多时不见为新矣，故体制更宜稍变。变用何法？曰：莫妙于冰裂碎纹，如前云所载糊房之式，最与屏轴相宜，施之墙壁犹觉

清镶翡翠浮雕山水花鸟片黄花梨四开围屏

精材粗用，未免亵视牛刀耳。法于未书未画之先，画冰裂碎纹于全幅纸上，照纹裂开，各自成幅，征诗索画既毕，然后合而成之。须于画成未裂之先，暗书小号于纸背，使知某属第一，某居第二，某横某直，某角与某角相连，其后照号配成，始无攒凑不来之患。其相间之零星细块，必不可少，若憎其琐屑而不画，则有宽无窄，不成其为冰裂纹矣。但最小者，勿用书画，止以素描间之，若尽有书画，则纹理模糊不清，反为全幅之累。此为先画纸绢，后征诗画者而言，盖立法之初，不得不为其

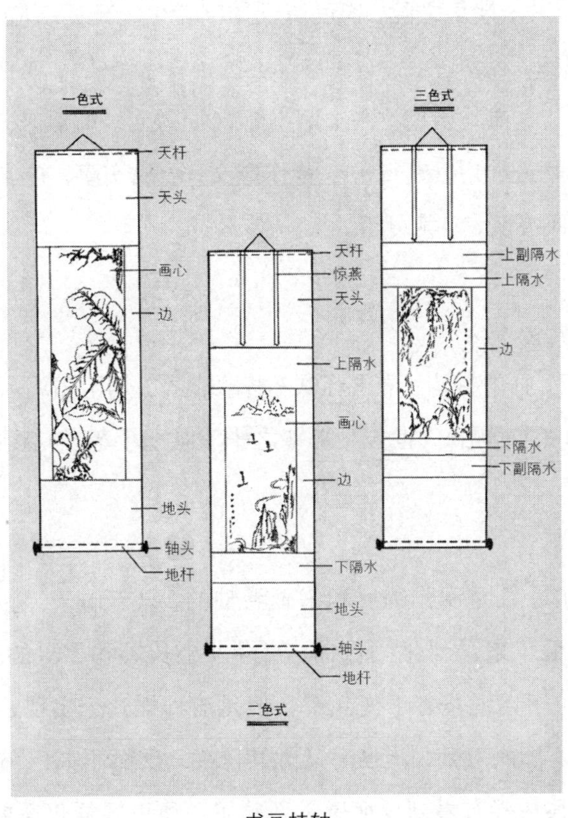

书画挂轴

简且易者。迨裱之既熟，随取现成书画，皆可裂作冰纹，亦犹裱合锦之法，不过变四方平正之角，为曲直纵横之角耳。此裱匠之事，我授意而使彼为之者耳。更有书画合一之法，则其权在我，授意于作书作画之人，裱匠则行其无事者也。“诗中有画，画中有诗”①，此古来成语；作画者取诗意命题，题诗者就画意作诗，此亦从来成格。然究意诗自诗而画自画，未见有混而一之者也。混而一之，请自今始。法于画大幅山水时，每于笔墨可停之际，即留余地以待诗，如峭壁悬崖之下，长松古木之旁，亭阁之中，墙垣之隙，皆可留题作字者也。凡遇名流，即索新句，视其地之宽窄，以为字之大小，或为《鹅帖》行书②，或作蝇头小楷。即以题画之诗，饰其所题之画，谓当日之原迹可，谓后来之题咏亦可，是“诗中有画，画中有诗”二语，昔作虚文，今成实事，亦游戏笔墨之小神通也。请质高明，定其可否。

【注释】

① 诗中有画，画中有诗：语出苏轼《书摩诘蓝田烟雨图》。

② 鹅帖：即《鹅群帖》。世传为王羲之子王献之手笔，实系后人伪造。

【译文】

十年以前，凡是制作围屏和书画卷轴的，只有巾条、斗方和横批这三种形式。近年来又变化为合锦，使得大小长短和零星的小幅都可以配合使用，也可以说是善于变化了。但是这种样式一出现，天下人都争着仿效，到处都能看到，转眼间又觉其陈腐，反而不如以前的巾条、斗方等样式因很久没有看到反而感觉新鲜了。所以式样仍需要稍加改变。

变化成什么式样呢？我觉得最妙的是冰裂碎纹，像前面所提到的糊房子的式样，它与屏轴最相匹配。把它糊在墙壁上，未免精材粗用、大材小用了。制作方法是在题字绘画前，在整张纸上画上冰裂碎纹，照着纹路裁开，各自成幅。让人题诗作画以后，再把它们合起来。必须在冰裂纹画完之后、裁开之前，在纸的背面做上记号，以便知道哪是第一块，哪是第二块，哪一块是横的，哪一块是竖的，哪个角跟哪个角相连，然后按照号码连接在一起，才不会有拼凑不全的麻烦。裁剪之后必定会有一些零星小块，如果嫌其太零碎而不画，那么最后整幅画就会布局不匀，而不像一幅冰裂纹了。但那些最小的碎片，不宜写字作画，只要用白纸间隔就行，要是每一片上都有字和画，就会纹理不清，反而破坏整体的效果。这是针对先画底纹，然后再题诗作画而说的。因为在实行一种新方法时，不能不先从简单的做起。等将来装裱技术熟练了，随便用现成的字画，都可以把它裁剪成冰裂纹，只是把四四方方的角变成纵横交错的角而已，跟裱合锦的方法一样。这是裱匠的工作，是我授意他们这么做的。还有书画合一的办法，就是由我做主，授意给题字作画的人，就没有裱匠什么事了。“诗中有画，画中有诗”是自古以来的说法，作画的人以诗意命题，作诗的人以画意作诗，这也是历来的常规。但毕竟诗还是诗，画还是画，没见把它们混在一起的，把它们混在一起请从现在开始。办法是在画大幅山水的时候，就留下空白以供题诗。如峭壁悬崖下，高大的松树和古木旁，亭子和阁楼中间，墙垣的缝隙中，都可以题诗写字。遇见名人，就请他题写诗句，根据空白的大小而决定字的尺寸，或是大字行书，或是蝇头小楷。如果用题画诗来装饰所题之画，说是诗画同时完成的也可以，说是诗是后来题写的也可以，总之，“诗中有画，画中有诗”这句话，以前不过是虚语，现在成了实事，这也可以算是游戏于笔墨的一个小聪明吧。请问高明之人，这是不是可行？

茶具

茗注莫妙于砂壶，砂壶之精者，又莫过于阳羡，是人而知之矣。然宝之过情，使与金银比值，无乃仲尼不为之已甚乎[①]？置物但取其适用，何必幽渺其说，必至理穷义尽而后止哉！凡制茗壶，其嘴务直，购者亦然，一曲便可忧，再曲则称弃物矣。盖贮茶之物与贮酒不同，酒无渣滓，一斟即出，其嘴之曲直可以不论；茶则有体之物也，星星之叶，入水即成大片，斟泻之时，纤毫入嘴，则塞而不流。啜茗快事，斟之不出，大觉闷人。直则保无是患矣，即有时闭塞，亦可疏通，不似武夷九曲之难力导也[②]。

贮茗之瓶，止宜用锡。无论磁铜等器，性不相能，即以金银作供，宝之适以祟之耳。但以锡作瓶者，取其气味不泄；而制之不善，其无用更甚于磁瓶。询其所以然之故，则有二焉。一则以制成未试，漏孔繁多。凡锡工制酒壶茶注等物，于其既成，必以水试，稍有渗漏，即加补苴，以其为贮茶贮酒而设，漏即无所用之矣；一到收藏干物之器，即忽视之，犹木工造盆造桶则防漏，置斗置斛则不防漏，其情一也。乌知锡瓶有眼，其发潮泄气反倍于磁瓶，故制成之后，必加亲试，大者贮之以水，小者吹之以气，有纤毫漏隙，立督补成。试之又必须二次，一

明成化斗彩婴戏茶杯

明嘉靖五彩鱼藻瓷罐

在将成未镟之时，一在已成既镟之后。何也？常有初时不漏，追镟去锡时，打磨光滑之后，忽然露出细孔，此非屡验谛视者不知。此为浅人道也。一则以封盖不固，气味难藏。凡收藏香美之物，其加严处全在封口，封口不密，与露处同。吾笑世上茶瓶之盖必用双层，此制始于何人？可谓七窍俱蒙者矣。单层之盖，可于盖内塞纸，使刚柔互效其力，一用夹层，则止靠刚者为力，无所用其柔矣。塞满细缝，使之一线无遗，岂刚而不善屈曲者所能为乎？即靠外面糊纸，而受纸之处又在崎岖凹凸之场，势必剪碎纸条，作蓑衣样式，始能贴服。试问以蓑衣覆物，能使内外不通风乎？故锡瓶之盖，止宜厚不宜双。藏茗之家，凡收藏不即开者，于瓶口向上处，先用绵纸二三层，实褙封固，俟其既干，然后覆之以盖，则刚柔并用，永无泄气之时矣。其时开时闭者，则于盖内塞纸一二层，使香气闭而不泄。此贮茗之善策也。若盖用夹层，则向外者宜作两截，用纸束腰，其法稍便。然封外不如封内，究竟以前说为长。

【注释】

① 仲尼不为之已甚：语出《孟子·离娄下》。

② 武夷九曲：武夷山在福建崇安城西南。九曲溪为武夷山主要景点之一，以溪水多曲著名。

【译文】

泡茶最好的器具是砂壶，而砂壶又以宜兴制作的最精良，这是人人都知道的。但是太过珍视，变得跟金银一样贵重，这恐怕连孔子也会说太过分了。制作器具重在适用，为什么一定要弄得很玄妙，而去费尽心血钻研呢！凡是制作茶壶，嘴一定要直，去购买也是一样，有一点弯曲就有问题了，再更弯曲些便是废物。因为茶壶与酒壶不同，酒没有渣滓，壶嘴是弯是直没有关系，一倒就出来。茶里面是有东西的，小小一片叶子，一入水就变成很大一片，倒茶的时候堵一点在壶嘴，水就流不出来。喝茶是件愉快的事情，茶水倒不出来会让人很烦闷，如果壶嘴是直的，就绝对不会有这个问题。即使有时候堵住了，也容易疏通，不像弯曲的嘴就跟武夷山九曲溪似的不好疏导。

存放茶叶的瓶子，只适合用锡的。不仅是瓷或铜和茶叶习性不同，就是用金银器来存放茶叶，本来是想保护它，其实是害了它。用锡来做瓶子，只是因为它不会泄露气味，但如果制作不好，就反而比瓷瓶更糟糕。为什么这样说，有两个原因：一个是做好后如果没有经过检查，就可能会有很多漏孔。一般锡匠制作酒壶茶壶等器皿，做好后一定要用水试，稍有漏洞就马上修补，因为用来装酒装茶，一漏水就不能用了。可锡匠制作装干货的器皿时，会忽视这一点，就像木匠造盆和桶的时候知道要注意防漏，做斗和斛的时候却不注意防漏，道理是一样的。如果锡瓶有洞眼，发潮漏气，比瓷瓶还严重。所以锡瓶做好后，一定要亲自检验一下，大件的装上水，小件的吹吹气，只要有一点点漏隙，立刻督促工匠修补。检验必须做两次，一次是在快做好还没打磨的时候，一次是在做好又打磨好以后。为什么呢？因为经常会有一开始不漏，等去掉锡皮，打磨以后，忽然露出小洞。没有仔细观察和试过很多次的人是不会知道这一点的，这是针对不细心的人说的。还有一个原因是封盖不严，茶叶的气味难以保存。凡是贮藏有香气的东西，封口的地方就要特别注意，封口不严，就跟露在外面一样。我笑世上的茶瓶盖子都要用两层。这种方法是从什么人开始的？可以说这个人对于存放茶叶一窍不通。单层的盖子，可以在盖子里面塞纸，这样软的硬的可以互补，一用双层，就只能依靠硬的盖子用力，没办法发挥软物的功用了。塞满细缝，做到一线缝隙也没有，硬而不能弯曲的东西能做到吗？就算外面再糊上纸，而贴纸的地方要是凹凸不平，就一定得剪碎纸条，做成蓑衣样才能贴紧。请问用蓑衣盖东西，能做到内外不通风吗？所以锡瓶的盖子只适宜加厚而不适宜做成双层。收藏茶叶的人家，如果有一段时间不打开瓶子的话，就在瓶口向上的地方用两三层棉纸把它糊好，干了以后再盖上盖子，那就刚柔并用，永远不会有漏气的时候了。如果经常开闭的话就在盖子里面塞上一两层纸，使香气闭住不会泄露，这是贮存茶叶的好方法。如果盖子用双层，那外面的盖子应该做成两截，中间缠上纸，也会好一点，这种方法也比较方便。不过封外面不如封里面，还是前一种方法比较好些。

酒具

酒具用金银，犹妆奁之用珠翠，皆不得已而为之，非宴集时所应有也。富贵之家，犀则不妨常设，以其在珍宝之列，而无炫耀之形，犹仕宦之不饰观瞻者。象与犀同类，则有光芒太露之嫌矣。且美酒入犀杯，另是一种香气。唐句云："玉碗盛来琥珀光。"①玉能显色，犀能助香，二物之于酒，皆功臣也。至尚雅素之风，则磁杯当首重已。旧磁可爱，人尽知之，无如价值之昂，日甚一日，尽为大力者所有，吾侪

明景德镇窑青花龙纹酒壶

明宣德釉里红三鱼纹高足酒杯

贫士，欲见为难。然即有此物，但可作古董收藏，难充饮器。何也？酒后擎杯，不能保无坠落，十损其一，则如雁行中断，不复成群。备而不用，与不备同。贫家得以自慰者，幸有此耳。然近日冶人，工巧百出，所制新磁，不出成、宣二窑下，至于体式之精异，又复过之。其不得与旧窑争值者，多寡之分耳。吾怪近时陶冶，何不自爱其力，使日作一杯，月制一盏，世人需之不得，必待善价而沽②，其利与多制滥售等也，何计不也此？曰：不然。我高其技，人贱其能，徒让垄断于捷足之人耳。

【注释】

① 玉碗盛来琥珀光：语出李白《客中作》诗。

② 待善价而沽：等待高价而出售。语出《论语·子罕》。

【译文】

酒具用金银制作，就好像梳妆盒用珍珠翡翠制作一样，都是不得已才做的，并非在宴会上就一定要用。富贵的人家，可以经常准备一些犀角器具，因为犀角虽然属于珍宝，但外形朴素，就像官员不讲究排场一样。象牙与犀角是一个等级的，但象牙太过耀眼，而且美酒倒在犀角的杯子里，会另有一种香气。唐诗中说："玉碗盛来琥珀光。"玉器能增酒色，犀角有助酒香，都是酒的功臣。如果重视朴素典雅，那么瓷杯最应该受推崇。旧的瓷器很可爱，人人都知道，但是价格一天比一天贵，只有有钱人买得起，我们这些穷人，想见都难。然而即使拥有了这种东西，也只能当作古董收藏，而不能拿来喝酒，为什么呢？酒后拿着杯子，难保不掉在地上，十个里面损坏了一个，就像大雁行列中断，不再成为完整的一群。购置了不用，跟没有购置一样。穷人家能拿来自我安慰的，也只有这点了。现在的陶瓷工匠，技巧很高，所生产的新瓷器，质量一点不比成化窑和宣德窑差，而体式的精细特别，又超过它们。之所以价格没有旧窑所产的贵，只是因为数量的多少而已。我很奇怪现在生产陶瓷的人，为什么不节省自己的力气，如果每天做一个杯子，每个月做一个酒杯，让世人需要的时候得不到，等待高价时出售，获利跟大批制造出售是一样的。为什么不这么做呢？然而不是这么简单，我提高了技艺，而人们却不重视，只能让那些捷足先登的人把市场垄断了。

碗碟

碗莫精于建窑，而苦于太厚。江右所制者，虽窃建窑之名，而美观实出其上，可谓青出于蓝者矣。其次则论花纹，然花纹太繁，亦近鄙俗，取其笔法生动，颜色鲜艳而已。碗碟中最忌用者，是有字一种，如写《前赤壁赋》、《后赤壁赋》之类。此陶人造孽之事，购而用之者，获罪于天地神明不浅。请述其故。“惜字一千，延寿一纪。”此文昌垂训

明宣德年间的红釉盘

之词。虽云未必果验，然字画出于圣贤，苍颉造字而鬼夜哭，其关乎气数，为天地神明所宝惜可知也。用有字之器，不为损福，但用之不久而损坏，势必倾委作践，有不与造孽陶人中分其咎者乎？陶人但司其成，未见其败，似彼罪犹可原耳。字纸委地，遇惜福之人，则收付祝融，因其可焚而焚之也。至于有字之废碗，坚不可焚，一似入火不烬、入水不濡之神物。因其坏而不坏，遂至倾而又倾，道旁见者，虽有惜福之念，亦无所施，有时抛入街衢，遭千万人之践踏，有时倾入溷厕，受千百载之欺凌，文字之祸，未有甚于此者。吾愿天下之人，尽以惜福为念，凡见有字之碗，即生造孽之虑。买者相戒不取，则卖者计穷；卖者计穷，则陶人视为畏途而弗造矣。文字之祸，其日消乎？此犹救弊之末着。倘有惜福缙绅，当路于江右者，出严檄一纸，遍谕陶人，使不得于碗上作字，无论赤壁等赋不许书磁，即成化、宣德年造，及某斋某居等字，尽皆削去。试问有此数字，果得与成窑、宣窑比值乎？无此数字，较之常值增减半文乎？有此无此，其利相同，多此数笔，徒造千百年无穷之孽耳。制抚藩臬，以及守令诸公，尽是斯文宗主，宦豫章者，急行是令，此千百年未造之福，留之以待一人。时哉时哉，乘之勿失！

明景德镇窑青花枇杷果绶带鸟纹盘

明宣德青花花果纹花口碗

【译文】

碗以建窑出产的为最好，只是太厚了。江西生产的碗碟，虽然是盗用建窑的名义，实际上比建窑做的要美观，可以说是青出于蓝而胜于蓝。其次讲到花纹，如果花纹太繁复，就显得俗气，只要做到笔法生动、颜色鲜艳就可以了。碗碟中最忌讳使用的，就是有文字的那种。比如写《前赤壁赋》、《后赤壁赋》，这是陶匠造的孽，买来用的人也大大得罪了天地神明。让我来讲讲原因。“珍惜一千个字可以延寿十二年。”这是文昌帝君的告诫，虽说不一定真的灵验，但字画出于圣贤，苍颉造字时夜里有鬼在哭泣，可见文字关系到运数，因而受到天地神明的珍视。使用有文字的器皿不会损福，但是用损后一定会当作垃圾丢弃，这不是跟制作这陶器的人一起犯错吗？陶匠只是把它做出来，没看到它损坏，似乎罪责还可以原谅。字纸扔在地上，遇见珍惜福分的人，会把它捡起来，可以烧的烧掉。而有文字的坏碗，坚硬而无法焚烧，就像入水不湿、入火不燃的神物一样。由于它虽然坏了却销毁不掉，被人扔来扔去，路边人见了，就是有心要行善惜福，也没办法。有时候被扔进街道，遭千万人的践踏；有时候被倒进厕所，受千百年的欺凌。文字遭遇的惨祸，没有比这更深重的了。我希望天下的人，都重视惜福，看见有文字的碗，就觉得这是在造孽。买的人互相告诫不买带字的碗，那么卖的人就没法卖出去，卖的人卖不出去，造瓷器的人看到没有销路就不会再生产了。文字所遭受的灾祸，不就慢慢减少了吗？这还只是做补救的下策。如果有珍惜福分的大人在江西做官，就发一个布告，告诉所有的陶瓷匠人，不得在碗上写字，不管是《赤壁赋》还是什么内容，都不许写在瓷器上，就是成化、宣德年间制造，以及某斋某居的落款等等文字，也都去掉。请问有这些字就真能与成窑、宣窑的瓷器比价了吗？没这些字就真比原来的价值少去半文吗？有这几个字还是没这几个字，获得的利润都是一样的。多此几字，只是白白地造千百年的孽而已。巡抚、布政使、按察使以及太守、县令等官员都是文化教育的管理者，在江西做官的，早点发布这道命令，这是千百年来没有人去修的福分啊！就等待有一个人来完成，这是个机遇，要赶紧抓住啊！

灯烛

灯烛辉煌，宾筵之首事也。然每见衣冠盛集，列山珍海错，倾玉醴琼浆，几部鼓吹，频歌叠奏，事事皆称绝畅，而独于歌台色相，稍近模糊。令人快耳快心，而不能不快其目者，非主人吝惜兰膏，不肯多设，只以灯煤作祟，非剔之不得其法，即司之不得其人耳。吾为六字诀以授人，曰："多点不如勤剪。"勤剪之五，明于不剪之十。原其不剪之故，或以观场念切，主仆相同，均注目于梨园，置晦明于不问；或以奔走太劳，职无专委，因顾彼以失此，致有炬而无光，所谓司之不得其人也。欲正其弊，不过专责一人，择其谨朴老成、不耽游戏者，则二患庶几可免。然司之得人，剔之不得其法，终为难事。大约场上之灯，高悬者多，卑立者少。剔卑灯易，剔高灯难。非以人就灯而升之使高，即以灯就人而降之使卑，剔一次必须升降一次，是人与灯皆不胜其劳，而座客观之亦觉代为烦苦，常有畏难不剪而听其昏黑者。予创二法以节其劳，一则已试而可自信者，一则未敢遽信而待试于人者。已试维何？长

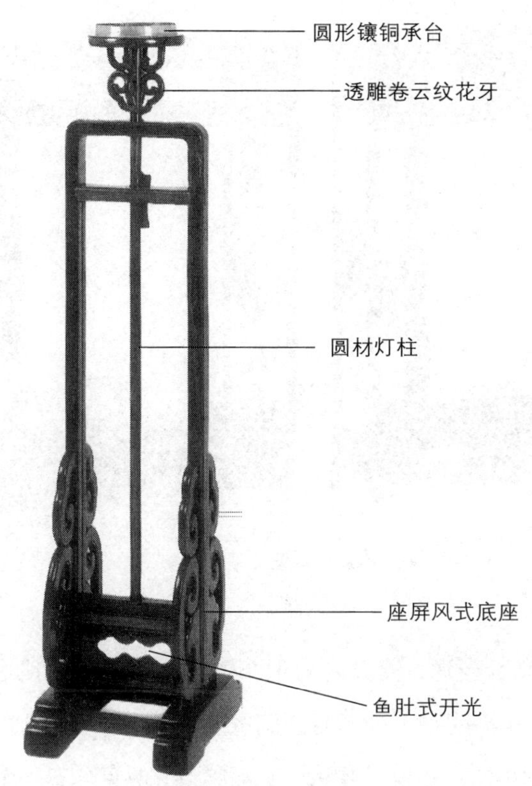

清屏座式木灯架

三四尺之烛剪是已。以铁为之，务为极细，粗则重而难举；然举之有法，说在后幅。有此长剪，则人不必升，灯升不必降，举手即是，与剔卑灯无异矣。未试维何？暗提线索，用傀儡登场之法是已。法于梁上暗作长缝一条，通于屋后，纳挂灯之绳索于中，而以小小轮盘仰承其下，然后悬灯。灯之内柱外幕，分而为二，外幕系定于梁间，不使上下，内柱之索上跨轮盘。欲剪灯煤，则放内柱之索，使之卑以就人，剪毕复上，自投外幕之中，是外幕高悬不移，俨然以静待动。同一灯也，而有劳逸之

清紫檀木壁灯架

分，劳所当劳，逸所当逸，较之内外俱下，而且有碍手碍脚之繁者，先踞一筹之胜矣。其不明抽以索，而必暗投梁缝之中，且贯通于屋后者，其故何居？欲埋伏抽索之人于屋后，使不露形，但见轮盘一转，其灯自下，剪毕复上，总无抽拽之形，若有神物厕于梁间者。予创为是法，非有心炫巧，不过善藏其拙。盖场上多立一人，多生一人之障蔽。使以一人剪灯，一人抽索，了此及彼，数数往来，则座客止见人行，无复洗耳听歌之暇矣。故藏人屋后，撤去一半藩篱，耳目之前何等清静。藏人屋后者，亦不必定在墙垣之外，厅堂必有退步，屏幛以后即其处也。或隔绛纱，或悬翠箔，但使内见外，而外不见内，则人工不露而天巧可施矣。每灯一盏，用索一条，以蜡磨光，欲其不涩。梁间一缝，可容数索，但须预编字号，系以小牌，使抽者便于识认。剪灯者将及某号，即预放某索以待之，此号方升，彼号即降，观其术者，如入山阴道中，明知是人非鬼，亦须诧异惊神，鼓掌而观，又是一番乐事。惜予囊悭无力，未及指使匠工，悬美法以待人，即谓自留余地亦可。

梁上凿缝，势有不能，为悬灯细事而损伤巨料，无此理也。如置此法于造屋之先，则于梁成之后，另镶薄板二条，空洞其中而蒙蔽其下，然后升梁于柱，以俟灯索，此一法也。已成之屋，亦如此法，但先置绳索于中，而后周遭以板。此法之设，不止定为观场，即于元夕张灯，寻常宴客，皆可用之，但比长剪之法为稍费耳。

制长剪之法，视屋之高卑以为长短，短者三尺，长者四五尺，直其身而曲其上，如乌喙然，总以细巧坚劲为主。然用之有法，得其法则可行，不得其法则虽设而不适于用，犹弃物也。盖以铁为剪，又长数尺，是其体不能不重，只手高擎，势必摇动于上，剪动则灯亦动；灯剪俱动，则他东我西，虽欲剪之，不可得矣。法以右手持剪，左手托之，所托之处，高右手尺许。剪体虽重，不过一二斤，只手孤擎则不足，双手效力则有余；擎而剪之者一手，按之使不动摇者又有一手，其势虽高，何足虑乎？"孤掌难鸣，众擎易举。"天下事，类如是也。

长剪虽佳，予终恶其体重，倘能以坚木为身，止于近灯煤处用铁，则尽美而又尽善矣。思而未制，存其说以俟解人。

长剪难于概用，惟有烛无衣，与四围有衣而空洞其下者可以用之。若明角灯、珠灯，皆无隙可入，虽有长剪，何所用之？至于梁间放索，则是灯皆可。二事亦可并行，行之之法，又与前说相反：灯柱居中不动，而提起外幕以俟剪，剪毕复下。又合居重驭轻之法，听人所好而为之。

剪灯烛

【译文】

灯烛的辉煌灿烂在宴请宾客时是非常重要的。但我经常看见宴会上宾客众多，都是有身份的人，桌子上陈列的山珍海味、美酒佳酿，一旁的吹拉弹唱，每件事都称得上非常完美，只是歌台上的表演比较模糊，只能让宾客们赏心悦目而已，却不能让他们大饱眼福。这不是主人吝惜灯油，不肯多点灯烛的缘故，而是因为灯芯的缘故，如果不是剪灯芯的方法错了，那就是管理的人不肯尽心尽力。我有六字口诀可以告诉他们："多点不如勤剪。"勤剪灯芯五盏灯，比不剪灯芯的十盏灯还要亮。分析不剪灯芯的原因，或是因为仆人和主人一样都只注意看戏了，没有注意到灯亮不亮；或是因为太繁忙了，没有委派专人去负责剪灯芯，所以顾此失彼，以致有灯而不明亮，这是所谓的管理者不到位。想要避免这个问题，只要找人专门负责就行，需要选择谨慎老成、不贪玩的人，这两个麻烦就都可以避免。但如果只有适当的人专管，而剪灯的方法不对，也仍是个难事。宴会场所用的灯，大多挂在高处，很少放在低处，要剪低处的灯容易，要剪高处的灯就难了，不是要让人爬高去靠近灯，就是要把灯拿下来方便人。剪一次就需要这样爬上爬下一次，不仅灯要频繁的移动，人也十分的辛劳，在座的客人看了，也都替他感到辛苦。因此经常有人怕难而不去剪，就任它昏暗下去。我想了两个减少这种辛苦的方法，一个是已经试过可以相信的，一个没有试过还有待别人来验证。已经试验过的方法是什么呢？就是需要一把三四尺长的烛剪。烛剪用铁制作，但一定要非常细，太粗了会因为太重而无法举动。但是举这剪子也有方法，后面再说。有了这种长剪刀，就不需要人爬高或把灯放低，只需举手就可以，跟剪低处的灯一样。还没试过的方法是什么呢？就是提着暗线，如同在台上表演木偶戏的方法。在梁上刻一条长的暗缝，一直通到屋子的后面，把挂灯的绳索勒在里面，用个小的轮盘承在下面，然后把灯挂上去。灯的内柱和外罩分成两个部分，外罩固定在梁上，不要让它活动，内柱的绳子则挂在轮盘上面。想要剪灯芯的时候，就把内柱的绳子放下来，让内柱低到人够得到的地方，剪完再放上去，合到外罩里面，这样外罩就会高悬不动，以静待动了。同是一盏灯，这样做，就有麻烦和轻松的分别，比起外罩和内柱一起放下来碍手碍脚，已是先胜一筹了。切忌用明线而要用暗线，而且一定要勒在梁上的缝隙中，再通到屋子后面是为什么呢？这是为了让拉绳子的人藏在屋子后面，不让屋里的人看见，人们只能看到轮盘转动，灯自动降下来，剪完又自动上去，没有拉拽的痕迹，就像有神力相助一样。发明这种方法，不是为了炫耀巧妙，而是想将剪灯芯的笨拙之处掩藏起来。因为宴会上多站一个人，就多一个人遮挡，如果一个拉绳子另一个剪灯，这边没剪完又到那边去，来来回回的，客人只看见人走来走去，都没办法去清净地听歌了。所以把人藏在屋子后面，减少一半的遮挡，耳目也就清净了许多。把人藏在屋子后面，也不一定是在墙的外面，厅堂中如果有空地，屏风后面就可以了。或是隔上绛色的纱，或是挂上漂亮的珠帘，让里面能看到外面，外面却看不到里面，这就不露人工的痕迹而有如天巧一般。每一盏灯用一条绳子，用蜡烛磨光，这样抽动时就不会生涩。梁上的一条缝隙可以勒上数条绳子，但是应该预先编号，挂上牌子，使拉绳的人便于辨识。剪灯的人快要剪到某号灯了，就预先放某条绳索等着，这一号灯刚升上去，那一号灯又放下来，看到这种放法的人，就像走在山阴道中一样，明知道是人不是鬼，也定会觉得惊讶，鼓掌欣赏，这又是一件乐事。可惜我财力不足，没能力去雇人这样做，只好把这种好的方法搁置着，等别人去采用，说是自留余地也可以。

在梁上凿出一条缝隙，是不太合适的，为了吊灯这种小事，而损伤屋梁，没有这样的道理。如果在盖房子之前就准备这种方法，在梁做好后，另镶两块薄板，中间留空，不让下面人看见，然后把房梁架好，等将来挂灯索。这是一个方法。已经建成的房子，也可以用这种方法。

只是要先放绳子，再把板围上去。这种方法，不只是适用看戏的场合，就是元宵看灯，平常宴客，也可以用，只是比用长剪的方法花费要多一些。

制作长剪，应该按照屋子的高矮来定长短，短的三尺左右，长的四五尺左右。剪刀的柄要直而上面要弯，就像鸟嘴一样，要能细巧而坚硬有力。但是使用时也要得法，得其法就可行，若不得其法，那么虽然有了剪刀也不能用，就像废物一样。因为用铁来做剪刀，又长达数尺，就不能不重。一只手高举它，在高处肯定会摇晃，剪刀摇晃，灯也跟着摇晃，灯和剪刀都晃动，那么灯在东而剪刀在西，想剪也无法剪到。方法是右手拿剪刀，左手托住它，托的地方比右手高出一尺左右。剪刀虽不过一两斤重，但一只手拿还是太累，两只手拿就绰绰有余了。一只手举剪刀去剪，另一只手按住剪刀使不摇晃，灯虽然高，又有什么可担心的呢？“孤掌难鸣，众擎易举”，天下事大都如此。长剪虽然好，我总是讨厌它太重。如果柄用木头，只在接触灯芯的地方用铁，那就尽善尽美了。方法想好了，却还没去制作出来，我把想法写在这里，等着有心人去做。

长剪不是普遍适用的，只有没灯罩或者四围有灯罩而下面放空的灯才可用。像明角灯、珠灯，都没办法把长剪伸进去，又怎么用呢？至于在梁上放绳索，那所有的灯都可以用。两种方法可以一起用，所用之法，又和前面说的相反，灯柱在中间不动，而提起外罩来等候剪刀，剪完再把外罩放下来。这也符合掌握关键、轻松驾驭的原则，可以根据个人喜好去做。

笺简

笺简之制，由古及今，不知几千万变。自人物器玩，以迨花鸟昆虫，无一不肖其形，无日不新其式；人心之巧，技艺之工，至此极矣。予谓巧则诚巧，工则至工，但其构思落笔之初，未免驰高骛远，舍最近者不思，而遍索于九天之上、八极之内，遂使光灿陆离者总成赘物，与书牍之本事无干。予所谓至近者非他，即其手中所制之笺简是也。既名笺简，则笺简二字中便有无穷本义。鱼书雁帛而外①，不有竹刺之式可为乎？书本之形可肖乎？卷册便面，锦屏绣轴之上，非染翰挥毫之地乎？石壁可以留题，蕉叶曾经代纸，岂意未之前闻，而为予之臆说乎？至于苏蕙娘所织之锦②，又后人思之慕之，欲书一字于其上而不可复得者也。我能肖诸物之形似为笺，则笺上所列，皆题诗作字之料也。还其固

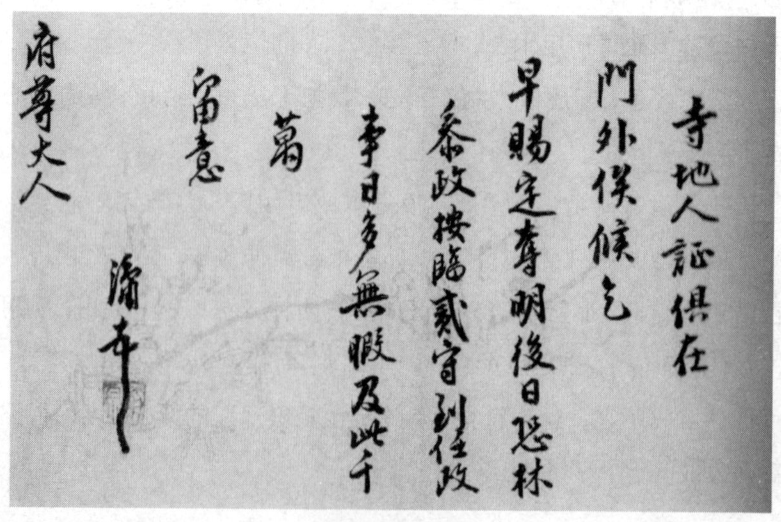
寺地人証俱在
門外僕候乞
早賜定奪明後日懸林
參政按臨貳守到任政
事日多無暇及此千
萬
留意
府尊大人
濬拜

明人屠濬信札

有，绝其本无，悉是眼前韵事，何用他求？已命奚奴逐款制就，售之坊间，得钱付梓人，仍备剞劂之用，是此后生生不已，其新人见闻，快人挥洒之事，正未有艾。即呼予为薛涛幻身③，予亦未尝不受，盖须眉男子之不传，有愧于知名女子者正不少也。已经制就者，有韵事笺八种，织锦笺十种。韵事者何？题石、题轴、便面、书卷、剖竹、雪蕉、卷子、册子是也。锦纹十种，则尽仿回文织锦之义，满幅皆锦，止留縠纹缺处代人作书，书成之后，与织就之回文无异。十种锦纹各别，作书之地亦

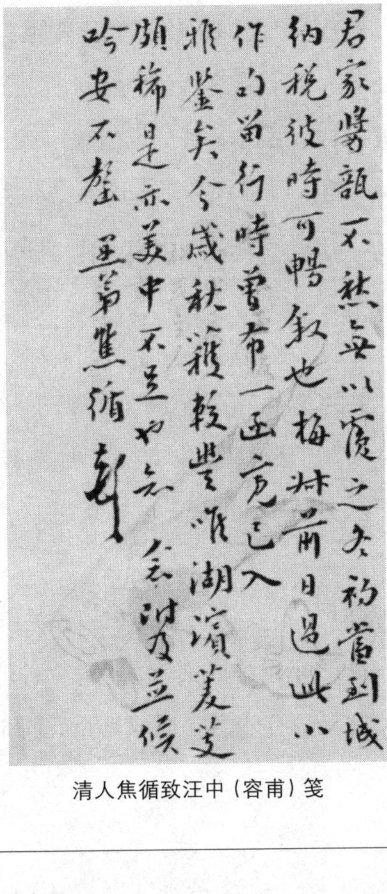

清人焦循致汪中（容甫）笺

不雷同。惨淡经营，事难缕述，海内名贤欲得者，倩人向金陵购之。是集内种种新式，未能悉走寰中，借此一端，以陈大概。售笺之地即售书之地，凡予生平著作，皆萃于此。有嗜痂之癖者，贸此以去，如偕笠翁而归。千里神交，全赖乎此。只今知己遍天下，岂尽谋面之人哉？（金陵书铺廊坊间有“芥子园名笺”五字署门者，即其处也。）

是集中所载诸新式，听人效而行之；惟笺帖之体裁，则令奚奴自制自售，以代笔耕，不许他人翻梓。已经传札布告，诫之于初矣。倘仍有垄断之豪，或照式刊行，或增减一二，或稍变其形，即以他人之功冒为己有，食其利而抹煞其名者，此即中山狼之流亚也。当随所在之官司而控告焉，伏望主持公道。至于倚富恃强，翻刻湖上笠翁之书者，六合以内，不知凡几。我耕彼食，情何以堪？誓当决一死战，布告当事，即以是集为先声。总之天地生人，各赋以心，即宜各生其智，我未尝塞彼心胸，使之勿生智巧，彼焉能夺吾生计，使不得自食其力哉！

【注释】

① 鱼书雁帛：鱼腹中的信件和大雁脚上的绢书。《乐府诗集·相和歌辞·饮马长城窟行》：“呼儿烹鲤鱼，中有尺素书。”《汉书·苏武传》：“教使者谓单于，言天子射上林中，得雁，足有系帛书。”后因以“鱼雁”代称书信。

② 苏蕙娘：即十六国时前秦女诗人苏蕙，字若兰。其夫以罪流放，她织《回文璇玑图诗》相赠，后世称回文诗，成为一种诗体和文字游戏。

③ 薛涛：唐代乐妓，工诗，有才名。居成都百花潭时，制松花小笺，人称“薛涛笺”。

【译文】

笺简的设计，从古到今，不知道发生了多少变化。无论是人物器具还是花鸟昆虫，无一样不被模仿，没有一天不在变换花样，人心的巧妙、技艺的精细在这里发展到到了极点。我认为巧是极巧，精是极精，但是在开始构思的时候，就有些好高骛远，放着近处的东西不想，而一定要思索到宇宙天地之间，从而把这些漂亮信笺做得光怪陆离，最后反而成了累赘的东西，和书信、简牍毫不相干。我所说近处的东西不是别的，就是我手中要制作的笺简。既然叫作笺简，那么笺简两字之中就有无穷的含义。鱼腹中的信、大雁脚上的绢书这些之外，不是还有竹刻的式样和书本的形状可以模仿吗？卷册扇面、锦绣的屏风和卷轴上不也是挥毫泼墨的地方吗？石壁可以题字，蕉叶可以代纸，难道以前的人从来没听说过，而是我编造的吗？至于苏蕙娘的回文锦，又是让后人思慕不已，想要在上面写一字却无法做到。我能够模仿事物的形状做笺，那么笺上的物品就都是题诗写字的陪衬。还原本来就有的东西，而抛弃本来没有的东西，都是眼前的雅事，还用得着到处寻找吗？我已经让仆人一一做好，在书坊上卖，所得的钱交给木匠，再继续刻制，就可以辗转流传下去。这种让人耳目一新、挥洒快意的事，正在不断地出现，即使把我说成薛涛转世，我也并非不敢接受，本来男子因为名声不大而在知名女子面前惭愧的就不少。已经做好的笺简，有八种韵事笺、十种织锦笺。韵事笺有哪些？题石、题轴、扇面、书卷、剖竹、雪蕉、卷子、册子。十种织锦笺都是模仿回文织锦，整幅都是锦帛，只留皱纹上的缺处给人写字，写好后就跟回文锦一样。十种锦纹各不相同，写字的地方也不相同。我惨淡经营，难以一一描述。有哪位想要的，可以托人到金陵来买。这本书里的各种新式样，还没有流传到全国各地，就借这个机会，说个大概。卖笺的地方就是卖书的地方，我生平的著作，都汇集在这里。有喜欢的可以买回家去，就像把我李笠翁带回家一样。千里神交，就全靠它们了。今天我朋友遍布天下，难道都是见过面的人吗？（金陵书铺廊坊间有“芥子园名笺”的书铺，就有这本书卖。）

我这本书中所刊载的各种新设计，都可任人仿效，只有笺帖的设计，是让仆人自制自售，以维持生活，不许别人翻印，已经贴出布告，进行告诫。要是还有人强横地照原样刊行，或是增减几种，或是稍作变动，就是把人家的功劳冒为己有，既享受了利益而又抹杀了别人的名声，那无疑就是中山狼一般的人了。我会在我所在地的官府控告，请求主持公道。至于倚恃富豪权贵，翻刻我书的人，天下不知有多少。我劳作而别人坐享其成，这叫我怎么能忍受？一定要决一死战，遍告所有相关的人，就从这本书开始。总之，天底下的人，各有各的才思，应当各自发挥自己的智力。我没有堵住他们的心胸，使他们不能发挥自己的聪明才智，他们又怎么能夺取我的生计，让我不能自食其力呢？

位置第二

器玩未得，则讲购求；及其既得，则讲位置。位置器玩与位置人才同一理也。设官授职者，期于人地相宜；安器置物者，务在纵横得当。设以刻刻需用者，而置之高阁，时时防坏者，而列于案头，是犹理繁治剧之材，处清静无为之地，黼黻皇猷之品，作驱驰孔道之官。有才不善用，与空国无人等也。他如方圆曲直，齐整参差，皆有就地立局之方，因时制宜之法。能于此等处展其才略，使人入其户、登其堂，见物物皆非苟设，事事具有深情，非特泉石勋猷于此足征全豹，即论庙堂经济，亦可微见一斑。未闻有颠倒其家，而能整齐其国者也。

【译文】

没得到器玩的时候，先要说购买它；得到了器玩，就要说摆放的位置。安放器玩与安置人才是同一个道理。设置官职授予职位的人，要考虑人才使用在什么地方最合适；安放器物时，要考虑器物与周围的环境是否相适宜。如果把常用的东西放在不易拿到的高处，把易碎的东西放在桌上，就像把善于处理繁杂事务的人才放在清静无为的地方，将善于谋划的大臣派去做传令官。有人才却不善于任用，和没有人才一样。如果器玩参差不齐，有方圆曲直的差别，就应该有就地布局、因地制宜的方法。能在这些地方施展自己的才略，让那些来到家里做客的人，看见每一件东西都不是随便乱放，处处都含着主人深刻的用心，那就不仅体现出主人园林布置的才能，连治理国家的本领也可以看得出来了。没听说过把家里弄得乱七八糟，却能够把国家治理好的人。

忌排偶

“胪列古玩，切忌排偶。”此陈说也。予生平耻拾唾余，何必更蹈其辙。但排偶之中，亦有分别。有似排非排，非偶是偶；又有排偶其名，而不排偶其实者。皆当疏明其说，以备讲求。如天生一日，复生一月，似乎排矣，然二曜出不同时，且有极明微明之别，是同中有异，不得竟以排比目之矣。所忌乎排偶者，谓其有意使然，如左置一物，右无一物以配之，必求一色相俱同者与之相并，是则非偶而是偶，所当急忌者矣。若夫天生一对，地生一双，如雌雄二剑，鸳鸯二壶，本来原在一处者，而我必欲分之，以避排偶之迹，则亦矫揉执滞，大失物理人情之正矣。即避排偶之迹，亦不必强使分开，或比肩其形，或连环其势，使二物合成一物，即排偶其名，而不排偶其实矣。大约摆列之法，忌作八字形，二物并列，不分前后、不爽分寸者是也；忌作四方形，每角一物，势如小菜碟者是也；忌作梅花体，中置一大物，周遭以小物是也；余可类推。当行之法，则与时变化，就地权宜，视形体为纵横曲直，非可预设规模者也。如必欲强拈一二，若三物相俱，宜作品字形，或一前二后，或一后二前，或左一右二，或右一左二，皆谓错综；若以三者并列，则犯排矣。四物相共，宜作心字及火字格，择一或高或长者为主，余前后左右列之，但宜疏密断连，不得均匀配合，是谓参差；若左右各二，不使单行，则犯偶矣。此其大略也，若夫润泽之，则在雅人君子。

胪列古玩，切忌排偶。

【译文】

“陈列古玩，切忌排偶。”这是过去的说法。我一向认为拾别人的牙慧是最羞耻的事情，为什么要去重复？但是在排偶当中，也有分别。有的看起来像排偶却不是排偶；有的看上去不像排偶却又恰恰是排偶；还有的虽然名字叫排偶，实际上却不是，都应当说清楚，以备有人要讲究。就像天上有一个太阳，又有一个月亮，这似乎是排偶了，但是太阳和月亮并不是同时出来的，而且有极亮与微亮的区别，这是同中有异，不能把它们看成是排偶。真正应该忌讳的排偶，是指那种有意造成的对称形式。比如左边放件东西，右边没东西来相配，就一定找个颜色形状完全一样的来并列摆放，这样似乎不是排偶，而实际却是，这是最忌讳的。如果是天生一对、地设一双的东西，比如雌雄两剑、鸳鸯两壶，本来就在一处的，我却一定要把它们分开，以避免排偶的痕迹，那也太造作，违背了事物本来的道理。即使想避免排偶的痕迹，也不必勉强把它们分开，就让它们或者并肩而立，或是前后相连，使两件东西合成一件，这就是有排偶之名，而无排偶之实。总括来说，摆放的方法，忌八字形，即两件东西并列，不分前后，摆起来完全一样；忌四方形，即每个角放一件东西，就像小菜碟一样；忌梅花体，即中间放一件大的东西，周围放小物件。其他可以类推。摆放的方法应该根据具体的地点和时间进行变化，要看物品的形状，不能预先设定。如果一定要举些例子，比如三样东西放一起，应该摆成品字形，或是一前二后，或是一后二前，或左一右二，或是右一左二，都叫作错综的方法。如果是三件东西并排，就犯了排的毛病。四件东西放一起，适宜用心字形或火字形。选一个高的或长的为主，其他放在前后左右。但是应该疏中有密，断中有连，不能放得齐，这就叫参差。如果是左右各两件，成双成对，就犯了偶的毛病。这是大概的情形，如果要将它演绎得更好，就全在风雅之士了。

贵活变

幽斋陈设，妙在日异月新。若使古董生根，终年匏系一处，则因物多腐象，遂使人少生机，非善用古玩者也。居家所需之物，惟房舍不可动移，此外皆当活变。何也？眼界关乎心境，人欲活泼其心，先宜活泼其眼。即房舍不可动移，亦有起死回生之法。譬如造屋数进，取其高卑广隘之尺寸不甚相悬者，授意匠工，凡作窗棂门扇，皆同其宽窄而异其体裁，以便交相更替。同一房也，以彼处门窗挪入此处，便觉耳目一新，有如房舍皆迁者；再入彼屋，又换一番境界，是不特迁其一，且迁其二矣。房舍犹然，况器物乎？或卑者使高，或远者使近，或二物别之

香炉一物，其用妙在极动。

既久，而使一旦相亲，或数物混处多时，而使忽然隔绝，是无情之物变为有情，若有悲观离合于其间者。但须左之右之，无不宜之，则造物在手，而臻化境矣。人谓朝东夕西，往来仆仆，“何许子之不惮烦乎”①？予曰：陶士行之运甓②，视此犹烦，未有笑其多事者；况古玩之可亲，犹胜于甓，乐此者不觉其疲，但不可为饱食终日无所用心者道。

古玩中香炉一物，其体极静，其用又妙在极动，是当一日数迁其位，片刻不容胶柱者也。人问其故，予以风帆喻之。舟行所挂之帆，视风之斜正为斜正，风从左而帆向右，则舟不进而且退矣。位置香炉之法亦然。当由风力起见，如一室之中有南北二牖，风从南来，则宜位置于正南，风从北入，则宜位置于正北；若风从东南或从西北，则又当位置稍偏，总以不离乎风者近是。若反风所向，则风去香随，而我不沾其味矣。又须启风来路，塞风去路，如风从南来而洞开北牖，风从北至而大辟南轩，皆以风为过客，而香亦传舍视我矣。须知器玩之中，物物皆可使静，独香炉一物，势有不能。“爱之能勿劳乎？”待人之法也，吾于香炉亦云。

【注释】

① 何许子之不惮烦：语出《孟子·滕文公上》。许行，战国时农家，主张“贤者与民并耕而食，饔飧而治”，所以孟子批评他：“何许子之不惮烦。”

② 陶侃，字士行，东晋人。据说他在任广州刺史时，朝运百甓于斋外，暮运于斋内，以励志勤力。甓（pì），砖。

【译文】

幽静书房中的陈设，妙在经常变化。如果让古董像生了根一样，终年放在同一个地方，就会因为古董腐朽的样子，而使人缺少生机，这样做就不是善于摆弄古玩的人了。居家所需要用到的东西，除了房子不可移动外，其他的都应该经常挪动。是什么原因呢？眼中所看到的东西与心境有关系，人如果想让心情活泼些，应该首先让眼中所看的东西活泼起来。即使房舍不能移动，但也有起死回生的方法。比如建造几间房屋，选几间高低宽窄相差不大的房间，授意工匠把窗棂门扇的宽窄做成一致，但是式样各不相同，这样就可以相互交换了。同是一处房子，把那间房屋的门窗换过来，就会觉得耳目一新，像搬了新家一样。再进另一间房间，又换了一番景象，这样，改变的不仅仅是一间房屋，而是两间房屋。房子尚且是这样，何况器物呢？或是将低的放到高处，或是将远的放到近处，或是原来隔得很远的两件东西突然放在一起，或是原来放在一起的几件东西，突然将它们分开，这样就使得无情的东西也变得有了情致，好像其中多了悲欢离合一般。东西无论是左移还是右移，只要掌握了一个“宜”字，你就会像造物者一般，进入到艺术造诣的精妙境界。人们或许会说，早上放东边傍晚放西边，把古物搬来搬去，不是像许行那样，太麻烦了吗？我说：陶侃每天屋里屋外搬砖，做这么麻烦的事情也没有人笑他多事；何况古玩的可亲还胜过砖头，喜欢这样做的人就不会感觉劳累。但是这番话却不能对那些整天吃饱饭，不思考任何问题的人说。

古玩中香炉这件器具，本身非常沉静，但是用起来的妙处在于极有动感，应该每天多换几次地方，一刻也不要将它固定住。有人问其中的原因，我用风帆进行比喻。船航行时挂的帆，要根据风向的变化调整，如果风吹向左而帆却转向右，那么船就不进反退。放香炉的方法也是这样，要根据风向来改变放的位置，比如一间房子，有南北两个窗子，如果风从南来，香炉就适宜放在正南面；如果风从北来，香炉就适宜放在正北面；如果风从东南或西北来，香炉的位置就应该稍微偏一点，总之只要不离开风，那差不多就行了。如果和风的方向相反，风会将香气吹走，那我就闻不到香味了。还必须打开风进来的路而将其出路堵上，风从南来而北窗大开，或风从北来而南窗大开，这都是把风当作过客，而香气也会把屋子当作旅店一样匆匆而过。应该知道器玩之中，样样都可以使它静，只有香炉不可能。“喜欢它，能不为它劳心劳力吗？”这是一种待人的方法，对于香炉我也是这样说。

闲情偶寄

饮馔部

蔬食第一

吾观人之一身，眼耳鼻舌，手足躯骸，件件都不可少。其尽可不设而必欲赋之，遂为万古生人之累者，独是口腹二物。口腹具而生计繁矣，生计繁而诈伪奸险之事出矣，诈伪奸险之事出，而五刑不得不设。君不能施其爱育，亲不能遂其恩私，造物好生，而亦不能不逆行其志者，皆当日赋形不善，多此二物之累也。草木无口腹，未尝不生；山石土壤无饮食，未闻不长养。何事独异其形，而赋以口腹？即生口腹，亦当使如鱼虾之饮水，蜩螗之吸露，尽可滋生气力，而为潜跃飞鸣。若是，则可与世无求，而生人之患熄矣。乃既生以口腹，又复多其嗜欲，使如溪壑之不可厌；多其嗜欲，又复洞其底里，使如江海之不可填。以致人之一生，竭五官百骸之力，供一物之所耗而不足哉！吾反复推详，不能不于造物是咎。亦知造物于此，未尝不自悔其非，但以制定难移，只得终遂其过。甚矣！作法慎初，不可草草定制。吾辑是编而谬及饮馔，亦是可已不已之事。其止崇啬，不导奢靡者，因不得已而为造物饰非，亦当虑始计终，而为庶物弭患。如逞一己之聪明，导千万人之嗜欲，则匪特禽兽昆虫无噍类，吾虑风气所开，日甚一日，焉知不有易牙复出，烹子求荣[①]，杀婴儿以媚权奸，如亡隋故事者哉！一误岂堪再误，吾不敢不以赋形造物视作覆车。

声音之道，丝不如竹，竹不如肉，为其渐近自然。吾谓饮食之道，脍不如肉，肉不如蔬，亦以其渐近自然也。草衣木食，上古之风，人能疏远肥腻，食蔬蕨而甘之，腹中菜园，不使羊来踏破[②]，是犹作羲皇之

食蔬蕨而甘之

民[3]，鼓唐虞之腹[4]，与崇尚古玩同一致也。所怪于世者，弃美名不居，而故异端其说，谓佛法如是，是则谬矣。吾辑《饮馔》一卷，后肉食而首蔬菜，一以崇俭，一以复古；至重宰割而惜生命，又其念兹在兹，而不忍或忘者矣。

【注释】

① 易牙复出，烹子求荣：春秋时齐桓公的近臣易牙曾自烹其子为羹，

以献齐桓公。

② 腹中菜园，不使羊来踏破：意谓不使腹中蔬菜受肉腥践踏。羊，代表肉食。隋侯白《启颜录》：“有人常食菜蔬，忽食羊，梦五藏神曰：‘羊踏破菜园。’”

③ 羲皇之民：指上古时代的人。羲皇：即伏羲氏，传说中“三皇”之一。

④ 唐虞：唐尧与虞舜的并称。亦指尧与舜的时代，古人以为太平盛世。

【译文】

我看人的身体，眼、耳、鼻、舌，手脚，躯体，样样都不能缺少。如果说可以不要但造物主又必须具备它，以至于成为千古以来人的生活累赘，只有嘴巴和肚子这两样东西。有了嘴巴和肚子之后，为了生计的操劳就多了；生计的操劳多了，奸险欺诈虚伪的事情就跟着发生了；奸险欺诈虚伪的事情发生了，各种刑罚就不能不设置了。君王不能随意施仁慈于子民，父母不能随意施恩爱于子女，造物主就是喜欢生命也只能违逆自己的心意，这都是当初造人时不够完善，多了这两样东西的缘故。草木没有嘴巴肚子，照样生长；山、石、土壤不用饮食，也没听说就长不大。为什么独把人类造成特别的形状，又赋予他们嘴巴和肚子呢？即便生有嘴巴和肚子，也应当像鱼虾饮水、知了吸露一样，轻轻松松就可以滋生足够的力气而跳跃鸣叫。如果能这样，那么人们也就与世无争，活着的人也没有什么祸患了。然而造物主既让人类生了嘴巴和肚子，又让人类有很多嗜好和欲望。这些嗜好和欲望，不仅像溪壑一样多，而且深得像江海一样填不满，从而导致人的一生，虽竭尽全身的精力，却仍不足以满足口腹这一样东西的需要。我反复思量，不能不在这件事上责怪造物主。我也知道造物主后悔自己在这件事情上犯了错误，但是人已定型难以改变，只能错误到底了。要明白啊！规则刚开始制定的时候，不能太草率。我在这本书中谈饮食，本来也是可谈可不谈的。我崇尚节俭，反对奢侈，是不得已在替造物主掩盖过失，也是考虑到全局，而为百姓消除忧患。如果为了表现个人的聪明，而引动千万人的嗜欲，那不仅会导致禽兽和昆虫灭种，而且我担心奢侈之风一开，一天比一天败坏，又怎么知道不会出现像易牙烹子求荣，或不惜杀死婴儿向权贵献媚，如同隋朝灭亡的往事啊！一错怎能再错，我不敢不把造物主造人的过错，当作前车之鉴。

从音乐来说，弦乐不如管乐，管乐不如声乐，这是因为贴近自然的原则。我觉得在饮食上，精工制作的肉不如普通的肉，肉食不如蔬菜，也是因为后者比前者更贴近自然。穿着草衣吃素食，是上古时代的民风，那时的人们都远离肥腻的东西而喜欢吃蔬菜。如果我们肚里装的都是蔬菜，不去吃鲜美的肉食，那就和上古时的人一样了。保持这样的饮食习惯，与崇尚古玩是同一个道理。奇怪的是世人抛弃尊古的美名，把这种做法当作异端的教条，说是佛法这么说的，这就错了。我编《饮馔》这一卷，推崇蔬菜而贬斥肉食，一是因为崇尚节俭，一是为了复古。至于慎重屠宰而珍惜生命的大事，更是时刻挂念在心，而且不忍心忘却这个道理。

笋

论蔬食之美者，曰清，曰洁，曰芳馥，曰松脆而已矣。不知其至美所在，能居肉食之上者，只在一字之鲜。《记》曰：“甘受和，白受采。”①鲜即甘之所从出也。此种供奉，惟山僧野老躬治园圃者，得以有之，城市之人向卖菜佣求活者，不得与焉。然他种蔬食，不论城市山林，凡宅旁有圃者，旋摘旋烹，亦能时有其乐。至于笋之一物，则断断宜在山林，城市所产者，任尔芳鲜，终是笋之剩义。此蔬食中第一品也，肥羊嫩豕，何足比肩。但将笋肉齐烹，合盛一簋，人止食笋而遗肉，则肉为鱼而笋为熊掌可知矣②。购于市者且然，况山中之旋掘者

笋

乎？食笋之法多端，不能悉纪，请以两言概之，曰："素宜白水，荤用肥猪。"茹斋者食笋，若以他物伴之，香油和之，则陈味夺鲜，而笋之真趣没矣。白煮俟熟，略加酱油，从来至美之物，皆利于孤行，此类是也。以之伴荤，则牛羊鸡鸭等物皆非所宜，独宜于豕，又独宜于肥。肥非欲其腻也，肉之肥者能甘，甘味入笋，则不见其甘，但觉其鲜之至也。烹之既熟，肥肉尽当去之，即汁亦不宜多存，存其半而益以清汤。调和之物，惟醋与酒。此制荤笋之大凡也。笋之为物，不止孤行并用各见其美，凡食物中无论荤素，皆当用作调和。菜中之笋与药中之甘草，同是必需之物，有此则诸味皆鲜，但不当用其渣滓，而用其精液。庖人之善治具者，凡有焯笋之汤，悉留不去，每作一馔，必以和之，食者但知他物之鲜，而不知有所以鲜之者在也。《本草》中所载诸食物，益人者不尽可口，可口者未必益人，求能两擅其长者，莫过于此。东坡云："宁可食无肉，不可居无竹。无肉令人瘦，无竹令人俗。"不知能医俗者，亦能医瘦，但有已成竹未成竹之分耳。

【注释】

① 甘受和，白受采：语出《礼记·礼器》，意为甘美的东西容易调味，洁白的东西容易着色。

② 肉为鱼而笋为熊掌：化用《孟子·告子》："鱼我所欲也，熊掌亦我所欲也，二者不可得兼，舍鱼而取熊掌者也。"

【译文】

谈到蔬菜的美味，就是清淡、干净、芳香、松脆这几样。但却不知蔬菜的美味是在肉食之上，只是在于一个鲜字。《礼记》中说："甘受和，白受采。"鲜是美味的来源。这种享受，只有山中和尚、乡野村民这些亲自种植的人才能获得，城里人向菜贩购买蔬菜，是享受不到这种鲜味的。然而其他蔬菜，不管是城市还是山林，只要住宅旁边有菜园的，随摘随烧，也可以享受这种新鲜。至于笋这种东西，却一定是生长在山林，城市里所出产的，再怎么芳香鲜美，都只是笋的次品。笋是蔬菜中的首选佳品，肥羊乳猪，怎能跟它相提并论。只要把笋和肉放在一起煮，合盛在一个盘子里，人们都只吃笋而把肉剩下，由此就可以知道肉为鱼而笋为熊掌了。从市场上买的都是这样，何况山里刚刚挖出来的呢？吃笋的方法很多，不能全部记录，可以用两句话概括："素宜白水，荤用肥猪。"吃斋的人吃笋，如果把笋跟别的东西一起煮，再调上香油，那些东西的陈味就会把笋的鲜味夺走，这样笋真正的价值就失去了。要用清水来煮，熟了以后稍微加点酱油，历来最美好的东西，都是单独烧制的好，笋就是这样。如果把它跟肉食一起烧，牛羊鸡鸭等东西都不合适，只有猪肉合适，而且是肥的才好。肥肉不是要它的肥腻，而是要它的甘味，甘味被笋吸收后，就感觉不到这种甘，只觉得鲜到了极点。煮熟以后，把肥肉全都挑出去，汁也不要多留，留下一半的汁，再加进清汤。调味用的东西，只用醋和酒。这是烧制荤笋的大致情况。笋这种东西，不管单吃还是合煮均有好处，而且食物中不管荤的素的，都可以用它来调味。菜类当中的笋和中药中的甘草一样，都是必需的东西，有了它各种东西都变得鲜美了，只是不应用它的渣滓，而用它的精华。高明的厨师，把焯笋的汤都留着，每做一个菜都用它调和。吃的人只是知道菜的味道很鲜，却不知道鲜的原因是里面加了笋汤。《本草》中所记载的各种食物，对人有益的不一定可口，可口的不一定对人有益，想要两全其美，没有比笋更好了。苏东坡说：“宁可食无肉，不可居无竹。无肉令人瘦，无竹令人俗。”却不知道，笋这东西不但可以医俗，也能够治瘦，只不过有已成竹和未成竹的区别罢了。

蕈[1]

求至鲜至美之物于笋之外，其惟蕈乎？蕈之为物也，无根无蒂，忽然而生，盖山川草木之气，结而成形者也，然有形而无体。凡物有体者

蕈

必有渣滓，既无渣滓，是无体也。无体之物，犹未离乎气也。食此物者，犹吸山川草木之气，未有无益于人者也。其有毒而能杀人者，《本草》云以蛇虫行之故。予曰：不然。蕈大几何，蛇虫能行其上？况又极弱极脆而不能载乎？盖地之下有蛇虫，蕈生其上，适为毒气所钟，故能害人。毒气所钟者能害人，则为清虚之气所钟者，其能益人可知矣。世人辨之原有法，苟非有毒，食之最宜。此物素食固佳，伴以少许荤食尤佳，盖蕈之清香有限，而汁之鲜味无穷。

【注释】

① 蕈（xùn）：伞菌类植物。生林木中或草地上，种类很多，可食者如香菇、蘑菇等。

【译文】

寻求笋以外最鲜最美的东西，或许只有菇类了吧？菇这东西，无根无蒂，突然就长出来，是聚集山川草木的精气而成形的，然而它有形无体。凡是有体的东西一定有渣滓，既然没有渣滓，那就是无体。无体的东西，还没有完全与气脱离。吃它就像吸取山川草木之气，没有一种不是有益于人的。菇类有些种类有毒，而且能够致命，《本草》中说是由于蛇虫在上面爬行过。我认为不是这样。蘑菇能有多大，蛇虫怎么能在它上面爬行呢？何况菇类又非常脆弱而不能承载它们。大概是地下有蛇虫，菇类长在上面，就吸收了毒气，所以能够害人。聚集了毒气的菇能够害人，那么聚集了清虚之气的菇自然对人有益。人们已有辨别菇类是否含毒的方法，如果没有毒就适合吃。这东西素食当然好，伴上少量荤食更好。这是因为蘑菇的清香有限，而汤汁的鲜味无穷。

莼[1]

陆之蕈，水之莼，皆清虚妙物也。予尝以二物作羹，和以蟹之黄，鱼之肋，名曰“四美羹”。座客食而甘之，曰：“今而后，无下箸处矣！”

【注释】

① 莼（chún）：多年生水草。叶片椭圆形，深绿色，浮在水面，茎上和叶背有黏液，花暗红色。嫩叶可以做汤菜。

【译文】

陆地上的菌菇，水中的莼菜，都是清淡美味的好东西。我曾经拿这两种东西做羹，加上蟹黄、鱼肋，名叫“四美羹”。在座的客人吃得很甜美，说：“从今以后，再也没有动筷子的地方了。”

菜

世人制菜之法，可称百怪千奇，自新鲜以至于腌糟酱腊，无一不曲尽奇能，务求至美，独于起根发轫之事缺焉不讲[1]，予甚惑之。其事维

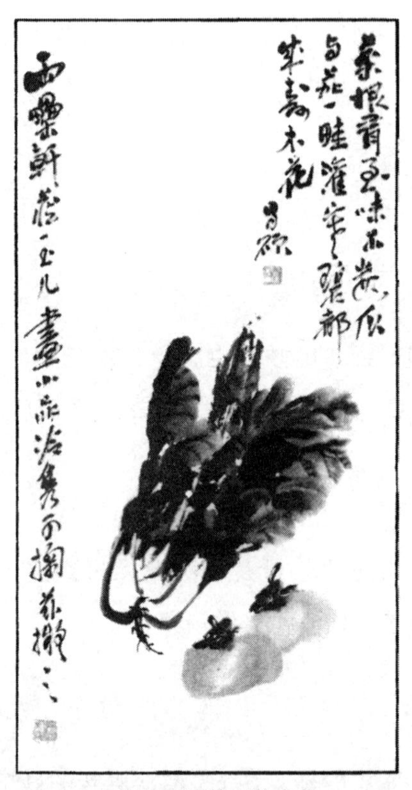

画家吴昌硕笔下的青菜

何？有八字诀云：“摘之务鲜，洗之务净。”务鲜之论，已悉前篇。蔬食之最净者，曰笋，曰蕈，曰豆芽；其最秽者，则莫如家种之菜。灌肥之际，必连根带叶而浇之；随浇随摘，随摘随食，其间清浊，多有不可问者。洗菜之人，不过浸入水中，左右数漉，其事毕矣。孰知污秽之湿者可去，干者难去，日积月累之粪，岂顷刻数漉之所能尽哉？故洗菜务得其法，并须务得其人。以懒人、性急之人洗菜，犹之乎弗洗也。洗菜之法，入水宜久，久则干者浸透而易去；洗叶用刷，刷则高低曲折处皆可到，始能涤尽无遗。若是，则菜之本质净矣。本质净而后可加作料，可尽人工，不然，是先以污秽作调和，虽有百和之香，能敌一星之臭乎？噫，富室大家食指繁盛者，欲保其不食污秽，难矣哉！

菜类甚多，其杰出者则数黄芽。此菜萃于京师，而产于安肃②，谓之“安肃菜”，此第一品也。每株大者可数斤，食之可忘肉味。不得已而思其次，其惟白下之水芹乎！予自移居白门，每食菜、食葡萄，辄思都门；食笋、食鸡豆，辄思武陵③。物之美者，犹令人每食不忘，况为适馆授餐之人乎？

菜有色相最奇，而为《本草》、《食物志》诸书之所不载者，则西秦所产之头发菜是也。予为秦客，传食于塞上诸侯。一日脂车将发，见炕上有物，俨然乱发一卷，谬谓婢子栉发所遗，将欲委之而去。婢子曰：“不然，群公所饷之物也。”询之土人，知为头发菜。浸以滚水，拌以姜醋，其可口倍于藕丝、鹿角等菜。携归饷客，无不奇之，谓珍错中所未见。此物产于河西，为值甚贱，凡适秦者皆争购异物，因其贱也而忽之，故此物不至通都，见者绝少。由是观之，四方贱物之中，其可贵者不知凡几，焉得人人物色之？发菜之得至江南，亦千载一时之至幸也。

【注释】

① 起根发轫（rèn）：指事情刚开始，这里指制作菜肴的第一步。发轫，拉开车闸，启动车子。轫，车闸。

② 安肃：明代县名，今河北徐水县。

③ 武陵：古代县名，今湖南常德市。

【译文】

人们做菜的方法，可以说是千奇百怪，从新鲜的到腌、糟、酱、腊，没有一样不是挖空心思，尽其所能，以求尽善尽美，只是对做菜最开始阶段的事缺漏没讲，我对此深感困惑。开始的事是什么呢？有八字口诀说："摘之务鲜，洗之务净。"务必新鲜的道理，前面已经讲过了。蔬菜当中最干净的，有竹笋，有蘑菇，有豆芽；最脏的，莫过于自家种的菜。施肥的时候，一定是连根带叶一起浇，随时施肥随时采摘，随时采摘随时吃，这当中干净不干净，有很多是无法追究的。洗菜的人，也只是把菜浸在水里，左右涮几下，事就完成了。他们哪里知道湿的脏东西容易洗掉，干的就很难去除，日积月累的粪点子，怎是一会儿工夫涮几下就能去尽的呢？所以洗菜一定要讲究方法，也一定要有适合的人。用生性懒惰、性子急躁的人洗菜，就像没洗一样。洗菜的方法，入水的时间要长些，这样菜上干的脏东西被水浸透了，就容易洗掉；洗菜叶时要用刷子，用刷子刷，叶上高低曲折的地方就都能洗到，洗得不留任何污物。这样的话，菜的里外就都干净了。里外干净以后才可以加佐料，充分施展烹饪技艺，否则就是先用污秽的东西做调料，即使加入上百种香料，又怎能敌得过一星半点的臭味呢？唉，大户人家或是人丁众多的人家，想要保证吃的东西不脏，实在太难了！

菜的种类非常多，最好的要数黄芽。这种菜汇集在京城，却是产于安肃，称为"安肃菜"，它是蔬菜中的佳品。黄芽每棵大的能有几斤重，吃过这种菜能让人把肉味都忘掉。如果买不到这种菜，只能用差一点的代替，这大概只有南京的水芹了吧？我移居到南京后，每到吃菜、吃葡萄的时候，就怀念京城；每到吃笋、吃芡实的时候，就怀念武陵。好吃的东西尚且使人念念不忘，何况是那些殷勤款待过我的人呢？

菜当中长得最为奇特，而《本草》、《食物志》等书中却没有记载的，就是陕西西部所产的头发菜了。我在陕西客居，曾到当地官员家中做客，一天将要乘车出发，看见炕上有东西，像是一卷乱发，误以为是丫鬟梳头掉下来的，正想要把它扔掉，丫鬟说："那不是乱发，是各位大人们送的礼物。"向当地人询问，才知道是头发菜，用开水浸泡，拌上姜和醋，吃起来比藕丝、鹿角等菜还加倍可口。我把它带回去请客人品尝，无不觉得惊奇，认为山珍海味也比不上它。这种菜产在黄河以西，价格非常便宜，凡是去陕西的人都争着去买奇特的东西，却因为头发菜便宜而把它忽略了，所以这种东西没有流传到繁华的城市，见过的人非常少。由此看来，各地的便宜货当中，不知有多少可贵的东西，又哪能人人都找得到呢？头发菜能够来到江南，也算是千载难逢的一大幸事了。

瓜　茄　瓠　芋　山药[1]

瓜、茄、瓠、芋诸物，菜之结而为实者也。实则不止当菜，兼作饭矣。增一簋菜[2]，可省数合粮者，诸物是也。一事两用，何俭如之？贫家购此，同于籴粟。但食之各有其法：煮冬瓜、丝瓜忌太生，煮王瓜、甜瓜忌太熟；煮茄、瓠利用酱醋，而不宜于盐；煮芋不可无物伴之，盖芋之本身无味，借他物以成其味者也；山药则孤行并用，无所不宜，并油盐酱醋不设，亦能自呈其美，乃蔬食中之通材也。

丝　瓜

【注释】

① 瓠（hù）：即瓠瓜，俗称葫芦。芋：俗称芋艿、芋头。

② 簋（guǐ）：古代盛食物的器具，圆口，双耳。自商代开始出现，延续到战国时期。

【译文】

瓜、茄、瓠、芋这些菜，是蔬菜中结有果实的品种。果实不仅能够做菜，还可以当作主食。增加一筐菜，可以省下几升粮食的，就是这些东西了。一物两用，还有什么比这更节省的呢？贫寒人家买这些菜，就像买粮食一样。只是吃的时候各有各的方法，煮冬瓜、丝瓜不能太生，煮黄瓜、甜瓜不能太熟；煮茄、瓠适合用酱、醋，而不适合用盐；芋头不能单独煮，因为芋头本身没有味道，要借其他东西来产生味道；山药单吃或是与其他东西合煮都可以，即便没有油盐酱醋，本身味道也很美，它是蔬菜里中的全材。

葱 蒜 韭

葱、蒜、韭三物，菜味之至重者也。菜能芬人齿颊者，香椿头是也；菜能秽人齿颊及肠胃者，葱、蒜、韭是也。椿头明知其香，而食者颇少，葱、蒜、韭尽识其臭，而嗜之者众，其故何欤？以椿头之味虽香而淡，不若葱、蒜、韭之气甚而浓。浓则为时所争尚，甘受其秽而不辞；淡则为世所共遗，自荐其香而弗受。吾于饮食一道，悟善身处世之难。一生绝三物不食，亦未尝多食香椿，殆所谓“夷惠之间”①者乎？

予待三物有差。蒜则永禁弗食；葱虽弗食，然亦听作调和；韭则禁其终而不禁其始，芽之初发，非特不臭，且具清香，是其孩提之心之未变也。

【注释】

① 夷惠：伯夷、柳下惠的并称，均为古代廉正之士。

蒜

【译文】

葱、蒜、韭菜这三样东西，是蔬菜中味道最重的。能使人唇齿留香的，是香椿；能使人唇齿和肠胃都带有难闻气味的，是葱、蒜、韭菜。明明知道香椿很香，吃这菜的人却少；明明知道葱、蒜、韭菜的气味臭，喜欢吃的人却很多。这是什么原因呢？因为香椿的味道虽然很香但是很淡，不如葱、蒜、韭菜的气味很冲很浓。味道浓的东西为时俗所推崇，人们甘愿忍受它们难闻的气味；味道淡的东西就被人们忽视，虽然它们自己把芳香贡献出来，人们还是不愿意接受它。我从饮食中领悟到为人处世的艰难。我一生不吃葱、蒜、韭菜，也没有经常吃香椿，这大概算得上古人所说的介乎伯夷和柳下惠之间吧？

我对这三种东西是有分别的：蒜是永远不吃；葱虽然不吃，但还是任人把它当成调料；韭菜则是不吃老的而吃嫩的，鲜嫩的韭菜，不但不臭还有清香，这大概是它的孩提之心尚未起任何变化的缘故吧。

萝卜

生萝卜切丝作小菜，伴以醋及他物，用之下粥最宜。但恨其食后打嗳，嗳必秽气。予尝受此厄于人，知人之厌我，亦若是也，故亦欲绝而

萝　卜

弗食。然见此物大异葱蒜，生则臭，熟则不臭，是与初见似小人，而卒为君子者等也。虽有微过，亦当恕之，仍食勿禁。

【译文】

把生萝卜切丝做小菜，拌上醋和其他调料，用它来下粥最合适。只是讨厌它吃了以后会打嗝，打嗝时必然会有臭气。我曾经在别人那里受这种罪，知道别人同样也会讨厌我打嗝，所以也打算不再吃萝卜了。但是觉得这种东西跟葱、蒜大不相同，生吃的时候会有臭气，煮熟吃就不臭，这与最初见面时像小人，而后来才知道是君子一样。萝卜虽然有点小缺点，也该应当宽恕它，可以照吃而不禁忌它。

芥辣汁①

菜有具姜桂之性者乎？曰：有，辣芥是也。制辣汁之芥子，陈者绝佳，所谓愈老愈辣是也。以此拌物，无物不佳。食之者如遇正人，如闻谠论，困者为之起倦，闷者以之豁襟，食中之爽味也。予每食必备，窃比于夫子之不撤姜也②。

【注释】

① 芥辣汁：芥，芥菜类蔬菜，其茎有辛辣味，可制成芥辣粉和芥辣汁。

② 不撤姜：语见《论语·乡党》。

【译文】

蔬菜当中有含具姜、桂的特性的吗？答曰：有，辣芥就是。用来做辣汁的芥子，陈的最好，这就是所谓越老越辣。用这种东西来拌菜，没有什么菜不好吃。吃的人就像遇见正直的君子，如同听见正直的言论，困倦的人会精神振作，郁闷的人会心胸开阔，它是食物当中最开胃口的。我每次吃饭都会准备芥辣汁，私下里把它比作孔子每餐离不开的生姜。

谷食第二

食之养人，全赖五谷[1]。使天止生五谷而不产他物，则人身之肥而寿也，较此必有过焉，保无疾病相煎、寿夭不齐之患矣。试观鸟之啄粟，鱼之饮水，皆止靠一物为生，未闻于一物之外，又有为之肴馔酒浆、诸饮杂食者也。乃禽鱼之死，皆死于人，未闻有疾病而死，及天年自尽而死者，是止食一物，乃长生久视之道也。人则不幸而为精腆

疾病之生，死亡之速，皆饮食太繁，嗜欲过度所致。

所误[2]，多食一物，多受一物之损伤，少静一时，少安一时之淡泊。其疾病之生，死亡之速，皆饮食太繁，嗜欲过度之所致也。此非人之自误，天误之耳。天地生物之初，亦不料其如是，原欲利人口腹，孰意利之反以害之哉！然则人欲自爱其生者，即不能止食一物，亦当稍存其意，而以一物为君。使酒肉虽多，不胜食气，即使为害，当亦不甚烈耳。

【注释】

① 五谷：五种谷物，古时有多种说法，一般指稻、黍、稷、麦、豆。

② 精腆：精细美好的食物。腆，丰厚、美好。

【译文】

食物养人，全靠五谷。假使大自然只生长五谷而不产其他的食物，那么人类一定会比现在肥壮而且更加长寿，保证不会受疾病的煎熬，也没有寿命长短不一的忧患了。不妨看看鸟吃谷、鱼饮水，都是靠一种食物为生，没有听说过在一种食物以外，还有什么佳肴美酒，喝这吃那的。因此禽类和鱼类都是死在人的手里，或是寿命到了自己死去，没有听说是得病而死的。由此可见只吃一种食物，乃是一种长生的方法。人却不幸被精细美好的食物所害，多吃一种食物，就要多受一种食物的损伤；少得到一时的安静，就少享受一时的淡泊。人之生病或者早死，都是饮食太繁杂，嗜欲过度所导致的。这并不是人自己的过错，而是上天的过错。天地在最初造物的时候，也没料到会是这样，原本是想对人口腹有利，却反而成了祸害！人如果爱惜自己生命，即使不能只吃一种食物，也应当稍微有一点这种意识，以吃一种食物为主。这样即使一时吃了很多酒肉，难以消化，虽然有害，也不会太严重。

饭　粥

粥饭二物，为家常日用之需，其中机彀，无人不晓，焉用越俎者强为致词？然有吃紧二语，巧妇知之而不能言者，不妨代为喝破，使姑传之媳，母传之女，以两言代千百言，亦简便利人之事也。先就粗者言之。饭之大病，在内生外熟，非烂即焦；粥之大病，在上清下淀，如糊如膏。此火候不均之故，惟最拙最笨者有之，稍能炊爨者，必无是事。然亦有刚柔合道，燥湿得宜，而令人咀之嚼之，有粥饭之美形，无饮食之至味者。其病何在？曰：挹水无度，增减不常之为害也。其吃紧二语，则曰："粥水忌增，饭水忌减。"米用几何，则水用几何，宜有一定之度数。如医人用药，水一钟或钟半，煎至七分或八分，皆有定数。若以意为增减，则非药味不出，即药性不存，而服之无效矣。不善执爨者，用水不均，煮粥常患其少，煮饭常苦其多。多则逼而去之，少则增而入之，不知米之精液全在于水，逼去饭汤者，非去饭汤，去饭之精液也。精液去则饭为渣滓，食之尚有味乎？粥之既熟，水米成交，犹米之酿而为酒矣。虑其太厚而入之以水，非入水于粥，犹入水于酒也。水入而酒成糟粕，其味尚可咀乎？故善主中馈者①，挹水时必限以数，使其勺不能增，滴无可减，再加以火候调匀，则其为粥为饭，不求异而异乎人矣。

宴客者有时用饭，必较家常所食者稍精。精用何法？曰：使之有

一饭千金

香而已矣。予尝授意小妇，预设花露一盏，俟饭之初熟而浇之，浇过稍闭，拌匀而后入碗。食者归功于谷米，诧为异种而讯之，不知其为寻常五谷也。此法秘之已久，今始告人。行此法者，不必满釜浇遍，遍则费露甚多，而此法不行于世矣。止以一盏浇一隅，足供佳客所需而止。露以蔷薇、香橼、桂花三种为上，勿用玫瑰，以玫瑰之香，食者易辨，知非谷性所有。蔷薇、香橼、桂花三种，与谷性之香者相若，使人难辨，故用之。

煮粥焚须

【注释】

① 中馈（kuì）：指家中供膳诸事。

【译文】

粥和饭这两种东西，是家庭平日生活所需要的，做饭的机巧，谁都知道，哪里用得着我在这里越俎代庖的啰嗦呢？然而有两句至关重要的话，巧媳妇虽然知道却说不出来，不妨让我代她们讲出来，让婆婆传给媳妇，母亲传给女儿，用两句话替代千言万语，这也是一件简便和有利于人的好事。首先就粗略的来说：煮饭的最大毛病，在于内生外熟，不是煮得太烂就是烧焦了；煮粥的最大毛病，在于上面是清汤，米却沉淀在下面，像米糊一样。这是火候不均匀的缘故，只有最笨拙的人煮出的饭才会这样，稍微会做饭的人，一定不会如此。然而也有这种情况，煮出来的饭软硬合适，粥干湿适中，看上去粥是粥饭是饭的，但吃起来却没有粥和饭的滋味。问题在哪里？在于放水心中无数，时增时减。要紧的两句话就是：“粥水忌增，饭水忌减。”米用多少，水就相应放多少，这是有一定比例标准的。就像医生煎药，一盅水还是一盅半，煎到七分还是八分，都有规定的，如果随意增减，那么不是药的味道没煎出来，就是煎过头而失去药性，服用后也没什么效果。不会做饭的人，用水不均，煮粥担心水太少，煮饭担心水太多。水多了就舀掉，水少了就增加，却不知道米的精华都在水中，把米汤滤掉，等于把米的精华也都滤掉了。精华去掉了，饭就变成渣滓，吃起来还会有滋味吗？粥煮熟后，水和米交融在一起，就像米酿成了酒。如果担心它太稠而加进一些水，这并不是把水加到粥当中，而像是把水加进酒中。掺了水的酒就成了糟粕，还可以回味吗？所以善于做饭煮粥的人，放水的时候一定会掌握分寸，做到恰到好处，再加上火候均匀，那么煮出来的粥和饭，就算不想和别人不同，也会与众不同。

宴请客人有时要用饭，一定要比平常做得稍精美一些。用什么方法才能做得精美呢？就是使它有香味而已。我曾经叫我的媳妇预先准备一盏花露，等饭刚熟的时候浇上去。浇过后盖上盖子闷一会，拌匀以后盛到碗中。吃的人都把它归功于谷米，以为是什么奇特的品种而打听，却不知道它其实就是普通的米。这种方法我珍藏了很久，现在才告诉大家。照这种方法做，不一定要满锅都浇遍，那样很费花露，也使得这种办法不会流行于世。只用一盏，浇在锅中一个角上，足以供客人所需就可以了。花露以蔷薇、香橼、桂花三种为最好，不要用玫瑰花，因为玫瑰的香味，吃的人很容易辨别出来，知道不是谷物本身所有的。蔷薇、香橼、桂花三种花的香气和谷物本身的香气比较接近，使人难以分辨，所以可以采用。

汤

汤即羹之别名也。羹之为名，雅而近古；不曰羹而曰汤者，虑人古雅其名，而即郑重其实，似专为宴客而设者。然不知羹之为物，与饭相俱者也。有饭即应有羹，无羹则饭不能下，设羹以下饭，乃图省俭之法，非尚奢靡之法也。古人饮酒，即有下酒之物；食饭，即有下饭之物。世俗改下饭为"厦饭"，谬矣。前人以读史为下酒物，岂下酒之"下"，亦从"厦"乎？"下饭"二字，人谓指肴馔而言，予曰：不然。肴馔乃滞饭之具，非下饭之具也。食饭之人见美馔在前，匕箸迟疑而不下，非滞饭之具而何？饭犹舟也，羹犹水也；舟之在滩，非水不下，与饭之在喉，非汤不下，其势一也。且养生之法，食贵能消；饭得羹而即消，其理易见。故善养生者，吃饭不可无羹；善作家者，吃饭亦不可无羹。宴客而为省馔计者，不可无羹；即宴客而欲其果腹始去，一馔不留者，亦不可无羹。何也？羹能下饭，亦能下馔故也。近来吴越张筵，每馔必注以汤，大得此法。吾谓家常自膳，亦莫妙于此。宁可食无馔，不可饭无汤。有汤下饭，即小菜不设，亦可使哺啜如流；无汤下饭，即美味盈前，亦有时食不下咽。予以一赤贫之士，而养半百口之家，有饥时而无馑日者，遵也道也。

【译文】

汤是羹的别名，羹这名字，雅致而又古朴。这里不说羹而叫作汤的缘故，是担心人们认为这名字很古雅，而郑重其事地对待它，好像是专门为了宴客而准备的食物。人们不知道羹这个东西，与饭是相搭配的，有饭就应当有羹，没羹就送不下饭。做羹是为了下饭，是一个图节俭的方法，并不是崇尚奢靡。

古人喝酒有下酒的东西，吃饭有下饭的东西。世俗把“下饭”改成“厦饭”，这是不对的。前人把读史书当作下酒之物，难道“下酒”的“下”，也与“厦”的意思一样吗？“下饭”两字，有人以为是指菜肴而言，我说不对。菜肴只能让人把饭剩下，而不是用来下饭的。吃饭的人，看见佳肴摆在面前，调羹筷子迟迟放不下，这不是让人吃不下饭的东西又是什么呢？饭就像船，汤就像水，船在沙滩上，没有水就下不去，这与饭在喉间，没有汤就吃不去下是一样的道理。况且从养生之道来看，吃东西贵在能够消化，饭配上了汤就容易消化，这个道理显而易见。所以善于养生的人，吃饭不能没有汤；善于持家的人，吃饭也不能没有汤；宴请客人从节约的角度考虑，也不能没有汤；即使宴请客人时希望客人吃饱，不剩下一点饭菜，更不能没有汤。为什么呢？这是由于汤能下饭也能下菜的缘故。近来江浙摆设宴席，每顿饭都有汤，就是得到了这个方法的精髓。我认为平常自己家里人吃饭，也没有比这更好的了。宁可没有什么菜，也不能吃饭没有汤。有汤下饭，即使没有小菜，吃起来也很痛快；没有汤下饭，即使美味佳肴摆在面前，有时候也会吃不下去。我是一个贫穷的人，却要养活一家五十多口人，虽然有时候吃不饱，却不会全天挨饿，靠的就是这个方法。

糕饼

谷食之有糕饼，犹肉食之有脯脍。《鲁论》云[①]："食不厌精，脍不厌细。"制糕饼者于此二句，当兼而有之。食之精者，米麦是也；脍之细者，粉面是也。精细兼长，始可论及工拙。求工之法，坊刻所载甚详，予使拾而言之，以作制饼制糕之印板，则观者必大笑曰：笠翁不拾唾余，今于饮食之中，现增一副依样葫芦矣！冯妇下车[②]，请戒其始。只用二语括之，曰："糕贵乎松，饼利于薄。"

【注释】

①《鲁论》：即《鲁论语》，《论语》的汉代传本之一。相传为鲁人所传，是今通行本《论语》的来源之一。后世又称《论语》为《鲁论》。

② 冯妇下车：冯妇，古男子名，善搏虎。《孟子 · 尽心下》："晋人有冯妇者，善搏虎，卒为善士。则之野，有众逐虎。虎负嵎，莫之敢撄。望见冯妇，趋而迎之；冯妇攘臂下车。众皆悦之，其为士者笑之。"赵岐注："其士之党笑其不知止也。"后用以指重操旧业者。

野餐最宜食用糕饼

【译文】

谷类食品当中有糕饼，就像肉食当中有肉干一样。《鲁论》说："食不厌精，脍不厌细。"制作糕饼的人，就应当采纳这两句话。食物当中，最精的是米麦，最细的是粉面，只有精细兼备，才能谈到做得好坏。做得好的方法，书中已经有很详细的记载。假使我把这些书中的话拿来再说一遍，当作制作糕饼的印板，读者一定会大笑说："李笠翁还说自己从不拾人牙慧，如今在饮食方面不也在依葫芦画瓢吗！"不想做重操旧业的冯妇在开始就得有所警惕。只用两句话来概括，这就是："糕贵在松，饼利于薄。"

面

南人饭米，北人饭面，常也。《本草》云："米能养脾，麦能补心。"各有所裨于人者也。然使竟日穷年止食一物，亦何其胶柱口腹，而不肯兼爱心脾乎？予南人而北相，性之刚直似之，食之强横亦似之。一日三餐，二米一面，是酌南北之中，而善处心脾之道也。但其食面之法，小异于北，而且大异于南。北人食面多作饼，予喜条分而缕晰之，南人之所谓"切面"是也。南人食切面，其油盐酱醋等作料，皆下于面汤之中，汤有味而面无味，是人之所重者不在面而在汤，与未尝食面等也。予则不然，以调和诸物，尽归于面，面具五味而汤独清，如此方是食面，非饮汤也。所制面有二种，一曰"五香面"，一曰"八珍面"。五善膳已，八珍饷客，略分丰俭于其间。五香者何？酱也，醋也，椒末也，芝麻屑也，焯笋或煮蕈煮虾之鲜汁也。先以椒末、芝麻屑二物拌入面中，后以酱醋及鲜汁三物和为一处，即充拌面之水，勿再用水。拌宜极匀，擀宜极薄，切宜极细，然后以滚水下之，则精粹之物尽在面中，尽勾咀嚼，不似寻常吃面者，面则直吞下肚，而止咀咂其汤也。八珍者何？鸡、鱼、虾三物之内，晒使极干，与鲜笋、香蕈、芝麻、花椒四物，共成极细之末，和入面中，与鲜汁共为八种。酱醋亦用，而不列数内者，以家常日用之物，不得名之以珍也。鸡鱼之肉，务取极精，稍带肥腻者弗用，

南人饭米，北人饭面。

以面性见油即散，擀不成片，切不成丝故也。但观制饼饵者，欲其松而不实，即拌以油，则面之为性可知已。鲜汁不用煮肉之汤，而用笋、蕈、虾汁者，亦以忌油故耳。所用之肉，鸡、鱼、虾三者之中，惟虾最便，屑米为面，势如反掌，多存其末，以备不时之需；即膳已之五香，亦未尝不可六也。拌面之汁，加鸡蛋青一二盏更宜，此物不列于前而附于后者，以世人知用者多，列之又同剿袭耳。

【译文】

南方人吃米饭，北方人吃面食，一般如此。《本草》说："米能养脾，麦能补心。"米和面对人各有好处。但是如果一年到头只吃一种食物，既亏待了嘴巴和肚子，又不爱惜自己的心和脾，这怎么行呢？我是南方人，实际上却很像北方人，不仅刚直的性格像，而且饮食上的强横也像。一日三餐，两顿米饭一顿面食，这是南北调和，善于调理心与脾的方法。但是我吃面的方法，跟北方人有些不同，跟南方人差异更大。北方人吃面食，大多做成饼，我喜欢做成面条，也就是南方人所说的"切面"。南方人吃切面，把油盐酱醋等作料，都下在面汤里，汤有味而面无味。这些人重视的不是面而是汤，就跟没有吃面差不多。我就不这样，而是把各种调味品都放在面里，面的味道很丰富而汤是清的。这样才是吃面，而不是喝汤。我做的面有两种，一种叫"五香面"，一种叫"八珍面"。五香面自己吃，八珍面用来招待客人，这当中略有丰盛和俭约的区别。五香是什么？就是酱、醋、椒末、碎芝麻以及笋、蘑菇、虾的鲜汁。先把椒末、碎芝麻这两样东西拌到面里面，再把酱、醋和鲜汁三种东西，调和在一起，当作和面的水，不再用其他的水了。和面要和得很匀，擀面要擀得很薄，切面要切得很细，然后用开水来下面，这样精华就都在面里，令人咀嚼回味不尽，不像寻常吃面那样，把面直接吞下肚去，而慢慢品面汤。"八珍"是什么呢？就是把鸡、鱼、虾三种东西的肉晒到很干，与鲜笋、香菇、芝麻、花椒四种东西，一起研成很细的粉末，和到面里，再加上鲜汁，一共是八种东西。酱、醋也要用，但是没有把它们列在里面，因为那是家常日用的，不能称作珍贵之物。鸡和鱼的肉，一定要全精瘦的，稍带一点肥腻的就不要用，因为面粉的特点是遇到油就会散开，散了就擀不成片，切不成丝了。只要看那些做饼的人，想要让饼松一些就在面里放油，由此就可知道面的特性。鲜汁不用肉汤，而用笋、蘑菇或是虾汤，也是为了忌油的缘故。所用的三种肉中，虾肉最方便，很容易剁成细末，平常应该多准备一些，以备不时之需。即使是自己吃的五香面，也可变成六样配料。和面的汁里，若加上一两小盏鸡蛋清更好，这种方法前面没有提到而到现在才说，是因为世上知道用的人很多，列出来又像是抄袭了。

| 粉 |

粉之名目甚多，其常有而适于用者，则惟藕、葛、蕨、绿豆四种。藕、葛二物，不用下锅，调以滚水，即能变生成熟。昔人云："有仓卒客，无仓卒主人。"欲为仓卒主人，则请多储二物。且卒急救饥，亦莫善于此。驾舟车行远路者，此是糇粮中首善之物。粉食之耐咀嚼者，蕨为上，绿豆次之。欲绿豆粉之耐嚼，当稍以蕨粉和之。凡物入口而不能即下，不即下而又使人咀之有味，嚼之无声者，斯为妙品。吾遍索饮食中，惟得此二物。绿豆粉为汤，蕨粉为下汤之饭，可称二耐，齿牙遇此，殆亦所谓劳而不怨者哉！

【译文】

粉的名目很多，那常见而又适合食用的，就只有藕粉、葛粉、蕨

藕

粉、绿豆粉四种。藕粉和葛粉这两种东西，不用下锅，用滚水一调，就能把生的变成熟的。古人说："有仓促而到的客人，没有仓促的主人。"如果不想做仓促的主人，就要多准备一些藕粉和葛粉。而且匆忙之中用来解饥，再也没有比这两种东西更好了。对于驾船、乘车、走远路的人，这也是干粮中的首选。粉食中耐咀嚼的，蕨粉最好，绿豆粉次之。如果想使绿豆粉能耐咀嚼，就要在里面掺上点蕨粉。凡是食物进嘴里而又不能立刻吞下，不能立即吞下而又能使人咀嚼有味，并且咀嚼又能不发出声音的，就是妙不可言的佳品。我找遍了所有食料，只有这两种东西具备这些特点。用绿豆粉做汤，蕨粉做下汤的饭，可以说是最为适宜的，牙齿遇见它们，大概也说得上是劳而无怨了。

肉食第三

“肉食者鄙”①，非鄙其食肉，鄙其不善谋也。食肉之人之不善谋者，以肥腻之精液，结而为脂，蔽障胸臆，犹之茅塞其心，使之不复有窍也。此非予之臆说，夫有所验之矣。诸兽食草木杂物，皆狡猾而有智。虎独食人，不得人则食诸兽之肉，是匪肉不食者，虎也；虎者，兽之

虎

至愚者也。何以知之？考诸群书则信矣。“虎不食小儿”，非不食也，以其痴不惧虎，谬谓勇士而避之也。“虎不食醉人”，非不食也，因其醉势猖獗，目为劲敌而防之也。“虎不行曲路，人遇之者，引至曲路即得脱。”其不行曲路者，非若澹台灭明之行不由径②，以颈直不能回顾也。使知曲路必脱，先于周行食之矣。《虎苑》云：“虎之能搏狗者，牙爪也。使失其牙爪，则反伏于狗矣。”迹是观之，其能降人降物而藉之为粮者，则专恃威猛，威猛之外，一无他能，世所谓“有勇无谋”者，虎是也。予究其所以然之故，则以舍肉之外，不食他物，脂腻填胸，不能生智故。然则“肉食者鄙，未能远谋”，其说不既有征乎？吾今虽为肉食作俑，然望天下之人，多食不如少食。无虎之威猛而益其愚，与有虎之威猛而自昏其智，均非养生善后之道也。

【注释】

① 肉食者鄙：语出《左传·庄公十年》。鄙，粗陋，没有见识。

② 澹台灭明：孔子学生。澹台，复姓。据说他走路不抄小道。

【译文】

古人说“肉食者鄙”，并不是鄙视他们吃肉，而是鄙视他们不善计谋。吃肉的人之所以不善计谋，是因为肥腻的肉汁，油脂凝结成脂肪，堵塞了心胸，就像茅草把心给堵塞住，使它不再开窍了。这并不是我的猜测，而是经过验证的。野兽吃草木杂物，都狡黠而聪明。老虎只吃人，吃不到人就吃各种野兽的肉。像这样非肉不吃的，只有老虎了。老虎是野兽中最愚蠢的。从何而知的呢？翻翻书就可明白。“老虎不吃小孩”，并不是不吃，是因为小孩还不懂得怕虎，老虎错以为他是勇士而躲开他。“老虎不吃喝醉的人”，并不是不吃，是因为喝醉的人有狂态，老虎将他看成劲敌所以防备他。“老虎不走弯路，人要是遇见它，把它引到弯路上就能逃脱”，老虎之所以不走弯路，并不是像澹台灭明不走捷径，而是因为老虎的脖子是直的不能够回头。老虎要是知道走到弯路上的人会逃脱，早就会在大路上吃掉他了。《虎苑》中说：“虎之所以能制服狗，是因为它有尖牙利爪，如果老虎失去了尖牙利爪，反而会被狗所制服。”由此看来，老虎之所以能够降伏其他动物，并且把它们当作食物，倚仗的是它的威猛，除了威猛以外，再也没有别的本事。人们所说有勇无谋，就是指老虎。我推究这中间的原因，发现老虎除了吃肉，不再吃其他的食物，脂肪填满心胸，就使它不能产生智慧。这样的话，那所谓的“肉食者鄙，未能远谋”的说法，不是有依据了吗？我现在虽然谈肉食，但还是希望天下的人，多吃肉不如少吃肉。既没有老虎的威猛而比老虎更愚蠢，这和有了老虎的威猛而让智慧昏沉，都不是善于养生的方法。

猪

食以人传者，“东坡肉”是也①。卒急听之，似非豕之肉，而为东坡之肉矣。东坡何罪，而割其肉，以实千古馋人之腹哉？甚矣，名士不可为，而名士游戏之小术，尤不可不慎也。至数百载而下，糕、布等物，又以眉公得名。取“眉公糕”、“眉公布”之名，以较“东坡肉”三字，似觉彼善于

猪

此矣。而其最不幸者，则有溷厕中之一物，俗人呼为“眉公马桶”。噫！马桶何物，而可冠以雅人高士之名乎？予非不知肉味，而于豕之一物，不敢浪措一词者，虑为东坡之续也。即溷厕中之一物，予未尝不新其制，但蓄之家，而不敢取以示人，尤不敢笔之于书者，亦虑为眉公之续也。

【注释】

① 东坡肉：浙江杭州传统名肴。据古书记载，为北宋著名文人苏东坡

创制。苏东坡谪居黄州时，曾戏作《食猪肉》诗："黄州好猪肉，价贱等粪土，富者不肯吃，贫者不解煮。慢着火，少着水，火候足时它自美。每日起来打一碗，饱得自家君莫管。"（见周紫芝《竹坡诗话》）

【译文】

食物因为人名而得到流传的，那就是"东坡肉"了。乍一听，以为不是猪肉，而是苏东坡的肉。唉！苏东坡有什么罪过，要割肉来填千古馋人的肚子呢？真是太过分了！名士不能这样做，而名士搞一些自娱自乐的小游戏，更加不能不慎重了。

至于几百年来，糕饼和布匹这些东西，又因为陈眉公而得名，如取名"眉公糕"、"眉公布"的，比起"东坡肉"三个字，似乎还觉得好一点。然而最不幸的是，厕所里面有一种东西，被俗人称为"眉公马桶"。唉！马桶是什么东西，而可冠以雅人高士的名字呢？我不是不知道肉的味道，但是对于猪这种东西，却不敢随便多说，是担心步苏东坡的后尘。就是厕所里的那件东西，我也不是没有对它有所改进，但只是留在家里，不敢拿来告诉别人，尤其不敢写进书里，也是担心会步眉公的后尘。

羊

物之折耗最重者，羊肉是也。谚有之曰："羊几贯，帐难算，生折对半熟对半，百斤止剩念余斤，缩到后来只一段。"大率羊肉百斤，宰而

内蒙古汉墓壁画《乳羔图》

割之，止得五十斤，迨烹而熟之，又止得二十五斤，此一定不易之数也。但生羊易消，人则知之；熟羊易长，人则未之知也。羊肉之为物，最能饱人，初食不饱，食后渐觉其饱，此易长之验也。凡行远路及出门作事，卒急不能得食者，啖此最宜。秦之西鄙，产羊极繁，土人日食止一餐，其能不枵腹者，羊之力也。《本草》载羊肉，比人参、黄芪。参芪补气，羊肉补形。予谓补人者羊，害人者亦羊。凡食羊肉者，当留腹中余地，以俟其长。倘初食不节而果其腹，饭后必有胀而欲裂之形，伤脾坏腹，皆由于此，葆生者不可不知。

【译文】

食物中折耗最多的就是羊肉。有谚语说："羊几贯，帐难算，生折对半熟对半，百斤止剩念余斤，缩到后来只一段。”大致说来，一百斤左右的羊，宰杀以后，只能得到五十斤的肉。等到煮熟后，只剩下二十五斤了。这是一个不变而且准确的数字。但是生羊肉容易折耗，人们都知道；而熟羊肉容易膨胀，人们就不知道了。羊肉这种东西，最容易吃饱，刚吃的时候不觉得饱，吃后才会渐渐觉得饱起来，这就是羊肉容易膨胀的证明。凡是走远路或外出办事，仓促间不能正常吃饭的，吃羊肉最合适。陕西西部，产羊极多，当地人一天只吃一餐，而不会饿肚子，靠的就是羊肉。《本草》一书中记载羊肉，拿它来跟人参、黄芪对比。人参和黄芪能补气，羊肉能补体。在我看来，羊肉能滋补人，也能够损害人。凡是吃羊肉的，不能吃得太饱，肚子要留点空余，以等羊肉膨胀。如果开始的时候不节制，吃得很饱，饭后一定会有肚胀欲裂的感觉，伤脾坏腹的事都是这样发生的，爱护身体的人不能不懂得这一点。

牛　犬

猪、羊之后，当及牛、犬。以二物有功于世，方劝人戒之之不暇，尚忍为制酷刑乎？略此二物，遂及家禽，是亦以羊易牛[①]之遗意也。

【注释】

① 以羊易牛：《孟子·梁惠王》载，梁惠王见人牵着牛去宰杀，心中不忍，命人以羊代牛，表示仁义之心。

狗

【译文】

说过猪和羊之后，应当谈牛和狗了。因为这两种动物有惠于人，我劝人们不要杀还来不及，怎么忍心对它们施以酷刑呢？所以略过这两种动物不谈，接着谈家禽，这也是古人用羊来替代牛的心意啊！

鸡

鸡亦有功之物，而不讳其死者，以功较牛、犬为稍杀。天之晓也，报亦明，不报亦明，不似畎亩、盗贼，非牛不耕，非犬之吠则不觉也。然较鹅、鸭二物，则淮阴羞伍绛、灌矣。烹饪之刑，似宜稍宽于鹅、鸭。卵之有雄者弗食，重不至斤外者弗食，即不能寿之，亦不当过夭之耳。

宋人的《子母鸡图》

【译文】

鸡对人类而言也是有功劳的动物，之所以不避讳宰杀它，是因为鸡的功劳比牛和狗要小一些。天要亮，鸡报晓也亮，不报晓也亮，不像耕田和防盗，没有牛不能耕种，没有狗叫不能觉察盗贼。然而比起鹅和鸭来，鸡毕竟要强得多，就像韩信羞于与绛侯周勃、颍阴侯灌婴为伍一样。鸡所遭受的烹饪之刑，似乎要比鹅和鸭稍微轻一些。正在下蛋的鸡不要吃，重量不超过一斤的鸡不要吃，即便不能让它颐养天年，也不应该让它过早夭亡。

鹅

鶃鶃之肉无他长①，取其肥且甘而已矣。肥始能甘，不肥则同于嚼蜡。鹅以固始为最，讯其土人，则曰："豢之之物，亦同于人。食人之食，斯其肉之肥腻亦同于人也。"犹之豕肉以金华为最，婺人豢豕，非饭即粥，故其为肉也甜而腻。然则固始之鹅，金华之豕，均非鹅豕之美，食美之也。食能美物，奚俟人言？归而求之，有余师矣。但授家人以法，彼虽饲以美食，终觉饥饱不时，不似固始、金华之有节，故其为肉也，犹有一间之殊。盖终以禽兽畜之，未尝稍同于人耳。"继子得食，肥而不泽。"其斯之谓欤？

有告予食鹅之法者，曰：昔有一人，善制鹅掌。每豢肥鹅将杀，先熬沸油一盂，投以鹅足，鹅痛欲绝，则纵之池中，任其跳跃。已而复擒复纵，炮瀹如初。若是者数四，则其为掌也，丰美甘甜，厚可径寸，是

王羲之饲鹅

食中异品也。予曰：惨哉斯言！予不愿听之矣。物不幸而为人所畜，食人之食，死人之事。偿之以死亦足矣，奈何未死之先，又加若是之惨刑乎？二掌虽美，入口即消，其受痛楚之时，则有百倍于此者。以生物多时之痛楚，易我片刻之甘甜，忍人不为，况稍具婆心者乎？地狱之设，正为此人，其死后炮烙之刑②，必有过于此者。

【注释】

① 鶃鶃：鹅叫声，此代指鹅。

② 炮烙之刑：商纣王所用酷刑。令人爬行于烧热的铜柱上，然后坠入炭火而死。

【译文】

鹅的肉没有别的优点，只是取它的肥美而已。因为肉肥才能甘美，不肥就味同嚼蜡了。鹅以固始产的最好，询问当地人，他们说："用来喂养鹅的东西，跟人吃的一样，给鹅吃人的食物，所以它肉的肥腻也就跟人相同了。"就好像猪肉以金华所产的最好。金华人喂猪，不是饭就是粥，所以金华猪肉甜而肥腻。这样看来，固始的鹅、金华的猪，都不是猪和鹅本身的品种好，而是喂养的东西好。吃得好自然就长得好，这还用得着说吗？回头仔细思量，发现这其中有些做法是值得学习的。我把这种方法告诉家里人，他们虽然也用好的东西去饲养它们，可喂养的时候饿一顿饱一顿的，不像固始和金华那样有规律，所以家里喂养出来的鹅和猪的肉，比起这两个地方的，还是有一定的差距。因为人们始终是把它们当畜生养，没有像对人那样去对待它们。"过继的儿子，虽有美食，但饥饱失时，不见光泽"，不就是说的这个道理吗？

有人告诉我一种吃鹅的方法，说：过去有个人，善于烹制鹅掌，每次把肥鹅养到要杀的时候，先烧滚一锅油，把鹅脚放进去，鹅疼痛欲绝，又把它赶到水池中，任它跳跃。然后再捉、再烫、再放它到水里，如此四次之后，鹅掌就丰美甘甜，厚达一寸，成为食物里面的珍品。我说：这真是太悲惨了！我不想听这样的话。动物被人蓄养，吃人喂的食物，最后死在人的手中，这已经很不幸了，以死作为报偿也足够了，为什么要在死之前，又加给它这样的惨刑呢？两只鹅掌虽然味美，进口就没了，但是鹅要遭受比平常强烈百倍的痛苦。用动物长时间的痛苦来换得我们片刻的甘甜，残忍的人都不会去这样做，更何况稍微有一点怜悯之心的人呢？地狱正是为这种人准备的，他死后所受的炮烙之刑，必定会比这更残酷。

鸭

禽属之善养生者，雄鸭是也。何以知之，知之于人之好尚。诸禽尚

鸭

雌，而鸭独尚雄；诸禽贵幼，而鸭独贵长。故养生家有言："烂蒸老雄鸭，功效比参芪。"使物不善养生，则精气必为雌者所夺，诸禽尚雌者，以为精气之所聚也。使物不善养生，则情窍一开，日长而日瘠矣，诸禽贵幼者，以其泄少而存多也。雄鸭能愈长愈肥，皮肉至老不变，且食之与参芪比功，则雄鸭之善于养生，不待考核而知之矣。然必俟考核，则前此未之闻也。

【译文】

禽类当中善于养生的，是雄鸭。从哪里知道的？从人们的嗜好可以看出。人们在挑选各种家禽时，都爱挑雌的，而鸭子独独是挑雄的；其他家禽都爱挑幼小的，而鸭子却以老为贵。所以养生家说："把老雄鸭蒸烂了吃，其功效可比人参、黄芪。"如果动物不善于养生，精气一定会被雌性夺走，家禽之所以要挑雌的，就是因为雌性身上聚集了精气。如果动物不善养生，发起情来，就会越长越瘦，各种家禽以幼小为贵，是因为它们的精气还未有多少泄漏。雄鸭越长越肥，皮肉到老不变，而且吃起来能跟人参、黄芪的功效差不多，可见雄鸭之善于养生，是不用考察就可以知道的。如果一定要考察后才相信，那么以前还没有人这么说过。

野禽　野兽

野味之逊于家味者，以其不能尽肥；家味之逊于野味者，以其不能有香也。家味之肥，肥于不自觅食而安享其成；野味之香，香于草木为

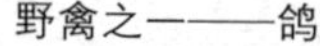

野禽之一——鸽

野兽之一——鹿

家而行止自若。是知丰衣美食，逸处安居，肥人之事也；流水高山，奇花异木，香人之物也。肥则必供刀俎，靡有孑遗；香亦为人朵颐①，然或有时而免。二者不欲其兼，舍肥从香而已矣。

野禽可以时食，野兽则偶一尝之。野禽如雉、雁、鸠、鸽、黄雀、鹌鹑之属，虽生于野，若畜于家，为可取之如寄也。野兽之可得者惟兔，獐、鹿、熊、虎诸兽，岁不数得，是野味之中又分难易。难得者何？以其久住深山，不入人境，槛阱之入，是人往觅兽，非兽来挑人也。禽则不然，知人欲弋而往投入，以觅食也，食得而祸随之矣。是兽之死也，死于人；禽之毙也，毙于己。食野味者，当作如是观。惜禽而更当惜兽，以其取死之道为可原也。

【注释】

① 朵颐：鼓动腮颊，指吃。

【译文】

野味之所以不如家畜的味道，是因为肉不够肥；野味之所以比家畜的味道好，则是因为很香。家养动物之所以肥，是因为不用自己觅食，等人来喂养。野味之所以香，是因为以草木为家，且行动自由。由此可以知道，丰衣美食，安居闲处，是让人变肥的方法；流水高山，奇花异木，是让人变香的环境。肥的东西一定会被屠宰，没有逃脱得了的；而香的东西也会被人羡馋，但或许可以避免。当二者不能兼有时，就弃肥而取香吧。

野禽可以经常吃到，野兽就只能偶尔一尝。野禽中像野鸡、大雁、斑鸠、鸽子、黄雀、鹌鹑之类，虽然生长在野外，却像寄养在家中一样，因为很容易得到。野兽当中可以打到的只有兔、獐、鹿、熊、虎等，不过一年也捕获不到几只，所以野味又有易得和难得之分。为什么有的难以捕捉呢？因为它们常年在深山之中，很少到人住的地方来。掉入人设的陷阱中，也是人去寻觅野兽，而不是野兽自己送上门来。野禽却不是这样，知道人们想要抓它，却还要自投罗网，因为它们要觅食，得到了食物灾祸也随之而来了。野兽的死是死在人的手里，而野禽的死是死在自身。吃野味的人，应该这样认识，虽珍惜野禽但更珍惜野兽，因为它们的死是值得谅解的。

鱼

鱼藏水底，各自为天，自谓与世无求，可保戈矛之不及矣。乌知细罟之奏功，较弓矢罝罘为更捷[①]。无事竭泽而渔，自有吞舟不漏之法[②]。然鱼与禽兽之生死，同是一命，觉鱼之供人刀俎，似较他物为稍宜。何也？水族难竭而易繁。胎生卵生之物，少则一母数子，多亦数十子而止矣。鱼之为种也似粟，千斯仓而万斯箱，皆于一腹焉寄之。苟无沙汰之人，则此千斯仓而万斯箱者生生不已，又变而为恒河沙数[③]。至恒河沙数之一变再变，以至千百变，竟无一物可以喻之，不几充塞江河而为陆地，舟楫之往来能无恙乎？故渔人之取鱼虾，与樵人之伐草木，皆取所当取，伐所不得不伐者也。我辈食鱼虾之罪，较食他物为稍轻。兹为约法数章，虽难比乎祥刑[④]，亦稍差于酷吏。

食鱼者首重在鲜，次则及肥，肥而且鲜，鱼之能事毕矣。然二美虽兼，又有所重在一者。如鲟，如鯚，如鲫，如鲤，皆以鲜胜者也，鲜宜清煮作汤；如鳊，如白，如鲥，如鲢，皆以肥胜者也，肥宜厚烹作脍。烹煮之法，全在火候得宜。先期而食者肉生，生则不松；过期而食者肉死，死则无味。迟客之家，他馔或可先设以待，鱼则必须活养，候客至旋烹。鱼之至味在鲜，而鲜之至味又只在初熟离釜之片刻，若先烹以待，是使鱼之至美，发泄于空虚无人之境；待客至而再经火气，犹冷饭之复炊，残酒之再热，有其形而无其质矣。煮鱼之水忌多，仅足伴鱼而止，

吴昌硕画笔下的鳜鱼

水多一口，则鱼淡一分。司厨婢子，所利在汤，常有增而复增，以致鲜味减而又减者，志在厚客，不能不薄待庖人耳。更有制鱼良法，能使鲜肥迸出，不失天真，迟速咸宜，不虞火候者，则莫妙于蒸。置之镟内，入陈酒、酱油各数盏，覆以瓜姜及蕈笋诸鲜物，紧火蒸之极熟。此则随时早暮，供客咸宜，以鲜味尽在鱼中，并无一物能侵，亦无一气可泄，真上着也。

【注释】

① 罝罘（jiē fú）：捕兽的网。

② 吞舟：指大鱼。语出《庄子·桑庚楚》。

③ 恒河沙数：形容数量多到无法计算。语出《金刚经》。

④ 祥刑：用刑详审谨慎。

【译文】

鱼藏在水里，把水当成天，自认为与世无争，能保证不受到人类的伤害，谁知道捕鱼的细网比捕猎的工具还要厉害。不需要把水抽干，自然就有许多不让鱼漏网的方法。虽然鱼和禽兽同样是一条生命，却觉得鱼被人宰杀，比起其他动物更容易让人接受。为什么呢？这是由于水中的生物容易繁殖，很难灭绝。胎生、卵生的动物，少的一次产下几个后代，多的也不过几十个而已。而鱼一次产的卵就像仓储小米一样难以计数，如果没有人去捕捉，又将会没完没了的繁衍，多得像恒河的沙子一样。如果再接着繁衍下去，那就多得无法用言语来形容了，这样岂不要充塞江河，船只的往来还能平安无事吗？因此，渔民捕捉鱼虾就像樵夫砍伐草木一样，都是取应该取的、伐不得不伐的。我们吃鱼虾的罪过比起吃其他的东西来要稍微轻一点。因此我在这里定几个规矩，虽然比不上善于用刑的人，也比酷吏要好得多。

吃鱼最要讲究的是新鲜，其次是肥，假如又肥又鲜，那鱼的优点就全了。两个优点都具备当然很好，但是有些鱼往往只在其中的一个方面突出。比如鲟鱼、鯚鱼、鲫鱼、鲤鱼等，都是以鲜取胜，鲜鱼适合清煮做汤；像鳊鱼、白鱼、鲥鱼、鲢鱼等，都是以肥取胜，肥鱼适合炖着吃。烹煮的方法全在于火候适当，假如火候不到，那么鱼肉吃起来是生的，不好嚼；假如火候太过，鱼肉就会太老，老了就无味。请客的时候，其他的菜肴可以预先做好，但鱼必须是活养着，等客人来了再做。鱼的美味在于鲜，而鲜又鲜在刚刚煮熟离锅的时候，要是先煮好以待客人来吃，鱼的美味就会发散掉。等客人到了再热，就像冷饭再炒、残酒再烫一样，只有鱼的形状而无鱼的美味了。煮鱼的水不能太多，与鱼齐平就可以了，水多一口，则鱼淡一分。负责做饭的婢女，想要吃到鱼汤，常常一次又一次加水，从而使得鲜味一减再减。为了厚待客人，就不能不薄待女佣。还有一种可以使鱼又鲜又肥的烹烧方法，它既能保持天然的味道，而且快慢皆宜，不用担心火候，那就是蒸了。把鱼放在盘子里，放上几勺陈酒和酱油，覆上瓜片、姜片、蘑菇、笋等鲜味的食材，用猛火蒸透。这随时都能上手做，也很适宜款待客人。这种火蒸法将鲜味都保留在鱼里，别的味道无法入侵，本身的味道也不会流失，的确是最好的方法。

| 虾 |

笋为蔬食之必需，虾为荤食之必需，皆犹甘草之于药也。善治荤食者，以焯虾之汤和入诸品，则物物皆鲜，亦犹笋汤之利于群蔬。笋可孤行，亦可并用；虾则不能自主，必借他物为君。若以煮熟之虾单盛一簋，非特华筵必无是事，亦且令食者索然。惟醉者糟者，可供匕箸。是虾也

齐白石画笔下的虾

者，因人成事之物，然又必不可无之物也。“治国若烹小鲜”①，此小鲜之有裨于国者。

【注释】

① 治国若烹小鲜：即“治大国若烹小鲜”。语出《老子》，意谓治理大国要像煮小鱼一样小心，不能乱折腾。

【译文】

笋是蔬菜中的必需之物，而虾是荤菜中的必需之物，就像甘草在药物里的作用一样。擅长做荤菜的人，常把虾煨出的汤和进各种食物里，使所有的菜都很鲜美，就像笋汤吊出蔬菜的鲜味一样。笋可以单独做，也可以混合着用；虾却不能单做，一定要给其他食物做陪衬。把虾单独做成一个菜，不只高级的宴席不会这样做，吃的人也会觉得索然无味。只有醉虾或者糟虾，可以单独吃。虽然虾要靠别的食材才能做成菜，但又是其他菜里必不可少的东西。"治国若烹小鲜"，这就是小鱼小虾有益于治国的地方。

鳖

"新粟米炊鱼子饭，嫩芦笋煮鳖裙羹。"林居之人述此以鸣得意，其味之鲜美可知矣。予性于水族无一不嗜，独与鳖不相能，食多则觉口燥，殊不可解。一日，邻人网得巨鳖，召众食之，死者接踵，染指其汁者，亦病数月始痊。予以不喜食此，得免于召，遂得免于死。岂性之所在，即命之所在耶？予一生侥幸之事难更仆数。乙未居武林①，邻家失火，三面皆焚，而予居无恙。己卯之夏②，遇大盗于虎爪山，贿以重资者得免，不则立毙。予囊无一钱，自分必死，延颈受诛，而盗不杀。至于甲申、乙酉之变③，予虽避兵山中，然亦有时入郭，其至幸者，才徙家而家焚，甫出城而城陷，其出生于死，皆在斯须倏忽之间。噫！予何修而得此于天哉！报施无地，有强为善而已矣。

鳖

【注释】

① 乙未：清顺治十二年（1655）。

② 己卯：明崇祯十二年（1639）。

③ 甲申、乙酉之变：甲申，公元1644年，清军入关；乙酉，公元1645年，清军攻破南京，南明王朝亡。

【译文】

“新粟米炊鱼子饭，嫩芦笋煮鳖裙羹。” 隐居山林的人，这样自鸣得意地描述，鳖味道的鲜美可想而知了。我生性嗜好所有的水生动物，只是不喜欢鳖，吃多了就觉得口干舌燥，这真是难以理解。一天邻居网到了一只巨鳖，把大家叫去吃，结果吃鳖的人一个接一个地死去，只是喝一点汤的人，也病了几个月才痊愈。我因为不喜欢吃这个，所以幸运地没被请去，这才幸免于死。难道性情之所在，也就是命运的所在吗？我一生中碰到侥幸的事，不知道有多少。乙未年我住在杭州，邻居家失火，三面的住户都烧毁了，只有我的房子安然无恙。己卯年的夏天，我在虎爪山中遇见强盗，只有用重金贿赂他们的人才能免死，不然的话立刻就会毙命。我一文钱也没有，料定必死无疑，于是伸着脖子等死，但是强盗没有杀我。至于甲申、乙酉之变，我虽然在山中躲避兵乱，但有时候也进城。最幸运的是，才搬新家而旧房被烧，刚出城门而城池被陷。死里逃生，都在眨眼之间。唉！我从哪里修得这样的福气，让上天如此保佑我？我不知道怎么做才能报答上天的恩宠，只有努力做善事了。

蟹

予于饮食之美，无一物不能言之，且无一物不穷其想象，竭其幽渺而言之；独于蟹螯一物，心能嗜之，口能甘之，无论终身一日皆不能忘之，至其可嗜可甘与不可忘之故，则绝口不能形容之。此一事一物也者，在我则为饮食中痴情，在彼则为天地间之怪物矣。予嗜此一生。每岁于蟹之未出时，即储钱以待，因家人笑予以蟹为命，即自呼其钱为“买命钱”。自初出之日始，至告竣之日止，未尝虚负一夕，缺陷一时。

同人知予癖蟹，召者饷者，皆于此日，予因呼九月、十月为“蟹秋”。虑其易尽而难继，又命家人涤瓮酿酒，以备糟之醉之之用。糟名“蟹糟”，酒名“蟹酿”，瓮名“蟹瓮”。向有一婢，勤于事蟹，即易其名为“蟹奴”，今亡之矣。蟹乎！蟹乎！汝于吾之一生，殆相终始者乎！所不能为汝生色者，未尝于有螃蟹无监州处作郡，出俸钱以供大嚼，仅以悭囊易汝。即使日购百筐，除供客外，与五十口家人分食，然则入予腹者有几何哉？蟹乎！蟹乎！吾终有愧于汝矣。

蟹之为物至美，而其味坏于食之之人。以之为羹者，鲜则鲜矣，而蟹之美质何在？以之为脍者，腻则腻矣，而蟹之真味不存。更可厌者，断为两截，和以油、盐、豆粉而煎之，使蟹之色、蟹之香与蟹之真味全失。此皆似嫉蟹之多味，忌蟹之美观，而多方蹂躏，使之泄气而变形者也。世间好物，利在孤行。蟹之鲜而肥，甘而腻，白似玉而黄似金，已造色香味三者之至极，更无一物可以上之。和以他味者，犹之以爝火助日，掬水益河，冀其有裨也，不亦难乎？凡食蟹者，只合全其故体，蒸而熟之，贮以冰盘，列之几上，听客自取自食。剖一筐，食一筐，断一螯，食一螯，则气与味纤毫不漏。出于蟹之躯壳者，即入于人之口腹，饮食之三昧，再有深入于此者哉？凡治他具，皆可人任其劳，我享其逸，独蟹与瓜子、菱角三种，必须自任其劳。旋剥旋食则有味，人剥而我食之，不特味同嚼蜡，且似不成其为蟹与瓜子、菱角，而别是一物者。此与好香必须自焚，好茶必须自斟，僮仆虽多，不能任其力者，同出一理。讲饮食清供之道者，皆不可不知也。

宴上客者势难全体，不得已而羹之，亦不当和以他物，惟以煮鸡鹅之汁为汤，去其油腻可也。

唐云的《稻蟹图》

瓮中取醉蟹，最忌用灯，灯光一照，则满瓮俱沙，此人人知忌者也。有法处之，则可任照不忌。初醉之时，不论昼夜，俱点油灯一盏，照之入瓮，则与灯光相习，不相忌而相能，任凭照取，永无变沙之患矣。（此法都门有用之者。）

【译文】

我对于饮食的美味，没有一样不能描述，而且没有一样说起来不是穷尽想象、究其细微的，只是对于螃蟹，心里很是喜欢，嘴里吃着也爽，不要说是一辈子，即使是一天都忘不了它，至于为什么心里喜欢、吃着也爽以及对它念念不忘，却一点也无法描述出来。此一事，此一物，对我来说是对饮食太痴情，对它来说它就是天地之间的一大怪物。我一生都喜欢吃螃蟹，每年在螃蟹还没上市的时候就把钱准备好等着，因此家人笑我是拿螃蟹当命，于是我自己就把买螃蟹的钱称为"买命钱"。从螃蟹上市的那天起，到吃螃蟹的季节结束，我没有一天不吃，也没有缺螃蟹的时候。朋友知道我特别爱吃螃蟹，所以都在这个时候请我去吃，因此我就把九月、十月称为"蟹秋"。我又担心吃完了接不上，就让家人洗坛酿酒，用来做糟蟹和醉蟹。所用的糟叫"蟹糟"，酒叫"蟹酒"，而坛子就叫"蟹瓮"。以前有个丫鬟，很会做蟹，我就给她改名叫"蟹奴"，现在她已经不在人世了。螃蟹啊螃蟹！你和我难道要相伴一生吗？不能为你增光添彩的是，我没能在出产螃蟹而没有设监督官员的地方做官，拿出俸禄大饱口福，只能用口袋中可怜的钱来买你。即使我每天买上一百筐，除了招待客人之外，跟全家五十口人分着吃，这样吃到我肚子里的又能有多少呢？螃蟹啊螃蟹，我始终是有愧于你。

螃蟹这东西的味道极美，但是它的好味道却被吃它的人破坏掉了。有把它做汤的，鲜是很鲜，可是螃蟹的美质体现在哪里呢？有把它做菜的，肥是很肥，可是螃蟹真正的味道却没有了。更讨厌的是把蟹剁成两块，加上油、盐、豆粉来煎，使得蟹的颜色、香味和味道都失去了。这些做法就像是嫉妒螃蟹的美味和美观，而想出各种办法来糟蹋它，使它丧失元气而变形。世界上好的食材，都适宜单独烹饪。螃蟹鲜肥甘腻，肉白似玉，蟹黄像金，已经是色香味三者都到了极致，再没有什么食材能够超过它的。如果把其他的东西调和进去，就像用小火把来增加太阳的光亮，掬一捧水去增加江河的水量，希望这些东西有帮助，这不是太难了吗？凡是吃螃蟹的，只要把整只螃蟹蒸熟，装进冰盘里，放在桌子上，让客人自己取自己吃，剖一只吃一只，掰下一条腿就吃一条腿，这样香气和美味就丝毫也不会跑掉。一把蟹肉从蟹壳中剥出来，就吃到人的肚子里去，饮食中的真谛，还有比这更深刻的吗？凡是做其他的事情，都可以让别人来代劳，自己坐享其成，只有吃螃蟹、瓜子与菱角这三种东西，必须自己动手。即剥即吃才有味道，别人剥给我吃，不仅味同嚼蜡，而且也会觉得它们不是螃蟹、瓜子与菱角，而是另外一种东西了。这跟喜香的人必须自己燃香，好茶的人必须自己斟茶，仆人虽然很多，也不能让他们去做，是同一个道理。讲究饮食之道的人，不能不知道这一点。

宴请贵客，就不便用整只的螃蟹，不得已只好把它做成汤羹，但也不应该掺上其他食材，只用煮鸡煮鹅的汁做汤，去其油腻就可以了。

从坛子里拿醉蟹时，最忌讳用灯，灯光一照，会看见满坛的沙子，这是人人都知道的。有一个解决的办法，可以随便照，不用忌讳。刚开始醉蟹的时候，不管是白天还是晚上，都点上一盏油灯，让灯光照进坛子里，螃蟹就会习惯灯光，不但不害怕反而会适应，任凭人们用灯照着去取，它都不会再钻进沙子里去了。（京城里有人使用这种办法。）

零星水族

予担簦二十年[①]，履迹几遍天下。四海历其三，三江五湖则俱未尝遗一，惟九河未能环绕，以其迂僻者多，不尽在舟车可抵之境也。历水既多，则水族之经食者，自必不少，因知天下万物之繁，未有繁于水族者，载籍所列诸鱼名，不过十之六七耳。常有奇形异状，味亦不群，渔人竟日取之，土人终年食之，咨询其名，皆不知为何物者。无论其他，即吴门、京口诸地所产水族之中，有一种似鱼非鱼，状类河豚而极小者，俗名“斑子鱼”，味之甘美，几同乳酪，又柔滑无骨，真至味也，而《本草》、《食物》诸书，皆所不载。近地且然，况寥廓而迂僻者乎？海错

河　豚

之至美，人所艳羡而不得食者，为闽之“西施舌”、“江瑶柱”二种。“西施舌”予既食之，独“江瑶柱”未获一尝，为入闽恨事。所谓“西施舌”者，状其形也。白而洁，光而滑，入口咂之，俨然美妇之舌，但少朱唇皓齿牵制其根，使之不留而即下耳。此所谓状其形也。若论鲜味，则海错中尽有过之者，未甚奇特，朵颐此味之人，但索美舌而咂之，即当屠门大嚼矣②。其不甚著名而有异味者，则北海之鲜鳓，味并鲥鱼，其腹中有肋，甘美绝伦。世人以在鲟鳇腹中者为“西施乳”，若与此肋较短长，恐又有东家西家之别耳。

河豚为江南最尚之物，予亦食而甘之。但询其烹饪之法，则所需之作料甚繁，合而计之，不下十余种，且又不可缺一，缺一则腥而寡味。然则河豚无奇，乃假众美成奇者也。有如许调和之料施之他物，何一不可擅长，奚必假杀人之物以示异乎？食之可，不食亦可。若江南之鲚，则为春馔中妙物。食鲥鱼及鲟鳇有厌时，鲚则愈嚼愈甘，至果腹而犹不能释手者也。

【注释】

① 担簦（dēng）：背着斗笠。引申为奔走、跋涉。

② 屠门大嚼：比喻欣羡而不能得，聊为已得之状以自慰。典出桓谭《新论·琴道》。屠门，宰杀牲畜卖肉的店铺。

【译文】

我奔波了二十年，足迹几乎遍及天下。四海中到过三海，三江五湖则没有遗漏一个，只有九河没有走遍，因为它迂回偏僻的地方很多，不都在车船可以到达的地方。我走过的水路既然很多，那么吃到的水生动物也就自然不少。所以我知道天下万物，没有比水族更繁杂的，书中所记载的各种鱼的名字，不过十分之六七罢了。经常有这种情形，有的水生动物长得奇形怪状，味道也不寻常，渔民每天捕捉，当地人一年到头吃它，问到这种东西的名称，却都不知道是什么。不讲其他的，就说苏州、镇江等地所产的水产品中，有一种像鱼又不是鱼的东西，样子像河豚但又极小，俗名叫"斑子鱼"，其味道的甘美，几乎就像奶酪，而且柔滑无骨，可称是极品，但是《本草》、《食物》等书都没有记载。近的地方尚且这样，更何况边远偏僻的地方呢？海货中味道最好、人人羡慕但又吃不到的，是产自福建的"西施舌"和"江瑶柱"这两种东西。"西施舌"我已经吃过，只有"江瑶柱"没有品尝过，这成为福建之行的一个遗憾。所谓"西施舌"，是形容它的形状。它洁白光滑，吃到嘴里品味，就像美女的舌头一样，只是缺少红唇皓齿牵住舌根，使它不能留在嘴里，一下子就咽下去了。这就是它的形状。如果说到鲜味，海货当中有的是比它还鲜的，没有什么奇特的地方。想要品尝这种东西的人，只要找个美女的舌头来吮吸，就当是已经品尝过了而聊以自慰一下吧。名气不大但是味道比较特殊的，是北海的鲜鰳，它的味道比得上鲥鱼，其腹中有肋，味道甘美绝伦。人们把鲟鱼、鳇鱼肚子的中间部分叫作"西施乳"，如果将它们与鲜鰳的肋比较长短，恐怕又有东施与西施的差别了。

河豚是江南人最崇尚的东西，我也吃过而且觉得味道不错。只是问到烹饪的方法时，才知道所需要的佐料较多，算起来不下十余种，而且又缺一不可，缺少了一样，就会有腥气而没什么味道。这样看来河豚本身没什么奇特之处，而是借助了很多好的佐料才使它变得奇特的。将这么多调料放到其他食物中，哪一种东西会不好吃，何必要借这种杀人的毒物来显示奇特呢？这东西吃也可以，不吃也可以。像江南的鲚鱼，才是春季饮食中的奇妙东西。吃鲥鱼、鲟鱼和鳇鱼有吃厌的时候，鲚鱼却是越吃越有味，直到吃饱了肚子还舍不得放手。

不载果食茶酒说

果者酒之仇，茶者酒之敌，嗜酒之人必不嗜茶与果，此定数也。凡有新客入座，平时未经共饮，不知其酒量浅深者，但以果饼及糖食验之。取到即食，食而似有踊跃之情者，此即茗客，非酒客也；取而不食，及食不数四而即有倦色者，此必巨量之客，以酒为生者也。以此法验嘉宾，百不失一。予系茗客而非酒人，性似猿猴，以果代食，天下皆知之矣。讯以酒味则茫然，与谈食果饮茶之，则觉井井有条，滋滋多味。兹既备述饮馔之事，则当于二者加详，胡以缺而不备？曰：惧其略也。性既嗜此，则必大收特书，而且为罄竹之书，若以寥寥数纸终其崖略，则恐笔欲停而心未许，不觉其言之汗漫而难收也。且果可略而茶不可略，茗战之兵法，富于《三略》①、《六韬》②，岂《孙子》十三篇所能尽其灵秘者哉③？是用专辑一编，名为《茶果志》，孤行可，尾于是集之后亦可。至于曲蘖一事，予既自谓茫然，如复强为置吻，则假口他人乎？抑强不知为知，以欺天下乎？假口则仍犯剿袭之戒；将欲欺人，则茗客可欺，酒人不可欺也。倘执其所短而兴问罪之师，吾能以茗战战之乎？不若绝口不谈之为愈耳。

果　食

【注释】

①《三略》：古代兵书。相传汉初黄石公作，故又名《黄石公三略》。

②《六韬》：古代兵书。旧题姜太公撰，共六卷。

③《孙子》：即《孙子兵法》，我国现存最早的兵书，春秋末孙武作。今存十三篇。

【译文】

水果是酒的仇人，茶是酒的敌人。嗜好酒的人，一定不爱喝茶和吃水果，这是一般的规律。凡是遇到新客人，平时没有在一起喝过酒，不知道他酒量的深浅，就可以用水果糕饼以及糖食去试探。拿过来就吃，吃得津津有味的，这是茶客，不是酒客；拿过来不吃，或吃不了几口就有厌倦神色的，就一定是酒量极大、嗜酒如命的人。用这种方法来检验宾客，百无一失。我是一个茶客而不是酒徒，生性像猿猴，以水果代食，这是人们都知道的。问我酒味如何，我茫然不知，一谈到吃果饮茶的事，就说起来井井有条，津津有味。现在既然把饮食说得很详尽了，就应当把水果和茶说得更详细一些，为什么要漏掉它们呢？我的回答是：担心说得太简略了。我既然生性嗜好它们，就一定要大书特书，而且要写尽写透，如果只用寥寥几张纸说个大概，恐怕笔要停下来而心里也不愿意，从而不知不觉说得漫无边际而难以收笔。而且水果可以省略，而茶不可省略，茶战之兵法，比《三略》、《六韬》更丰富，其中的奥秘岂是十三篇《孙子兵法》所能讲尽的吗？因此要专门辑录一编，名叫《茶果志》，可出单行本，也可附在本书的后面。至于说到酒，连我自己都对它茫然不知，如果一定要写的话，是说别人说过的呢，还是勉强不懂装懂地欺骗天下人呢？说别人说过的就有抄袭之嫌；不懂装懂去欺骗人，茶客可以欺骗得过，酒徒就蒙骗不过了。倘若别人拿我的短处来兴师问罪，难道我能够用斗茶的本事去应战吗？还是闭口不谈为妙。

闲情偶寄

种植部

木本第一

草木之种类极杂，而别其大较有三，木本、藤本、草本是也。木本坚而难痿，其岁较长者，根深故也。藤本之为根略浅，故弱而待扶，其岁犹以年纪。草本之根愈浅，故经霜辄坏，为寿止能及岁。是根也者，万物短长之数也，欲丰其得，先固其根，吾于老农老圃之事，而得养生处世之方焉。人能虑后计长，事事求为木本，则见雨露不喜，而睹霜雪不惊；其为身也挺然独立，至于斧斤之来，则天数也，岂灵椿古柏之所能避哉？如其植德不力，而务为苟且，则是藤本其身，止可因人成事，人立而我立，人仆而我亦仆矣。至于木槿其生，不为明日计者，彼且不

北宋均窑玫瑰紫海棠式瓷花盆

知根为何物，遑计入土之浅深，藏荄之厚薄哉[1]？是即草木之流亚也。噫！世岂乏草木之行，而反木其天年，藤荄后裔者哉？此造物偶然之失，非天地处人待物之常也。

【注释】

① 荄（gāi）：草根。

【译文】

草木的种类非常繁杂，但区分起来大致有三类：木本、藤本和草本。木本植物坚实而且很难枯萎，它的年龄比较长，是因为根扎得深的缘故。藤本植物的根稍浅一点，所以很瘦弱，需要扶持，它的年龄约一年左右。草本植物的根更浅，所以一经霜打就坏死，寿命最长也只有一年。可见根是决定万物生命长短的因素。如果想收获得多，就先要稳固它的根，我在农耕和园艺劳动中，悟出了养生处世的方法。如果人能够凡事考虑周全，从长计议，事事像木本植物一样，就不会因为看见雨露而欣喜，看见霜雪而惊恐。做人应该挺拔独立，至于遭到斧头的砍伐，那是天意，即使是充满灵气的椿树和千年古柏也躲避不了的。如果人不努力培养自己崇高的品德，只是苟且行事，就会与藤本植物一样，只依靠别人来成事，别人事成了，我的事也成了，别人倒了，我也倒了。至于像木槿一样生存的人，从来不考虑明天的事，他们甚至不知道根为何物，哪里会考虑根入土的深浅与埋藏的厚薄呢？这种人就像次等的草木。唉，世上还真不少像草本一样行事，反倒像木本一样享有天年，后代又像藤本一样赖人扶持这样的人！这是造物主的偶然失误，并不是天地间待人处世的常理。

牡丹

牡丹得王于群花，予初不服是论，谓其色其香，去芍药有几？择其绝胜者与角雌雄，正未知鹿死谁手。及睹《事物纪原》①，谓武后冬月游后苑，花俱开而牡丹独迟，遂贬洛阳，因大悟曰："强项若此，得贬固宜，然不加九五之尊②，奚洗八千之辱乎？"（韩诗"夕贬潮阳路八千。"③）物生有候，葭动以时，苟非其时，虽十尧不能冬生一穗；后系人主，可强鸡人使昼鸣乎？如其有识，当尽贬诸卉而独崇牡丹。花王之封，允宜肇于此日，惜其所见不逮，而且倒行逆施。诚哉！其为武后也。予自秦之巩昌，载牡丹十数本而归，同人嘲予以诗，有"群芳应怪人情热，千里趋迎富贵花"之句。予曰："彼以守拙得贬，予载之归，是趋冷非趋热也。"兹得此论，更发明矣。艺植之法，载于名人谱帙者，纤发无遗，予倘及之，又是拾人牙后矣④。但有吃紧一着，花谱偶载而未之悉者，请畅言之。是花皆有正面，有反面，有侧面。正面宜向阳，此种花通义也。然他种犹能委曲，独牡丹不肯通融，处以南面则生，俾之他向则死，此其肮脏不回之本性，人主不能屈之，谁能屈之？予尝执此语同人，有迂其说者。予曰："匪特士民之家，即以帝王之尊，欲植此花，亦不能不循此例。"同人诘予曰："有所本乎？"予曰："有本。吾家太白诗云：'名花倾国两相欢，常得君王带笑看。解释春风无限恨，沉香亭北倚栏杆。'⑤倚栏杆者向北，则花非南面而何？"同人笑而是之。

清代画家浑寿平所画牡丹

斯言得无定论?

【注释】

① 《事物纪原》:宋高承撰,十卷,分五十五部,叙述事物起源,内容包括天地山川、鸟兽花木、阴阳五行、礼乐制度等。

② 九五:《易·乾》:“九五,飞龙在天,利见大人。”后以乾卦九五作为人君的象征。

③ 夕贬潮阳路八千:语出唐韩愈《左迁至蓝关示侄孙湘》诗。韩愈因阻迎佛骨而触怒唐宪宗,被贬潮州刺史。这里比喻牡丹被贬。

④ 拾人牙后：即“拾人牙慧”，喻拾取别人的一言半语当作自己的话。

⑤ “名花”四句：乃李白《清平调词》之三。系李白在长安供奉翰林时，随唐玄宗与杨贵妃在兴庆宫沉香亭观赏牡丹，受命而作。

【译文】

牡丹能够做群花之王，开始我并不认同这种观点，牡丹的颜色和香味比芍药能强多少？如果选择最好的牡丹与最好的芍药来决一雌雄，还不知谁能胜出呢！后来看《事物纪原》，说武后在冬天游后花园，花都竞相开放，只有牡丹花迟迟不开，就贬它到洛阳，因而恍然大悟：“原来牡丹花性格刚强如此，它的被贬也是自然的了。如果不给它以花王的荣耀，它又怎么能洗清被贬到八千里以外的耻辱呢？”植物的生长有一定的气候季节，如果违反季节，即使有十个像尧那样的圣君，也不能在冬天长出一根麦穗来。武则天虽为人主，但是她能强令报晓的官员在白天打鸣吗？如果她有见识，应当把所有的花卉全都贬逐，唯独崇尚牡丹。花王的封号，本应从武则天赏花的这一天开始，可惜她的见识太浅，而且倒行逆施。是啊！这就是武则天啊！我从甘肃的巩昌带了十几棵牡丹回来，朋友用“群芳应怪人情热，千里趋迎富贵花”的诗句嘲笑我。我说：“牡丹是因为坚守自己的节操而被贬，我把它们带回来，这是趋冷而不是趋热。”我现在得到的这个结论，也更加明确了。种植牡丹的方法，在名人的书稿中已记载得无一遗漏，如果我再来谈它，就又是拾人牙慧了。但有最重要的一点，花谱中偶尔有记载，但没说得很全面，让我把它说完全吧。所有的花都有正面、反面、侧面。正面应当向阳，这是种植花卉的基本原理。然而其他的花还能受点委曲，只有牡丹决不肯通融，让它朝南就会生长，朝其他方向就会枯死，这是牡丹不可改变的臭脾气，武后都不能让它屈服，又有谁能使它屈服呢？我曾经把这话对朋友说，有朋友说这话太迂腐。我说："不只是平民百姓，即是以帝王之尊，想种植这种花，也不能不尊重它的习性。"朋友反问我说："这话有根据吗？"我说："当然有根据。我的同宗李白有这样的诗：'名花倾国两相欢，常得君王带笑看。解释春风无限恨，沉香亭北倚栏杆。'倚栏杆的人向朝北，那么花不就是朝南的方向吗？"朋友笑着认可。这一说法难道还不是定论吗？

梅

花之最先者梅，果之最先者樱桃。若以次序定尊卑，则梅当王于花，樱桃王于果，犹瓜之最先者曰王瓜，于义理未尝不合，奈何别置品题，使后来居上。首出者不得为圣人，则辟草昧致文明者，谁之力欤？虽然，以梅冠群芳，料舆情必协；但以樱桃冠群果，吾恐主持公道者，又不免为荔枝号屈矣。姑仍旧贯，以免抵牾。种梅之法，亦备群书，无庸置吻，但言领略之法而已。花时苦寒，既有妻梅之心①，当筹寝处之法。否则衾枕不备，露宿为难，乘兴而来者，无不尽兴而返，即求为驴背浩然，不数得也。观梅之具有二：山游者必带帐房，实三面而虚其前，制同汤网②，其中多设炉炭，既可致温，复备暖酒之用。此一法也。园居者设纸屏数扇，覆以平顶，四面设窗，尽可开闭，随花所在，撑而就之。此屏不止观梅，是花皆然，可备终岁之用。立一小匾，名曰“就花居”。花间竖一旗帜，不论何花，概以总名曰“缩地花”。此一法也。若家居所植者，近在身畔，远亦不出眼前，是花能就人，无俟人为蜂蝶矣。然而爱梅之人，缺陷有二：凡到梅开之时，人之好恶不齐，天之功过亦不等，风送香来，香来而寒亦至，令人开户不得，闭户不得，是可爱者风，而可憎者亦风也。雪助花妍，雪冻而花亦冻，令人去之不可，留之不可，是有功者雪，有过者亦雪也。其有功无过，可爱而不可憎者惟

和靖咏梅

日，既可养花，又堪曝背，是诚天之循吏也。使止有日而无风雪，则无时无日不在花间，布帐纸屏皆可不设，岂非梅花之至幸，而生人之极乐也哉！然而为之天者，则甚难矣。

蜡梅者，梅之别种，殆亦共姓而通谱者欤？然而有此令德，亦乐与联宗。吾又谓别有一花，当为蜡梅之异姓兄弟，玫瑰是也。气味相孚，皆造浓艳之极致，殆不留余地待人者矣。人谓过犹不及，当务适中，然资性所在，一往而深，求为适中，不可得也。

【注释】

① 梅妻：宋代诗人林逋隐居西湖，种梅养鹤，人称其“梅妻鹤子”。

② 汤网：《史记·殷本纪》载，商汤施行仁政，将捕鸟人的四面网放开三面，只留一面，只捕获不听教命的鸟。

【译文】

最早开的花是梅花，最早结的果是樱桃。如果以开花结果的先后次序定尊卑，那么梅花应当是花中之王，樱桃应当是果中之王，就像瓜中最先成熟的叫王瓜一样，这不是不合情理，无奈的是另外又有了评判标准，使后来者居上。最先来到世上的人不能作为圣人，那么消除愚昧给人类带来文明的人，靠的是谁的力量呢？虽然如此，梅花作为群花之首，大家不会有什么意见，但是要把樱桃叫作群果之王，我只怕主持公道的人会为荔枝叫屈了。暂且按照旧的惯例，以免发生矛盾。关于种梅的方法，有许多书都记载得很详尽了，不用我在这里多说，我只说说欣赏它的方法吧。梅花开的时候正是寒冷的冬季，既然想与林和靖一样，把梅当成伴侣相守，就应当筹划出与梅花同床共眠的方法。否则被子、枕头都没有准备，露宿在外就痛苦了，那些乘兴而来的人，没有不败兴而归的，就算只想像孟浩然一样骑在驴背上赏花觅诗，也没有几个人能做到。观赏梅花的用具有两种：去山上赏玩的人必须带帐篷，将帐篷的三面围起来，前面空着，就像汤网一样。帐篷中要多准备一些炉炭，既能用来取暖，又能用来暖酒。这是一种方法。在花园里赏梅的人，要准备几扇纸屏风，在屏风的上面盖上平顶，四面开窗，可以随时开关，花在哪边，就把哪边的窗户打开。这种屏风不仅能观赏梅花，所有的花都能这样观赏，一年四季都可以用。再在纸屏风上挂一块小匾，上面写着“就花居”。在花中间树一杆旗帜，不管是什么花，都用一个总的名字，叫作“缩地花”。这又是一种方法。假如是自己家里种植的花，近的就在身旁，远的也是触目所及，这样的花是靠近人的，他不用像蜜蜂、蝴蝶一样围着花转。但是喜爱梅花的人也有两个遗憾：只要到了梅花开的时候，就像人的喜好和憎恶不会一样，老天爷的功劳和过错也不相等，风把花香送来了，花香来了，但寒气也增加了，让人开窗还是关窗左右为难，所以，可爱的是风，可恨的也是风；雪能使梅花更加娇艳，雪来了，但花也冻坏了，让人去之还是留之也左右为难，这样，有功的是雪，有过的也是雪。有功而无过，可爱而不可恨的，只有太阳，它既可以养花，又能给人暖背，确实是上天派来的好官吏啊。假如只有太阳而无风无雪，就能每时每刻都在花丛中，布帐篷、纸屏风都不需要了，这难道不是梅花的大幸与人生最快乐的事吗！但是对上天来说，就很为难了。

腊梅是梅花的一个种类，大约是因为叫梅才被列入同一谱系中的吧？然而腊梅有这样的美德，梅花也会很高兴同它联宗的。我认为另外有一种花应当成为腊梅的异姓兄弟，那就是玫瑰。它们的气味相同，都达到浓艳的极致，又都毫无保留地让人欣赏。有人说过犹不及，最好是适中，但是这浓艳是它们的天性，花一开便香味浓重，假如一定要求它们适中，这是不可能的。

桃

凡言草木之花，矢口即称桃李，是桃李二物，领袖群芳者也。其所以领袖群芳者，以色之大都不出红白二种，桃色为红之级纯，李色为白之至洁，“桃花能红李能白”一语，足尽二物之能事。然今人所重之桃，非古人所爱之桃；今人所重者为口腹计，未尝究及观览。大率桃之为物，可目者未尝可口，不能执两端事人。凡欲桃实之佳者，必以他树接之，不知桃实之佳，佳于接，桃色之坏，亦坏于接。桃之未经接者，其色极娇，酷似美人之面，所谓“桃腮”、“桃靥”者，皆指天然未接之桃，非今时所谓碧桃、绛桃、金桃、银桃之类也。即今诗人所咏，画图所绘者，亦是此种。此种不得于名园，不得于胜地，惟乡村篱落之间，牧童樵叟所居之地，能富有之。欲看桃花者，必策蹇郊行[①]，听其所至，如武陵人之偶入桃源[②]，始能复有其乐。如仅载酒园亭，携姬院落，为当春行乐计者，谓赏他卉则可，谓看桃花而能得其真趣，吾不信也。噫，色之极媚者莫过于桃，而寿之极短者亦莫过于桃，“红颜薄命”之说，单为此种。凡见妇人面与相似而色泽不分者，即当以花魂视之，谓别形体

常建《三日寻李九庄》"故人家在桃花岸"诗意图

不久也。然勿明言，至生涕泣。

【注释】

① 策蹇郊行：骑跛驴郊游。

② 武陵人之偶入桃源：见陶渊明《桃花源记》。

【译文】

人们只要谈到草木的花，会毫不犹豫地说到桃花和李花，桃李这两种植物，可以称得上是群花的领袖了。桃李之所以能领导群花，是因为花的颜色大都不会超过红白两种，桃花的颜色是红色当中最纯粹的，李花的颜色则是白色当中最洁白的。“桃花能红李能白”这句话，足以概括桃李两种花的特点。但是现在人们所看重的桃，并不是古人所喜爱的桃。现在人们看重的是口感如何，没有考虑到它的观赏性。大致来说，桃这种东西，可观赏的不一定味道好，不可能两方面都合人心意。凡是要想让桃子味道好，一定要把桃树嫁接到其他树上，但也要知道桃子味道好，就好在嫁接，桃花的颜色坏，也坏在嫁接。没有经过嫁接的桃花，颜色极其娇艳，酷似美人的脸。所说的“桃腮”、“桃靥”，都是指天然没有嫁接过的桃花，而不是现在所说的碧桃、绛桃、金桃、银桃之类。即使当今诗人所吟咏的、画家所描绘的，也是这些天然的桃花。这种桃树在名园里见不到，在游览胜地也见不到，只有在乡村篱笆之间、牧童樵夫居住的地方，才能见到很多。想要看桃花的人，一定要骑跛驴去郊游，听任毛驴信步漫游，就像武陵人偶然闯入桃花源那样，才能再拥有那种乐趣。如果只是准备酒食在园亭，携带美人在院落里，这只是当春行乐，说是观赏其他的花卉还可以，说是观看桃花而且能得到其中真趣，我不敢相信。唉，颜色最妖媚的是桃花，寿命最短的也是桃花。“红颜薄命”的说法，就是针对桃花而言的。只要看见女子的脸与桃花相似而且颜色相近的，就应当把她当成花魂来看待，说明她不久就要魂体相离了。然而不要对她讲明，以免让她流泪悲伤。

李

李是吾家果，花亦吾家花，当以私爱嬖之，然不敢也。唐有天下，此树未闻得封。天子未尝私庇，况庶人乎？以公道论之可已。与桃齐名，同作花中领袖，然而桃色可变，李色不可变也。“邦有道，不变塞焉，强哉矫！邦无道，至死不变，强哉矫！”①自有此花以来，未闻稍易其色，始终一操，涅而不淄②，是诚吾家物也。至有稍变其色，冒为

秦观《如梦令》“桃李不禁风，回首落英无限”词意图

一宗，而此类不收，仍加一字以示别者，则郁李是也。李树较桃为耐久，逾三十年始老，枝虽枯而子仍不细，以得于天者独厚，又能甘淡守素，未尝以色媚人也。若仙李之盘根，则又与灵椿比寿。我欲绳武而不能③，以著述永年而已矣。

【注释】

①“邦有道”六句：语出《礼记·中庸》。

② 涅而不淄：语出《论语·阳货》。涅，染黑，染污。淄，黑色。

③ 绳武：继承先人遗绪。

【译文】

李子是我本家的果子，李花也是我本家的花，本应当对它有所偏爱，可是我不敢。李唐王朝拥有天下时，都没听说这种树得到过什么封号。就连天子都没有偏爱而庇护它，何况我这样的老百姓呢？抱着公正的态度来评论它就可以了。李花和桃花齐名，同样是花中的领袖，然而桃花的颜色可以变化，李花的颜色却不可以改变。“国家政治清明，不改变穷困时的节操，是真正的坚强；国家政治不清明，到死也不改变节操，是真正的坚强。”自从有这种花以来，就没听说花的颜色稍有什么改变，始终如一，严守节操，即使受到污染也不会变黑，这的确不愧是我们李家的成员啊！至于花的颜色稍有改变，冒充是同一宗族，却没被这一家族接纳，还给它加上一个字以示区别的，那就是郁李。李树比桃树更能耐久，年过三十才渐渐变老，但树枝尽管枯萎，果实仍然很丰满，这是因为它得天独厚，又能够自甘淡泊，从不用姿色取媚于人。如果李树能够像仙境中的李树一样盘根错节，那它的寿命就能跟有灵性的椿树相比了。我想继承李树的品质却达不到这样的境界，只好通过写文章来使它的品质得以长久流传下去。

杏

种杏不实者，以处子常系之裙系树上，便结累累。予初不信，而试之果然。是树性喜淫者，莫过于杏，予尝名为“风流树”。噫，树木何取于人，人何亲于树木，而契爱若此，动乎情也？情能动物，况于人乎！其必宜于处子之裙者，以情贵乎专；已字人者，情有所分而不聚也。予谓此法既验于杏，亦可推而广之。凡树木之不实者，皆当系以美女之裳；即男子之不能诞育者，亦当衣以佳人之裤。盖世间得慕女色而爱处子，可以情感而使之动者，岂止一杏而已哉！

【译文】

种的杏树如有不结果实的，用处女常穿的裙子系在树上，便可以结出累累的果实。最初我不相信，试过以后果然如此。由此看来，树木当中喜好女色的，莫过于杏树了。我曾经给它取名为“风流树”。唉，树木从人身上到底得到了什么？人又为什么与树木如此亲近？如此情意融合，是动了感情吗？感情能够打动植物，何况人呢！杏树结果一定要系上处女的裙子，是因为感情贵在专一，已嫁人的女子的感情就有所分散而不集中。我认为这种方法既然用在杏树身上挺灵验，也就可以推

陈与义《临江仙》"杏花疏影里，吹笛到天明"词意图

而广之。凡是不结果实的树木，都应当给它系上美女的裙子；凡是不能生育的男人，也应当穿上美女的裤子。因为世界上的人都贪女色而爱处女，能够被情所感动的，难道只是一种杏树而已吗！

梨

予播迁四方，所止之地，惟荔枝、龙眼、佛手诸卉，为吴越诸邦不产

李重元《忆王孙》"雨打梨花深闭门"词意图

者，未经种植，其余一切花果竹木，无一不经葺理；独梨花一本，为眼前易得之物，独不能身有其树为楂梨主人，可与少陵不咏海棠，同作一等欠事。然性爱此花，甚于爱食其果。果之种类不一，中食者少，而花之耐看，则无一不然。雪为天上之雪，此是人间之雪；雪之所少者香，此能兼擅其美。唐人诗云："梅虽逊雪三分白，雪却输梅一段香。"①此言天上之雪。料其输赢不决，请以人间之雪，为天上解围。

【注释】

① 梅虽逊雪三分白，雪却输梅一段香：语出宋卢梅坡《雪梅》诗。作者在此误为唐人所作。

【译文】

我一生四处漂泊，每到一个地方住下来，除了荔枝、龙眼、佛手这些吴越地区不适宜生长的果木没有种植，其他一切花果竹木没有一样没亲手种过。只有梨树，是眼前容易得到的东西，却没有拥有一棵自己的。这件事可以与杜甫没有歌咏过海棠一样，都是一件遗憾的事。然而我生性喜欢梨花，超过爱吃梨子。梨子的品种不少，好吃的却不多，但是所有品种的梨花都很耐看。雪花是天上的雪，梨花是人间的雪，雪花缺少的是香气，梨花却能兼有香味。唐人诗说："梅虽逊雪三分白，雪却输梅一段香。"这句诗说的是天上的雪。如果天上的雪与梅花相比决不出输赢的话，那就请用梨花这种人间的雪，来为天上的雪解围吧。

海棠

"海棠有色而无香"，此《春秋》责备贤者之法[①]。否则无香者众，胡尽恕之，而独于海棠是咎？然吾又谓海棠不尽无香，香在隐跃之间，又不幸而为色掩。如人生有二技，一技稍粗，则为精者所隐；一术太长，则六艺皆通，悉为人所不道。王羲之善书，吴道子善画，此二人者，岂仅工书善画者哉？苏长公不善棋酒，岂遂一子不拈，一卮不设者哉？诗文过高，棋酒不足称耳。吾欲证前人有色无香之说，执海棠之初放者嗅之，另有一种清芬，利于缓咀，而不宜于猛嗅。使尽无香，则蜂蝶过门不入矣，何以郑谷《咏海棠》诗云[②]"朝醉暮吟看不足，羡他蝴蝶宿深枝"？有香无香，当以蝶之去留为证。且香之与臭，敌国也。《花谱》

垂丝海棠

云[③]："海棠无香而畏臭，不宜灌粪。"去此者必即彼，若是，则海棠无香之说，亦可备证于前，而稍白于后矣。噫！"大音希声"[④]，"大羹不和"[⑤]，奚必如兰如麝，扑鼻薰人，而后谓之有香气乎？

王禹偁《诗话》云[⑥]："杜子美避地蜀中，未尝有一诗及海棠，以其生母名海棠也。"生母名海棠，予空疏未得其考，然恐子美即善吟，亦不能物物咏到。一诗偶遗，即使后人议及父母。甚矣，才子之难为也。鼎革以前，吾乡杜姓者，其家海堂绝胜，予岁岁纵览，未尝或遗。尝赠以

李清照《如梦令》"试问卷帘人，却道海棠依旧"词意图

诗云："此花不比别花来，题破东君着意培。不怪少陵无赠句，多情偏向杜家开。"似可为少陵解嘲。

秋海棠一种，较春花更媚。春花肖美人，秋花更肖美人；春花肖美人之已嫁者，秋花肖美人之待年者；春花肖美人之绰约可爱者，秋花肖美人之纤弱可怜者。处子之可怜，少妇之可爱，二者不可得兼，必将娶怜而割爱矣。相传秋海棠初无是花，因女子怀人不至，涕泣洒地，遂生此花，可为"断肠花"⑦。噫！同一泪也，洒之林中，即成斑竹，洒之地上，即生海棠，泪之为物神矣哉！

春海棠颜色极佳，凡有园亭者不可不备，然贫士之家不能必有，当以秋海棠补之。此花便于贫士者有二：移根即是，不须钱买，一也；为地不多，墙间壁上，皆可植之。性复喜阴，秋海棠所取之地，皆群花所弃之地也。

【注释】

① 《春秋》责备贤者之法：即“春秋笔法”。《春秋》，鲁国史书，相传为孔子所修。经学家认为它每用一字，必寓褒贬，后将寓褒贬于事实的写作手法为“春秋笔法”。

② 郑谷：唐代诗人，字守愚，宜春（今属江西）人，其诗多写景咏物之作，风格清新。

③ 《花谱》：记载四季花卉的书。

④ 大音希声：语出《老子》。意谓最大最美的声音我们往往听不见。

⑤ 大羹不和：语出《礼记·礼器》。大羹，肉汁。不和，不调以杂味。

⑥ 王禹偁：北宋文学家，字元之，山东巨野人，有《小畜集》。

⑦ 断肠花：秋海棠花的别名。亦指引人爱怜或哀伤之花。

【译文】

“海棠有色而无香”，这是《春秋》一书中责备贤人的手法。不然的话，没有香气的花那么多，为什么都可以宽恕，却惟独责怪海棠呢？不过我还要说，海棠并不是一点香气没有，而是它的香气隐隐约约，若有若无，更不幸的是它的香气被艳丽的颜色掩盖了。就像一个人身怀两种技艺，一种技艺稍差一点，就会被另一种精湛的技艺遮住。一种技艺太擅长了，就是六艺都精通，也不会全都被人们称赞。王羲之擅长书法，吴道子擅长绘画，难道这两个人仅仅会写字和会画画吗？苏轼不善于下棋、喝酒，难道他就连棋子也不碰，酒杯也不摆吗？这是因为他诗文的水平过高，下棋、喝酒不能与它相比罢了。我想验证前人有关海棠有色无香的说法，就去闻刚刚开放的海棠花，只觉另有一种清淡的芳香，最好慢慢地闻，不适宜使劲地嗅。如果海棠完全没有香气，那么蜜蜂和蝴蝶就会过门而不入，为什么郑谷的《咏海棠》诗说"朝醉暮吟看不足，羡他蝴蝶宿深枝"？海棠有没有香味，应当以蝴蝶的去留为证。而且香与臭是敌对的，《花谱》说："海棠无香而畏臭，不宜灌粪。"不香即臭，如果是这样，海棠没有香气的说法，前面已证其非，后面更明其误。唉！"大音希声"，"大羹不和"，为什么一定要像兰花、麝香那样，气味扑鼻熏人，才可叫作有香气呢？

王禹偁的《诗话》说："杜甫在四川避乱时，没有一首诗提到海棠，因为他的生母名叫海棠。"杜甫的亲生母亲是不是叫海棠，我才疏学浅未能考证。我只是想即使杜甫很会写诗，也不可能把所有的东西都写遍。仅仅是诗中没有写到海棠，就使后人议论起他的父母来了，当才子真是太难了。改朝换代之前，我的家乡有一户姓杜的，他家里种的海棠长得美极了，每年我都要去观赏，从来没有错过。我曾经赠给他一首诗："此花不比别花来，题破东君着意培。不怪少陵无赠句，多情偏向杜家开。"这首诗似乎可为杜甫解嘲。

秋海棠比春海棠更加妩媚。春海棠像美人，秋海棠更像美人；春海棠像已经出嫁的美人，秋海棠像待字闺中的美人；春海棠像绰约可爱的美人，秋海棠像纤弱可怜的美人。处女的可爱与少妇的可爱，两者不能同时拥有，人们总是要作取舍的。相传起初并没有秋海棠这种花，因为女子思念心上人没来，眼泪洒地，就生出这种花，叫作“断肠花”。唉，同样是泪水，洒在林中，就长出斑竹，洒在地上，就生出海棠。泪这种东西真是神奇啊！

春海棠的颜色非常艳美，凡是有园亭的人家不可不栽种。如果贫穷的人家不能拥有的话，当用秋海棠来弥补。这秋海棠对于贫穷的人来说有两种便利的地方：一是把根移栽过来就可以了，不需要用钱买；二是占地不多，墙头屋角，都可以种植。因为秋海棠生性喜欢阴凉，它生长在其他所有的花都不愿生长的地方。

玉兰

世无玉树，请以此花当之。花之白者尽多，皆有叶色相乱，此则不叶而花，与梅同致。千干万蕊，尽放一时，殊盛事也。但绝盛之事，有时变为恨事。众花之开，无不忌雨，而此花尤甚。一树好花，止须一宿微雨，尽皆变色，又觉腐烂可憎，较之无花，更为乏趣。群花开谢以时，谢者既谢，开者犹开，此则一败俱败，半瓣不留。语云：“弄花一年，看花十日。”为玉兰主人者，常有延伫经年，不得一朝盼望者，讵非香国中绝大恨事？故值此花一开，便宜急急玩赏，玩得一日是一日，赏得一时是一时。若初开不玩而俟全开，全开不玩而俟盛开，则恐好事未行，而

清汪士慎《玉兰图》

杀风景者至矣。噫！天何仇于玉兰，而往往三岁之中，定有一二岁与之为难哉！

【译文】

世间没有玉树，请用玉兰花来充当。白色的花虽然有很多，但都与叶子的颜色相混杂，玉兰花则是在叶子还没长出来的时候就开花了，与梅花有同样的情致。千万朵玉兰花同时开放的时候，真是盛况空前。但是这种盛况，有时会变成令人遗憾的事。任何花开放的时候，没有不怕下雨的，玉兰花在这方面尤其突出。满树的好花，只需一夜微雨，全都变了颜色，那些庸败的花让人觉得可恨，比未开花时还感乏味。其他的花从开放到凋谢都有一定的时间，该凋谢的凋谢，该开放的开放，玉兰花却是一下子全都凋谢，半片花瓣也不留。俗语说："弄花一年，看花十日。"作为玉兰花的主人，常常是苦等了一年，却连一天都盼不到，这难道不是香花世界中一件极为遗憾的事情吗？因此玉兰花一开，便要赶紧去玩赏，玩一天是一天，赏一时是一时。假若刚开放的时候不去玩赏，想等到全都开放再去，全都开放的时候还不去，又想等到盛开的时候去，就怕还没去观花，煞风景的事就来了。唉，上天同玉兰花有什么仇，而往往在三年当中，一定有一两年要与它为难呢？

辛夷

辛夷，木笔，望春花，一卉而数异其名，又无甚新奇可取，"名有余而实不足"者，此类是也。园亭极广，无一不备者方可植之，不则当为此花藏拙。

【译文】

辛夷，也叫木笔或望春花。一种花卉兼有好几个不同名字，又没有什么新奇可取的地方，所谓"名不副实"的东西，辛夷花算得上一种了。只有花园非常大，想备足品种的话，才可以种植辛夷花，不然的话就要为它遮丑了。

辛夷花

山茶

花之最不耐开，一开辄尽者，桂与玉兰是也；花之最能持久，愈开愈盛者，山茶、石榴是也。然石榴之久，犹不及山茶；榴叶经霜即脱，山茶戴雪而荣。则是此花也者，具松柏之骨，挟桃李之姿，历春夏秋冬如一日，殆草木而神仙者乎？又况种类极多，由浅红以至深红，无一不备。其浅也，如粉如脂，如美人之腮，如酒客之面；其深也，如朱如火，如猩猩之血，如鹤顶之朱。可谓极浅深浓淡之致，而无一毫遗憾者矣。

南宋朱克柔刻丝《山茶图》

清汪士慎《山茶图》

得此花一二本，可抵群花数十本。惜乎予园仅同芥子，诸卉种就，不能再纳须弥，仅取盆中小树，植于怪石之旁。噫！善善而不能用，恶恶而不能去，予其郭公也夫①！

【注释】

① 郭公：指傀儡。北齐后主高纬爱好傀儡，人称之为“郭公”，因高、郭发声相近所致。

【译文】

最经不起开的花，一开就凋谢的是桂花和玉兰花；开花时间最长、越开越旺盛的是山茶花和石榴花。然而石榴花虽开得久，但还是比不上山茶花。石榴花一经霜打就脱落，山茶花却能顶着霜雪越开越旺盛。这样看来，山茶花既有松树柏树的骨气，又有桃花李花的风姿，经历春夏秋冬却始终如一，难道它是草木中的神仙吗？山茶花的种类极多，从浅红到深红，各种颜色都有。颜色浅的，有的如粉，有的如胭脂，有的如美人的腮，有的如酒客的脸；颜色深的，有的如朱砂，有的如火焰，有的如鲜血，有的如鹤顶红。真是深浅浓淡各尽极致，没有给人一丝一毫的遗憾。得到一两棵茶树，可以抵得上几十种其他的花。可惜的是我的花园小得像芥子一样，已经种满了各种花卉，没有任何的空间了，只能拿一棵盆栽的小山茶树，种在怪石的旁边。唉！明明喜欢的好东西而不能用，明明讨厌的坏东西却不能舍弃，我岂不成为傀儡了吗？

｜紫薇｜

人谓禽兽有知，草木无知。予曰：不然。禽兽草木尽是有知之物，但禽兽之知，稍异于人，草木之知，又稍异于禽兽，渐蠢则渐愚耳。何以知之？知之于紫薇树之怕痒。知痒则知痛，知痛痒则知荣辱利害，是去禽兽不远，犹禽兽之去人不远也。人谓树之怕痒者，只有紫薇一种，余则不然。予曰：草木同性，但观此树怕痒，即知无草无木不知痛痒，但紫薇能动，他树不能动耳。人又问：既然不动，何以知其识痛痒？予曰：就人喻之，怕痒之人，搔之即动，亦有不怕痒之人，听人搔扒而不动者，岂人亦不知痛痒乎？由是观之，草木之受诛锄，犹禽兽之被宰杀，其苦其痛，俱有不忍言者。人能以待紫薇者待一切草木，待一切草木者待禽兽与人，则斩伐不敢妄施，而有疾痛相关之义矣。

紫薇花

【译文】

人们说禽兽有知觉，草木没有知觉。我说：这话不对。禽兽和草木都是有知觉的东西，只是禽兽的知觉与人稍有不同，草木的知觉又与禽兽稍有不同，只不过一个比一个蠢笨、一个比一个愚昧罢了。怎么知道的呢？是从紫薇树怕痒知道的。知道痒就知道痛，知道痛痒，就知道荣辱利害，这样就离禽兽不远了，就像禽兽离人不远一样。人们认为怕痒的树只有紫薇一种，其他的树都不是这样。我认为："草木是同性的，只要观察到这种树怕痒，就能知道没有任何草木不知道痛痒，只是紫薇树能颤动，其他的树不能颤动罢了。"有人又问："既然不动，又怎么知道它能感觉到痛痒呢？"我说："可以用人来作比喻，怕痒的人，一搔便动，但也有不怕痒的人，任由别人去搔去挠也不会动，难道说人也不知道痛痒吗？”由此可见，草木被锄头挖掉，如同禽兽被宰杀一样，它所受的痛苦，都不忍心说出来。如果人们能用善待紫薇的态度对待所有草木，用对待所有草木的态度对待禽兽和人，那么就不会乱杀乱砍，而能体会到与病痛相关的情感了。

绣球

天工之巧，至开绣球一花而止矣。他种之巧，纯用天工，此则诈施人力，似肖尘世所为而为者。剪春罗、剪秋罗诸花亦然。天工于此，似

绣球花

非无意，盖曰："汝所能者，我亦能之；我所能者，汝实不能为也。"若是，则当再生一二蹴球之人，立于树上，则天工之斗巧者全矣。其不屑为此者，岂以物为肖，而人不足肖乎？

【译文】

天工的巧妙，到绣球花的开放算是到顶点了。其他花的巧妙，纯粹靠天工，绣球花却假装靠人工，好像是模仿人间的做法而做出来的。剪春罗、剪秋罗等花也是这样。上天创造这种花时，好像并不是无意的，仿佛在说："你们人间能做的，我也能做；我能做的，你们却不能做。"如果这样，就应当再造出一两个踢球的人，站在树上，那么上天要比试的技巧就算完全了。上天不屑于这样做，难道是因为东西可以模仿而人不值得模仿吗？

紫荆

紫荆一种，花之可已者也。但春季所开，多红少紫，欲备其色，故间植之。然少枝无叶，贴树生花，虽若紫衣少年，亭亭独立，但觉窄袍紧袂，衣瘦身肥，立于翩翩舞袖之中，不免代为踧踖①。

【注释】

① 踧踖：局促而不安的样子。

紫荆花

【译文】

紫荆是一种可有可无的花。它只是春天才开，红色的多，紫色的少，想要它的颜色更美丽，只有把它种植在其他花中间。然而紫荆花少枝无叶，贴着树干开花，虽然像紫衣少年，亭亭玉立，但是总让人觉得袍子太窄，衣袖太紧，衣瘦身肥，站在翩翩起舞的美人中间，不免让人替它感到局促不安。

栀子

栀子花无甚奇特，予取其仿佛玉兰。玉兰忌雨，而此不忌；玉兰齐放齐凋，而此则开以次第。惜其树小而不能出檐，如能出檐，即以之权当玉兰，而补三春恨事，谁曰不可？

【译文】

栀子花没有什么奇特的地方，我欣赏它的是它像玉兰。玉兰花忌讳下雨，而栀子花却不忌讳；玉兰花一齐开放一齐凋落，而栀子花

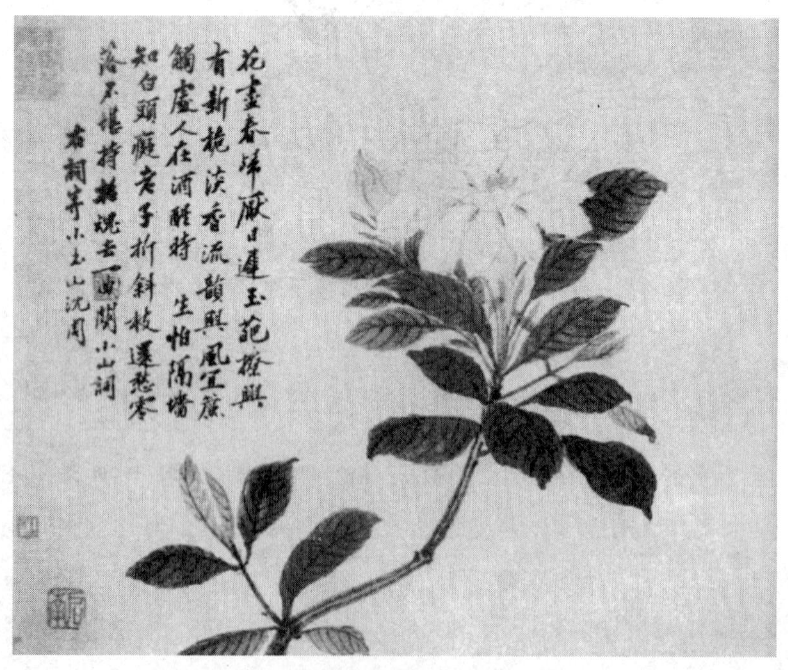

明代画家沈周的《栀子花图》

却是相继开放。可惜的是栀子树因为矮小而不能长出屋檐，如果能长出屋檐，就姑且让它充当玉兰花，以弥补春天赏花的遗憾，谁说不行呢？

杜鹃　樱桃

杜鹃、樱桃二种，花之可有可无者也。所重于樱桃者，在实不在花；所重于杜鹃者，在西蜀之异种，不在四方之恒种。如名花俱备，则二种开时，尽有快心而夺目者，欲览余芳，亦愁少暇。

杜鹃花

冯延巳《采桑子》"一树樱桃带雨红"词意图

【译文】

杜鹃和樱桃，是两种可有可无的花。之所以看重樱桃，是因为它的果实而不是花；之所以看重杜鹃，是因为它是西蜀的奇异品种，不是到处都有的寻常之物。如果名花齐全，那么这两种花开的时候，到处都是让人赏心悦目的花，想观赏这两种花，也要发愁没有时间。

石榴

芥子园之地不及三亩，而屋居其一，石居其一，乃榴之大者，复有四五株。是点缀吾居，使不落寞者，榴也；盘踞吾地，使不得尽栽他卉者，亦榴也。榴之功罪，不几半乎？然赖主人善用，榴虽多，不为赘也。榴性喜压，就其根之宜石者，从而山之，是榴之根即山之麓也；榴性喜日，就其阴之可庇者，从而屋之，是榴之地即屋之天也；榴之性又复喜高而直上，就其枝柯之可傍，而又借为天际真人者[①]，从而楼之，是榴之花即吾倚栏守户之人也。此芥子园主人区处石榴之法，请以公之树木者。

石　榴

【注释】

① 天际真人：天上的仙人。语出《世说新语·容止》。

【译文】

芥子园这块地方，不到三亩，但是房屋占了一部分，假山占了一部分，还有四五棵大石榴树。点缀我的宅院，使它不至于落寞的，是石榴；盘踞在我的院子里，让我不能尽情栽种其他花卉的，也是石榴。石榴的功过，不是各占一半吗？但是全靠我这个主人的善于安排，石榴树虽然多，也没有成为累赘。石榴喜欢受重压，我就在其树根适合堆放石头的地方垒石成山，这样，石榴树的根就成了山脚；石榴喜欢太阳，我就在它的树荫下盖房，这样，石榴树形成的树荫就成了房屋的天；石榴还喜欢长得又高又直，它的树枝树干可以当栏杆，借此我可以当上"天际真人"了，在旁边盖上楼阁，这样，石榴花就是我倚栏的守门人了。这就是我这个芥子园主人处理石榴的方法，让我把它告诉种树的人。

木槿

木槿朝开而暮落，其为生也良苦。与其易落，何如弗开？造物生此，亦可谓不惮烦矣。有人曰：不然。木槿者，花之现身说法以儆愚蒙者也。花之一日，犹人之百年。人视人之百年，则自觉其久，视花之一日，则谓极少而极暂矣。不知人之视人，犹花之视花，人以百年为久，花

木槿花

岂不以一日为久乎？无一日不落之花，则无百年不死之人可知矣。此人之似花者也。乃花开花落之期虽少而暂，犹有一定不移之数，朝开暮落者，必不幻而为朝开午落，午开暮落；乃人之生死，则无一定不移之数，有不及百年而死者，有不及百年之半与百年之二三而死者；则是花之落也必焉，人之死也忽焉。使人亦知木槿之为生，至暮必落，则生前死后之事，皆可自为政矣，无如其不能也。此人之不能似花者也。人能作如是观，则木槿一花，当与萱草并树。睹萱草则能忘忧，睹木槿则能知戒。

【译文】

木槿花早上开晚上落，它这一生也太辛苦了。既然这么容易凋落，何必开放呢？造物主创造它，也可说是不怕麻烦了。有人说：不是这样。木槿，是用花来告诫那些愚昧无知的人。花开一天，如同人活百年。人们看人活一百年，会觉得很漫长，看花活一天，就会说时间太少，生命太短暂了。实际上人看人，就如同花看花一样。人认为一百年很漫长，难道花就不认为一天很漫长吗？由此可知，如果没有一天不落的花，就没有百年不死的人。这就是人与花相似的地方。花开花落的时间，虽然太少而且太短暂，但还是有一定不变的规律。早上开放晚上凋落的花，一定不会变成早上开放中午凋落，或者中午开放晚上凋落。可是人的生死，就没有一定不变的规律，有不到一百岁就死的，有不到五十岁，甚至才二三十岁就死的。这样看来，花的凋落是必然的，人的死亡却是没有定数的。假如人们知道自己的生命与木槿花一样，到某个时候必会死去，那么生前死后的事，都可以由自己做主，无奈的是人不可能做到这一点。这就是人不如花的地方。如果人能够有这样的认识，那么木槿这一种花，应当与萱草一起种。看到萱草能使人忘掉忧愁，看到木槿能使人爱惜生命。

桂

秋花之香者，莫能如桂。树乃月中之树①，香亦天上之香也。但其缺陷处，则在满树齐开，不留余地。予有《惜桂》诗云：“万斛黄金碾

王建《十五夜望月》"冷露无声湿桂花"诗意图

作灰，西风一阵总吹来。早知三日都狼藉，何不留将次第开？"盛极必衰，乃盈虚一定之理，凡有富贵荣华一蹴而至者，皆玉兰之为春光，丹桂之为秋色。

【注释】

① 月中之树：古代传说月宫有桂树，而又有吴刚伐桂。

【译文】

秋天最香的花，莫过于桂花了。桂树是月亮中的树，桂花的香气也是天上的香气。只是桂花也有缺陷，这就是满树的花一齐开放，不留有一点余地。我有一首《惜桂》诗："万斛黄金碾作灰，西风一阵总吹来。早知三日都狼藉，何不留将次第开？"盛极必衰，这也是盈者必亏的自然规律，凡是轻而易举就拥有富贵荣华的人，都像玉兰在春光里骤然一现，桂花在秋色中绚烂一时，很快就成过眼烟云。

合欢

"合欢蠲忿，萱草忘忧"①，皆益人情性之物，无地不宜种之。然睹萱草而忘忧，吾闻其语矣，未见其人也。对合欢而蠲忿，则不必讯之他人，凡见此花者，无不解愠成欢，破涕为笑。是萱草可以不树，而合欢则不可不栽。栽之之法，《花谱》不详，非不详也，以作谱之人，非真能合欢之人也。渔人谈稼事，农父著樵经，有约略其词而已。凡植此树，不宜出之庭外，深闺曲房是其所也。此树朝开暮合，每至昏黄，枝叶互相交结，是名"合欢"。植之闺房者，合欢之花宜置合欢之地，如椿萱宜在承欢之所②，荆棣宜在友于之场③，欲其称也。此树栽于内室，则人开而树亦开，树合而人亦合。人既为之增愉，树亦因而加茂，所谓人地相宜者也。使居寂寞之境，不亦虚负此花哉？灌勿太肥，常以男女同浴之水，隔一宿而浇其根，则花之芳妍较常加倍。此予既验之法，以无心偶试而得之。如其不信，请同觅二本，一植庭

合欢花

外，一植闺中，一浇肥水，一浇浴汤，验其孰盛孰衰，即知予言谬不谬矣。

【注释】

① 合欢蠲（juān）忿，萱草忘忧：语出三国魏嵇康《养生论》。蠲，除去。

② 椿萱：椿树和萱草。古人以椿树喻父，萱草喻母。

③ 荆棣：紫荆和棠棣。古人用来比喻情谊。

【译文】

“合欢可以除去人的愤怒，萱草可以让人忘记忧愁。”它们都是能陶冶人性情的植物，而且任何地方都适合栽种。但是看见萱草就会忘掉忧愁，我听人这样说过，却没有见到过这样的人。至于合欢可消除人的愤怒，就没有必要去问别人，凡见到这种花的人，没有不怒气全消，破涕为笑的。如此看来，萱草可以不种，合欢就不可不栽。栽种合欢的方法，《花谱》中没有详细记载，不是不想写详细，而是因为《花谱》的作者，并不是真正懂得合欢含义的人。正如让渔夫谈如何种庄稼的事情，让农夫谈如何砍柴的经验，他们只能简略地说上几句而已。凡是种植这种树，不适合种在庭院外，深闺内室里最适合栽种。合欢早上张开，晚上合拢，每到黄昏，枝叶互相交结，所以叫“合欢”。把它种在深闺内室的原因，是因为合欢之花应当放在合欢之地，正如椿树和萱草应当种在父母住的地方，紫荆和棠棣应当种在兄弟住的地方，要让它们相称啊。把合欢树栽在内室，人分开树也分开，树交合人也交合，人能够因树而更加欢愉，树也会因人而更加茂盛，这就是所谓的人地两相宜。如果把合欢树种在寂寞清冷的地方，不也太辜负这种花了吗？浇灌合欢不要用太多肥料，经常用男女共同沐浴的水，隔一晚上去浇它的根，这样，它就会比平常加倍的芳香娇妍。这是我验证过的方法，是无意试验偶然而得到的。如果不相信，请同时找来两棵合欢，一棵种在庭外，一棵种在内室，一棵浇肥料水，一棵浇洗澡水，试验它们谁盛谁衰，就会知道我的话是对是错了。

木芙蓉

水芙蓉之于夏，木芙蓉之于秋，可谓二季功臣矣。然水芙蓉必须池

木芙蓉

沼，“所谓伊人，在水一方”者[①]，不可数得。茂叔之好[②]，徒有其心而已。木则随地可植。况二花之艳，相距不远。虽居岸上，如在水中，谓之秋莲可，谓之夏莲亦可，即自认为三春之花，东皇未去也亦可。凡有篱落之家，此种必不可少。如或傍水而居，隔岸不见此花者，非至俗之人，即薄福不能消受之人也。

【注释】

① 所谓伊人，在水一方：语出《诗经·秦风·蒹葭》。

② 茂叔之好：周敦颐，字茂叔，北宋著名哲学家。曾作《爱莲说》，赞美莲花的高洁不俗。

【译文】

水芙蓉对于夏天，木芙蓉对于秋天，可称得上这两个季节的功臣了。然而水芙蓉必须生长在池沼中，“所谓伊人，在水一方”，让人可望而不可即。周敦颐爱好莲花，也只是徒有其心而已。木芙蓉则可以种在任何地方。何况这两种花的美丽相差无几。木芙蓉虽然种在岸上，却如同长在水中，可以说它是秋莲，也可以说它是夏莲，即使自认为是春天的花，春神未离去时也未尝不可开放。凡是有篱笆院落的人家，这种花是必栽的。如果有人居住在水边，隔岸见不到这种花，那么这人即使不是一个极俗的人，也是一个连薄福都不会享受的人。

夹竹桃

夹竹桃一种，花则可取，而命名不善。以竹乃有道之士，桃则佳丽之人，道不同不相为谋，合而一之，殊觉矛盾。请易其名为“生花竹”，去一桃字，便觉相安。且松、竹、梅素称三友①，松有花，梅有花，惟竹无花，可称缺典。得此补之，岂不天然凑合？亦女娲氏之五色石也。

【注释】

① 三友：宋人林景熙《五云梅舍记》以松、竹、梅为“岁寒三友”。

【译文】

夹竹桃这种植物，花还可取，就是名字没有起好。因为竹子是有道

夹竹桃

德的贤士，桃却是艳丽的佳人。道不同不会在一起谋事，把它们合在一起，总觉得很矛盾。请允许我将它的名字改为“生花竹”，去掉一个“桃”字，便觉得合适了。况且松、竹、梅向来被称为“岁寒三友”，松有花，梅有花，只有竹没有花，也真是个遗憾。有了这种花来弥补遗憾，难道不是天然巧合？也像是女娲用来补天的五色石。

瑞香

茂叔以莲为花之君子，予为增一敌国，曰：瑞香乃花之小人。何也？

瑞 香

《谱》载此花“一名麝囊，能损花，宜另植”。予初不信，取而嗅之，果带麝味，麝则未有不损群花者也。同列众芳之中，即有明侪之义，不能相资相益，而反祟之，非小人而何？幸造物处之得宜，予以不能为患之势。其开也，必于冬春之交，是时群花摇落，诸卉未荣，及见此花者，仅有梅花、水仙二种，又在成功将退之候，当其锋也未久，故罹其毒也亦不深，此造物之善用小人也。使易冬春之交而为春夏之交，则花王亦几被篡，矧下此者乎？唐宋诸名流，无不怜香嗜色，赞以诗词者，皆以早春无花，得此可搔目痒，又但见其佳，而未逢其虐耳。予僭为香国平章，焉得不秉公持正？宁使一小人怒而欲杀，不敢不为众君子密堤防也。

【译文】

周敦颐把莲花当作花中的君子，我为花增加一个敌人，瑞香就是花中的小人。为什么呢？《花谱》中记载，瑞香花的另一个名字叫“麝囊”，能损伤其他的花，应当单独种植。开始我不相信，拿瑞香花一闻，果然有麝香的气味，既然有麝香味就不可能不损伤别的花了。瑞香既然是花当中的一分子，就应当讲朋友的义气，但是它不仅不帮助它们，给它们一些益处，反而要从中作祟，这不是小人又是什么呢？幸亏造物主处理得好，没有给它为非作歹的条件。瑞香花开的时候，一定是冬春之交，这时群花或已凋落，或没开放，能够见到瑞香花的只有梅花和水仙花，而且这两种花又处在即将凋谢的时候，面对瑞香花风头的时间也不太久，所以遭到的毒害不会深，这正是造物主善于利用小人的地方。如果把瑞香花开放的时间从冬春之交改在春夏之交，那么花王的位置几乎都要被它篡夺了，何况其他的花呢？唐宋的名流们，个个都怜花爱花，他们写诗词赞美瑞香花，是因为他们都以为早春没有花，得到瑞香花就可一饱眼福。而且他们只见到瑞香花美丽的一面，没有看到它施虐的一面。我既然自诩为花国中的品评者，怎么能不秉公主持正义？宁可让一个小人愤怒得想杀我，也不敢不劝告君子们严加提防。

茉莉

茉莉一花，单为助妆而设，其天生以媚妇人者乎？是花皆晓开，此独暮开。暮开者，使人不得把玩，秘之以待晓妆也。是花蒂上皆无孔，此独有孔。有孔者，非此不能受簪，天生以为立脚之地也。若是，则妇人之妆，乃天造地设之事耳。植他树皆为男子，种此花独为妇人。既为妇人，则当眷属视之矣。妻梅者，止一林逋，妻茉莉者，当遍天下而是也。

欲艺此花，必求木本。藤本一样看花，但苦经年即死，视其死而莫之救，亦仁人君子所不乐为也。木本最难为冬，予尝历验收藏之法。此花瘘于寒者什一，毙于干者什九，人皆畏冻而滴水不浇，是以枯死。此见噎废食之法[①]，有避呕逆而经时绝粒，其人尚存者乎？稍暖微浇，大寒即止，此不易之法。但收藏必于暖处，篾罩必不可无，浇不用水而用冷茶，如斯而已。予艺此花三十年，皆为燥误，如今识花，以告世人，

茉莉花

亦其否极泰来之会也[②]。

【注释】

① 见噎废食：《吕氏春秋·荡兵》："夫有以噎死者，欲禁天下之食，悖。"后以"见噎废食"比喻受过挫折以后，连该做的事情也不去做了。

② 否极泰来：谓厄运终而好运至。

【译文】

茉莉这种花，单是为了帮助化妆用的，它天生就是为了取媚女子吗？所有的花都是早上开，只有它是晚上开。晚上才开花，是为使人无法把玩，只能收起来等到早上梳妆时用。所有的花花蒂上都没有孔，只有茉莉花有孔。有了这个孔，簪子才能穿过去，似乎天生就是为了给簪子立足的。这样看来，女子梳妆打扮，是天造地设的事情。种植其他的树都是为男子，只有种茉莉花是为女子。既然是为女子，就应当把它当成自己的眷属来看待。把梅花当作妻子的只有林逋一个人，把茉莉花当作妻子的，应当遍天下都是了。

想要种这种花，一定要找木本茉莉。藤本茉莉虽然照样开花，只苦于一年就死，只能眼睁睁地看着它死去而没法救治，这是仁人君子不愿意做的事。木本茉莉最难过冬，我曾多次试验收藏过冬的办法。茉莉花因为寒冷而枯萎的只有十分之一，而枯死的却要占十分之九，人们都怕冻坏茉莉而不给它浇一滴水，它就是这样枯死的。这是一种因噎废食的方法，有的人为避免打嗝就长时间不进一粒米，这样人还能活吗？天气稍暖的时候，稍微浇点水，太冷的时候就不浇，这是一种不变的方法。

只是应当把它藏在暖和的地方，一定要盖上篾罩，不要用水而要用冷茶浇，这样就可以了。我种了三十年的茉莉花，大多是干死的，现在我已经知道了它的习性，就把它告诉世人，茉莉花也算是厄运到了尽头，好运来了。

藤本第二

藤本之花，必须扶植。扶植之具，莫妙于从前成法之用竹屏。或方其眼，或斜其槅，因作葳蕤柱石，遂成锦绣墙垣，使内外之人，隔花阻叶，碍紫间红，可望而不可亲，此善制也。无奈近日茶坊酒肆，无一不然，有花即以植花，无花则以代壁。此习始于维扬，今日渐近他处矣。市井若此，高人韵士之居，断断不应若此。避市井者，非避市井，避其劳劳攘攘之情，锱铢必较之陋习也。见市井所有之物，如在市井之中，居处习见，能移性情，此其所以当避也。即如前人之取别号，每用川、

方眼竹屏

泉、湖、宇等字，其初未尝不新，未尝不雅，迨后商贾者流，家效而户则之，以致市肆标榜之上，所书姓名非川即泉，非湖即宇，是以避俗之人，不得不去之若浼。迩来缙绅先生悉用斋、庵二字，极宜；但恐用者过多，则而效之者，又入从前标榜，是今日之斋、庵，未必不是前日之川、泉、湖、宇。虽曰名以人重，人不以名重，然亦实之宾也。已噪寰中者仍之继起，诸公似应稍变。人问植花既不用屏，岂遂听其滋蔓于地乎？曰：不然。屏仍其故，制略新之。虽不能保后日之市廛，不又变为今日之园圃，然新得一日是一日，异得一时是一时，但愿贸易之人，并性情风俗而变之。变亦不求尽变，市井之念不可无，垄断之心不可有。觅应得之利，谋有道之生，即是人间大隐。若是，则高人韵士，皆乐得与之游矣，复何劳扰锱铢之足避哉？花屏之制有三，列于《藤本》之末①。

【注释】

①“花屏之制”句：今所见各本均未列。

【译文】

藤本植物的花，一定需要扶植。扶植的工具，没有比用竹篱笆这个以前的老办法更好了。可以编成方眼，也可以编成斜格，用它来搭成绿色石柱，或锦绣墙体，使里外的人，被姹紫嫣红的花和叶阻隔，可望而不可即，这真是个好方法。无奈的是近日来，茶坊酒馆，没有一个地方不是这样用竹篱笆的，有花就用它来扶植花，没花则用它来代替墙壁。这种风气始于扬州，如今逐渐影响到其他的地方了。街市可以这样，高人雅士的居处，千万不能这样。躲避街市的人，并不是躲避街市，而是躲避那里劳碌熙攘的环境与斤斤计较的陋习。看见街市里有的东西，就像身处街市当中，在住的地方见得多了，能够改变性情，这是应该避开的理由。正如前人取别号，常用“川”、“泉”、“湖”、“宇”等字，开始的时候当然新奇，当然雅致，等后来商人们也家家效法，户户模仿，以至于街市的招牌上所写的姓名，不是“川”，就是“泉”，不是“湖”，便是“宇”，因此避俗的人，就一定要去除它，就像清除污点一样。近来的士大夫们，都用“斋”、“庵”二字，非常适合，只是担心效法的人太多，又落入从前的俗套之中，这样，今天的“斋”、“庵”，就未必不是前日的“川”、“泉”、“湖”、“宇”。虽说名以人重，人不以名重，但还是有主实关系的。已经名噪天下的人可以继续这样做，但各位似乎应当稍加变化。有人问：种花既然不用篱笆，难道听任它在地上滋长蔓延吗？我说不是这样，篱笆仍然要用，只是式样要稍有变化。虽然不能保证以后的街市说不定又变成今天的园圃，但能新一天是一天，能异一时是一时，但愿那些商人们的性情风俗会有所改变。变也不要求全变，商业的头脑不可以没有，但垄断的想法却不可以有。谋求应得的利益，而又能谋财有道，这才是人间大隐。如果是这样，那么高人雅士都会乐意与他交游，又何必再去迈足躲避他处呢？花篱笆的格式有三种，列在《藤本》的后面。

蔷薇

结屏之花，蔷薇居首。其可爱者，则在富于种而不一其色。大约屏间之花，贵在五彩缤纷，若上下四旁皆一其色，则是佳人忌作之绣，庸

清人华喦的《蔷薇山鸟图》

工不绘之图，列于亭斋，有何意致？他种屏花，若木香、酴醿、月月红诸本，族类有限，为色不多，欲其相间，势必旁求他种。蔷薇之苗裔极繁，其色有赤，有红，有黄，有紫，甚至有黑；即红之一色，又判数等，有大红、深红、浅红、肉红、粉红之异。屏之宽者，尽其种类所有而植之，使条梗蔓延相错，花时斗丽，可傲步幛于石崇。然征名考实，则皆蔷薇也。是屏花之富者，莫过于蔷薇。他种衣色虽妍，终不免于捉襟露肘。

【译文】

盘结在篱笆上的花，蔷薇居于首位。蔷薇的可爱，在于它的品种丰富，而且颜色各不相同。大致来说，装点篱笆的花，贵在五彩缤纷，如果上下左右都是一种颜色，就成了美人佳丽不愿去做的刺绣、平庸画匠不愿去描绘的图案，把它置放在亭台楼阁，有什么情趣韵致呢？其他装点篱笆的花，像木香、酴醾、月月红等，种类有限，颜色不多，想让各种颜色互相间杂，一定要找其他品种。蔷薇的品种繁衍极多，颜色有赤色、红色、黄色、紫色，甚至还有黑色。即使是红这一种颜色，也可分成好几等，有大红、深红、浅红、肉红、粉红的差别。篱笆较宽的，可以把蔷薇所有的品种都种上，使枝条茎梗蔓延相错，花开时节，各种颜色争奇斗艳，比石崇的锦幛都有风采。但是一一细究起来，则都是蔷薇。由此可见，能把篱笆装点得富丽多彩的，莫过于蔷薇了。其他花的颜色虽然娇妍，终不免捉襟露肘。

木香

木香花密而香浓，此其稍胜蔷薇者也。然结屏单靠此种，未免冷落，势必依傍蔷薇。蔷薇宜架，木香宜棚者，以蔷薇条干之所及，不及木香之远也。木香作屋，蔷薇作垣，二者各尽其长，主人亦均收其利矣。

【译文】

木香花开得稠密，香味浓郁，这是木香花比蔷薇花稍胜一筹的地方。然而装点篱笆仅仅靠木香，未免显得冷落，所以一定要依傍蔷薇。蔷薇适合墙架植，木香适合棚屋，原因在于蔷薇的枝条没有木香那么长。木香作屋，蔷薇作墙，两种植物都能发挥自己的特点，主人也能同时得到两种花的好处。

酴醿

酴醿之品①，亚于蔷薇、木香，然亦屏间必须之物，以其花候稍迟，可续二种之不继也。“开到酴醿花事了”，每忆此句，情兴为之索然。

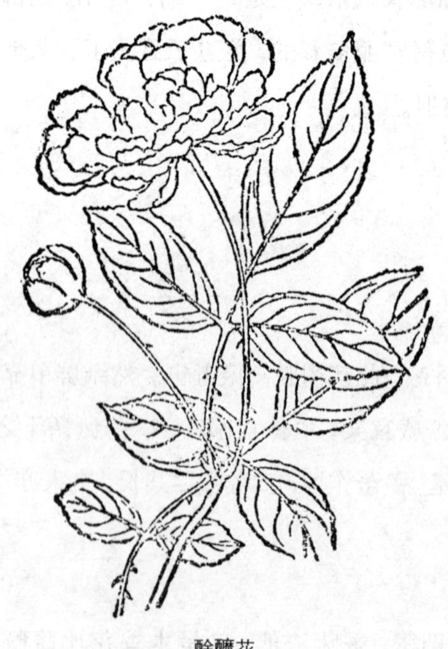

酴醿花

【注释】

① 酴醾：花名。以色似酴醾酒而名。

【译文】

酴醾的品位，要比蔷薇、木香差一些，然而也是篱笆间必不可少的植物，因为它开花的时间稍晚，可以接在蔷薇、木香花期之后。“开到酴醾花事了”，每当想到这句诗，就会情致索然。

月月红

俗云：“人无千日好，花难四季红。”四季能红者，现有此花，是欲矫俗言之失也。花能矫俗言之失，何人情反听其验乎？缀屏之花，此为第一。所苦者树不能高，故此花一名“瘦客”。然予复有用短之法，乃为市井之人强迫而成者也。法在屏制之第三幅。此花有红、白及淡红三本，结屏必须同植。

此花又名“长春”，又名“斗雪”，又名“胜春”，又名“月季”。予于种种之外，复增一名，曰“断续花”。花之断而能续，续而复能断者，只有此种。因其所开不繁，留为可继，故能绵邈若此；其余一切之不能续者，非不能续，正以其不能断耳。

【译文】

俗话说：“人无千日好，花难四季红。”四季能红的，现在就有这

月季花

种花，是用来矫正俗话错误的。花都可以纠正这句俗语的错误，为什么人情世态反而让这话来应验呢？点缀篱笆的花，这种花排得上第一。遗憾的是它长不高，所以此花又名“瘦客”。然而我又有一个利用它短处的方法，这是受市井之人的强迫而想出来的。办法在篱笆式样的第三幅。这种花有红、白和淡红三种，盘结篱笆时必须一同种植。

这种花又叫“长春”，又叫“斗雪”，又叫“胜春”，又叫“月季”。我在这种种名字以外，又给它增加一个名字，叫“断续花”。花中断了以后又能接续，接续之后又再断的植物，只有这一种。因为它开的花并不繁盛，留有余地，所以能够这样断续开放。其他所有不能接续开的花，并不是不能接续，而正是由于它不能断罢了。

姊妹花

花之命名，莫善于此。一蓓七花者曰“七姊妹”，一蓓十花者曰“十姊妹”。观其浅深红白，确有兄长娣幼之分，殆杨家姊妹现身乎？余极喜此花，二种并植，汇其名为“十七姊妹”。但怪其蔓延太甚，溢出屏外，虽日刈月除，其势犹不可遏。岂党与过多，酿成不戢之势欤？此无他，皆同心不妒之过也，妒则必无是患矣。故善御女戎者①，妙在使之能妒。

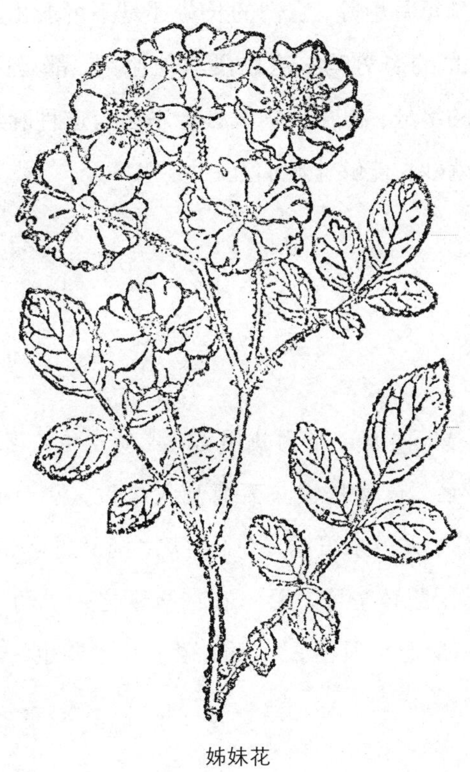

姊妹花

【注释】

① 女戎：犹女祸。女子带来的灾祸。

【译文】

给花取名，没有比这更好的。一个花蕾开七朵花的，叫“七姊妹”，一个花蕾开十朵花的叫“十姊妹”。观察这种花的深浅红白，的确有长幼的分别，难道是杨家姊妹现身吗？我非常喜爱这种花，把两个品种种在一起，合起来叫“十七姊妹”。只怪她们蔓延得太厉害，长到篱笆外面去了，即使每日每月剪除，它们的长势还是不可遏止。难道是同伙太多，酿成不可止息的态势吗？这里没其他原因，都是因为她们同心一致，不互相嫉妒的缘故，相互嫉妒就必定不会有这种麻烦。所以善于驾驭女子的人，妙就妙在能够让她们互相嫉妒。

玫瑰

花之有利于人，而无一不为我用者，芰荷是也；花之有利于人，而我无一不为所奉者，玫瑰是也。芰荷利人之说，见于本传①。玫瑰之利，同于芰荷，而令人可亲可溺，不忍暂离，则又过之。群花止能娱目，此则口眼鼻舌以至肌体毛发，无一不在所奉之中。可囊可食，可嗅可观，可插可戴，是能忠臣其身，而又能媚子其术者也。花之能事，毕于此矣。

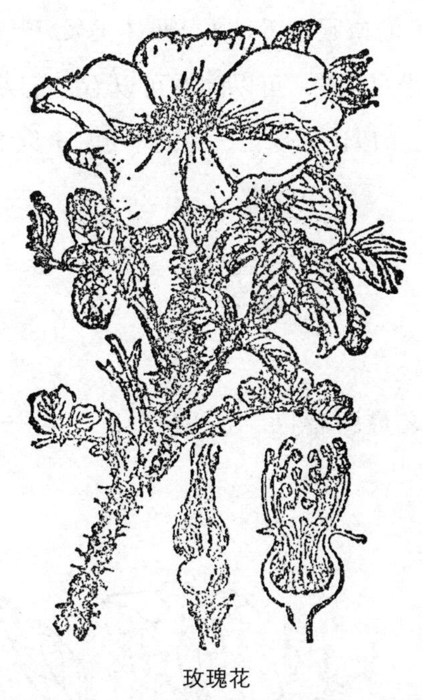

玫瑰花

【注释】

① 见于本传：指见于本书有关荷花的阐述，即《种植部·草本第三·芙蕖》。

【译文】

花当中对人有益，而且它的益处没有一样不为我所用的，是荷花；花当中对人有益，而且我能够接受它所有供奉的，是玫瑰。荷花对人有利，本书后面将会说到。玫瑰的益处，与荷花相同，但在让人觉得可亲可爱，不忍与它有短暂的分离这一点，则超过了荷花。群花只能愉悦人的眼睛，玫瑰则使人的口眼鼻舌，以至肌体毛发，无一不在它所供奉的范围之内。可以携带可以吃，可以闻香可以看，可以插瓶可以戴，它既是一位忠臣，而又有手段让你爱它。花的本领，全集中在玫瑰身上了。

素馨

素馨一种，花之最弱者也，无一枝一茎不需扶植，予尝谓之“可怜花”。

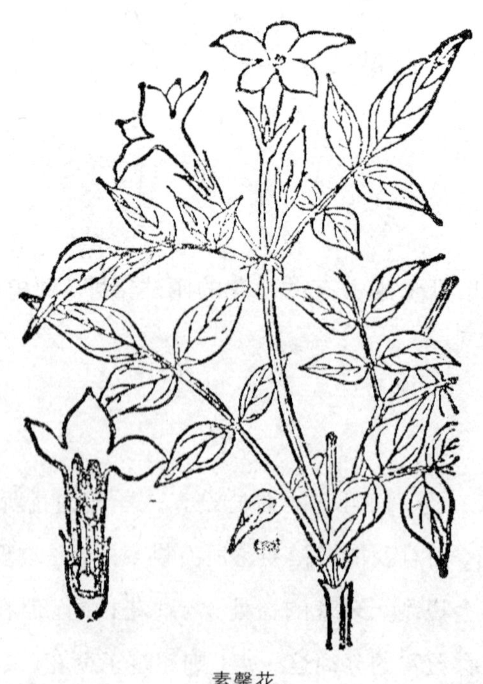

素馨花

【译文】

素馨这种花，是花中最弱的，它的一枝一茎都需要扶植，我曾经称它为“可怜花”。

凌霄

藤花之可敬者，莫若凌霄。然望之如天际真人，卒急不能招致，是可敬亦可恨也。欲得此花，必先蓄奇石古木以待，不则无所依附而不

凌霄花

生，生亦不大。予年有几，能为奇石古木之先辈而蓄之乎？欲有此花，非入深山不可。行当即之，以舒此恨。

【译文】

藤本一类的花最可敬的，莫过于凌霄花了。然而望上去，它就像天国的神仙，不能立即将它招到身边，这真让人既可敬又可恨。想得到这种花，一定要先准备好奇石古木等着，不然的话，它就没有依附而不能生长，即使长出来了也长不大。我已有些年龄了，还能够预先准备好奇石古木吗？想要得到这种花，非要进入深山不可。要去就马上行动，可以缓解心中的遗憾。

真珠兰

此花与叶，并不似兰，而以兰名者，肖其香也。即香味亦稍别，独有一节似之：兰花之香，与之习处者不觉，骤遇始闻之，疏而复亲始闻之，是花亦然。此其所以名兰也。闽、粤有木兰，树大如桂，花亦似之，名不附桂而附兰者，亦以其香隐而不露，耐久闻而不耐急嗅故耳。凡人骤见而即觉其可亲者，乃人中之玫瑰，非友中之芝兰也。

【译文】

真珠兰的花和叶子，并不像兰花，之所以把它命名为“兰”，是因为它的香味像兰花。实际上两者的香味也是有些区别的，只有一点是相似

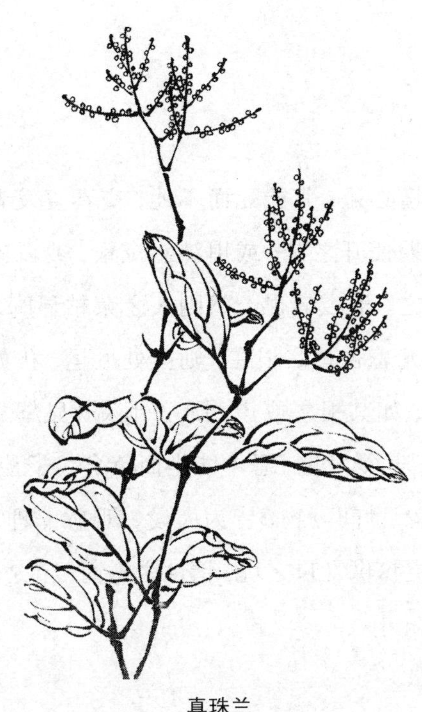

真珠兰

的：兰花的香，与它平常相处的人不易觉察出来，只有突然遇到它时才能闻出来，或者是隔远了再走近时才能闻到。真珠兰也是这样，这就是把它叫作“兰”的原因。福建、广东一带有一种木兰，树长得像桂花树那么大，花也像桂花，但是名字不从“桂”而从“兰”，也是因为它的香气隐而不露，经得起久闻而经不起急嗅。凡是一见就觉得是可亲的人，那是人中的玫瑰，而不是朋友中的芝兰。

草本第三

草本之花，经霜必死；其能死而不死，交春复发者，根在故也。常闻有花不待时，先期使开之法，或用沸水浇根，或以硫磺代土，开则开矣，花一败而树随之，根亡故也。然则人之荣枯显晦，成败利钝，皆不足据，但询其根之无恙否耳。根在，则虽处厄运，犹如霜后之花，其复发也，可坐而待也，如其根之或亡，则虽处荣朊显耀之境，犹之奇葩烂目，总非自开之花，其复发也，恐不能坐而待矣。予谈草木，辄以人喻。岂好为是哓哓者哉？世间万物，皆为人设。观感一理，备人观者，即备人感。天之生此，岂仅供耳目之玩、情性之适而已哉？

【译文】

草本的花，霜一打必会死。然而看上去是死了实际上并没有死，春天一到又重新开花，这是因为它的根还活着。经常听人说可以让花先期开放，方法就是用开水浇它的根，或者用硫磺代替它的土，这样花虽然会开，但是花枯萎后树也随之而死，因为它的根死了。这样说来，人的显耀或者低微，成功或者失败，都不能作为依凭，只有去看他的根基是否安然无恙。根基还在，那么虽处厄运，就像经霜打的花，重新开花的日子是可以期待的；如果根基不在了，即使处于荣盛显赫的境地，就像奇花绚烂夺目，总不是自然开出，要想重新开花，恐怕是不能期待了。我一谈到草木，就用人来比喻，岂不是很饶舌吗？世间万物，都是为人设立的，观赏和感受是相同的道理，供人观赏就是让人感受的。上天生出这些东西来，难道仅仅是供人娱悦耳目与性情的吗？

芍药

芍药与牡丹媲美，前人署牡丹以“花王”，署芍药以“花相”，冤哉！予以公道之。天无二日，民无二王①，牡丹正位于香国，芍药自难并驱。虽别尊卑，亦当在五等诸侯之列，岂王之下，相之上，遂无一位一座，可备酬功之用者哉？历翻种植之书，非云“花似牡丹而狭”，则曰“子似牡丹而小”。由是观之，前人评品之法，或由皮相而得之。噫！人之贵贱美恶，可以长短肥瘦论乎？每于花时奠酒，必作温言慰

芍药

之曰："汝非相材也，前人无识，谬署此名，花神有灵，付之勿较，呼牛呼马，听之而已。"予于秦之巩昌，携牡丹、芍药各数十种而归，牡丹活者颇少，幸此花无恙，不虚负戴之劳。岂人为知己死者，花反为知己生乎？

【注释】

① 天无二日，民无二王：语出《礼记·曾子问》，言地位独尊。

【译文】

芍药可以与牡丹媲美，前人题牡丹为"花王"，题芍药为"花相"，太冤枉了！我要来讲讲公道。天上不能有两个太阳，百姓不能有两个君王，牡丹在花国中的至尊地位，芍药自然很难与它并驾齐驱。虽然尊卑有别，芍药也应当被列在五等诸侯之中，难道在君王之下、相国之上，就没有一个位置可以奖励有功之臣吗？我翻遍了种植的书，不是说"花像牡丹，但比牡丹狭窄"，就是说"籽像牡丹，但比牡丹小"。如此看来，前人评价的方法，也许只是看表象。唉！人的贵贱善恶，能够用长短肥瘦来衡量吗？我常在芍药开花时节，洒酒祭奠它，并说些温馨的话来劝慰："你不是当相国的材料，以前的人不知道，给你起错了名字，花神如果有灵，就把这称呼还给他，不必去计较，无论把你称作牛或称作马，就听之任之吧。"我从甘肃的巩昌带回几十棵牡丹和芍药，牡丹存活的很少，值得庆幸的是芍药安然无恙，没有辜负我搬运的辛劳。难道是人为知己者死，而花却为知己者生吗？

兰

“兰生幽谷，无人自芳”①，是已。然使幽谷无人，兰之芳也，谁得而知之？谁得而传之？其为兰也，亦与萧艾同腐而已矣。“如入芝兰之室，久而不闻其香”②，是已。然既不闻其香，与无兰之室何异？虽有虽无，非兰之所以自处，亦非人之所以处兰也。吾谓芝兰之性，毕竟喜人相俱，毕竟以人闻香气为乐。文人之言，只顾赞扬其美，而不顾其性之所安，强半皆若是也。然相俱贵乎有情，有情务在得法；有情而得法，则坐芝兰之室，久而愈闻其香。兰生幽谷与处曲房③，其幸不幸相去远矣。兰之初着花时，自应易其座位，外者内之，远者近之，卑者尊之；非

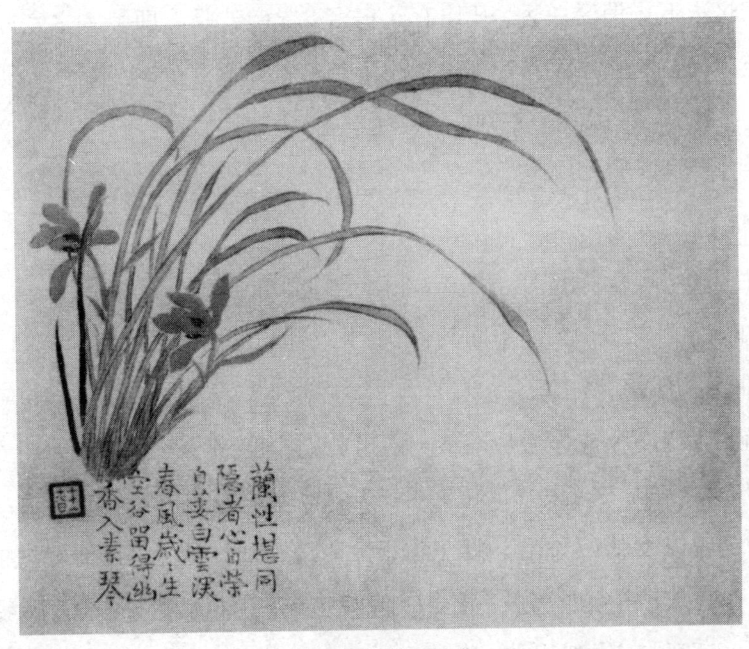

清汪士慎《兰花图》

前倨而后恭[④]，人之重兰非重兰也，重其花也，叶则花之舆从而已矣。居处一室，则当美其供设，书画炉瓶，种种器玩，皆宜森列其旁。但勿焚香，香薰即谢，匪妒也，此花性类神仙，怕亲烟火，非忌香也，忌烟火耳。若是，则位置堤防之道得矣。然皆情也，非法也，法则专为闻香。“如入芝兰之室，久而不闻其香”者，以其知入而不知出也，出而再入，则后来之香，倍乎前矣。故有兰之室不应久坐，另设无兰者一间，以作退步，时退时进，进多退少，则刻刻有香，虽坐无兰之室，若依倩女之魂[⑤]。是法也，而情在其中矣。如止有此室，则以门外作退步，或往行他事，事毕而入，以无意得之者，其香更甚。此予消受兰香之诀，秘之终身，而泄于一旦，殊可惜也。

此法不止消受兰香，凡属有花房舍，皆应若是。即焚香之室亦然，久坐其间，与未尝焚香者等也。门上布帘，必不可少，护持香气，全赖乎此。若止靠门扇开闭，则门开尽泄，无复一线之留矣。

【注释】

① 兰生幽谷，无人自芳：语出《淮南子·说山训》。

② 如入芝兰之室，久而不闻其香：语出《孔子家语·六本》。

③ 曲房：内室，密室。

④ 前倨而后恭：先傲慢后谦恭。语出《战国策·秦策一》。

⑤ 倩女之魂：据《太平广记》卷三五八引唐陈玄祐《离魂记》载：清河张镒曾以女倩娘许配外甥王宙，后又悔约别许他人，致倩娘抑郁卧病。一日，王宙乘船离去，夜半时倩娘忽至，遂相偕赴蜀。居五年，生二子。后同归宁，镒大惊，以其女病卧闺中未尝外出。病女得讯出迎，

与宙妻合为一体，镒乃知出奔之女即倩娘精魂所化。元杂剧有《倩女离魂》。

【译文】

“兰生幽谷，无人自芳”，的确是这样。但是假如幽谷里没有人，兰花的芳香，谁能知道？谁能把它传播出去呢？这样兰花也与野草一同腐烂而已。“如入芝兰之室，久而不闻其香”，的确是这样。然而既然闻不到它的香气，与没有兰花的屋子又有什么差别呢？虽然存在却好像不存在，这不是兰花对待自我的方法，也不是人们对待兰花的方法。我认为兰花的生性毕竟喜欢与人相处，毕竟会以人能闻到它的香气为乐事。只顾赞扬其美，却不顾它的天性所在，文人的言论，多半都是这样。人与兰花相处贵在有情趣，有情趣就要注意方法，既有情趣又得法，就像坐在放有兰花的屋子里，时间越久越能闻到它的芳香。兰花长在偏远的山谷与处在隐秘的内室，它的幸运与不幸运相差很远。兰花刚刚长出蓓蕾时，就应当改变它的位置，在室外的要搬到室内，在远处的要搬到近处，在低处的要搬到高处。这并不是起初对它傲慢而后又对它谦恭，因为人们看重兰，并不是看重兰的本身，而是看重它的花，叶子只不过是花的陪衬而已。兰花摆放在室内，就应当美化它的摆设，书画、香炉、花瓶等种种器物，都应当有序地摆放在四周。但是不要焚香，兰花被香一熏就会凋谢。这并非是嫉妒，而是兰花的性情就像神仙，怕接近烟火，它不忌讳香气，它是忌讳烟火。这样一来，摆放位置和提防的方法就应该明白了。然而这里说的都是情趣的问题，而不是讲方法，方法是专门为闻花香而准备的。“如入芝兰之室，久而不闻其香”的原因在于，人们只知道进，不知道出，出来再进去，那么后来闻到的香气，比先前闻到的要倍加浓郁。所以，有兰花的房间不宜久坐，要另外准备一间没有兰花的房间，作为退避的地方。一会儿出来一会儿进去，进去的时间多，退出来的时间少，就会时时刻刻都能闻到香味。即使坐在没有兰花的房间里，香味却像倩女的游魂跟随而来。这是一种欣赏兰花的方法，而情趣也在其中了。如果仅有摆放兰花的房间，就把室外作为退步，或者走开去办别的事，事情做完再进来，因为是无意之中闻到的，香味更浓。这就是我享受兰花香味的秘诀，这个秘密一直保守着，现在却一下子泄露出来，真是太可惜了。

这种方法不仅可以用来享受兰花，凡是有花的房间，都应该这样做。即使是焚香的房间里也可以这么做，在焚香的房间里久坐，与没有焚香是一样的。门上的布帘是必不可少的，保持香气全依赖它。如果只是靠门扇来开关，那么门一开，香气全会跑掉，再没有一丝香气保留下来。

蕙

蕙之与兰，犹芍药之与牡丹，相去皆止一间耳。而世之贵兰者必贱蕙，皆执成见、泥成心也。人谓蕙之花不如兰，其香亦逊。吾谓蕙诚逊兰，但其所以逊兰者，不在花与香而在叶，犹芍药之逊牡丹者，亦不在花与香而在梗。牡丹系木本之花，其开也，高悬枝梗之上，得其势，则

蕙

能壮其威仪，是花王之尊，尊于势也。芍药出于草本，仅有叶而无枝，不得一物相扶，则委而仆于地矣，官无舆从，能自壮其威乎？蕙兰之不相敌也反是。芍药之叶苦其短，蕙之叶偏苦其长；芍药之叶病其太瘦，蕙之叶翻病其太肥。当强者弱，而当弱者强，此其所以不相称，而大逊于兰也。兰蕙之开，时分先后。兰终蕙继，犹芍药之嗣牡丹，皆所谓兄终弟及，欲废不能者也。善用蕙者，全在留花去叶，痛加剪除，择其稍狭而近弱者，十存二三；又皆截之使短，去两角而尖之，使与兰叶相若，则是变蕙成兰，而与“强干弱枝”之道合矣①。

【注释】

① 强干弱枝：这里指留花去叶。

【译文】

蕙和兰，就像芍药和牡丹，差距只有一点点。然而世上重视兰花的人一定轻视蕙，这些人都是抱有成见、拘于成规。人们认为蕙的花不如兰花，它的香味也不如兰花。我认为蕙花确实比兰花要稍逊一筹，但是原因不在花与香，而在叶，就像芍药不如牡丹，原因也不在花和香，而在枝梗。牡丹属木本花卉，花开的时候，高高地悬在枝梗之上，有了气势，就加强了它威严的仪态。牡丹之所以有花王之尊，就是在于它的气势。芍药是草本植物，只有叶子而没有枝干，没有他物扶持，就只能倒在地上了。当官的人如果没有车马随从，能够自壮声威吗？蕙比不上兰的情况却正好相反。芍药的叶子苦于太短，蕙的叶子偏偏苦于太长；芍药的叶子有太瘦窄的毛病，蕙的叶子却是太肥宽了。应当强的弱，应当弱的强，所以看起来不相称，这也是蕙逊色于兰的原因。兰与蕙开的时间有先后之分。兰花谢了蕙花才开，就像芍药接替牡丹一样，都是所谓的哥哥死了，弟弟继承，想改变都不行。善于种植蕙的人，方法全在保留花朵，去掉叶子，忍痛进行剪除，选择那些瘦弱的叶子，十片只留两三片。那些留下的叶子，又都剪短，然后去掉两个角使它变尖，和兰的叶子相似，这样就把蕙变成了兰，与“强干弱枝”的道理相吻合。

水仙

水仙一花，予之命也。予有四命，各司一时：春以水仙、兰花为命，夏以莲为命，秋以秋海棠为命，冬以蜡梅为命。无此四花，是无命也；一季缺予一花，是夺予一季之命也。水仙以秣陵为最，予之家于秣陵，非家秣陵，家于水仙之乡也。记丙午之春，先以度岁无资，衣囊质尽，迨水仙开时，则为强弩之末，索一钱不得矣。欲购无资，家人曰："请已之。一年不看此花，亦非怪事。"予曰："汝欲夺吾命乎？宁短一岁之寿，勿减一岁之花。且予自他乡冒雪而归，就水仙也，不看水仙，是何异于不返金陵，仍在他乡卒岁乎？"家人不能止，听予质簪珥购之。予之钟爱此花，非痴癖也。其色其香，其茎其叶，无一不异群葩，而予更取其善媚。

水仙花

妇人中之面似桃，腰似柳，丰如牡丹、芍药，而瘦比秋菊、海棠者，在在有之；若如水仙之淡而多姿，不动不摇，而能作态者，吾实未之见也。以“水仙”二字呼之，可谓摹写殆尽。使吾得见命名者，必颓然下拜。

不特金陵水仙为天下第一，其植此花而售于人者，亦能司造物之权，欲其早则早，命之迟则迟，购者欲于某日开，则某日必开，未尝先后一日。及此花将谢，又以迟者继之，盖以下种之先后为先后也。至买就之时，给盆与石而使之种，又能随手布置，即成画图，皆风雅文人所不及也。岂此等末技，亦由天授，非人力邪？

【译文】

水仙花是我的命啊。我有四条命，它们各自掌管一个季节：春天以水仙、兰花为命，夏天以莲花为命，秋天以秋海棠为命，冬天以腊梅为命。没有这四种花，我就等于没命了。如果一个季节缺少这么一种花，就等于夺去我一个季节的生命。水仙以金陵为最佳。我把家安在金陵，其实并不是把家安在金陵，而是安在水仙之乡。记得丙午年的春天，先是因为没钱过年，把衣物全都典当了，等到水仙花开的时候，更是山穷水尽，再也找不出一个钱了。想去购买水仙又没有钱，家人说：“算了吧，一年不看这种花，也不是什么奇怪的事。”我说：“你是不是想夺我的命？宁可减一岁的寿命，也不能省去一年不看水仙花。况且我从他乡冒雪赶回来，就是为看水仙花的，不看水仙花，这与不回金陵，仍然在他乡过年有什么差别呢？”家人不能制止我，只能任凭我当掉簪子和耳环等首饰去买水仙。我钟爱水仙，并不是什么怪癖，因为水仙的颜色与香味，水仙的茎和叶，没有一处与群花相同，而我更喜欢的是水仙的妩媚。女子中面似桃、腰似柳，丰满像牡丹、像芍药，苗条像秋菊、像海棠的，到处都有，但是像水仙一样淡雅而多姿、不动不摇却能尽展风情的，我实在没有见到过。用“水仙”二字来称呼它，真是摹写传神。如果我能见到给水仙命名的人，一定会给他下拜。

金陵的水仙不仅是天下第一，就是那些种植水仙出售的人，也能够行使造物主的职权，想让它早开就早开，命令它迟开就迟开，购买的人希望花在某天开，到某天必开，不会早一天也不会晚一天。到这些花要谢了，又用迟开的花来接上，这是以下种的先后为花开的顺序。当人买花的时候，卖花人会给你花盆和石头，你种花时可随手布置，组成各种图案，这是风流儒雅的文人所无法企及的。难道这种雕虫小技也是由上天赐予，而不是人为的吗？

芙蕖

芙蕖与草本诸花，似觉稍异；然有根无树，一岁一生，其性同也。《谱》云[①]：“产于水者曰草芙蓉，产于陆者曰旱莲。”则谓非草本不得矣。予夏季以此为命者，非故效颦于茂叔，而袭成说于前人也。以芙蕖之可人，其事不一而足，请备述之。群葩当令时，只在花开之数日，前此后此，皆属过而不问之秋矣，芙蕖则不然。自荷钱出水之日，便为点缀绿波，及其劲叶既生，则又日高一日，日上日妍，有风既作飘飖之态，无风亦呈袅娜之姿，是我于花之未开，先享无穷逸致矣。迨至菡萏成花，娇姿欲滴，后先相继，自夏徂秋，此时在花为分内之事，在人为应得之资

茂叔观莲

者也。及花之既谢，亦可告无罪于主人矣，乃复蒂下生蓬，蓬中结实，亭亭独立，犹似未开之花，与翠叶并擎，不至白露为霜，而能事不已。此皆言其可目者也。可鼻则有荷叶之清香，荷花之异馥，避暑而暑为之退，纳凉而凉逐之生。至其可人之口者，则莲实与藕，皆并列盘餐，而互芬齿颊者也。只有霜中败叶，零落难堪，似成弃物矣，乃摘而藏之，又备经年裹物之用。是芙蕖也者，无一时一刻，不适耳目之观；无一物一丝，不备家常之用者也。有五谷之实，而不有其名；兼百花之长，而各去其短。

种植之利，有大于此者乎？予四命之中，此命为最。无如酷好一生，竟不得半亩方塘，为安身立命之地；仅凿斗大一池，植数茎以塞责，又时病其漏，望天乞水以救之。殆所谓不善养生，而草菅其命者哉。

【注释】

①《谱》：疑即明人所编《群芳谱》。

【译文】

芙蕖同其他草本花卉似乎有些差异，但是它只有根没有枝，一年一生，这些习性是相同的。《谱》上说："长在水中的叫'草芙蓉'，长在陆地上的叫'旱莲'。"这就非得把它归属草本植物不可了。我在夏季以芙蕖来维持我的生命，并不是故意效仿周敦颐，而是沿袭前人已有的说法。芙蕖的可爱之处，真是一言难尽，请允许我细细道来。各种花卉正当开花的时令，只有那么几天，开花之前和开花之后，也没人再去过问它们。芙蕖就不是这样。从铜钱似的小荷叶出水的那天起，它就替人们装点绿波，等到它富有神气的叶子长出来，就会一天比一天高，一天比一天妍丽，有风就作飘摇之态，无风也呈袅娜之姿。这就使我在花未开时，先享受到无穷的雅趣。等到花苞盛开为荷花，娇姿欲滴，前后相续而不间断，从夏天开到秋天，这对荷花来说是分内的事，对人来说是应得的享受。到了荷花凋谢的时候，也可以说它很对得起主人了，但竟然又在花蒂下生出莲蓬，莲蓬中结满果实，亭亭玉立，又似含苞欲放的花，莲蓬与翠叶一起高举水面，不到露水成霜，绝不会呈现衰败的景象。这些都是悦目的。而鼻子可闻的，有荷叶的清香，荷花的异香，借它们避暑，暑热会即刻消退；借它们纳凉，凉气会立即产生。至于能让人口舌享受的，便是莲子与藕，都摆放在餐桌上，能使人颊齿相互生香。只有霜打后的败叶，零落难堪，似乎是废弃物，也可以把它摘下来藏好，以作一年裹物之用。这个芙蕖啊，无一时一刻不让人赏心悦目；无一物一丝不供给家常之需。它有像五谷一样的实际作用，却没有五谷的名望；兼有百花的长处，却能弃各自的短处。种植植物得到的利益，有比这更大的吗？我的四条命之中，这条命最重要。无奈的是，我一生酷爱荷花，竟然得不到半亩方塘，作为它安身立命的地方，仅仅凿了一个斗大的水池，种下几株来敷衍，水池又时常漏水，只能乞望老天下雨来拯救它。这恐怕是我不善于养芙蕖，反而草草地糟蹋它的生命。

罂粟

花之善变者，莫如罂粟，次则数葵，余皆守故不迁者矣。艺此花如蓄豹，观其变也。牡丹谢而芍药继之，芍药谢而罂粟继之，皆繁之极、盛之至者也。欲续三葩，难乎其为继矣。

【译文】

花中善变的，没有比得上罂粟的。其次就数葵花，其余的花都是守着老样子不变。种植这种花如同蓄养豹子，要观察它的变化。牡丹凋谢了，芍药接着开，芍药凋谢了，罂粟接着开，这三种花都能开得繁茂到极点。想要接续这种三花而开的，没有这样的后继者了。

罂粟花

葵

花之易栽易盛，而又能变化不穷者，止有一葵。是事半于罂粟，而数倍其功者也。但叶之肥大可憎，更甚于蕙。俗云："牡丹虽好，绿叶扶持。"人谓树之难好者在花，而不知难者反易。古今来不乏明君，所不可必得者，忠良之佐耳。

【译文】

花当中容易栽种，容易长得茂盛，而又能变化无穷的，只有葵花。与罂粟相比，种葵花只需花一半的工夫，却能获得数倍的功利。只是葵花的叶子又肥又大，比蕙叶还令人讨厌。俗话说："牡丹虽好，绿叶扶

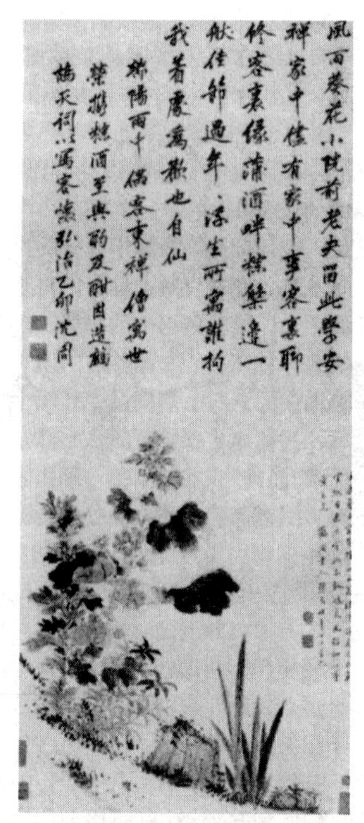

清吴门派画家张宏《葵花图》

持。”人们认为种树的最难处是开花，却不知这个难反而是容易。古往今来不缺少贤明的君王，难以得到的却是忠臣的辅佐。

萱

萱花一无可取，植此同于种菜，为口腹计则可耳。至云对此可以忘忧，佩此可以宜男，则千万人试之，无一验者。书之不可尽信，类如此矣。

【译文】

萱花无一可取之处，种它就像种菜，为了当菜吃还可以。至于说面

清画家余省《萱花蛱蝶图》

对它可以忘掉忧伤，佩带它可以生男孩，有千百万人试验过，没有一个灵验的。书上说的不可全信，就像萱了。

鸡冠

予有《收鸡冠花子》一绝云："指甲搔花碎紫雯，虽非异卉也芳芬。时防撒却还珍惜，一粒明年一朵云。"此非溢美之词，道其实也。花之肖形者尽多，如绣球、玉簪、金钱、蝴蝶、剪春罗之属，皆能酷似，然皆尘世中物也；能肖天上之形者，独有鸡冠花一种。氤氲其象而叆叇其

鸡冠花

文，就上观之，俨然庆云一朵。乃当日命名者，舍天上极美之物，而搜索人间。鸡冠虽肖，然而贱视花容矣，请易其字，曰“一朵云”。此花有红、紫、黄、白四色，红者为红云，紫者为紫云，黄者为黄云，白者为白云。又有一种五色者，即名为“五色云”。以上数者，较之“鸡冠”，谁荣谁辱？花如有知，必将德我。

【译文】

我有一首《收鸡冠花子》的绝句：“指甲搔花碎紫雯，虽非异卉也芳芬。时防撒却还珍惜，一粒明年一朵云。”这不是过分的赞美，说的是实情。花中像各种形状的有很多，比如绣球、玉簪、金钱、蝴蝶、剪春罗这些，都能酷似，然而它们都是尘世中的东西。形状能像天上之物的，只有鸡冠花一种。它有氤氲的气象，有浓云般的纹理，走近去看，俨然是一朵祥云。当初给花命名的人，舍弃天上极美丽的东西，而在人间寻找。鸡冠虽然很像，然而却低视了花的美姿，请让我来给它换一个名字，叫作“一朵云”。这种花有红、紫、黄、白四种颜色，红的叫“红云”，紫的叫“紫云”，黄的叫“黄云”，白的叫“白云”。还有一种五色的，就叫作“五色云”。以上这几个名字，与“鸡冠花”相比，哪一个让它感觉荣耀，哪一个让它感觉屈辱？花如果有知觉，一定会对我感恩戴德。

玉簪

花之极贱而可贵者，玉簪是也。插入妇人髻中，孰真孰假，几不能

玉簪花

辨，乃闺阁中必需之物。然留之弗摘，点缀篱间，亦似美人之遗。呼作“江皋玉佩”①，谁曰不可？

【注释】

① 江皋玉佩：汉代刘向《列仙传》载，江妃二女游于江汉之滨，遇郑交甫，赠所携佩。交甫行数十步，佩与仙女皆不见。

【译文】

花中非常贱但实际上挺可贵的，就是玉簪了。把它插进女子的发髻中，哪个是真哪个是假，几乎不能辨别，所以它是闺阁中的必需物品。

然而留着不摘，让它点缀在篱笆之间，也好似美人遗失的发簪。如果称呼它为“江皋玉佩”，谁又说不可以呢？

凤仙

凤仙，极贱之花，此宜点缀篱落，若云备染指甲之用，则大谬矣。纤纤玉指，妙在无瑕，一染猩红，便称俗物。况所染之红，又不能尽在指甲，势必连肌带肉而丹之。迨肌肉褪清之后，指甲又不能全红，渐长渐退，而成欲谢之花矣。始作俑者，其俗物乎？

凤仙花

【译文】

凤仙，是非常贱的花，只适宜点缀篱笆的角落，如果说可作染指甲之用，就大错特错了。纤纤玉指，妙在洁白无瑕，一染上猩红的颜色，便可称为俗物。何况所染的红色，又不能全都在指甲上，势必连带旁边的皮肉也会染红。等到皮肉上的红色褪去之后，指甲上的红色也不鲜艳了，指甲渐渐地长，红色渐渐地暗下去，就成了将要凋谢的花。最初这样做的人，难道不是俗人吗？

金钱

金钱、金盏、剪春罗、剪秋罗诸种，皆化工所作之小巧文字。因牡丹、芍药一开，造物之精华已竭，欲续不能，欲断不可，故作轻描淡写之文，以延其脉。吾观于此，而识造物纵横之才力亦有穷时，不能似源泉混混，愈涌而愈出也。合一岁所开之花，可作天工一部全稿。梅花、水仙，试笔之文也，其气虽雄，其机尚涩，故花不甚大，而色亦不甚浓。开至桃、李、棠、杏等花，则文心怒发，兴致淋漓，似有不可阻遏之势矣；然其花之大犹未甚，浓犹未至者，以其思路纷驰而不聚，笔机过纵而难收，其势之不可阻遏者，横肆也，非纯熟也。迨牡丹、芍药一开，则文心笔致俱臻化境，收横肆而归纯熟，舒蓄积而罄光华，造物于此，可谓使才务尽，不留丝发之余矣。然自识者观之，不待终篇而知其难继。何也？世岂有开至树不能载、叶不能覆之花，而尚有一物焉高出其上、大出其外者乎？有开至众彩俱齐、一色不漏之花，而尚有一物焉红

金钱花

过于朱、白过于雪者乎？斯时也，使我为造物，则必善刀而藏矣[①]。乃天则未肯告乏也，夏欲计其技，则从而荷之；秋欲试其技，则从而菊之；冬则计穷力竭，尽可不花，而犹作蜡梅一种以塞责之。数卉者，可不谓之芳妍尽致，足殿群芳者乎？然较之春末夏初，则皆强弩之末矣。至于金钱、金盏、剪春罗、剪秋罗、滴滴金、石竹诸花，则明知精力不继，篇帙寥寥，作此以塞纸尾，犹人诗文既尽，附以零星杂著者是也。由是观之，造物者极欲骋才，不肯自惜其力之人也；造物之才，不可竭而可竭，可竭而终不可竟竭者也。究竟一部全文，终病其后来稍弱。其不能弱始

金盏花

劲终者，气使之然，作者欲留余地而不得也。吾谓人才著书，不应取法于造物，当秋冬其始，而春夏其终，则是能以蔗境行文②，而免于江淹才尽之诮矣。

【注释】

① 善刀而藏：语出《庄子·养生主》。善，擦拭。喻适可而止，自敛其才。

② 蔗境：典出《世说新语·排调》："顾长康啖甘蔗，先食尾。人问所以，

云：‘渐至佳境。’”后以“蔗境”喻先苦后甜。

【译文】

金钱、金盏、剪春罗、剪秋罗这几种花，都是造物主写的小巧文章。因为牡丹、芍药花一开，造物主的精华就已经耗尽，想要继续下去不可能，想就此中止也不可以，所以才写出这种轻描淡写的文章，用来延续它的文脉。通过对这些花的观察，我才知道造物主纵横洋溢的才华也有穷尽的时候，不可能像泉水的源头滚滚不息，越涌越多。把一年所开的花都合起来，可以看作是造物主的一部完整的书稿。梅花、水仙是试笔的文字，它的气势虽然雄浑，但是它的文笔还有些生涩，因此花开得不怎么大，颜色也不怎么浓。等到桃、李、海棠、杏等花开放的时候，就文思奔放，兴致淋漓，似乎有不可遏止的势头，然而这些花开得还不是很大，花色也不是很浓，因为造物主的思路纷繁而且不集中，笔力过于放纵而难以收拢。它的势头的不可遏止，是一种放肆，并没达到手法的纯熟。等到牡丹、芍药一开花，便是文心笔致都进入到出神入化的境界，由笔力的放肆上升到手法的纯熟，内心所蓄积的才华也全部施展了出来。造物主到这时可谓用尽了所有才气，不留有丝毫的余地。然而内行的人一看就知道，不用等到文章写完造物主已经很难继续创作下去了。为什么呢？世界上难道有一种开到树不能承载、叶不能覆盖的花，而且还有一种比它还高、还大的东西吗？难道有一种色彩齐全、一色不漏的花，而且还有一种比它还红、比它还白的东西吗？这个时候，如果我是造物主，便一定会适可而止。可是老天就是不肯服输，夏天想试他的技艺，便开出荷花；秋天想试他的技艺，便开出菊花；冬天真是技穷力竭了，完全可以不再造花，然而还是造出腊梅这种花来应付。这几种花，难道不可以说是芳香妍丽到了极致，足以为群花殿后吗？然而与春末夏初的花相比，便都是强弩之末。至于金钱、金盏、剪春罗、剪秋罗、滴滴金、石竹等花，造物主明知精力不济，篇幅也所剩不多，创作这些东西来充塞卷末，如同有人诗文作品不多，就附上一些零星杂著一样。由此看来，造物主是一个极想炫耀才华、不肯自惜其力的人。造物主的才能，不可竭尽而又可以竭尽，可以竭尽而又不可以真的竭尽。毕竟这一本书，最终的毛病在于后面稍弱。之所以不能开头弱结尾强，是因为使气太盛的缘故，作者想要留有余地也不可能了。我认为有才华的人写书，不应该仿效造物主，应把秋冬两季当作开始，而把春夏两季作为终结，那么这就能渐入佳境，避免被人讥诮为江郎才尽了。

蝴蝶花

此花巧甚。蝴蝶，花间物也，此即以蝴蝶为花。是一是二，不知周之梦为蝴蝶欤？蝴蝶之梦为周欤？非蝶非花，恰合庄周梦境①。

【注释】

①“不知”四句：语出《庄子·齐物论》。

【译文】

这种花巧妙极了。蝴蝶是嬉戏于花间的，索性就把蝴蝶当成花。是

蝴蝶花

蝴蝶又是花，不知道是庄周在梦中变成蝴蝶，还是蝴蝶在梦中变成庄周。不是蝴蝶又不是花，恰好吻合庄周的梦境。

菊

菊花者，秋季之牡丹、芍药也。种类之繁衍同，花色之全备同，而

菊　花

性能持久复过之。从来种植之花，是花皆略，而叙牡丹、芍药与菊者独详。人皆谓三种奇葩，可以齐观等视，而予独判为两截，谓有天工人力之分。何也？牡丹、芍药之美，全仗天工，非由人力。植此二花者，不过冬溉以肥，夏浇以湿，如是焉止矣。其开也，烂漫芬芳，未尝以人力不勤，略减其姿而稍俭其色。菊花之美，则全仗人力，微假天工。艺菊之家，当其未入土也，则有治地酿土之劳，既入土也，则有插标记种之事。是萌芽未发之先，已费人力几许矣。迨分秧植定之后，劳瘁万端，复从此始。防燥也，虑湿也，摘头也，掐叶也，芟蕊也，接枝也，捕虫掘蚓以防害也，此皆花事未成之日，竭尽人力以俟天工者也。即花之既开，亦有防雨避霜之患，缚枝系蕊之勤，置盏引水之烦，染色变容之苦，又皆以人力之有余，补天工之不足者也。为此一花，自春徂秋，自朝迄暮，总无一刻之暇。必如是，其为花也，始能丰丽而美观，否则同于婆婆野菊，仅堪点缀疏篱而已。若是，则菊花之美，非天美之，人美之也。人美之而归功于天，使与不费辛勤之牡丹、芍药齐观等视，不几恩怨不分，而公私少辨乎？吾知敛翠凝红而为沙中偶语者[①]，必花神也。

元稹《菊花》"秋丛绕舍似陶家，遍绕篱边日渐斜"诗意图

自有菊以来，高人逸士无不尽吻揄扬，而予独反其说者，非与渊明作敌国。艺菊之人终岁勤动，而不以胜天之力予之，是但知花好，而昧所从来。饮水忘源，并置汲者于不问，其心安乎？从前题咏诸公，皆若是也。予创是说，为秋花报本，乃深于爱菊，非薄之也。

予尝观老圃之种菊，而慨然于修士之立身与儒者之治业②。使能以种菊之无逸者砺其身心，则焉往而不为圣贤？使能以种菊之有恒者攻吾举业，则何虑其不掇青紫？乃士人爱身爱名之心，终不能如老圃之爱菊，奈何！

【注释】

① 沙中偶语：《史记·留侯世家》载，汉高祖封大功臣二十余人，其余未受封者日夜争功不决。高祖望见诸将坐沙中相语。问张良："此何语？"张良说："这是在谋反啊！"此借指花神在评判花的好坏。偶语，相对私语。

② 修士之立身：《荀子·君道》："使修士行之，则与污邪之人疑之。"修士，品行高尚之人。立身，犹言修身。

【译文】

菊花是秋季的牡丹和芍药。它们的种类一样繁多，花色也一样齐全，但是菊花花期的持久性却超过牡丹和芍药。历来那些关于种植的书，其他的花都写得很简略，唯独讲到牡丹、芍药和菊花却很详尽。人们都认为这三种奇花可以同等看待，只有我说它们截然两样，认为有天工和人力的区别。为什么呢？牡丹和芍药的美，全靠天工，不是靠人力。种植这两种花，不过是冬天施施肥，夏天浇浇水，这样就可以了。开花时，色彩烂漫，气味芬芳，不会因为人们不够勤劳，就减损优美的姿态和多彩的颜色。菊花的美，就全靠人力，稍借一点天工。种植菊花的人家，在种下之前，就有整治土地的劳累；种下之后，还有插标记种的差事。这样，在菊花还没有萌芽之前，就已经花费了不少人力。等到分秧栽种以后，各种辛劳的事才真正开始。要抗旱、防涝、摘头、掐叶、去蕊、接枝，还要捉虫、挖蚯蚓，以防止菊花受到伤害。这些都是花开以前，竭尽人力以等待老天爷来眷顾。等到花开了，又要防雨避霜，捆枝系蕊，置杯引水，染色变容，这一切辛勤劳苦的事情，都是用多余的人力，来弥补天工的不足。为了这一种花，从春天到秋天，从早上到晚上，都没有一刻的闲暇。只有这样，菊花才能开得丰满艳丽而引人注目。否则，就会和干枯萎缩的野菊花一样，只能用来点缀稀疏的篱笆而已。由此可见，菊花的美，不是老天爷赐予的，而是人使它变美的。是人力却归功于老天，把它与不费辛劳的牡丹、芍药同等看待，这难道不是恩怨不分、公私不辨吗？我知道那个神态凝重，正在说着什么的，一定是花神。

自从有菊花以来，高人逸士都对它满口赞扬，只有我的观点不同，这并不是我要与陶渊明作对。种植菊花的人，一年到头辛勤劳作，却不给他们巧夺天工的赞美，人们只知道花美丽，却不知道这种美丽从哪里来。饮水忘了源头，并对引水的人不闻不问，能心安理得吗？以前题咏菊花的人都是这样做的。我提出这种观点，是还菊花之本，是深爱菊花，并不是轻视它。

我曾看过老园丁种植菊花，由此而对那些品行高洁之人的修身养性与读书人的治学立业深有感慨。假使他们能用种菊人不图安逸的精神来磨砺自己的身心，怎么能不成为圣贤呢？如果能用种菊人的恒心来读书应举，还怕不功成名就吗？读书人的那种爱身爱名的心态，终究不能像老园丁爱菊那样，有什么法子呢？

菜

菜为至贱之物，又非众花之等伦，乃《草本》、《藤本》中反有缺遗，而独取此花殿后，无乃贱群芳而轻花事乎？曰：不然。菜果至贱之物，花亦卑卑不数之花，无如积至贱至卑者而至盈千累万，则贱者贵而卑者尊矣。“民为贵，社稷次之，君为轻”者[①]，非民之果贵，民之至多至盛为可贵也。园圃种植之花，自数朵以至数十百朵而止矣，有至盈阡溢亩，令人一望无际者哉？曰：无之。无则当推菜花为盛矣。一气初盈，万花齐发，青畴白壤，悉变黄金，不诚洋洋乎大观也哉！当是时也，呼朋拉友，散步芳塍，香风导酒客寻帘，锦蝶与游人争路，郊畦之乐，什佰园亭，惟菜花之开，是其候也。

【注释】

①“民为贵”三句：出自《孟子·尽心下》。社稷，土神与谷神，代指国家。

【译文】

菜是最贱的东西，又不是花的同类，可是在《草本》、《藤本》中，反而有缺漏花的，却将菜放在花卉的最后，这岂不是贬低群花、轻视种花技艺吗？我说不是。菜的确是最贱的东西，菜花也卑贱不足道，但是把最低贱卑微的东西积聚到成千上万，卑贱的东西也会变成尊贵了。“民为贵，社稷次之，君为轻”这句话，并不是说老百姓当真尊贵，而是老百姓人数极多极盛才为可贵。园圃中种植的花，有几朵的，有几十朵的，最多的也只有上百朵，有遍布田野，让人一望无际的吗？没有。既然没有，菜花就应该是最繁盛了。春气充盈，万花齐放，青白色的田野，都变成一片金黄，不也是极为壮观吗？这个时候，呼朋唤友，漫步在弥漫着芬芳的田埂，酒香吸引着游人寻觅酒家，锦蝶伴随着游人翩翩起舞，郊野游玩的乐趣要胜过在园亭里游玩的十倍百倍，只有在菜花盛开的时候才是最好的时机。

众卉第四

草木之类，各有所长，有以花胜者，有以叶胜者。花胜则叶无足取，且若赘疣，如葵花、蕙草之属是也。叶胜则可以无花，非无花也，叶即花也，天以花之丰神色泽归并于叶而生之者也。不然，绿者叶之本色，

明陈洪绶《蕉林酌酒图》

如其叶之，则亦绿之而已矣，胡以为红，为紫，为黄，为碧，如老少年、美人蕉、天竹、翠云草诸种，备五色之陆离，以娱观者之目乎？即有青之绿之，亦不同于有花之叶，另具一种芳姿。是知树木之美，不定在花，犹之丈夫之美者，不专主于有才，而妇人之丑者，亦不尽在无色也。观群花令人修容，观诸卉则所饰者不仅在貌。

【译文】

草木之类的植物，各有所长，有以花取胜的，有以叶取胜的。以花取胜的，叶子就没有可取的地方，像累赘一样，比如葵花、蕙草之类就是这样。以叶取胜的，植物就可以没有花，并不是真的没有花，叶子就是花，老天爷将花的风神色泽都集中到叶子上了。不然的话，绿色是叶子的本色，让它来做叶子，只要长成绿色就可以了，为什么又有红色、紫色、黄色和绿色呢？如老少年、美人蕉、天竹、翠云草这几种，五彩缤纷的，难道是用来愉悦观赏者的眼睛吗？即使叶子是青的，是绿的，也与有花的叶子不同，别具一种芳姿。由此可知，树木的美，不一定在花，正如大丈夫之美，不全在有才，而女人的丑，也不全在没有姿色。观赏群花能令人修饰自己的仪表，而观赏百草所修饰的就不仅仅是容貌了。

芭蕉

幽斋但有隙地，即宜种蕉。蕉能韵人而免于俗，与竹同功，王子猷

吴文英《唐多令》"纵芭蕉不语也飕飕"词意图

偏厚此君，未免挂一漏一。蕉之易栽，十倍于竹，一二月即可成荫。坐其下者，男女皆入画图，且能使台榭轩窗尽染碧色，"绿天"之号①，洵不诬也。竹可镌诗，蕉可作字，皆文士近身之简牍。乃竹上止可一书，不能削去再刻；蕉叶则随书随换，可以日变数题，尚有时不烦自洗，雨师代拭者，此天授名笺，不当供怀素一人之用。予有题蕉绝句云："万花题遍示无私，费尽春来笔墨资。独喜芭蕉容我俭，自舒晴叶待题诗。"此芭蕉实录也。

【注释】

① “绿天”之号：唐代僧人怀素种芭蕉万余株，日以蕉叶代纸写字，并将自己的住处命名为“绿天庵”。

【译文】

雅居旁边只要有空地，就应该种芭蕉。芭蕉能让人有雅趣而免于俗气，跟竹子有同等的功效。王子猷只偏爱竹子，未免挂一漏一。芭蕉树之容易栽种，要超过竹子十倍，一两个月就可以成荫。坐在芭蕉树之下，男女都像画中人。芭蕉还能把台榭轩窗全都染成碧绿，“绿天”的称号，一点也没言过其实。竹子可以刻诗，蕉叶可以写字，这都是文人随身的简牍。但是竹子只可能刻一次，不能削去了再刻；芭蕉叶却可以随写随换，一天当中题写的内容可以有数次变化。有时还不用麻烦自己洗，雨水可以代劳，这种老天赐予的名笺，不应当只供怀素一人享用。我有一首关于芭蕉的绝句：“万花题遍示无私，费尽春来笔墨资。独喜芭蕉容我俭，自舒晴叶待题诗。”这是芭蕉的真实写照。

翠云

草色之最蒨者，至翠云而止。非特草木为然，尽世间苍翠之色，总无一物可以喻之，惟天上彩云，偶一幻此。是知善着色者惟有化工①，即与倾国佳人眉上之色并较浅深，觉彼犹是画工之笔，非化工之笔也。

【注释】

① 化工：造化之工。

【译文】

草中颜色最华美的，到了翠云就为止了。不仅草木是这样，就是竭尽世间所有苍翠的颜色，也没有一种可以用来形容翠云的颜色，只有天上的彩云，偶尔会变幻出这种颜色。由此可知，善于着色的只有大自然。如果把翠云的颜色与倾国美人眉上的黛色放在一起比较深浅的话，就会觉得美女的眉毛像是人工所画，而非造物主的手笔。

虞美人

虞美人花叶并娇，且动而善舞，故又名“舞草”。《谱》云：“人或抵掌歌《虞美人》曲，即叶动如舞。”予曰：舞则有之，必歌《虞美人》曲，恐未必尽然。盖歌舞并行之事，一姬试舞，从姬必歌以助之，闻歌即舞，势使然也。若谓必歌《虞美人》曲，则此曲能歌者几？歌稀则和寡，此草亦得借口藏其拙矣。

【译文】

虞美人的花和叶都很妖娆，而且好动善舞，所以又叫作“舞草”。《花谱》说：“如果有人拍着手唱《虞美人》的曲子，虞美人的叶子就会动起来，像是在跳舞一样。”我说：跳舞是可能的，只是一定要唱《虞

虞美人花

美人》的曲子恐怕未必全是这样。歌和舞总是并行的事，一个女子尝试跳舞，众多女子一定会唱着歌来助舞，闻歌起舞，这是自然的事。如果说一定要唱《虞美人》的曲子，那么能唱这支曲子的人又有几个呢？会唱的人少，和的人也少，虞美人草也就能找到借口来掩饰它的笨拙了。

书带草

书带草其名极佳，苦不得见。《谱》载出淄川城北郑康成读书处①，

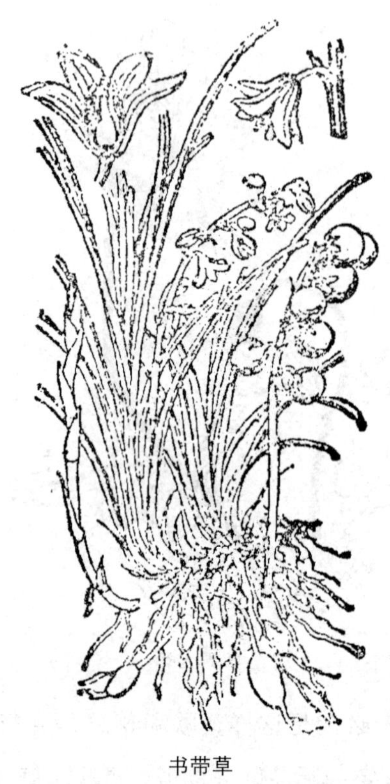

书带草

名“康成书带草”②。噫！康成雅人，岂作王戎钻核故事③，不使种传别地耶？康成婢子知书④，使天下婢子皆不知书，则此草不可移，否则处处堪栽也。

【注释】

① 郑康成：即郑玄，字康成，东汉经学家。曾游学淄川（今山东淄博），在城北建书院，授生徒。

② 康成书带草：即沿阶草，叶长而坚韧，相传郑玄取以束书。

③ 王戎钻核：晋人王戎，家有好李，恐人得其种，便钻核而售。

④ 康成婢子知书：《世说新语·文学》：“郑玄家奴婢皆读书。尝使一婢，不称旨，将挞之，方自陈说，玄怒，使人曳著泥中。须臾，复有一婢来，问曰：‘胡为乎泥中？’答曰：‘薄言往诉，逢彼之怒。’”(其中婢女的对话均为《诗经》成句。)后遂以此作一门风雅、婢仆知书的典故。

【译文】

书带草的名字非常好，可惜看不到。《花谱》记载，这种草出自淄川城北郑康成读书的地方，名叫“康成书带草”。唉！康成是高雅的人，怎么会做出王戎把李子核钻坏、不让种子传到别的地方去那样的事情呢？康成的婢女知书达理，如果天下的婢女都不知书达理，那么这种草就不可能移栽到别处，不然的话，到处都可以栽种了。

老少年

此草一名“雁来红”，一名“秋色”，一名“老少年”，皆欠妥切。雁来红者，尚有蓼花一种，经秋弄色者又不一而足，皆属泛称；惟“老少年”三字相宜，而又病其俗。予尝易其名曰“还童草”，似觉差胜。此草中仙品也，秋阶得此，群花可废。此草植之者繁，观之者众，然但知其一，未知其二，予尝细玩而得之。盖此草不特于一岁之中，经秋更媚，即一日之中，亦到晚更媚，总之后胜于前，是其性也。此意向矜独得，

老少年

及阅徐竹隐诗[①]，有“叶从秋后变，色向晚来红”一联，不知确有所见如予，知其晚来更媚乎？抑下句仍同上句，其晚亦指秋乎？难起九原而问之，即谓先予一着可也。

【注释】

① 徐竹隐：即徐似道，字渊子，号竹隐，宋代文学家，有《竹隐集》。

【译文】

这种草名字叫作“雁来红”，也叫“秋色”或“老少年”，这些名称都不是很贴切。大雁飞来时就会变成红色的，还有一种蓼花，秋天能呈现出各种颜色的花草也很多，所以“雁来红”“秋色”都是泛称，只有“老少年”三个字比较合适，但又嫌其庸俗。我曾给它改名为“还童草”，觉得似乎要好些。这是草中的仙品，秋天的时候有了它，其他的花都不需要了。这种草种的人多，看的人也多，但都只知其一，不知其二，我曾经认真观察琢磨而有所发现。这种草不仅在一年中的秋天更为妩媚，即使在一天中，也是到晚上更妩媚，总之后胜于前，这是它的本性。我曾为我这个独特的发现而自夸，等到我读到徐竹隐的诗，其中有“叶从秋后变，色向晚来红”一联，不知他是不是确如我的观察知道它到晚上更加妩媚，或者是下句中的“晚”如上句一样指的是秋天。不可能把他从九泉之下请出来询问，就说他比我先发现好了。

天竹

竹无花而以夹竹桃代之，竹不实而以天竹初之，皆是可以不必然而强为蛇足之事。然蛇足之形自天生之，人亦不尽任咎也。

【译文】

竹子不开花就用夹竹桃来代替，竹子不结果实就用天竹来弥补，这都是不必要的画蛇添足的事情。然而它们“添足”的形态是天生的，也不都全让人来承担过错。

虎刺

“长盆栽虎否则，宣石作峰峦。”布置得宜，是一幅案头山水。此虎丘卖花人长技也，不可谓非化工手笔。然购者于此，必熟视其为原盆与否。是卉皆可新移，独虎刺必须久植，新移旋踵者百无一活，不可不知。

【译文】

“长盆栽虎刺，宣石作峰峦。”布置得当，就是一幅案头的山水画。这是虎丘卖花人的特长，不能说不是天工的手笔。然而购买的人必须看

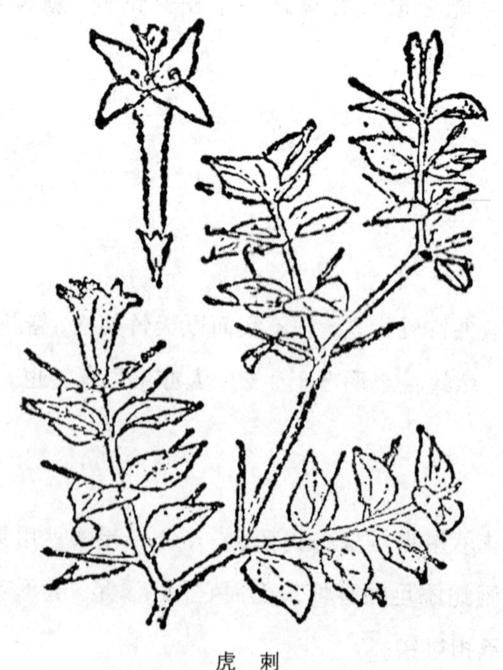

虎　刺

清楚它是不是原盆。凡是草都可以移植，只有虎刺必须长时间种在一个地方。种下不久就移盆的，百株中无一株能成活，这一点不可不知。

苔

苔者，至贱易生之物，然亦有时作难：遇阶砌新筑，冀其速生者，彼必故意迟之，以示难得。予有《养苔》诗云："汲水培苔浅却池，邻翁尽日笑人痴。未成斑藓浑难待，绕砌频呼绿拗儿。"然一生之后，又令人无可奈何矣。

【译文】

苔是最贱而又容易生长的东西，然而它有时候也为难人：新砌成的台阶，希望它快点生长出来，它一定会故意拖延，以表示自己很难得。我有一首《养苔》诗："汲水培苔浅却池，邻翁尽日笑人痴。未成斑藓浑难待，绕砌频呼绿拗儿。"然而一等它生长出来以后，又让人无可奈何了。

萍

杨入水为萍，是花中第一怪事。花已谢而辞树，其命绝矣，乃又变为一物，其生方始，殆一物而两现其身者乎？人以杨花喻命薄之人，不

萍

知其命之厚也，较天下万物为独甚。吾安能身作杨花，而居水陆二地之胜乎？

水上生萍，极多雅趣；但怪其弥漫太甚，充塞池沼，使水居有如陆地，亦恨事也。有功者不能无过，天下事其尽然哉？

【译文】

杨花落入水中就变成萍，这真是花中的第一怪事。杨花凋谢从树上落下来以后，它的生命就结束了，竟然又变成另一种东西。它的生命重新开始，难道一种东西会两现其身吗？人们用杨花来比喻命薄的人，却不知和天下万物相比，它的命最厚。我怎么样才能化身杨花，成为陆地和水中的美景呢？

水上生萍，有很多的雅趣，只是怪它弥漫得太厉害，充塞了池塘沼泽，使水面看上去像陆地，这也是一件遗憾的事。有功的不会无过，天下事是不是都这样呢？

竹木第五[1]

竹木者何？树之不花者也。非尽不花，其见用于世者，在此不在彼，虽花而犹之弗花也。花者，媚人之物，媚人者损己，故善花之树多不永年，不若椅桐梓漆之朴而能久[2]。然则树即树耳，焉如花为？善花者曰："彼能无求于世则可耳，我则不然。雨露所同也，灌溉所独也；土壤所同也，肥泽所独也。子不见尧之水、汤之旱乎[3]？如其雨露或竭，而土不能滋，则奈何？盍舍汝所行而就我？"不花者曰："是则不能，甘为竹木而已矣。"

【注释】

① 竹木第五：作者原注："未经种植者不载。"

② 椅桐梓漆：四种树木名。椅，又称山桐子，落叶乔木，叶卵形。

③ 尧之水、汤之旱：相传唐尧时期有九年水灾，商汤时期有七年旱情。

【译文】

竹木是什么？是不开花的树。竹木并不是全都不开花，而是它们对世人有用的是其他东西，而不是花，即使开花，也像没有开花一样。花是取媚人的东西，媚人的东西损伤自己，所以会开花的树，多数年岁较短，不如椅树、桐树、梓树、漆树那样朴实而能寿长。如果是这样，树就是树，又何必开花呢？会开花的树说："你们无求于世，这也没有什么关系。我却不能这样。虽然获得的雨露相同，但我还是要灌溉；虽然扎根的土壤相同，但我还是要加肥。你没有看见唐尧时的大水，商汤时的大旱吗？如果雨露枯竭，而土壤不能滋养生物，那又该怎么办呢？何不舍弃你的做法而学习我呢？”不开花的树说：“这些我做不到，我甘心做竹木。”

竹

俗云：“早间种树，晚上乘凉。”喻词也。予于树木中求一物以实之，其惟竹乎！种树欲其成荫，非十年不可，最易活者莫如杨柳，求其荫可蔽日，亦须数年。惟竹不然，移入庭中，即成高树，能令俗人之舍，不转盼而成高士之庐。神哉此君，真医国手也！种竹之方，旧传有诀云：“种竹无时，雨过便移，多留宿土，记取南枝。”予悉试之，乃不可尽信之书也。三者之内，惟一可遵，“多留宿土”是也。移树最忌伤根，土多则根之盘曲如故，是移地而未尝移土，犹迁人者并其卧榻而迁之，其人醒后尚不自知其迁也。若俟雨过方移，则沾泥带水，有几许未便。泥湿则松，水沾则濡，我欲留土，其如土湿而苏，随锄随散之，不可留何？且雨过必晴，新移之竹，晒则叶卷，一卷即非活兆矣。予易其词曰：“未雨先移。”天甫阴而雨犹未下，乘此急移，则宿土未湿，又复带潮，有如胶似漆之势，我欲多留，而土能随我，先据一筹之胜矣。且栽移甫定而雨至，是雨为我下，坐而受之，枝叶根本，无一不沾滋润之利。最忌者日，而日不至；最喜者雨，而雨即来；无所忌而投以喜，未

王维《竹里馆》"独坐幽篁里，弹琴复长啸"诗意图

有不欣欣向荣者。此法不止种竹，是花是木皆然。至于"记取南枝"一语，尤难遵奉。移竹移花，不易其向，向南者仍使向南，自是草木之幸。然移草木就人，当随人便，不能尽随草木之便。无论是花是竹，皆有正面，有反面，正面向人，反面向空隙，理也。使记南枝而与人相左，犹娶新妇进门，而听其终年背立，有是理乎？故此语只当不说，切勿泥之。总之，移花种竹只有四字当记："宜阴忌日"是也。琐琐繁言，徒滋疑扰。

【译文】

俗语说："早上种树，晚上乘凉。"这是打比方。如果在树木当中找一种植物来证实这种说法，那只有竹子了。种树想要它成荫，一定要等上十年。最容易成活的，莫过于杨柳，想要它成荫可以遮蔽日头，也需要几年。只有竹子不是这样，把它移栽到庭院当中，就成了高树，能让俗人的房屋，一眨眼就变成雅士的庐舍。竹子太神了，真是高手啊！种竹的方法，过去流传着一首口诀："种竹无时，雨过便移，多留宿土，记取南枝。"我全都试验过，真是不可全信书上所写。三点之中只有一点可以遵循，这就是"多留旧土"。移栽树木最怕伤到根，留的土多，树根的盘曲依然如故，这样是移地方而不是移土壤，就像移动一个睡着的人，连人带床一起搬，那人醒后还不知道自己已经移动了地方。如果雨后移植，就会拖泥带水，有几分不便。泥土湿了就会松动，沾到水后更会湿，我想多留一些土，土却又湿又松，随锄随散，又怎么留得住呢？而且雨过之后必定是天晴，新移的竹子被太阳一晒，叶子就会卷起来了，叶子一卷起来就是不能成活的征兆。所以我把口诀改成"未雨先移"。天刚阴下来而雨还没下，趁此机会赶紧移栽，这时旧土还没有湿，又带着潮气，与竹根如胶似漆，我想多留土而土能紧随我，这样就先胜一筹了。而且刚移栽好就下雨了，这雨是为我而下的，我就可以坐着享用，竹子从枝叶到根，没有一处不受到雨水的滋润。竹子最忌讳的是太阳，这时太阳还没有出来；最喜欢的是雨水，而雨即刻就下起来了。去除它所忌讳的，给予它所喜好的，它自然就会长得欣欣向荣。这种方法不仅适用于种竹，凡是花和树都可以这样。至于"记取南枝"这句话，更难以遵照奉行。移竹移花，不改变它们的方向，朝南的仍然让它朝南，这自然是草木的幸事。然而移动草木是供人欣赏的，应当随人的便利，不能全部随草木的便利。无论是花是竹，都有正面、反面，正面向人，反面向空地，这才符合事理。如果朝南而与人的愿望相背，就像是娶新媳妇进门，却任凭她终年背着脸，有这样的道理吗？所以这句话只当它没说，千万不要受到它的拘泥。总之，移花种竹只有四个字应该记住，这就是“宜阴天，怕阳光”。那些繁琐的话，只会给人带来疑虑和干扰。

松柏

“苍松古柏”，美其老也。一切花竹，皆贵少年，独松、柏与梅三物，则贵老而贱幼。欲受三老之益者[①]，必买旧宅而居。若俟手栽，为儿孙计则可，身则不能观其成也。求其可移而能就我者，纵使极大，亦是五更，非三老矣[②]。予尝戏谓诸后生曰：“欲作画图中人，非老不可。三五少年，皆贱物也。”后生询其故。予曰：“不见画山水者，每及人物，必作扶筇曳杖之形，即坐而观山临水，亦是老人矍铄之状。从来未有俊美少年厕于其间者。少年亦有，非携琴捧画之流，即挈盒持樽之辈，皆奴隶于画中者也。”后生辈欲反证予言，卒无其据。引此以喻松柏，可谓合伦。如一座园亭，所有者皆时花弱卉，无十数本老成树木主宰其间，是终日与儿女子习处，无从师会友时矣。名流作画，肯若是乎？噫！予持此说一生，终不得与老成为伍，乃今年已入画，犹日坐儿女丛中。殆以花木为我，而我为松柏者乎？

贾岛《访隐者不遇》“松下问童子，言师采药去”诗意图

【注释】

① 三老：指松、柏、梅。

② 五更、三老：古代乡官名，用以安置年老致仕的官员。

【译文】

“苍松古柏”，人们赞美的是它们的苍老。所有的花竹，都以年少为贵，只有松、柏和梅这三种植物，却都以老为贵，以幼为贱。想要享受这三种老树带来的好处，一定要买旧房子住，如果等自己亲手栽种，替子孙打算是可以的，自己就无法乐观其成了。找一些可以移植的来栽在自己的院子里，即使树很大，也不过是年高者“五更”，而不是尊长“三老”。我曾对年轻人开玩笑说：“想要成为图画里的人，非老不可，十五六岁的少年，都是低贱之人。”年轻人询问是什么原因，我说：“你们没看到那些画山水的人，所画的人物，一定是拄着拐杖的，即使是坐看山水的，也是很有精神的老年人，从没看见俊美少年列身其中。少年也是有的，不是捧书画拿古琴，就是端盒子持酒杯，都是在画中当奴仆。”年轻人想要反驳我的话，最终也没有依据。引用这个例子来比喻松柏，可以说是恰如其分。如果一座园亭，种的都是一些当季开放的花和一些弱小的草，没有十几棵苍老的树木在中间做主宰，这就像是整天跟后辈小儿相处，没有跟老师朋友交流的时候了。名流作画，会这样吗？哎！我一生都持有这种观点，却始终没有能够与老成者为伍，而现在已经到了入画的年龄，还整天坐在后辈小儿中间。如果以花木为比喻的话，那我不就是其中的松柏吗？

梧桐

梧桐一树，是草木中一部编年史也，举世习焉不察，予特表而出之。花木种自何年？为寿几何岁？询之主人，主人不知，询之花木，花木不答。谓之“忘年交”则可，予以“知时达务”，则不可也。梧桐不然，有节可纪，生一年，纪一年。树有树之年，人即纪人之年，树小而人与之

白居易《晚秋闲居》"闲踏梧桐黄叶行"诗意图

小，树大而人随之大，观树即所以观身。《易》曰："观我生进退。"欲观我生，此其资也。予垂髫种此，即于树上刻诗以纪年，每岁一节，即刻一诗，惜为兵燹所坏，不克有终。犹记十五岁刻桐诗云："小时种梧桐，桐叶小于艾。簪头刻小诗，字瘦皮不坏。刹那三五年，桐大字亦大。桐字已如许，人大复何怪。还将感叹词，刻向前诗外。新字日相催，旧字不相待。顾此新旧痕，而为悠忽戒。"此予婴年著作，因说梧桐，偶尔记及，不则竟忘之矣。即此一事，便受梧桐之益。然则编年之说，岂欺人语乎？

【译文】

梧桐这种树是草木中的一部编年史。天下的人都熟悉它，却没有细察到这一点，我特地在这里说出来。花木是什么时候种植的？年龄有几岁了？问主人，主人不知道；问花木，花木不能回答。说它是“忘年交”还可以，说它“知时达务”就不行了。梧桐不是这样，它身上有节，可以记录年龄，生长一年，记录一年。树记录树的年龄，人记录人的年龄，树小的时候就像人小的时候，树大起来人也大起来，观察树就是观察人自己。《易经》说：“观我生进退。”想要观察自己的一生，这就是凭据。我童年时候种过梧桐，当时就在树上刻诗来纪年，每年树长一节，就刻一首诗，可惜的是那树在兵火中被毁，不能够继续。还记得十五岁时刻在梧桐上的诗：“小时种梧桐，桐叶小于艾。簪头刻小诗，字瘦皮不坏。刹那三五年，桐大字亦大。桐字已如许，人大复何怪。还将感叹词，刻向前诗外。新字日相催，旧字不相待。顾此新旧痕，而为悠忽戒。”这是我少年时代的作品，因为说到梧桐，偶尔记起了它，不然竟会把它忘记。就这样一件事，便是受到梧桐的益处。那么，说梧桐是一部编年史，难道是骗人的话吗？

槐　榆

树之能为荫者，非槐即榆。《诗》云：“于我乎，夏屋渠渠。”①此二树者，可以呼为“夏屋”，植于宅旁，与肯堂肯构无别。人谓夏者，大也，非时之所谓夏也。予曰：古人以厦为大者，非无取义。夏日之屋，

岑参《登慈恩寺浮图》"青槐夹驰道，宫馆何玲珑"诗意图

非大不凉，与三时有别，故名厦为屋。训夏以大，予特未之详耳。

【注释】

① 于我乎，夏屋渠渠：出《诗经·秦风·权舆》。夏屋，即厦屋。渠渠，深广貌。

【译文】

树能够成荫的，不是槐树就是榆树。《诗经》说："我当初啊，屋子住来很宽敞。"这两种树，可以称为"夏屋"，种在宅院的旁边，这与盖房子没有什么差别。有人认为"夏"就是"大"，不是通常所说的夏天的"夏"。我说：古人把"厦"当成"大"，并不是没有根据的。夏天的屋子，不大就不凉爽，与其他的三个季节不同，所以把屋子取名为"厦"。把"夏"解释成大，我就不知道原因了。

柳

柳贵于垂，不垂则可无柳。柳条贵长，不长则无袅娜之致，徒垂无益也。此树为纳蝉之所，诸鸟亦集。长夏不寂寞，得时闻鼓吹者，是树皆有功，而高柳为最。总之，种树非止娱目，兼为悦耳。目有时而不娱，以在卧榻之上也；耳则无时不悦。鸟声之最可爱者，不在人之坐时，而偏在睡时。鸟音宜晓听，人皆知之；而其独宜于晓之故，人则未之察也。鸟之防弋，无时不然。卯辰以后，是人皆起，人起而鸟不自安矣。虑患之念一生，虽欲鸣而不得，鸣亦必无好音，此其不宜于昼也。晓则是人未起，即有起者，数亦寥寥，鸟无防患之心，自能毕其能事，且扪舌一夜，技痒于心，至此皆思调弄，所谓"不鸣则已，一鸣惊人"者是也[①]，此其独宜于晓也。庄子非鱼，能知鱼之乐[②]；笠翁非鸟，能识鸟之情。凡属鸣禽，皆当呼予为知己。种树之乐多端，而其不便于雅人者亦有一节：枝叶繁冗，不漏月光。隔婵娟而不使见者，此其无心之过，

王维《少年行》"系马高楼垂柳边"诗意图

不足责也。然匪树木无心，人无心耳。使于种植之初，预防及此，留一线之余天，以待月轮出没，则昼夜均受其利矣。

【注释】

① 不鸣则已，一鸣惊人：语出《史记·滑稽列传》，喻一下子做出惊人之事。

② 庄子非鱼，能知鱼之乐：《庄子·秋水篇》载，庄子与惠施游于濠梁

之上，庄子说：“鯈鱼出游从容，是鱼之乐也。”惠施说：“子非鱼，安知鱼之乐？”庄子反驳道：“子非我，安知我不知鱼之乐？”

【译文】

柳贵在能垂，不能垂的柳不如无柳。柳条贵长，不长就没有袅娜的姿态，单是垂也没有用。柳树是容纳鸣蝉的地方，各种鸟也聚集在这里。漫长的夏天让人不感到寂寞，时时能听到虫鸟齐鸣，凡是树都有功劳，而高大的柳树的功劳最大。总之，种树不仅是为娱乐眼睛，也是为娱乐耳朵。眼睛有时候无法得到愉悦，因为要上床睡觉，而耳朵却能时刻得到愉悦。鸟鸣最可爱的地方，不是在人坐的时候，而偏偏在入睡的时候。鸟的声音适合清晨听，这是人人都知道的，而只适合清晨听的原因，人们就不知道了。鸟时时刻刻要防止人用箭射它，早晨过后，人都起床了，人起来后鸟就会感到不安。担心害怕的念头一产生，便是想叫也没法叫，叫起来也不好听，这是鸟叫不适宜在白天听的原因。清晨的时候人还没起床，即使起床的人数也不多，鸟没有防备的心，自然能拿出全副本领，而且憋了一夜，心中技痒，到这时候都想卖弄展示，这就是所谓的“不鸣则已，一鸣惊人”，所以说鸟鸣适合清晨听。庄子不是鱼，却能知道鱼的快乐，我不是鸟，却能体察鸟的天性，凡是会鸣叫的鸟，都应该把我当成知音。种树的快乐有很多种，但是对于高雅的人也有一个不便之处，就是枝叶茂密，不透月光。树将月亮隔开让人无法见到，这是它的无意之过，不能责怪它。实际上这无意之过也不是树木造成的，而是人没有留意。如果在刚种的时候，就能预知这点，留下一个空隙露出天空，好让月亮出没，这样就白天和黑夜都能享受到它的好处了。

黄杨

黄杨每岁长一寸，不溢分毫，至闰年反缩一寸，是天限之木也。植此宜生怜悯之心。予新授一名曰“知命树”。天不使高，强争无益，故守困厄为当然。冬不改柯，夏不易叶，其素行原如是也。使以他木处此，即不能高，亦将横生而至大矣；再不然，则以才不得展而至瘁，弗复自永其年矣。困于天而能自全其天，非知命君子能若是哉？最可悯者，岁长一寸是已；至闰年反缩一寸，其义何居？岁闰而我不闰，人闰而已不闰，已见天地之私；乃非止不闰，又复从而刻之，是天地之待黄杨，可谓不仁之至，不义之甚者矣。乃黄杨不憾天地，枝叶较他木加荣，反似德之者，是知命之中又知命焉。莲为花之君子，此树当为木之君子。莲为花之君子，茂叔知之；黄杨为木之君子，非稍能格物之笠翁，孰知之哉？

【译文】

黄杨树每年长高一寸，不多分毫，到闰年反而缩短一寸，这是一种受自然规律限制的树。种植这种树应该产生怜悯之心。我重新给它起了一个名字，叫“知命树”。天不让长高，勉强去争也不会有什么好处，所以，把守住困境看作是理所应当的。冬天不改变枝条，夏天不改变叶子，它原本就是这样做的。假使其他的树木处于这种境地，即使不能长高，也要横向长得很大；再不然，就会因为怀才不遇而变得忧伤，不能自行延长其寿命。为天命所困，而能够自己安享天年，不是知命的君子能这样吗？最可怜的是，一年只长一寸也就罢了，到闰年反倒缩短一寸，道理何在？闰年多了时日而我黄杨却不增长，我黄杨不增长而别人都有增长，这已显得天地不公了，甚至非但不能多得，还要克扣，这样看来天地对待黄杨，可算是不仁不义到极点了。但黄杨并不因此怨恨上天，枝叶比别的树更茂盛，反像是在感激上天，这真是知命之中又知命了。莲是花中的君子，黄杨应当成为树中的君子。莲花是花中的君子，茂叔知道；黄杨是树中的君子，除了略能探究物理的笠翁，谁又知道这一点呢？

棕榈

树直上而无枝者，棕榈是也。予不奇其无枝，奇其无枝而能有叶。植于众芳之中，而下不侵其地、上不蔽其天者，此木是也。较之芭蕉，

棕　榈

大有克己妨人之别。

【译文】

树直着向上生长而没有枝条的，是棕榈。我对它没有枝条并不感到奇怪，奇怪的是它没有枝条还能有叶子。种在百花丛中，而能下不侵占花卉的地，上不遮蔽花卉的天，就是这种树木。跟芭蕉比起来，很明显有克制自己和妨害别人的差别。

枫　柏

草之以叶为花者，翠云、老少年是也；木之以叶为花者，枫与柏是也。枫之舟，柏之赤，皆为秋色之最浓。而其所以得此者，则非雨露之功，霜之力也。霜于草木，亦有有功之时，其不肯数数见者，虑人之狎之也。枯众木独荣二木，欲示德威之一斑耳。

【译文】

草本植物中把叶子当作花的，是翠云、老少年，木本植物中把叶子当作花的，是枫树和柏树。枫的丹色，柏的赤色，都是秋天最浓的颜色。至于颜色深的原因，不是雨露的功劳，而是秋霜的力量。秋霜对于草木也有有功的时候，只是不经常体现出来，是担心人们的轻佻。让其他的树枯悴而只让这两种树繁盛，也是霜略显些威德而已。

杜牧《山行》"停车坐爱枫林晚"诗意图

冬青

冬青一树，有松柏之实而不居其名，有梅竹之风而不矜其节，殆"身隐焉文"之流亚欤[①]？然谈傲霜砺雪之姿者，从未闻一人齿及。是之推不言禄，而禄亦不及。予窃忿之，当易其名为"不求人知树"。

【注释】

① 身隐焉文：意谓人身将要归隐，哪里还用显耀呢？据《左传·僖公二十四年》载，晋公子重耳结束十九年流亡生涯，回晋即位，遍赏相随群臣，独介之推不言禄，故未被赏及。其母劝他把自己的功劳说出来，介之推说："言，身之文也，身将隐，焉用文之？"遂与其母归隐。

【译文】

冬青这种树，有松、柏的特性而没有松、柏的名声；有梅和竹的风范，而不夸耀自己的气节，难道它是介之推这样的人吗？人们在谈论傲霜顶雪的风姿时，从没听到有人提及它，这就像介之推不谈俸禄，俸禄就没到他身上一样。我私下为它抱不平，认为应当给它改名叫"不求人知树"。

闲情偶寄

颐养部

行乐第一

伤哉！造物生人一场，为时不满百岁。彼夭折之辈无论矣，姑就永年者道之，即使三万六千日尽是追欢取乐时，亦非无限光阴，终有报罢之日。况此百年以内，有无数忧愁困苦、疾病颠连、名缰利锁、惊风骇浪阻人燕游，使徒有百岁之虚名，并无一岁二岁享生人应有之福之实

养生之法，以行乐先之。

际乎！又况此百年以内，日日死亡相告，谓先我而生者死矣，后我而生者亦死矣，与我同庚比算、互称弟兄者又死矣。噫！死是何物，而可知凶不讳，日令不能无死者惊见于目，而怛闻于耳乎！是千古不仁，未有甚于造物者矣。虽然，殆有说焉。不仁者，仁之至也。知我不能无死，而日以死亡相告，是恐我也。恐我者，欲使及时为乐，当视此辈为前车也。康对山构一园亭①，其地在北邙山麓②，所见无非丘陇。客讯之曰："日对此景，令人何以为乐？"对山曰："日对此景，乃令人不敢不乐。"达哉斯言！予尝以铭座右。兹论养生之法，而以行乐先之；劝人行乐，而以死亡怵之，即祖是意。欲体天地至仁之心，不能不蹈造物不仁之迹。

养生家授受之方，外藉药石，内凭导引，其借口颐生而流为放辟邪侈者，则曰"比家"。三者无论邪正，皆术士之言也。予系儒生，并非术士。术士所言者术，儒家所凭者理。《鲁论·乡党》一篇，半属养生之法。予虽不敏，窃附于圣人之徒，不敢为诞妄不经之言以误世。有怪此卷以颐养命名，而觅一丹方不得者，予以空疏谢之。又有怪予著《饮馔》一篇，而未及烹饪之法，不知酱用几何，醋用几何，醝椒香辣用几何者。予曰：果若是，是一庖人而已矣，乌足重哉！人曰：若是，则《食物志》、《尊生笺》、《卫生录》等书，何以备列此等？予曰：是诚庖人之书也。士各明志，人有弗为。

【注释】

① 康对山：康海，字德涵，号对山，陕西武功人。明代文学家，戏曲家，以诗文名列"前七子"之一。

② 北邙山：在今河南洛阳市东北。汉魏以来，此地多葬王侯公卿，后以此泛称墓地。

【译文】

悲伤啊！造物主造人一场，也不让他活过百岁。那些年少时就夭折的人暂且不说，姑且就寿终正寝的人来说，即使三万六千日都是寻欢取乐的时光，也不是时光无穷，终究会有结束的时候。何况在这百年以内，有无数的忧愁苦难、疾病困顿、名利束缚、惊风骇浪，阻止人们宴饮游乐，使人们徒有百岁的虚名，而没有一两年真正享受人生之福的实际啊！更何况这百年以内，每天都有死亡的信息传来，说比我出生早的人死了，比我出生晚的人也死了，与我同年、相互间称兄道弟的人也死了。唉，死是什么东西，而可以这样肆无忌惮地逞凶，每天都让活着的人见了心惊，听了胆寒呢？做出这样千古不仁的事，没有比造物主更厉害的了。虽然这样，还有另一种说法：不仁慈的，其实是仁慈到了的极致。它知道每个人不能不死，却每天用死亡相告，这是要恐吓人。之所以要恐吓人，是因为想要人及时行乐，将死去的那些人看作前车之鉴。康对山建了一座园亭，位置在北邙山的山脚下，可以看见的无非就是坟墓。客人询问说："每天对着这样的景色，怎么会使人快乐呢？"康对山说："每天对着这样的景色，所以令人不敢不快乐。"这个话多么的豁达！我曾经把这话铭刻于座右。谈养生的方法，首先就是要行乐；用死亡的恐惧来劝人及时行乐，就是效仿这种办法。想要体现天地的至仁之心，就不能不像造物主那样，做出一些不仁的事情。

养生家传授的养生方法，外在的要凭借药石的力量，内在的要依靠自身的导引，那些以养生为借口而恣意作乐、放纵自己的人，则被称为“比家”。以上三种说法无论是邪是正，都是术士的话。我是一介儒生，并不是江湖术士。术士所说的是术数，儒家凭借的是道理。《鲁论·乡党》这篇文章，有一半的内容是关于养生的方法。我虽然不聪颖，私下里却把自己当作圣人的学生，不敢用荒诞不经的言语误导世人。有人奇怪为什么这一卷以“颐养”命名，却找不到一个丹方，我借口自己的见识贫乏而拒绝。又有人责怪我写《饮馔》这个部分，却没有谈到任何的烹饪方法，不知道酱应该用多少，醋应该用多少，酒、花椒、香料、辣椒应该用多少。我说：“如果这样的话，我就仅仅是一个厨师，有什么值得重视的呢！”有人说：“如果是这样，那么《食物志》、《尊生笺》、《卫生录》这一类书，为什么将这些记载得如此详细？”我说：“那些是真正的烹调书。读书人各有自己的志向，他们也有不想做的事。”

贵人行乐之法

人间至乐之境，惟帝王得以有之；下此则公卿将相，以及群辅百僚，皆可以行乐之人也。然有万几在念，百务萦心，一日之内，除视朝听政、放衙理事、治人事神、反躬修己之外，其为行乐之时有几？曰：不然。乐不在外而在心。心以为乐，则是境皆乐，心以为苦，则无境不苦。身为帝王，则当以帝王之境为乐境；身为公卿，则当以公卿之境为

善行乐者，必先知足。

乐境。凡我分所当行，推诿不去者，即当摈弃一切悉视为苦，而专以此事为乐。谓我为帝王，日有万几之冗，其心则诚劳矣，然世之艳慕帝王者，求为片刻而不能，我之至劳，人之所谓至逸也。为公卿将相、群辅百僚者，居心亦复如是，则不必于视朝听政、放衙理事、治人事神、反躬修己之外，别寻乐境，即此得为之地，便是行乐之场。一举笔而安天下，一矢口而遂群生，以天下群生之乐为乐，何快如之？若于此外稍得清闲，再享一切应有之福，则人皇可比玉皇，俗吏竟成仙吏，何蓬莱三岛之足羡哉！此术非他，盖用吾家老子“退一步”法。以不如己者视己，则日见可乐；以胜于己者视己，则时觉可忧。从来人君之善行乐者，莫过于汉之文、景；其不善行乐者，莫过于武帝。以文、景于帝王应行之外，不多一事，故觉其逸；武帝则好大喜功，且薄帝王而慕神仙，是以徒见其劳。人臣之善行乐者，莫过于唐之郭子仪；而不善行乐者，则莫如李广。子仪既拜汾阳王，志愿已足，不复他求，故能极欲穷奢，备享人臣之福；李广则耻不如人，必欲封侯而后已，是以独当单于，卒致失道后期而自刭。故善行乐者，必先知足。二疏云[①]：“知足不辱，知止不殆。”不辱不殆，至乐在其中矣。

【注释】

① 二疏：这里指西汉的疏广、疏受叔侄二人，官至太傅、少傅，年老后辞官闲居。

【译文】

人间最快乐的境界，只有帝王才能得到；下面的公卿将相，以及众多辅臣官僚，都是可以行乐的人。然而他们日理万机，百务缠心，一天之内，除了到上朝听政、赴衙理事、处理人事、侍奉鬼神、反省自己、修养身心之外，又有多少闲余时间可以行乐呢？我说：不是这样。快乐不表现在外面而在于内心。内心觉得快乐，则身处任何环境都会快乐；内心觉得痛苦，则身处任何环境都会痛苦。身为帝王，就应当把帝王所处的环境当作乐境；身为公卿，就应当把公卿所处的环境当作乐境。凡是自己分内应当做的，推辞不掉的事，就把其他一切都视为苦事并抛弃掉，而专门把这些分内的事当成乐事。假如我是帝王，需要日理万机，心力一定很劳瘁，然而世上那些羡慕帝王的人，他们想过片刻的帝王生活都追求不到，所以我认为的最劳苦的事，在他们眼中是最安逸的事。作为公卿将相、辅臣官僚，也应该这么想，这样就不必在上朝听政、赴衙理事、处理人事、侍奉鬼神、反省自己、修养身心以外，再寻找新的快乐了，这个场所就是行乐之地。一挥笔而平天下，一开口而安百姓，把天下众生的快乐作为自己的快乐，还有什么快乐可与这个快乐相比呢？如果在这之外稍有一些清闲，再来享受应该享受的快乐，那么人间的皇帝比得上天上的玉皇大帝，俗吏也就成了仙官，蓬莱三岛的神仙生活还有什么可羡慕的！这种方法也没什么特别，只是运用了老子的“退一步”法。与不如自己的人比较，天天都会快乐；与胜过自己的人比较，时时都会忧戚。自古以来的君王善于行乐的，莫过于汉文帝与汉景帝；不善于行乐的，莫过于汉武帝。因为汉文帝与汉景帝除了应做的事，不再多做一件，所以他们很安逸；汉武帝则是好大喜功，并且轻视帝王而羡慕神仙，所以我们只看见他的劳累。人臣之中善于行乐的，莫过于唐代的郭子仪；不善于行乐的，莫过于汉代的李广。郭子仪被封为汾阳王，愿望得到了满足，不再有其他的要求，所以能穷奢极欲，尽享人臣的快乐；李广则总羞耻于不如别人，一定要封侯才罢休，所以单独去抵挡单于的进攻，最后因行军迷路误期而自杀身亡。所以善于行乐的人，必须先要知道满足。疏广、疏受说：“知道满足就不会受辱，知道止步就没有危险。”不受辱不危险，而快乐就在其中了。

富人行乐之法

劝贵人行乐易，劝富人行乐难。何也？则为行乐之资，然势不宜多，多则反为累人之具。华封人祝帝尧富寿多男，尧曰："富则多事。"华封人曰："富而使人分之，何事之有？"[①]由是观之，财多不分，即以唐尧之圣、帝王之尊，犹不能免多事之累，况德非圣人而位非帝王者乎？陶朱公屡致千金[②]，屡散千金，其致而必散，散而复致者，亦学帝尧之防多事也。兹欲劝富人行乐，必先劝之分财；劝富人分财，其势同于拔山超海[③]，此必不得之数也。财多则思运，不运则生息不繁。然不运则已，一运则经营惨淡，坐起不宁，其累有不可胜言者。财多必善防，不防则为盗贼所有，而且以身殉之。然不防则已，一防则惊魂四绕，风鹤皆兵[④]，其恐惧觳觫之状[⑤]，有不堪目睹者。且财多必招忌。语云："温饱之家，众怨所归。"以一身而为众射之的，方且忧伤虑死之不暇，尚可与言行乐乎哉？甚矣，财不可多，多之为累，亦至此也。然则富人行乐，其终不可冀乎？曰：不然。多分则难，少敛则易。处比户可封之世，难于售恩；当民穷财尽之秋，易于见德。少课锱铢之利，穷民即起颂扬；略蠲升斗之租，贫佃即生歌舞。本偿而子息未偿，因其贫也而贳之，一券才焚，即噪冯驩之令誉[⑥]；赋足而国用不足，因其匮也而助之，急公偶试，即来卜式之美名[⑦]。果如是，则大异于今日之富民，而又无损于本来之故我。觊觎者息而仇怨者稀，是则可言行乐矣。其为乐也，亦同贵人，可不必于持筹握算之外，别寻乐境，即此宽租减息、仗义急公之日，听贫民之欢欣赞颂，即当两部鼓吹[⑧]；受官司之奖励称扬，便是百年华衮。荣莫荣于此，乐亦莫乐于此矣。至于悦色娱

啸月嘲风即是乐事

声、眠花藉柳、构堂建厦、啸月嘲风诸乐事，他人欲得，所患无资，业有其资，何求不遂？是同一富也，昔为最难行乐之人，今为最易行乐之人。即使帝尧不死，陶朱现在，彼丈夫也，我丈夫也，吾何畏彼哉？去其一念之刻而已矣。

【注释】

①“华封人”语出《庄子·天地》。华封人，谓华地守封疆的人。

② 陶朱公：春秋时范蠡协助越王勾践灭吴后，隐居于齐国定陶，改名陶朱公，以经商致富。

③ 拔山超海：语出《孟子·梁惠王》“挟泰山以超北海”。

④ 风鹤皆兵：《晋书·谢玄传》载，淝水之战，前秦苻坚战败，率军北逃，听到风声、鹤鸣，都以为是东晋追兵将至。

⑤ 觳觫（húsù）：恐惧颤抖的样子。

⑥ 冯驩：战国时孟尝君门下食客，曾替孟尝君到薛城收债，把欠债的人悉数招来，诈称孟尝君有意免除大家的债务，烧掉所有的债券，从而为孟尝君收拢了人心。

⑦ 卜式：汉代人，以畜牧致富。汉武帝与匈奴开战，国用不足之时，他多次捐款，被任为中郎，后升至御史大夫。

⑧ 两部鼓吹：两支乐队。鼓吹，演奏乐曲的乐队。

【译文】

劝说贵人行乐容易，劝说富人行乐困难。为什么呢？钱财是行乐的资本，但不应过多，多了反是人的累赘。华封人祝福帝尧富裕长寿而且多子，尧说：“太富裕了会生出事端。”华封人说：“富了就把钱财分给大家，怎么会生出事端呢？”由此看来，财富很多却不分给别人，就算有圣人之称、帝王之尊的尧都不免会受到生出事端的拖累，何况没有圣人之德与帝王之位的普通人呢？春秋时的陶朱公多次赚得千金后，又多次把钱财分给别人，他赚了钱一定分给别人，分给别人后又再去赚钱，这也是学习尧帝以免生事。想要劝富人行乐，一定要先劝他们分散手中的财物。劝富人分散财物，那架势就如同挟着大山跨过大海，这肯定是不可能的事情。钱财多了就想让资金周转起来，不周转则生出的利息不多。然而资金不周转还好，一周转就要费思经营，坐立不安，它的拖累简直无法用言语来表达。钱财多了一定要善于防备，不防备就会被盗贼窃走，甚至有可能连性命都搭进去。然而不防备还好，一旦加以防备就会担惊受怕，草木皆兵，那种恐惧战栗的样子，真让人不忍心看到。而且钱财多了会招人嫉妒。俗话说：“温饱之家，众怨所归。”一个人成为众矢之的，忧伤怕死还来不及，还哪里谈得上行乐呢？钱财不能多，多了就会成为累赘，就会走到这一步，这是一定的啊！难道富人想要行乐，最终就没希望了吗？我说：不是这样。将大量钱财分散给别人很难，少聚敛一些钱财是很容易的。家家都得到封赏，很难显示出恩惠；只有在百姓都穷困的时候，就很容易显示出德行。少征收一些利息，穷困的百姓随即就会颂扬你；略减少一些租金，贫穷的佃户就会高兴得载歌载舞。对那些偿还了本金却没有还上利息的人，如果你因为他们很贫穷而加以赦免，并把契约烧掉，就可以获得冯驩一样的美名；自己的赋入充足而国家的财力不足，在国家财力匮乏的时候进行捐助，急公好义地偶然做一次，就可以获得卜式那样的美名。如果真是这样的话，就完全不同于今天的富人，而对自己不会有丝毫的损害。对我钱财有非分之想的人平息了，仇恨与怨恶我的人也少了，这时候就可以行乐了。行乐的方法和贵人一样，就不必在握筹算账之外，另去寻找快乐。在减租减息、急公好义的时候，听听贫困的人们对自己的赞扬和称颂，就当是两支乐队在奏乐；受到政府的奖励和赞扬，就像得到百年华丽的礼服。没有比这更荣耀的，也没有比这更快乐的。至于声色狗马、眠花宿柳、筑堂建屋、吟诗作赋这一类乐事，别人想得到，却担心没钱财，你既然有钱，还有什么做不到的呢？同样是富人，以前是最难享受到快乐的人，现在则是最容易得到快乐的人。即使尧帝没死，陶朱活到现在，他们是大丈夫，我也是大丈夫，我有什么好畏惧他们的呢？只要转变一下观念就可以了。

贫贱行乐之法

穷人行乐之方，无他秘巧，亦止有退一步法。我以为贫，更有贫于我者；我以为贱，更有贱于我者；我以妻子为累，尚有鳏寡孤独之民，求为妻子之累而不能者；我以胼胝为劳，尚有身系狱廷，荒芜田地，求安耕凿之生而不可得者。以此居心，则苦海尽成乐地。如或向前一算，以胜己者相衡，则片刻难安，种种桎梏幽囚之境出矣。一显者旅宿邮亭，时方溽暑，帐内多蚊，驱之不出，因忆家居时堂宽似宇，簟冷如冰，又有群姬握扇而挥，不复知其为夏，何遽困厄至此！因怀至乐，愈觉心烦，遂致终夕不寐。一亭长露宿阶下，为众蚊所嘬，几至露筋，不得已而奔走庭中，俾四体动而弗停，则嘬人者无由厕足；乃形则往来仆仆，口则赞叹嚣嚣，一似苦中有乐者。显者不解，呼而讯之，谓："汝之受困，什佰于我，我以为苦，而汝以为乐，其故维何？"亭长曰："偶忆某年，为仇家所陷，身系狱中。维时亦当暑月，狱卒防予私逸，每夜拘挛手足，使不得动摇，时蚊蚋之繁，倍于今夕，听其自嘬，欲稍稍规避而不能，以视今夕之奔走不息，四体得以自如者，奚啻仙凡人鬼之别乎！以昔较今，是以但见其乐，不知其苦。"显者听之，不觉爽然自失。此即穷人行乐之秘诀也。不独居心为然，即铸体炼形，亦当如是。譬如夏月苦炎，明知为室庐卑小所致，偏向骄阳之下来往片时，然后步入室中，则觉暑气渐消，不似从前酷烈；若畏其湫隘而投宽处纳凉，及至归来，炎蒸又加十倍矣。冬月苦冷，明知为墙垣单薄所致，故向风雪之中行走一次，然后归庐返舍，则觉寒威顿减，不复凛冽如初；若避此荒凉而向深居就燠，及其再入，战栗又作何状矣。由此类推，则

想至退步，乐境自生。

所谓退步者，无地不有，无人不有，想至退步，乐境自生。予为两间第一困人，其能免死于忧，不枯槁于迍邅蹭蹬者，皆用此法。又得管城一物，相伴终身，以扫千军则不足，以除万虑则有余。然非善作退步，即楮墨亦能困人。想虞卿著书[①]，亦用此法，我能公世，彼特秘而未传耳。

由亭长之说推之，则凡行乐者，不必远引他人为退步，即此一身，谁无过来之逆境？大则灾凶祸患，小则疾病忧伤。“执柯伐柯，其则不远。”取而较之，更为亲切。凡人一生，奇祸大难非特不可遗忘，还宜大书特书，高悬座右。其裨益于身者有三：孽由己作，则可知非痛改，视作前车；祸自天来，则可止怨释尤，以弭后患；至于忆苦追烦，引出无穷乐境，则又警心惕目之余事矣。如曰省躬罪己，原属隐情，难使他人共睹，若是则有包含韫藉之法；或止书罹患之年月，而不及其事；或别书隐射之数语，而不露其详；或撰作一联一诗，悬挂起居亲密之处，微寓己意，不使人知，亦淑慎其身之妙法也[②]。此皆湖上笠翁瞒人独做之事，笔机所到，欲讳不能，俗语所谓“不打自招”者，非乎？

【注释】

① 虞卿：战国时赵国上卿，主张连横抗秦，后困顿于梁，在穷愁中著书。

② 淑慎其身：语出《诗经·邶风·燕燕》。淑慎，贤淑温婉。

【译文】

穷人行乐的方法，没有别的秘诀，也只有“退一步”这种方法。我认为自己贫穷，却有比我更贫穷的人；我认为自己低贱，却有比我更低贱的人；我把妻子儿女当作累赘，却还有老而无妻、老而无夫、老而无子、幼而无父的人，想要妻子儿女这种累赘而得不到；我把干重活当成劳苦的事，却还有被关在监狱、家里的田地荒芜的人，想要安心耕作而求不到。如果心存此念，那么苦海都变成了乐园。如果以“进一步”来看，用处境超过自己的人来比较，就会片刻也难以安宁，内心就像被锁住囚禁一样。有一个贵人在旅途中住驿站，当时正是湿夏，蚊帐里有很多蚊子，赶也赶不出去，就想到家里厅堂宽敞，席凉如冰，又有许多姬妾手拿着扇子为他扇风，根本感觉不出是夏天，为什么现在就困苦到这种地步呢？因为想着非常快乐的事情，更加心烦，于是整晚都睡不着。有一个亭长露宿在台阶下，被许多蚊子咬，青筋暴起，迫不得已只能在院子里来回走动，因为四肢不停地运动，蚊子就没法落脚。他的身子虽然奔跑得很辛苦，口中却大声的赞叹，好像是在苦中有乐。贵人不理解，把他叫来询问说：“你受的苦，比我多十倍百倍，我觉得痛苦，而你却觉得快乐，这是为什么？”亭长说：“我想起有一年，被仇家陷害，关押在监狱里。那时也正是夏天，狱卒为防备我逃跑，每天晚上都捆住我的手脚，让我动弹不得。那时的蚊虫之多，超出今晚一倍，只能任凭它们叮咬，想要躲一下也不行。比起今晚可以跑个不停，而且四肢能够自由，那何止是仙境与凡间、人与鬼的区别啊！以往日来比今天，所以只觉得快乐，不觉得苦。”贵人听后，自感失落。这就是穷人快乐的秘诀。不仅心里应该这样想，就算锻炼身体，也应该这样想。比如夏天炎热，明知是因为房子矮小造成的，偏偏在骄阳下走上片刻，然后再回到屋里，就会觉得暑气渐渐消散，不像原来那样热了。如果害怕房子低湿狭小就跑到宽敞的地方纳凉，等到回来，炎热就会比先前加重十倍。冬天寒冷，明知是因为墙壁单薄造成的，就特意到风雪中行走一次，之后再回到屋里，就会觉得寒气顿时减弱，不像刚才那么凛冽寒冷了；如果是避开原来房子的寒冷去深宅大院里取暖，回来以后，就不知道要冷成什么样子了。由此类推，所谓的退步，到处都有，每人都有，想到退步，自然就会产生快乐的心情。我是天地间受难最多的人，既没有死于忧愁困苦，也没有在困顿流离中变得憔悴，都是用这种方法。我还有毛笔这件东西，相伴终身，虽然不能用它来横扫千军，扫除诸多忧虑却绰绰有余。但是如果不善于作退步，就是纸墨也能困住人。想来虞卿著书，也是用的这个方法，我能够将此法公之于世，他却保密不说。

由亭长这个例子得出，凡是行乐的人，不必引用别人的故事来作为自己退步的理由，就是自己本身，谁没经历过逆境呢？大的可以说到灾祸凶患，小的可以说到疾病忧伤，"执柯伐柯，其则不远"，拿来进行比较，更加亲切。人的一生，奇祸大难非但不可遗忘，还应大书特书，当作座右铭来提醒自己。这对于人有三点好处：如果罪孽是自己造成的，就可以知错痛改，看作前车之鉴；若是祸从天降，就可以消停怨恨忧愁，以免生后患；还可以在警示自己之余，追忆过去的困苦和烦恼，从而引出无穷的快乐。如果说反省自身归罪自身，这些是隐情，不能让别人看到，则可以采取相对应的掩饰方法，或是只写遭遇祸难的时间，不提具体事件；或是另写几条隐语，不露详情；或是写一副对联或一首诗，挂在起居处，微寓自己的心意，又可以不让人知，这也是善能谨慎保护自身的好方法。以上是西湖李笠翁瞒着别人独自做的事，文思涌来，想要避忌也不能了，这就是俗话说的不打自招吧，不是吗？

家庭行乐之法

世间第一乐地，无过家庭。“父母俱存，兄弟无故，一乐也。”[①]是圣贤行乐之方，不过如此。而后世人情之好向，往往与圣贤相左。圣贤所乐者，彼则苦之；圣贤所苦者，彼反视为至乐而沉溺其中。如弃现在之天亲而拜他人为父，撇同胞之手足而与陌路结盟，避女色而就娈童，舍家鸡而寻野鹜，是皆情理之至悖，而举世习而安之。其故无他，总由一念之恶旧喜新，厌常趋异所致。若是，则生而所有之形骸，亦觉陈腐可厌，胡不并易而新之，使今日魂附一体，明日又附一体，觉愈变愈新之可爱乎？其不能变而新之者，以生定故也。然欲变而新之，亦自有法。时易冠裳，迭更帏座，而照之以镜，则似换一规模矣。即以此法而施之父母兄弟、骨肉妻孥，以结交滥费之资，而鲜其衣饰，美其供奉，则居移气，养移体[②]，一岁而数变其形，岂不犹之谓他人父，谓他人母，而与同学少年互称兄弟，各家美丽共缔姻盟者哉？有好游狭斜者，荡尽家资而不顾，其妻迫于饥寒而求去。临去之日，别换新衣而佐以美饰，居然绝世佳人。其夫抱而泣曰：“吾走尽章台，未尝遇此娇丽。由是观之，匪人之美，衣饰美之也。倘能复留，当为勤俭克家，而置汝金屋。”妻善

世间第一乐地，无过家庭。

其言而止。后改荡从善，卒如所云。又有人子不孝而为亲所逐者，鞠于他人，越数年而复返，定省承欢，大异畴昔。其父讯之，则曰："非予不爱其亲，习久而生厌也。兹复厌所习见，而以久不睹者为可爱矣。"众人笑之，而有识者怜之。何也？习久而厌其亲者，天下皆然，而不能自明其故。此人知之，又能直言无讳，盖可以为善之人也。此等罕譬曲喻，皆为劝导愚蒙。谁无至性，谁乏良知，而俟予为木铎？但观孺子离家，即生哭泣，岂无至乐之境十倍其家者哉？性在此而不在彼也。人能以孩提之乐境为乐境，则去圣人不远矣。

【注释】

① “父母俱存”三句：语出《孟子·尽心上》。

② 居移气，养移体：语出《孟子·尽心上》。

【译文】

世间最快乐的地方，要算是家庭了。“父母都在，兄弟也没有亡故，是人生的一大乐事。”圣贤行乐的方法，也不过是这样。然而后世人们的喜好和追求，往往与圣贤相反。圣贤感到快乐的，他们却感到痛苦；圣贤感到痛苦的，他们反而看成是最大的快乐并且沉溺其中。就像放弃健在的亲生父母去拜他人为父，撇开同胞的手足之情去跟陌生人结拜为兄弟，躲避女色去亲近娈童，舍弃家禽去寻找野味。这些都与情理大相违背，然而世上的人都习以为常。这原因没别的，都是因为喜新厌旧、倦常求异的念头所致。如果是这样，那么人天生的整个形体也会让人觉得陈腐可厌，为何不一并改变而更新它，使自己的灵魂今天附在一个身体上，明天又附在另一个身体上，去感觉它越变越新的可爱呢？人的形体不能变新的原因，是生来就定形的缘故。然而想要把它变新，也是有办法的。经常更换衣帽、帷幕和座椅，然后用镜子照照，就像换了一副模样了。就拿这种方法对待父母兄弟，妻子儿女，把结交朋友乱花掉的钱财给他们购置漂亮的礼服和首饰，精美的食物和用品，那么“环境改变气质，奉养改变体质”，一年之内多次变换他们的模样，这难道不是如同拜他人的父母为自己的父母，与同学少年称兄道弟，跟各家的美丽女子缔结姻缘吗？有个喜好游荡妓院的人，花光了家财也不爱惜。他的妻子迫于饥寒而要求离去。临走的那天，她换上新衣，佩戴漂亮的首饰，居然是绝代佳人。她的丈夫抱着她哭泣说："我跑遍了花街柳巷，没有遇到过这么娇艳美丽的女子。由此看来，不是妓女长得美，而是衣服与首饰的装扮使她美丽。倘若你能再留下来，我一定勤俭持家，把你养在金屋里。"妻子听他说得好就留了下来。后来这人改掉了浪荡的习性而走上正路，终于做到了像他所说的那样。还有一个做儿子的因不孝顺而被父母赶出家门，别人收养了他，过了几年他又回到家里，早晚请安、侍奉父母，跟过去大不相同。他父亲问他原因，他说："不是我不爱我的父母，而是因为相处久了就会生厌。现在我又厌烦了常见的那家人，反而觉得好久没见的父母可亲了。"大家笑话他，但是有见识的人却同情他。为什么？相处久了就会厌烦自己的父母，天下人都是这样，可是他们自己却不明白这个原因。这个人明白这个道理，又能够直言不讳，所以可把他看作是一个心地善良的人。这类特别的例子和婉转的比喻，都是为了劝导那些愚笨蒙昧的人。谁没有天性，谁没有良知，却要等我来做警醒人们的木铎？看到小孩子离开家就会哭泣，难道就没有比家快乐十倍的地方吗？这是因为人的天性是在自家而不在别处。如果能把孩子的快乐看作自己的快乐，那么他离圣人也就不远了。

道途行乐之法

“逆旅”二字，足慨远行，旅境皆逆境也。然不受行路之苦，不知居家之乐，此等况味，正须一一尝之。予游绝塞而归，乡人讯曰：“边陲之游乐乎？”曰：“乐。”有经其地而惮焉者曰：“地则不毛，人皆异类，睹沙场而气索，闻钲鼓而魂摇，何乐之有？”予曰：“向未离家，谬谓四方一致，其饮馔服饰皆同于我，及历四方，知有大谬不然者。然止

经一方，则睹一方之胜概。

游通邑大都，未至穷边极塞，又谓远近一理，不过稍变其制而已矣。及抵边陲，始知地狱即在人间，罗刹原非异物，而今而后，方知人之异于禽兽者几希，而近地之民，其去绝塞之民者，反有霄壤幽明之大异也。不入其地，不睹其情，乌知生于东南，游于都会，衣轻席暖，饭稻羹鱼之足乐哉！”此言出路之人，视居家之乐为乐也；然未至还家，则终觉其苦。又有视家为苦，借道途行乐之法，可以暂娱目前，不为风霜车马所困者，又一方便法门也。向平欲俟婚嫁既毕[①]，遨游五岳；李固与弟书[②]，谓周观天下，独未见益州，似有遗憾；太史公因游名山大川，得以史笔妙千古。是游也者，男子生而欲得，不得即以为恨者也。有道之士，尚欲挟资裹粮，专行其志，而我以糊口资生之便，为益闻广见之资，过一地，即览一地之人情，经一方，则睹一方之胜概，而且食所未食，尝所欲尝，蓄所余者而归遗细君[③]，似得五侯之鲭[④]，以果一家之腹，是人生最乐之事也，奚事哭泣阮途，而为乘槎驭骏者所窃笑哉？

【注释】

① 向平：东汉向长，字子平。《后汉书·逸民列传》载，向子平在儿女的婚事完毕后就与朋友遨游五岳名山，不知所终。

② 李固：东汉人，字子坚。博学耿直，冲帝时任太尉，后遭诬陷致死。

③ 细君：妻子的代称。

④ 五侯之鲭（qīng）：西汉成帝时，娄护曾把王氏五侯所馈赠的珍贵膳食合制为鲭，世称“五侯鲭”。鲭，肉和鱼同烧的杂烩。

【译文】

“逆旅”两个字，完全是对远行的感叹，即旅途的处境都是逆境。然而不经受行路的艰苦，就不知道居家的快乐，这种境况和情味，正该一一品尝。我游历塞北回来，家乡人问我：“边塞之行快乐吗？”我答道：“快乐！”有曾经到过边塞而心生畏惧的人说：“那里的地是不毛之地，那里的人是不同民族，看见沙漠就让人丧气，听到鼓响起就让人胆战，有什么好快乐的？”我说：“从来没离过家的人，误以为四面八方都是一样的，他们的饮食衣饰都跟我们一样，等到游历四方之后，才知道是大大的错了。对于只游历过繁华城市，而没有到过边疆塞外的人，又会认为远近是同一个道理，不过是形式稍微变换了一下而已。到达边塞，才开始知道地狱就在人间，恶鬼原来也不是什么特别的东西，从今以后，才知道人跟禽兽并没多大的差别，倒是内地之民同边塞之民相比，有天与地、幽与明之别。没去过他们居住的土地，没见过他们生活的情景，又怎么能知道生在东南，长于都市，穿轻衣，睡暖席，吃米饭，喝鱼汤的乐趣呢？”这话是说出去远行的人，把家里的快乐当作乐趣；然而在还没回到家之前，则终究觉得辛苦。还有一种在家嫌苦，借外出行乐的方法，这为不以风霜车马为苦的人获得暂时的快乐，打开了一窗方便之门。向平等待儿女婚事完毕，便开始遨游五岳；李固给弟弟写信，说遍游天下，却单单没去过益州，似乎有遗憾；太史公因为游历名山大川，所写的史书千古流传。所以说游历是男子生来便想做的事，没做到就会觉得遗憾。有道之人，还想带钱裹粮，特地去实现这个志向。而我以糊口谋生的便利条件，作为增长见闻的资本，路过一个地方，就见到一个地方的风土人情，经过一个地方，就观赏一个地方的风景名胜，而且能吃没吃过的东西，尝没尝过的食物，将剩下的东西带回来给妻子孩子，就像是“五侯鲭”，足可以让一家人饱餐一顿，这就是人生最快乐的事。为什么要像阮籍一样穷途痛哭，而被那些乘木筏骑骏马的人耻笑呢？

春季行乐之法

人有喜怒哀乐，天有春夏秋冬。春之为令，即天地交欢之候，阴阳肆乐之时也。人心至此，不求畅而自畅，犹父母相亲相爱，则儿女嬉笑自如，睹满堂之欢欣，即欲向隅而泣，泣不出也。然当春行乐，每易过情，必留一线之余春，以度将来之酷夏。盖一岁难过之关，惟有三伏，精神之耗，疾病之生，死亡之至，皆由于此。故俗话云：“过得七月半，便是铁罗汉”，非虚语也。思患预防，当在三春行乐之时，不得纵欲过度，而先埋伏病根。花可熟观，鸟可倾听，山川云物之胜可以纵游，而独于房欲之事略存余地。盖人当此际，满体皆春。春者，泄尽无遗之谓也。草木之春，泄尽无遗而不坏者，以三时皆蓄，而止候泄于一春，过此一春，又皆蓄精养神之候矣。人之一身，能保一时尽泄而三时皆不泄乎？尽泄于春，而又不能不泄于夏，虽草木不能不枯，况人身之浮脆者乎？欲留枕席之余欢，当使游观之尽致。何也？分心花鸟，便觉体有余闲；并力闺帏，易致身无宁刻。然予所言，皆防已甚之词也。若使杜情而绝欲，是天地皆春而我独秋，焉用此不情之物，而作人中灾异乎？

花可熟观，鸟可倾听。

【译文】

人有喜怒哀乐，天有春夏秋冬。春天这个季节，正是天地交流、阴阳会合的时候。人的心情到了这时候，不求畅快自然也会畅快，就像父母相亲相爱，则儿女嬉笑自如，看到满堂欢乐的景象，即使想独自对着墙角哭泣，也哭不出来。但是春天行乐，往往容易忘情，必须保留一点精力，以度过即将到来的酷暑。因为一年当中比较难过的关口，只有三伏天，精神的损耗，疾病的产生，死亡的到来，都是在这时节产生的。所以俗话说："过得七月半，便是铁罗汉。"这并非一句空话。预防病患，应当在三春行乐的时候，不能纵欲过度，以致埋下病根。可赏百花，可听鸟鸣，可纵情游览山川名胜，只有在房事方面，应当留有一点余地。因为人在这个季节，全身是春。春，指的是泄尽无遗。草木的春，发泄殆尽而无损伤，是因为其他三季都在积聚，只春天一个季节宣泄，过了春季，全在养精蓄锐了。人的身体，能保证一个季节泄尽，而其他三季都不再宣泄吗？春天已经泄尽，夏天又不能不泄，如果是草木也会干枯，何况是非常虚弱的人身呢？想要留住枕席的欢乐，就应当尽兴游览。为什么？把心思分一部分用到花鸟上，就觉得身体有余力，把心思都用到房事上，会让身体得不到片刻的休息。然而我所说的，都是对一些做得过度的人而言的。要是摒弃感情杜绝欲念，那么，这就像天地都是春而独我一人是秋，怎么能成为这样一个无情的人，这不就成了人中的灾异吗？

夏季行乐之法

酷夏之可畏，前幅虽露其端，然未尽暑毒之什一也。使天只有三时而无夏，则人之死也必稀，巫医僧道之流皆苦饥寒而莫救矣。止因多此一时，遂觉人身叵测，常有朝人而夕鬼者。《戴记》云[①]："是月也，阴阳争，死生分。"危哉斯言！令人不寒而栗矣。凡人身处此候，皆当时时防病，日日忧死。防病忧死，则当刻刻偷闲以行乐。从来行乐之事，人皆选暇于三春，予独息机于九夏[②]。以三春神旺，即

三时行事，一夏养生。

使不乐，无损于身；九夏则神耗气索，力难支体，如其不乐，则劳神役形，如火益热，是与性命为仇矣。《月令》以仲冬为闭藏；予谓天地之气闭藏于冬，人身之气当令闭藏于夏。试观隆冬之月，人之精神愈寒愈健，较之暑气铄人，有不可同年而语者。凡人苟非民社系身，饥寒迫体，稍堪自逸者，则当以三时行事，一夏养生。过此危关，然后出而应酬世故，未为晚也。追忆明朝失政以后，大清革命之先，予绝意浮名，不干寸禄，山居避乱，反以无事为荣。夏不谒客，亦无客至，匪止头巾不设，并衫履而废之。或裸处乱荷之中，妻孥觅之不得；或偃卧长松之下，猿鹤过而不知。洗砚石于飞泉，试茗奴以积雪；欲食瓜而瓜生户外，思啖果而果落树头，可谓极人世之奇闻，擅有生之至乐者矣。后此则徙居城市，酬应日纷，虽无利欲熏人，亦觉浮名致累。计我一生，得享列仙之福者，仅有三年。今欲续之，求为闰余而不可得矣。伤哉！人非铁石，奚堪磨杵作针[3]；寿岂泥沙，不禁委尘入土。予以劝人行乐，而深悔自役其形。噫！天何惜于一闲，以补富贵荣膴之不足哉！

【注释】

① 《戴记》：此指《小戴记》，亦即通常所言《礼记》，相传为西汉戴圣所编。文中所引漏“日长至”三字。

② 九夏：夏季的九十天。

③ 磨杵作针：《潜确类书》卷六十：“李白少读书，未成，弃去。道逢老妪磨杵，白问其故。曰：‘欲作针。’白感其言，遂卒业。”

【译文】

酷热夏天的可怕，前面虽有所涉及，但还没说出暑害的十分之一。假使每年只有三个季节而没有夏季，那么人死亡的数量就会减少，巫医僧道这些人都会苦于饥寒而没人能救他们。只因为多了这一季节，常常让人感觉生死难料，往往会有早上还是人晚上就成鬼的事情发生。《戴记》中说：“这个月，白天最长，阴阳相争，死生分离。”这句话真是吓人啊，令人不寒而栗。凡是身处这时候的人，都应当时时防备生病，天天担心死亡。防备生病担心死亡，就应当时刻偷闲行乐。自古以来人们行乐，都会选在春天的空闲时间，我却选在九夏。因为春天人们精神旺盛，即使不行乐，也不会对身体有损伤。而夏天人的神气易耗，体力难支，如果不行乐，就会身心俱疲，如给火加热一般，这是与自己的性命有仇啊！《月令》认为仲冬是闭藏的时节，我认为天地之气应该闭藏于冬天，人身之气应该闭藏于夏天。试看隆冬时节，人的精神越冷越旺盛，比起炎热消磨人的体力，真不可同日而语。人如果不是身系民众社稷或饥寒迫体，稍有条件可以清闲的，就该在其他三个季节做事，在夏天修养身体。度过这个危险的关头，然后出来应酬，也不算迟。我想到明朝灭亡之后，大清革命之前，我对浮名没有兴趣，也没做官的念头，躲到山中避乱，以没事为荣。夏天不拜访客人，也没有客人到来，不只不戴头巾，就连衣服和鞋子都不穿。或是裸躺在群荷之中，妻子儿女寻找都找不到；或是仰卧在松树之下，猿猴仙鹤飞过也看不到。用飞泉洗砚，拿积雪煮茶，想吃瓜而瓜就生在户外，想吃果而果就落下枝头，这样的生活真是人世间所未闻，享受到了人生的最大乐趣。后来移居到城中，应酬繁多，虽还没有利欲熏心，也觉得浮名累人。算起来我的一生，享受到神仙之福的，只有三年。现在想要继续那样的生活，恐怕下辈子也不可能了。伤心啊！人不是铁石，怎经得住磨杵成针那样的消耗？寿命不是泥沙，怎能轻易随便地化尘入土。我劝人行乐，也因为深深后悔自己让自身劳累，唉！上天为什么要吝惜清闲，不让它来弥补我没有富贵荣华的缺憾呢！

秋季行乐之法

过夏徂秋，此身无恙，是当与妻孥庆贺重生，交相为寿者矣。又值炎蒸初退，秋爽媚人，四体得以自如，衣衫不为桎梏，此时不乐，将待何时？况有阻人行乐之二物，非久即至。二物维何？霜也，雪也。霜雪一至，则诸物变形，非特无花，亦且少叶；亦时有月，难保无风。若谓“春宵一刻值千金”，则秋价之昂，宜增十倍。有山水之胜者，乘此时蜡屐而游，

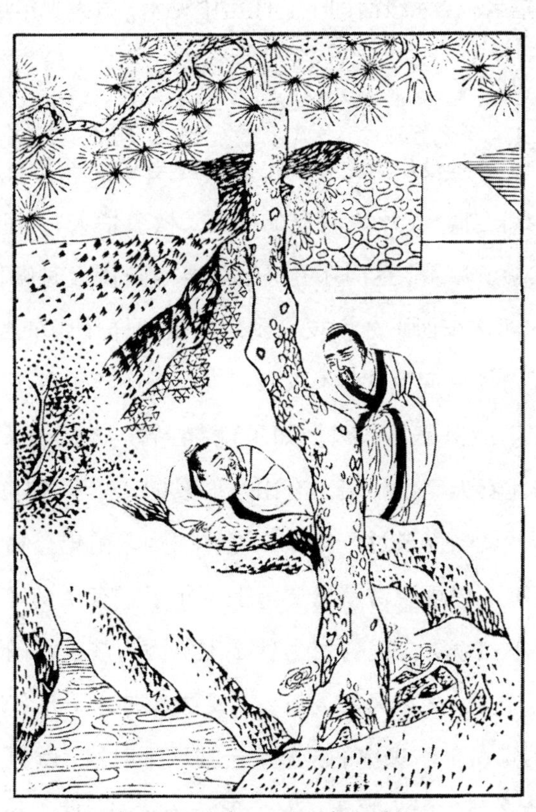

有金石之交者，及此时朝夕过从。

不则当面错过。何也？前此欲登而不可，后此欲眺而不能，则是又有一年之别矣。有金石之交者，及此时朝夕过从，不则交臂而失。何也？褦襶阻人于前，咫尺有同千里；风雪欺人于后，访戴何异登天？则是又负一年之约矣。至于姬妾之在家，一到此时，有如久别乍逢，为欢特异。何也？暑月汗流，求为盛妆而不得，十分娇艳，惟四五之仅存；此则全副精神，皆可用于青鬟翠黛之上。久不睹而今忽睹，有不与远归新娶同其燕好者哉？为欢即欲，视其精力短长，总留一线之余地。能行百里者，至九十而思休；善登浮屠者，至六级而即下。此房中秘术，请为少年场授之。

【译文】

夏去秋来，身体没出什么毛病，此时应当和妻子儿女庆贺新生，互相祝寿了。又正当暑气开始消退的时候，秋爽怡人，四肢可以自由活动，不会被衣衫所束缚，这时不行乐，还要等到什么时候呢？何况还有阻碍人行乐的两样东西不久就要来到。这是两样什么东西呢？霜和雪。霜雪一到，万物都会起变化，不仅没有花，就连叶子也少了，虽可经常看到月亮，却不能保证不起风。如果说“春宵一刻值千金”，那么秋天的价值，应该比春天高出十倍。有山水胜景的，可趁这时穿上涂蜡的木屐去游览，不然就当面错过。为什么呢？因为之前想登临而不能，之后想要游览也不能，想再观赏就又要等上一年了。有至交好友的，应当这时朝夕相处，不然就失之交臂。为什么呢？因为之前太阳阻人，虽近在咫尺却像远隔千里；之后风雪逼人，想要拜友如有登天之难。这就又辜负了一年的约定。至于家中的姬妾，一到这个时候，就像久别重逢，特想求欢。为什么呢？因为夏天流汗，无法浓妆，即使打扮得十分娇艳，也只能保留四五分，秋天可以把全部的精神都用在梳妆打扮上。长时间不见她们盛妆，今天忽然看见，能不像久别重见或是新婚燕尔一样的亲热吗？这时候行欢为乐，要根据个人的能力而定，总要留有一点余地，能走百里的走九十里就可考虑休息，善登佛塔的爬到第六层就可回身下楼。这是房中秘术，请让我教给年轻人。

冬季行乐之法

冬天行乐，必须设身处地，幻为路上行人，备受风雪之苦，然后回想在家，则无论寒燠晦明，皆有胜人百倍之乐矣。尝有画雪景山水，人持破伞，或策蹇驴，独行古道之中，经过悬崖之下，石作狰狞之状，人有颠蹶之形者。此等险画，隆冬之月，正宜县挂中堂。主人对之，即是御风障雪之屏，暖胃和衷之药。若杨国忠之肉阵①，党太尉之羊羔美酒②，初试和温，稍停则奇寒至矣。善行乐者，必先作如是观，而后继之以乐，则一分乐境，可抵二三分，五七分乐境，便可抵十分十二分矣。然一到乐极忘忧之际，其乐自能渐减，十分乐境，只作得五七分，二三分乐境，又只作得一分矣。须将一切苦境，又复从头想起，其乐之渐增不减，又复如初。此善讨便宜之第一法也。譬之行路之人，计程共有百里，行过七八十里，所剩无多，然无奈望到心坚，急切难待，种种畏难怨苦之心出矣。但一回头，计其行过之路数，则七八十里之远者可到，况其少而近者乎？譬如此际止行二三十里，尚余七八十里，则苦多乐少，其境又当何如？此种相念，非但可为行乐之方，凡居官者之理繁

隆冬之月，人之精神愈寒愈健。

治剧，学道者之读书穷理，农工商贾之任劳即勤，无一不可倚之为法。噫！人之行乐，何与于我，而我为之嗓敝舌焦，手腕几脱。是殆有媚人之癖，而以楮墨代脂韦者乎？

［注释］

① 杨国忠之肉阵：据《开元天宝遗事》载，唐玄宗时，外戚杨国忠冬月选体肥婢妾列于身前遮风，号“肉阵”。

② “党太尉”句：据《绿窗新话》引宋人无名氏《湘江近录》，北宋太尉党进，常在大雪日，于“销金暖帐下，浅斟低唱，饮羊羔美酒”。

【译文】

冬季想要行乐，必须设身处地的把自己想象成路上行人，受尽风雪之苦，然后回想自己在家中，则无论是寒冬或酷暑，无论是白天或黑夜，都能感觉比别人快乐百倍。曾有雪景山水，画中人手持破伞，或骑跛驴，独自行走在古道中，经过悬崖之下，石头都显狰狞之状，人好像要摔倒的样子。这样危险的画，在隆冬的时候，正适合悬挂在客厅之中。主人面对它，就像是挡风雪的屏风，暖肠胃的药物。如果是杨国忠的肉屏、党太尉的羊羔美酒，刚开始时还觉温和，一停下会觉得特别寒冷。善于行乐的人，必须先要这样想，然后再继续行乐，那么一分的快乐，可抵上两三分的快乐，五七分的快乐，可抵上十分十二分的快乐。但是一到快乐之极、忧愁全忘之际，这种快乐又会自己减退，十分的快乐，只能当作五七分，二三分的快乐，只能当作一分。必须将一切痛苦的情形，重新从头想起，那么快乐才会逐渐增加不会减少，又像当初一样。这是善讨便宜的最好方法。比如行路的人，计算路程共有百里，走过七八十里，所剩不多了，但还是心急如焚，希望立刻到达终点，在这种情况下，种种畏难怨苦的念头就会产生。若是回头计算走过的路程，七八十里都已走到，何况剩下的少而近的路程呢？想想如果此时只走了二三十里，还有七八十里没走，那苦多乐少，这种情况又该怎么办呢？这种想法，不只可以作为行乐的方法，凡是做官的人处理繁杂事务，做学问的人读书研究理论，农人、工匠以及商贩的勤苦劳累，都可用这种方法获得快乐。唉！别人行乐，跟我有什么关系，而我却说得口干舌燥，手腕都快写得脱臼了。这恐怕是我有取媚于人的癖好，而用笔墨来替我向世人取媚吧？

|随时即景就事行乐之法|

行乐之事多端，未可执一而论。如睡有睡之乐，坐有坐之乐，行有行之乐，立有立之乐，饮食有饮食之乐，盥栉有盥栉之乐，即袒裼裸裎、如厕便溺，种种秽亵之事，处之得宜，亦各有其乐。苟能见景生情，逢场作戏，即可悲可涕之事，亦变欢娱。如其应事寡才，养生无术，即征歌选舞之场，亦生悲戚。兹以家常受用，起居安乐之事，因便制宜，各存其说于左。

【译文】

行乐的事有各式各样，不能执于一端。比如睡有睡的快乐，坐有坐的快乐，行有行的快乐，站有站的快乐，饮食有饮食的快乐，梳洗有梳洗的快乐，就算是脱衣露体、上厕便溺等这些污秽的事，处理得当，也各有其乐之处。如果能触景生情，逢场作戏，就算是可悲可泣的事，也可变得愉快。要是缺乏处理事情的能力，没有养生的方法，即使是在观歌赏舞的地方，也会感到悲伤。现在就把家庭日常生活中经常碰到的，有关起居安乐的事，根据不同的情况，分别介绍如下。

睡

有专言法术之人，遍授养生之诀，欲予北面事之。予讯益寿之功，何物称最？颐生之地，谁处居多？如其不谋而合，则奉为师，不则友之可耳。其人曰："益寿之方，全凭导引①；安生之计，惟赖坐功。"予曰："若是，则汝法最苦，惟修苦行者能之。予懒而好动，且事事求乐，未可以语此也。"其人曰："然则汝意云何？试言之，不妨互为印政。"予

养生之诀，当以善睡居先。

曰："天地生人以时，动之者半，息之者半。动则旦，而息则暮也。苟劳之以日，而不息之以夜，则旦旦而伐之，其死也，可立而待矣。吾人养生亦以时，扰之以半，静之以半，扰则行起坐立，而静则睡也。如其劳我以经营，而不逸我以寝处，则岌岌乎殆哉！其年也，不堪指屈矣。若是，则养生之诀，当以善睡居先。睡能还精，睡能养气，睡能健脾益胃，睡能坚骨壮筋。如其不信，试以无疾之人与有疾之人，合而验之。人本无疾，而劳之以夜，使累夕不得安眠，则眼眶渐落而精气日颓，虽未即病，而病之情形出矣。患疾之人，久而不寐，则病势日增；偶一沉酣，则其醒也，必有油然勃然之势。是睡，非睡也，药也；非疗一疾之药，及治百病，救万民，无试不验之神药也。兹欲从事导引，并力坐功，势必先遣睡魔，使无倦态而后可。予忍弃生平最效之药，而试未必果验之方哉？"其人艴然而去，以予不足教也。

予诚不足教哉！但自陈所得，实为有见而然，与强辩饰非者稍别。前人睡诗云："花竹幽窗午梦长，此中与世暂相忘。华山处士如容见[②]，不觅仙方觅睡方。"近人睡诀云："先睡心，后睡眼。"此皆书本唾余，请置弗道，道其未经发明者而已。睡有睡之时，睡有睡之地，睡又有可睡可不睡之人，请条晰言之。由戌至卯，睡之时也。未戌而睡，谓之先时，先时者不祥，谓与疾作思卧者无异也；过卯而睡，谓之后时，后时者犯忌，谓与长夜不醒者无异也。且人生百年，夜居其半，穷日行乐，犹苦不多，况以睡梦之有余，而损宴游之不足乎？有一名士善睡，起必过午，先时而访，未有能晤之者。予每过其居，必俟良久而后见。一日闷坐无聊，笔墨具在，乃取旧诗一首，更易数字而嘲之曰："吾在此静睡，起来常过午。便活七十年，止当三十五。"同人见之，无不绝倒。此虽谑浪，颇关至理。是当睡之时，止有黑夜，舍此皆非其候矣。然而午睡之乐，倍于黄昏，三时皆所不宜，而独宜于长夏。非私之也，长夏之一日，可抵残冬之二日；长夏之一夜，不敌残冬之半夜，使止息于夜，而不息于昼，是以一分之逸，敌四分之劳，精力几何，其能堪此？况暑气铄金，当之未有不倦者。倦极而眠，犹饥之得食，渴之得饮，养生之计，未有善于此者。午餐之后，略逾寸晷，俟所食既消，而后徘徊近榻。又勿有心觅睡，觅睡得睡，其为睡也不甜。必先处于有事，事未毕而忽倦，睡乡之民自来招我。桃源、天台诸妙境，原非有意造之，皆莫知其然而然

手倦抛书午梦长

者。予最爱旧诗中有“手倦抛书午梦长”一句③。手书而眠，意不在睡；抛书而寝，则又意不在书，所谓莫知其然而然也。睡中三昧，惟此得之。此论睡之时也。

睡又必先择地。地之善者有二：曰静，曰凉。不静之地，止能睡目，不能睡耳，耳目两岐，岂安身之善策乎？不凉之地，止能睡魂，不能睡身，身魂不附，乃养生之至忌也。至于可睡可不睡之人，则分别于“忙闲”二字。就常理而论之，则忙人宜睡，闲人可以不必睡。然使忙人假寐，止能睡眼，不能睡心，心不睡而眼睡，犹之未尝睡也。其最不受用者，在将觉未觉之一时，忽然想起某事未行，某人未见，皆万万不可已者，睡此一觉，未免失事妨时，想到此处，便觉魂趋梦绕，胆怯心惊，较之未睡之前，更加烦躁，此忙人之不宜睡也。闲则眼未阖而心先阖，心已开而眼未开；已睡较未睡为乐，已醒较未醒更乐，此闲人之宜睡也。然天地之间，能有几个闲人？必欲闲而始睡，是无可睡之时矣。有暂逸其心以妥梦魂之法：凡一日之中，急切当行之事，俱当于上半日告竣，有未竣者，则分遣家人代之，使事事皆有着落，然后寻床觅枕以赴黑甜，则与闲人无别矣。此言可睡之人也。而尤有吃紧一关未经道破者，则在莫行歹事。“半夜敲门不吃惊”，始可于日间睡觉，不则一闻剥啄，即是逻倅到门矣。

【注释】

① 导引：中国古代的一种养生术，通过呼吸俯仰、屈伸手足等使气血流通。

② 华山处士：即陈抟，字图南，宋代道士，先后隐居武当山、华山，著有《指玄篇》，讲养生还丹之事。相传后得道成仙。

③ 手倦抛书午梦长：语出北宋蔡确《夏日登车盖亭》诗。

【译文】

有个专门研究法术的人，到处传授养生的秘诀，想让我拜他为师。我询问他延年益寿的最有效的方法，以及在什么地方最适合养生，如果两人的看法不谋而合，我就拜他为师，不然就把他当作朋友。他说："延年益寿的方法，全靠导引；安生养命，全靠静坐之功。"我说："如果是这样，那么你的方法是最辛苦的一种，只有虔诚修炼、忍受身体折磨的人才能做到。我既懒惰又好动，而且事事都追求快乐，这个做法无法可谈。"他说："那你的意思是什么呢？说说看，我们可以互相印证。"我说："天地根据时间来安排人的作息，活动一半时间，休息一半时间。白天是活动时间，夜间是休息时间。如果白天劳作，晚上不休息，天天这样劳累，离死也就不远了。我们养生也要依照时间，纷纷扰扰占一半时间，安心静养占一半时间，纷扰是行起立坐，静养就是睡眠。如果只让我辛苦劳累，不让我睡下休息，那就太危险了，那么我的寿命也屈指可数了。这样说来，养生的秘诀，首先就是要睡好。睡能恢复精力，睡能蓄养气力，睡能健脾益胃，睡能强筋健骨。如果不信，就把没病的人和有病的人进行对比。人本来没病，但是在夜里让他疲惫，每夜都不能安心休息，他的眼眶就会渐渐陷落，精神也会一天不如一天，虽然没有立刻生病，但是生病的前兆已经表现出来了。生病的人长时间睡不着觉，病情就会越来越重，偶尔沉睡一次，醒来以后一定会有精神旺盛的感觉。这样的睡不是睡眠了，而是药了；不是治一种病的药，而是治百病、救万民、百试百灵的神药了。现在想要用引导的方法，用功打坐，那就一定要先赶走睡魔让人没有疲倦才可以。我怎会放弃平生最灵验的药物，而去尝试未必奏效的药方呢？"那个人生气地离开了，认为我不可教。

我的确是不可教啊！我只是说出自己的心得，实在是因为有体会才这样讲的，与强辞夺理掩饰错误是不同的。古人的睡诗说："花竹幽窗午梦长，此中与世暂相忘。华山处士如容见，不觅仙方觅睡方。"近人的睡诀说："先睡心，后睡眼。"这些都是别人书本上说过的，先放着不提，就讲那些没人说过的吧。睡觉有睡觉的时间，睡觉有睡觉的地方，睡觉又分为可睡和可不睡的人，让我来条理清晰地讲明。从戌时到卯时，是睡觉的时间。没到戌时就睡，称为提前，提前睡不好，这与有病发作而直想睡觉的人没什么两样；过了卯时才睡，称为延后，延后犯忌，这与埋在地下永远不醒的人没什么两样。并且人的一生不过百年，夜晚就占了一半，用整天的时间来作乐，犹嫌其少，怎么能让多余的睡眠来占用本就不够的游乐时间呢？有一个名士喜欢睡觉，一定要过了中午才起床，中午以前去拜访他，没有人能见到他的面。我每次去拜访，必定要等上很久才能见到他。一天我闷坐无聊，桌上有笔有墨，就将一首旧诗改动几个字来嘲弄他："吾在此静睡，起来常过午。便活七十年，只当三十五。"朋友们见了，无不大笑。这虽然是玩笑，却颇有道理。这样看来，适合睡觉的时间只有夜晚，此外都不是睡觉的时间。然而午睡要比黄昏时睡觉快乐得多，三个季节都不合适午睡，只有夏季最合适。不是对夏天有偏爱，只是因为盛夏的白天，可以抵得上深冬的两个白天，盛夏的一个晚上，只是深冬的半个夜晚。如果只是晚上休息而白天不休息，就是用一分的休息抵挡四分的劳累，人的精力有多少，能够这样对阵下去？何况暑气能够融化金属，面对暑气，没人不觉困倦的。困倦极了就得休息，就像饿了吃食、渴了喝水一样，养生的办法没有比这更好的了。午餐后，过一小段时间，等食物消化了，再慢慢上床休息。

也不要刻意去睡，这样即使睡着了，也睡得不香甜。一定要先做事，事情没做完而感到有些疲倦，自然很快会被招进梦乡。桃花源和天台山这些美妙的境界，都不是特意进入的，而是在不知不觉中达到的。我最喜欢旧诗中“手倦抛书午梦长”一句。拿着书睡着，心思不在睡觉上面；抛下书而睡，心思又不在书上，这就是所谓的在不知不觉中达到的境界。睡觉的真谛，只有这样才能做到。以上讲的是睡觉的时间。

睡觉还得先选择地方。好的地方要有两个条件，一个是安静，一个是凉快。不安静的地方，只能让眼睛休息，不能让耳朵休息，眼睛和耳朵相互分岔，又怎么是安身的好方法呢？不凉快的地方，只能让精神得到休息，不能让身体得到休息，身体和精神不能融合，这是养生的大忌啊。至于可睡可不睡的人，就从“忙”和“闲”两个字来区别。按常理来说，忙碌的人应该睡，而悠闲的人不必睡。但是让忙碌的人小睡一会，只能使眼睛得到休息，而不能使心得到休息，心不休息而只有眼睛休息，就跟没休息一样。最不好的是，在将睡未睡着的时候，忽然想起某件事还没做，某个人还没见，这都是万万不可的，这一觉睡下去，可能就会错过时机，影响办事，想到这里，就觉得心神不安，胆战心惊，比没睡之前还更加烦躁，这就是忙人不宜睡觉的原因。清闲的人睡觉前眼睛没合上心已先休息了，醒来时心已经活动了眼睛还没有睁开；睡着比没睡时更快乐，醒来比没醒更高兴，这就是闲人应该睡觉的原因。但天地间能有几个清闲的人呢？如果一定要到空闲了才能睡，那就没有睡觉的时间了。有个让人暂时放松心情睡个好觉的方法：一天之内，把着急必须要做的事，都在上午完成，没有完成的，就分给家人代理，让每件事都有着落，然后再上床进入梦乡，这就跟闲人没什么差别了。这是讲可以睡觉的人。还有一件要紧的事没有说出来，就是不要做坏事。“半夜敲门不吃惊”，才可以在白天睡觉，否则一听到敲门声，就以为是官兵上门了。

坐

从来善养生者，莫过于孔子。何以知之？知之于“寝不尸，居不容”二语①。使其好饰观瞻，务修边幅，时时求肖君子，处处欲为圣人，则其寝也，居也，不求尸而自尸，不求容而自容；则五官四体，不复有舒

抱膝长吟

展之刻。岂有泥塑木雕其形，而能久长于世者哉？“不尸不容”四字，绘出一幅时哉圣人，宜乎崇祀千秋，而为风雅斯文之鼻祖也。吾人燕居坐法，当以孔子为师，勿务端庄而必正襟危坐，勿同束缚而为胶柱难移。抱膝长吟，虽坐也，而不妨同于箕踞；支颐丧我，行乐也，而何必名为坐忘②？但见面与身齐，久而不动者，其人必死。此图画真容之先兆也。

【注释】

① 寝不尸，居不容：语出《论语·乡党》。尸，像僵尸一样挺直。容，庄严的仪容。

② 坐忘：指端坐而浑忘万物，进入物我合一、无是无非的状态。语出《庄子·大宗师》。

【译文】

自古以来，善于养生的人，要算是孔子了。怎么知道的呢？是从“寝不尸，居不容”这两句话知道的。如果孔子喜欢修饰外表，讲究穿着，时时处处要把自己打扮成君子圣人的模样，那么在睡觉时、端坐时，不想像僵尸，身体也会像僵尸那样挺直，不想仪容庄严，仪容也自会庄严；五官四肢，就不再有舒展的时候了。哪有人身体像泥雕木塑那样僵硬挺直还能在世上活得长久呢？“不尸不容”四字，绘出了一幅圣人善于因时而变的图画，所以啊，孔子几千年来被人崇拜祭祀，从而成为风雅文人的鼻祖也真是应该的。我们闲坐的方法，应当把孔子当作老师，不要为了端庄就正襟危坐，也不要拘束得像胶柱一样。抱膝吟诗，虽然也是一种坐姿，但也不妨将两足伸直张开；托腮发呆，这显然是在行乐，又何必一定要称作物我两忘？如果见到有人的脸与身体一般齐，很久都不动，那一定是快死的人，这是画遗像的征兆啊。

行

贵人之出，必乘车马。逸则逸矣，然于造物赋形之义，略欠周全。有足而不用，与无足等耳，反不若安步当车之人，五官四体皆能适用。此贫士骄人语。乘车策马，曳履搴裳，一般同是行人，止有动静之别。使乘车策马之人，能以步趋为乐，或经山水之胜，或逢花柳之妍，或遇戴笠之贫交，或见负薪之高士，欣然止驭，徒步为欢，有时安车而待步，

徒步为欢

有时安步以当车[①]，其能用足也，又胜贫士一筹矣。至于贫士骄人，不在有足能行，而在缓急出门之可恃。事属可缓，则以安步当车；如其急也，则以疾行当马。有人亦出，无人亦出；结伴可行，无伴亦可行。不似富贵者假足于人，人或不来，则我不能即出，此则有足若无，大悖谬于造物赋形之义耳。兴言及此，行殊可乐！

【注释】

① 安步以当车：缓缓步行，当作坐车，形容不慌不忙。语本《战国策·齐策四》："晚食以当肉，安步以当车。"

【译文】

贵人出行，一定乘车骑马。轻松是轻松了，但从造物主创造人类形体的本意来说，就略微显得不周全了。有脚而不用，就与没脚一样，反而不如安步当车的人，五官四肢都能起作用。这是穷人自夸的说法。乘车骑马和拖着鞋、提着衣襟走路的，都是出行的人，只是有动与静的差别。如果乘车骑马的人，能把走路当成一种乐趣，或是经过山水胜地，或是遇上花柳盛开，或是碰见戴笠白丁，或是相逢背柴隐士，欣然停车下马，寻求徒步的乐趣，有时以车代步，有时以步当车，这样用自己的脚，又比穷人高出一筹了。至于贫寒之士的自夸，不是因为有脚能走，而是缓急出门都可以应付。事情如果不急，可不慌不忙的走；事情如果非常紧急，可像骑马一样快走。有仆人可以出行，没有仆人也能出行；结伴可以出行，无伴也能出行。不像富贵的人要借着别人的脚，仆人要是没来，就不能即刻出门，这有脚就与没脚一样，对于造物主创造人类形体的本意，就大相违背了。一时兴起讲到这里，徒步行走实在是一件快乐的事情！

立

立分久暂，暂可无依，久当思傍。亭亭独立之事，但可偶一为

或倚长松，或凭怪石。

之，旦旦如是，则筋骨皆悬，而脚跟如砥，有血脉胶凝之患矣。或倚长松，或凭怪石，或靠危栏作轼，或扶瘦竹为筇；既作羲皇上人，又作画图中物，何乐如之！但不可以美人作柱，虑其础石太纤，而致栋梁皆仆也。

【译文】

站立要分时间长短，短时间站立可以没有依靠，长时间站立就要找个依靠的地方。笔直站立这样的事，只可以偶尔做一次，如果天天这样，那么筋骨都会悬立起来，而且脚跟会硬得像磨刀石，有血脉凝固的危险。或是倚靠高大的松树，或是倚靠嶙峋的石头，或是扶着高栏就像凭倚车轼一样，或是扶着瘦竹就像拄着拐杖一样，既可作远古之民，也可以作画中人物，还有什么比这更快乐的？只是不能以美人当作柱子来倚靠，因为她的小脚般的础石太过纤弱，会让倚靠的人和被倚靠的人像栋和梁一样都倒塌。

| 饮 |

宴集之事，其可贵者有五：饮量无论宽窄，贵在能好；饮伴无论多寡，贵在善谈；饮具无论丰啬，贵在可继；饮政无论宽猛，贵在可行；饮候无论短长，贵在能止。备此五贵，始可与言饮酒之乐；不则曲蘖宾朋，皆凿性斧身之具也。予生平有五好，又有五不好，事则相反，乃其势又可并行而不悖。五好、五不好维何？不好酒而好客；不好食而好谈；不

饮伴无多寡，贵在善谈。

好长夜之欢，而好与明月相随而不忍别；不好为苛刻之令，而好受罚者欲辩无辞；不好使酒骂坐之人，而好其于酒后尽露肝膈。坐此五好、五不好，是以饮量不胜蕉叶，而日与酒人为徒。近日又增一种癖好、癖恶：癖好音乐，每听必至忘归；而又癖恶座客多言，与竹肉之音相乱。饮酒之乐，备于五贵、五好之中，此皆为宴集宾朋而设。若夫家庭小饮与燕闲独酌，其为乐也，全在天机逗露之中，形迹消忘之内。有饮宴之实事，无酬酢之虚文。睹儿女笑啼，认作斑斓之舞；听妻孥劝诫，若闻金缕之歌。苟能作如是观，则虽谓朝朝岁旦，夜夜元宵可也。又何必座客常满，樽酒不空，日藉豪举以为乐哉？

【译文】

宴会上的事，有五种可贵的地方：酒量不论大小，贵在能够喝好；酒伴不论有多少，贵在善于交谈；酒菜不论丰俭，贵在接续不断；酒令不论宽严，贵在可行；时间不在长短，贵在能止。具备了这五种可贵的地方，才能谈饮酒的快乐，不然美酒和朋友就会成为戕害身心的东西。我生平有五种爱好的事，又有五种不爱好的事。事情虽然是相反的，但又并行不悖。这五种爱好和五种不爱好是什么呢？不好酒却好客；不好吃却好谈；不好整夜的欢乐，却好与明月相随而不分别；不好设置苛刻的酒令，却好让受罚的人无言反驳；不好借酒使性的人，却好酒后吐真言的人。因为有这五种爱好和五种不爱好的事情，所以不胜酒力却整天跟酒徒在一起。最近又增加了一种癖好、一种癖恶：癖好听音乐，经常听到忘记回家；癖恶席上客人多话，扰乱曲声。饮酒的快乐，都在五贵、五好中，这都是针对宴请朋友而讲的。若是在家中小酌或是闲居独饮，这种快乐都在天机显露之中和纵情忘形之内。有饮宴的实事，而没有敬酒的虚言。看儿女或笑或哭，就当作看绚丽之舞，听妻儿的劝诫，就当作听金缕之曲。如果能这样看待，就可以说成是天天是新年，夜夜是元宵了。为什么还要客人满座，酒杯不空，每天靠豪放的行为来取乐呢？

谈

读书，最乐之事，而懒人常以为苦；清闲，最乐之事，而有人病其寂寞。就乐去苦，避寂寞而享安闲，莫若与高士盘桓，文人讲论。何也？“与君一夕话，胜读十年书。”既受一夕之乐，又省十年之苦，便宜不亦多乎？“因过竹院逢僧话，又得浮生半日闲。”①既得半日之闲，又免多时之寂，快乐可胜道乎？善养生者，不可不交有道之士；而有道之士，多有不善谈者。有道而善谈者，人生希觏，是当时就日招，以备开聋启聩之用者也。即云我能挥麈，无假于人，亦须借朋侪起发，岂能若西域之钟簴，不叩自鸣者哉？

因过竹院逢僧话，又得浮生半日闲。

【注释】

①“因过竹院逢僧话”二句：系出自唐李涉《登山》诗。

【译文】

读书是最快乐的事，然而懒人却觉得辛苦；清闲也是最快乐的事，然而有人却认为寂寞。选择快乐逃避辛苦，躲开寂寞享受清闲，这些事情都不如与隐士交往，与文人谈论，为什么呢？“与君一夕话，胜读十年书。”既享受一天的快乐，又省去十年的辛苦，不是太合算了吗？“因过竹院逢僧话，又得浮生半日闲。”既得到半日清闲，又免去长时间的寂寞，这种快乐说得完吗？善于养生的人，不能不结交有道德修养的人，而有道德修养的人，大都不善言谈。有道德修养又善于交谈的人，生活中很难遇到，如果遇到就要好好招待他们，他们是可用来开阔视听，增广见闻。即使我也能讲玄妙的道理，不需要凭借别人的帮助，也必须借助朋友的启发。难道能像西域的挂钟，不敲就自己响起来吗？

沐浴

盛暑之月，求乐事于黑甜之外，其惟沐浴乎？潮垢非此不除，浊污非此不净，炎蒸暑毒之气亦非此不解。此事非独宜于盛夏，自严冬避冷，不宜频浴外，凡遇春温秋爽，皆可借此为乐。而养生之家则往往忌之，谓其损耗元神也。吾谓沐浴既能损身，则雨露亦当损物，岂人与

炎蒸暑毒之气非此不解

草木有二性乎？然沐浴损身之说，亦非无据而云然。予尝试之。试于初下浴盆时，以未经浇灌之身，忽遇澎湃奔腾之热，以热投冷，以湿犯燥，几类水攻。此一激也，实足以冲散元神，耗除精气。而我有法以处之：虑其太激，则势在尚缓；避其太热，则利于用温。解衣磅礴之秋，先调水性，使之略带温和，由腹及胸，由胸及背，惟其温而缓也，则有水似乎无水，已浴同于未浴。俟与水性相习之后，始以热者投之，频浴频投，频投频搅，使水乳交融而不觉，渐入佳境而莫知，然后纵横其势，反侧其身，逆灌顺浇，必至痛快其身而后已。此盆中取乐之法也。至于富室大家，扩盆为屋，注水于池者，冷则加薪，热则去火，自有以逸待劳之法，想无俟贫人置喙也。

【译文】

盛夏的时候，酣睡以外最快乐的事，只有沐浴了。不沐浴，汗垢无法除去，浊污难以洗净，炎热酷毒的暑气也无法消解。沐浴不仅适宜于盛夏，除了严冬季节为预防寒冷，而不宜经常洗澡外，凡是在春暖秋爽的时候，都可以通过沐浴得到快乐。但是养生家往往忌讳沐浴，说沐浴损耗元气。我的观点是，如果沐浴对人的身体有害，那么雨露对万物也有害，难道人和草木有本质上的不同吗？但是沐浴对身体有损害说法，也不是没有根据。我曾试过。试着刚进浴盆时，让没经水浇湿的身体，忽然遇到热气腾腾的水势，以热投冷，以湿犯燥，身体就像遭到水攻。这样的刺激，的确可以冲散元气，耗损精气。我有个解决的办法：如果要避开热水的过于刺激，就宜慢慢进入水中，善于调节水温。在解衣服以尽情享受之前，先调好水温，让水带些温热，然后从腹到胸、从胸到背慢慢地洗，这样有水的感觉也像没水，已经在沐浴也像没洗。等到身体适应水温之后，再加热水，边洗边加水，边加边搅动，使人水交融而不觉，渐入佳境而不知。然后随意变换身体的姿势，或顺浇或逆浇，直到身体痛快为止。这是浴盆中取乐的方法。像富有之家，把浴盆弄成房间那么大，往池子里注水，冷了加柴火，热了就熄火，自然有以逸待劳的方法，想来也无需我们这样的穷人来多嘴。

听琴观棋

弈棋尽可消闲，似难借以行乐；弹琴实堪养性，未易执此求欢。以琴必正襟危坐而弹，棋必整槊横戈以待。百骸尽放之时，何必再期整肃？万念俱忘之际，岂宜复较输赢？常有贵禄荣名付之一掷，而与人围棋赌胜，不肯以一着相饶者，是与让千乘之国①，而争箪食豆羹者何异哉？故喜弹不若喜听，善弈不如善观。人胜而我为之

喜弹不若喜听

喜，人败而我不必为之忧，则是常居胜地也；人弹和缓之音而我为之吉，人弹噍杀之音而我不必为之凶，则是长为吉人也。或观听之余，不无技痒，何妨偶一为之，但不寝食其中而莫之或出，则为善弹善弈者耳。

【注释】

① 千乘之国：拥有一千辆兵车的国家。战国时期诸侯国，小者称千乘，大者称万乘。乘，古以一车四马为一乘。

【译文】

下棋尽管可以消磨时间，却很难借以行乐；弹琴确实可以颐养性情，却很难靠此寻欢。因为弹琴时一定要正襟危坐，下棋时一定要严阵以待。身体完全放松的时候，何必再求端正严肃？万念不存的时候，怎适宜再计较输赢？常有人功名利禄都可以轻易放弃，但是却跟人下棋争胜，不肯让一着棋给对方，这与出让千乘的大国，却争夺一碗豆羹有什么区别？所以喜欢弹琴不如喜欢听琴，善于下棋不如善于观棋。人家赢了，我为他感到高兴；人家输了，我也不必为他感到忧愁，这样就永远处在胜利之中。人家弹缓和的音乐我认为是吉利的，人家弹急促的音乐我也不认为是凶兆，这样就永远是个吉祥之人。有时在看棋听琴之余，不免技痒，也不妨偶一为之，只要不废寝忘食，沉溺其中，就是善于弹琴和下棋的人了。

看花听鸟

花鸟二物，造物生之以媚人者也。既产娇花嫩蕊以代美人，又病其不能解语，复生群鸟以佐之。此段心机，竟与购觅红妆，习成歌舞，饮之食之，教之诲之以媚人者，同一周旋之至也。而世人不知，目为蠢然一物，常有奇花过目而莫之睹，鸣禽悦耳而莫之闻者。至其捐资所购之姬妾，色不及花之万一，声仅窃鸟之绪余，然而睹貌即惊，闻歌辄喜，

花鸟二物，造物生之以媚人者也。

为其貌似花而声似鸟也。噫，贵似贱真，与叶公之好龙何异？予则不然。每值花柳争妍之日，飞鸣斗巧之时，必致谢洪钧①，归功造物，无饮不奠，有食必陈，若善士信妪之佞佛者。夜则后花而眠，朝则先鸟而起，惟恐一声一色之偶遗也。及至莺老花残，辄怏怏有所失。是我之一生，可谓不负花鸟；而花鸟得予，亦所称“一人知己，死可无恨”者乎！

【注释】

① 洪钧：上天。

【译文】

花、鸟这两种东西，是造物主用来讨好世人的。既造出娇嫩的花朵代替美人，又嫌它不能说话，就又造出各种鸟类来辅助它。这种心机，与购得佳人，教她们歌舞、供她们美食、提高她们各种素质以取悦于人，是同样的绵密啊。然而世人不能了解，把花鸟看成愚蠢的东西，经常有人奇花在前却熟视无睹，鸟鸣悦耳却有如不闻。至于花钱购买的姬妾，美艳还不及花的万分之一，声音也远远比不上鸟鸣，但是人们却看到她的容貌就惊叹，听到她的歌声就喜欢，因为她容貌像花而歌声像鸟。唉！以相似为贵，以真实为贱，这跟叶公好龙有什么区别？我就不是这样。每到花柳斗艳、飞禽争鸣的时候，一定会感谢上天，将功劳归于造物主，每次喝酒时就祭奠，有了食物必定摆出祭祀，就像善男信女沉迷于佛一样。晚上睡得比花晚，早上起得比鸟早，就怕遗漏了任何的鸟鸣与花色。到了莺老花凋的时候，就会怏怏乐乐，若有所失。我这一生，可以算是对得起花鸟了，而花鸟得到我，也可以算是“一人知己，死可无恨”了吧！

蓄养禽鱼

鸟之悦人以声者，画眉、鹦鹉二种。而鹦鹉之声价，高出画眉上，人多癖之，以其能作人言耳。予则大违是论，谓鹦鹉所长止在羽毛，其声则一无可取。鸟声之可听者，以其异于人声也。鸟声异于人声之可听者，以出于人者为人籁，出于鸟者为天籁也。使我欲听人言，则盈耳皆是，何必假口笼中？况最善说话之鹦鹉，其舌本之强，犹甚于不善说话之人，而所言者，又不过口头数语。是鹦鹉之见重于人，与人之所以重鹦鹉者，皆不可诠解之事。至于画眉之巧，以一口而代众舌，每效一种，无不酷似，而复纤婉过之，诚鸟中慧物也。予好与此物作缘，而独怪其易死。既善病而复招尤，非殁于己，即伤于物，总无三年不坏者。殆亦多技多能所致欤？

鹤鹿二种之当蓄，以其有仙风道骨也。然所耗不赀，而所居必广，无其资与地者，皆不能蓄。且种鱼养鹤，二事不可兼行，利此则害彼也。然鹤之善唳善舞，与鹿之难扰易驯，皆品之极高贵者，麟凤龟龙而外，不得不推二物居先矣。乃世人好此二物，又以分轻重于其间，二者不可得兼，必将舍鹿而求鹤矣。显贵之家，匪特深藏苑囿，近置衙斋，即倩人写真绘像，必以此物相随。予尝推原其故，皆自一人始之，赵清献公是也①。琴之与鹤，声价倍增，讵非贤相提携之力欤？

家常所蓄之物，鸡犬而外，又复有猫。鸡司晨，犬守夜，猫捕鼠，皆

鹤鹿二种当蓄，以其有仙风道骨也。

有功于人而自食其力者也。乃猫为主人所亲昵，每食与俱，尚有听其搴帷入室，伴寝随眠者。鸡栖于埘，犬宿于外，居处饮食皆不及焉。而从来叙禽兽之功，谈治平之象者，则止言鸡犬而并不及猫。亲之者是，则略之者非；亲之者非，则略之者是；不能不惑于二者之间矣。曰：有说焉。昵猫而贱鸡犬者，犹癖谐臣媚子，以其不呼能来，闻叱不去；因其亲而亲之，非有可亲之道也。鸡犬二物，则以职业为心，一到司晨守夜之时，则各司其事，虽豢以美食，处以曲房，使不即彼而就此，二物亦守死弗至；人之处此，亦因其远而远之，非有可远之道也。即其司晨守夜之功，与捕鼠之功亦有间焉。鸡之司晨，犬之守夜，忍饥寒而尽瘁，无所利而为之，纯公无私者也；猫之捕鼠，因去害而得食，有所利而为之，公私相半者也。清勤自处，不屑媚人者，远身之道；假公自为，密迩其君者，固宠之方。是三物之亲疏，皆自取之也。然以我司职业于人间，亦必效鸡犬之行，而以猫之举动为戒。噫！亲疏可言也，祸福不可言也。猫得自终其天年，而鸡犬之死，皆不免于刀锯鼎镬之罚。观于三者之得失，而悟居官守职之难。其不冠进贤②，而脱然于宦海浮沉之累者，幸也。

【注释】

① 赵清献公：北宋大臣赵汴（1008—1084），字阅道，号知非子。累官殿中侍御史，弹劾不避权贵，有“铁面御史”之称。相传曾匹马入蜀，以一琴一鹤自随。死后谥清献。

② 冠进贤：戴进贤冠。古时朝见皇帝的一种礼帽。原为儒者所戴，唐时百官皆戴用。

【译文】

鸟中靠声音取悦人的，有鹦鹉、画眉两种。鹦鹉的价格高过画眉，而大多数人对它有癖好，因为它能学人说话。我就不大喜欢鹦鹉，觉得鹦鹉的长处只在羽毛，它的声音没有一点可取的地方。鸟声之所以可以用来听，是因为它与人的声音不同。鸟声与人的声音不同又让人喜欢听，是因为人发出的声音是人工的，鸟发出的声音是自然的。假使我想听人说话，满耳都是，何必要借笼中的鸟来听呢？何况即使是最善于说话的鹦鹉，它的舌根也要比不善于说话的人僵硬，而且它所说的，又不过是人们口头经常说的那几句话。像这样鹦鹉受人重视和人重视鹦鹉，都是不能理解的事情。至于画眉的灵巧，用一张嘴可以代替众鸟的鸣叫，每学一种鸟叫，都非常像，而且更加纤细委婉，真是最聪慧的一种鸟。我喜欢与画眉结缘，却怪它为什么那么容易死。画眉既容易生病又容易受到伤害，它不是自己病死，就是被别物伤害而死，总是没有活过三年的，难道这是因为它的技能太多而导致的？

鹤和鹿这两种动物应该蓄养，因为它们有仙风道骨。但是花费却不小，而且它们要居住在宽敞的地方，没有这样的财力和场所，都不能够蓄养。而且鱼和鹤不能一起养，因为对这个动物有利就会对另一种动物有害。但是鹤的善鸣善舞与鹿的难扰易驯，都是非常高贵的品性，麒麟、凤凰、灵龟和龙之外，就算得上这两种动物了。但是世人对两者的喜好，又有轻重之分，两者不能兼时，必定是弃鹿而选鹤。显贵的人家，不仅把鹤深藏在园囿中，蓄养在官宅旁，就是请人为自己画像，也一定要让鹤相伴左右。我曾经推究其中的缘由，都是从一个人开始的，就是赵清献先生。琴和鹤的名声与身价倍增，难道不是这位贤相提携的功劳吗？

家里日常蓄养的动物，除了鸡和狗之外，还有猫。鸡早上报晓，狗夜晚守家，猫捕老鼠，都是对人有功而且能自食其力的动物。猫受到主人的宠爱，总和人在一起吃饭，甚至还有人任其掀开帐子到床上与主人一起睡觉。鸡栖息在墙边，狗睡在屋外，住所和饮食都比不上猫。然而一直以来，人们叙述禽兽的功劳时，谈到家居的景象时，则只说鸡狗而不提及猫。如果说与猫亲近是对的，那么谈功劳时将它省略就不对；如果说与猫亲近是错的，那么谈功劳时就应该忽略它，这其中的矛盾之处不能不让人感到疑惑。不过我认为这其中还是有一定道理的。亲近猫而轻贱鸡狗的人，就像君王喜欢俳优与谄媚之人，因为他们不用呼唤自己会来，受到责骂也不会离去；因为他们对君王亲，君王才亲近他们，并不是他们真的有什么值得亲近的地方。鸡和狗这两种动物，则一心想着自己的职责，一到报晓守夜的时候，就会各司其职，即使有好房好食供养它们，让它放弃职责来享用，它们也是宁死不从的。人们在这种情况下，也因为它们跟人的疏远而疏远它们，不是它们有什么该被疏远的理由。即使说到它们报晓和守夜的功劳，跟猫捕鼠的功劳也是有差距的。鸡报晓，狗守夜，忍受饥寒，劳累不已，不是为了利益而做的，完全是大公无私的。而猫捕老鼠，是在去除祸害的同时又得到食物，是为了利益而做的，可说是公私参半。以清苦勤勉自居的人，不屑取媚别人，是让人疏远的处世方法，而假公济私，狎近主君的，是想以此来巩固自己受宠的地位。所以这三种动物与人的亲近疏远，都是自己的习性促成的。但是我辈在社会上从事工作，一定要效仿鸡和狗的做法，而以猫的行为为戒。唉！亲近和疏远是可以说清的，而祸福却说不清。猫能够终其天年，而鸡和狗都免不了被杀与被烹的结果。观察这三种动物的得失，可以领悟做官守职的难处。不戴进贤冠，而能够超脱官场沉浮的牵累，真是幸运啊！

浇灌竹木

“筑成小圃近方塘，果易生成菜易长。抱瓮太痴机太巧，从中酌取灌园方。”此予山居行乐之诗也。能以草木之生死为生死，始可与言灌园之乐，不则一灌再灌之后，无不畏途视之矣。殊不知草木欣欣向荣，非止耳目堪娱，亦可为艺草植木之家，助祥光而生瑞气。不见生财之地万物皆荣，退运之家群生不遂？气之旺与不旺，皆于动植验之。若是，则汲水浇花，与听信堪舆、修门改向者无异也。不视为苦，则乐在其中。督率家人灌溉，而以身任微勤，节其劳逸，亦颐养性情之一助也。

汲水浇花，乐在其中。

【译文】

“筑成小圃近方塘，果易生成菜易长。抱瓮太痴机太巧，从中酌取灌园方。”这是我住在山中时的行乐诗。能把草木的生死当成自己生死的人，才可以与他谈浇灌园地的快乐。而有些人在浇灌了一两次之后，就会把浇灌看成是可怕的事。要知道草木的欣欣向荣，不仅可以使耳目得到愉悦，也可以为种草种树的人家增添祥瑞的气氛。没见到生财的地方万物一片繁荣，而倒运的人家各种植物都长不好吗？运气的旺盛与否，都可以从动植物身上看出来。如果是这样，则汲水浇花与听信风水、修门改向没什么不同。不把它看成是辛苦事，还要乐在其中。督促率领家人灌溉，自己也付出些劳动，可以调节劳逸，对颐养性情也是一大帮助。

止忧第二

忧可忘乎？不可忘乎？曰：可忘者非忧，忧实不可忘也。然则忧之未忘，其何能乐？曰：忧不可忘而可止，止即所以忘之也。如人忧贫而劝之使忘，彼非不欲忘也，啼饥号寒者迫于内，课赋索逋者攻于外，忧能忘乎？欲使贫者忘忧，必先使饥者忘啼，寒者忘号，征且索者忘其

临渊羡鱼，不如退而结网。

逋赋而后可，此必不得之数也。若是，则"忘忧"二字徒虚语耳。犹慰下第者以来科必发，慰老而无嗣者以日后必生，迨其不发不生，亦止听之而已，能归咎慰我者而责之使偿乎？语云："临渊羡鱼，不如退而结网。"①慰人忧贫者，必当授以生财之法；慰人下第者，必先予以必售之方；慰人老而无嗣者，当令蓄姬买妾，止妒息争，以为多男从出之地。若是，则为有裨之言，不负一番劝谕。止忧之法，亦若是也。忧之途径虽繁，总不出可备、难防之二种，姑为汗竹，以代树萱。

【注释】

① "临渊羡鱼"二句：语出《汉书·董仲舒传》，意谓与其空想，还不如实际行动。

【译文】

忧愁会忘记吗？不会忘记吗？我说，可以忘记的不是真正的忧愁，真正的忧愁其实是不会忘记的。然而不忘忧愁又怎么能快乐呢？我说忧愁不会忘记却可以停止，停止就是忘记。比如有人为贫穷忧愁而人们劝他忘记，他不是不想忘记，饥寒交迫的孩子在家里号哭，催租讨债的人在屋外追逼，忧愁怎么能忘记呢？要想让穷人忘记忧愁，一定要先让饥饿寒冷的人忘记哭喊，征租讨债的人忘记索取才行，可是这又是不可能的。如果这样，"忘忧"这两个字就只是空话，就像安慰落榜下第的人下科必中，安慰老而无子的人将来必生一样，最终既没中榜也没生儿，这些话只不过听听而已，又怎能归罪于安慰我的人而责求他来补偿呢？古人说："临渊羡鱼，不如退而结网。"安慰那些为贫穷而忧虑的人，一定要教他生财的方法；安慰那些为落榜而伤心的人，一定要先教他中举的方法；安慰那些没有后代的老人，应该让他蓄养姬妾，禁止她们之间争风吃醋，做好生养子女的准备。这些就是有益的话，也不白费一番安慰。停止忧愁的方法，也是这样。解忧的方法有很多，总超不过可以防备和难以防备两种，我姑且把它写出来，来为人们消忧解愁。

止眼前可备之忧

拂意之境，无人不有，但问其易处不易处，可防不可防。如易处而可防，则于未至之先，筹一计以待之。此计一得，即委其事于度外，不必再筹，再筹则惑我者至矣。贼攻于外而民扰于中，其可防乎？俟其既至，则以前画之策，取而予之，切勿自动声色。声色动于外，则气馁于中。此以静待动之法，易知亦易行也。

【译文】

不顺心的情况，谁会没有，但要看它是否容易处理，是否可以预防。如果容易处理而且可以预防，那就在发生前，先谋划一个计策来应对它。这个对策想好之后，就可以把忧愁的事放在一边，不必再考虑，再考虑就会产生烦恼了。敌人在城外攻打，人民在城中生乱，这能够预防吗？等事情发生，就用先前谋划的对策来对付，千万不可自露任何破绽，破绽露出来，心里就会泄气。这是以静待动的方法，容易明白也容易施行。

止身外不测之忧

不测之忧，其未发也，必先有兆。现乎蓍龟[①]，动乎四体者，犹未必果验。其必验之兆，不在凶信之频来，而反在吉祥之事之太过。乐极悲生，否伏于泰，此一定不移之数也。命薄之人，有奇福，便有奇祸；即

谦以省过

厚德载福之人，极祥之内，亦必酿出小灾。盖天道好还[②]，不敢尽私其人，微示公道于一线耳。达者处此，无不思患预防，谓此非善境，乃造化必忌之数，而鬼神必瞯之秋也。萧墙之变[③]，其在是乎？止忧之法有五：一曰谦以省过，二曰勤以砺身，三曰俭以储费，四曰恕以息争，五曰宽以弥谤。率此而行，则忧之大者可小，小者可无；非循环之数，可以窃逃而幸免也。只因造物予夺之权，不肯为人所测识，料其如此，彼反未必如此，亦造物者颠倒英雄之惯技耳。

【注释】

① 蓍龟：古人以蓍草与龟甲占卜凶吉，因以指占卜。

② 天道好还：《老子》："以道佐人主者，不以兵强天下，其事好还。"喻善恶有报。

③ 萧墙之变：形容忧患来自内部。语出《论语·季氏》。

【译文】

不可预料的忧患，在没发生的时候，一定会有征兆。在占卜中表现出来的、在身体上呈现出来的征兆，不一定应验。一定应验的征兆，不是不好的消息频繁出现，而是吉祥的事情频繁发生。乐极生悲，好运中隐藏着恶运，这是一定不会变的道理。命薄的人有奇福，就会有奇祸发生；就是有德有福的人，在吉祥频出之下，也会出现一些小灾。上天总是公平报应，不会完全偏爱某个人，也会在他身上降下一点灾祸以示公道。聪明的人面对好运连连，都会考虑防患于未然，认为这不是好事，而是造物主忌妒、鬼神窥视的征候出现了。内患大概就是从这里引出的吧？防止忧患的方法有五种：一是要谦虚谨慎常省己过，二是要勤奋刻苦磨炼自身，三是要生活节俭备有积蓄，四是要宽恕别人避免争斗，五是要宽厚待人消除诽谤。照这样做，那么，大的忧愁可以化小，小的忧愁可以避免，只要不是天道循环的定数，是可以逃脱和幸免的。只是造物主给予与夺取的大权，不肯让人识破。预料它会这样，它却不一定是这样，这是造物主戏弄英雄的惯用伎俩啊。

调饮啜第三

《食物本草》一书，养生家必需之物。然翻阅一过，即当置之。若留匕箸之旁，日备考核，宜食之物则食之，否则相戒勿用，吾恐所好非所食，所食非所好，曾皙睹羊枣而不得咽①，曹刿鄙肉食而偏与谋，则饮食之事亦太苦矣。尝有性不宜食而口偏嗜之，因惑《本草》之言，遂以疑虑致疾者。弓蛇之为祟②，岂仅在形似之间哉！食色，性也，欲藉饮食养生，则以不离乎性者近似。

【注释】

① 曾皙：孔子弟子，嗜食羊枣。羊枣，果名，长椭圆形，初生色黄，熟则黑，似羊粪。

② 弓蛇：《晋书·乐广传》载，有人因见杯中有蛇，既饮而疾，后方知杯中之蛇乃壁上所挂之弓影。后遂以“杯弓蛇影”喻惊慌多疑。

【译文】

《食物本草》这本书，是养生家必备之书。但是我在翻阅一遍之后，就放到一边去了。如果是放在饭桌上，每天进行核对，适宜吃的东西才吃，不适宜吃就互相告诫不要吃，我恐怕所喜欢吃的都是不宜吃的，所应该吃的都不是喜欢吃的，就像曾皙看到羊枣而不能吃，曹刿鄙弃肉食却偏让他吃，那么饮食这件事也真是太苦了。有人生性不宜吃某种东西而心里偏偏喜欢吃，又担心《本草》上的话，结果因为心生疑虑而生病。

杯弓蛇影会给人带来困扰，难道只是因为两者外形相似吗？食与色，是人的本性啊！想要借饮食养生，首先要做的是不违背人的本性。

爱食者多食

生平爱食之物，即可养身，不必再查《本草》。春秋之时，并无《本草》，孔子性嗜姜，即不彻姜食，性嗜酱，即不得其酱不食，皆随性之所好，非有考

爱食者多食

据而然。孔子于姜、酱二物，每食不离，未闻以多致疾。可见性好之物，多食不为祟也。但亦有调剂君臣之法，不可不知。“肉虽多，不使胜食气。”①此即调剂君臣之法。肉与食较，则食为君而肉为臣；姜、酱与肉较，则又肉为君而姜、酱为臣矣。虽有好不好之分，然君臣之位不可乱也。他物类是。

【注释】

①“肉虽多”二句：语出《论语·乡党》。

【译文】

天生爱吃的东西，就可以养身，不必再去查《本草》。春秋的时候，并没有《本草》，孔子生性喜欢吃姜，每饭必要有姜；生性喜欢吃酱，每饭必要有酱，都是根据性情的喜好，不是经过考证之后才这么做的。孔子对于姜、酱这两种东西，每次吃饭都离不开，也没听说他因为吃得多而生病的。可见生性喜欢吃的东西，多吃也不会有影响。但也要有调配主次的方法，这个事情不能不知道。“肉虽多，不使超出五谷。”这就是调配主次的方法。肉与五谷相比，那么五谷是主要的，肉是次要的；姜、酱与肉相比，那么肉又是主要的，姜、酱是次要的。虽然有喜爱不喜爱的差别，但是主次的位置不能搞乱。其他的食物大概也是这样。

怕食者少食

凡食一物而凝滞胸膛，不能克化者，即是病根，急宜消导。世间只有瞑眩之药①，岂有瞑眩之食乎？喜食之物，必无是患，强半皆所恶也。故性恶之物即当少食，不食更宜。

【注释】

① 瞑眩之药：指服后使人头晕目眩的治病良药。

【译文】

只要吃一种食物堵在胸中不消化，就是落下病根了，应该赶快疏导消化。世间只有服后使人头昏目花的治病良药，哪有吃了让人头昏目花的食物呢？喜欢吃的东西，一定不会出现这种后果，多半是吃到厌恶的食物。所以生性厌恶的东西一定要少吃，最好不吃。

太饥勿饱

欲调饮食，先匀饥饱。大约饥至七分而得食，斯为酌中之度，先时则早，过时则迟。然七分之饥，亦当予以七分之饱，如田畴之水，务与禾苗相称，所需几何，则灌注几何，太多反能伤稼，此平时养生之火候也。有时迫于繁冗，饥过七分而不得食，遂至九分十分者，是谓太饥。其为食也，宁失之少，勿犯于多。多则饥饱相搏而脾气受伤，数月之调和，不敌一朝之紊乱矣。

【译文】

要调节饮食，先调节饥饱。大概饿到七分就应该吃东西，这是最合适的时候，在这之前偏早，在这以后太迟。但是七分饿，也只应该吃到七分饱，像田地里的水，一定要与禾苗相称，需要多少，就浇灌多少，太多反而会伤害到庄稼。这是平时养生应掌握的火候。有时因为繁忙的工作，饿过了七分还不能吃饭，以至饿到了九分十分，这时就饿过头了。这时吃东西，宁可吃少点，绝不能吃得太多，太多了就会饥饱相斗而使脾胃受伤，几个月的调节也缓和不了这一日的紊乱。

饥饱有度

太饱勿饥

饥饱之度，不得过于七分是已。然又岂无饕餮太甚，其腹果然之时？是则失之太饱。其调饥之法，亦复如前，宁丰勿啬。若谓逾时不久，积食难消，以养鹰之法处之，故使饥肠欲绝，则似大熟之后，忽遇奇荒。贫民之饥可耐也，富民之饥不可耐也，疾病之生多由于此。从来善养生者，必不以身为戏。

【译文】

饥饱的程度，就是要控制在不超过七分。但是难道没有贪吃过头，将肚子撑得滚圆的时候吗？这是吃得太饱的问题。减饱的方法也跟前面说的一样，宁可多吃，不能少吃。要是觉得所过时间不长，积累的食物还没消化，就用养老鹰的方法处理，故意让自己饿到饥肠辘辘，就像一次大丰收后突然遇到严重的荒年。穷人可以忍受饥饿，富人难以忍受饥饿，疾病的产生，大多是因为这个原因。擅长养生的人从来不会拿自己的身体当儿戏。

怒时哀时勿食

喜怒哀乐之始发，均非进食之时。然在喜乐犹可，在哀怒则必不可。怒时食物易下而难消，哀时食物难消亦难下，俱宜暂过一时，候其势之稍杀。饮食无论迟早，总以入肠消化之时为度。早食而不消，不若迟食而即消。不消即为患，消则可免一餐之忧矣。

【译文】

喜怒哀乐之情刚开始生发，都不是进食的时候。相比较而言，喜乐之际犹能进食，哀怒之际绝不可进食。发怒时吃东西，容易下咽却很难消化，悲伤时吃东西，既难消化也难下咽。都应该先等上一段时间，让悲伤或愤怒的情绪稍微平静些。饮食不论早晚，总是以进入肠道消化的时间为尺度。早吃不消化，不如迟些吃很快消化。不消化就会出问题，消化了就可以免去吃这顿饭的担忧。

倦时闷时勿食

倦时勿食，防瞌睡也。瞌睡则食停于中，而不得下。烦闷时勿食，避恶心也。恶心则非特不下，而呕逆随之。食一物，务得一物之用。得其用则受益，不得其用，岂止不受益而已哉！

【译文】

疲倦时不要进食，是为了预防瞌睡。睡着了食物就会停在胃里下不去。烦闷时不要进食，是为了避免恶心，恶心时食物不但会停滞在胃中，而且还会呕吐出来。吃一种食物，一定要得到这种食物的营养，得到营养人才会受益，得不到营养，人不但不受益，而且受害啊！

节色欲第四

行乐之地，首数房中。而世人不善处之，往往启妒酿争，翻为祸人之具。即有善御者，又未免溺之过度，因以伤身，精耗血枯，命随之绝。是善处不善处，其为无益于人者一也。至于养生之家，又有近姹远色之二种，各持一见，水火其词。噫！天既生男，何复生女，使人远之不得，

行乐之地，首数房中。

近之不得，功罪难予，竟作千古不决之疑案哉！予请为息争止谤，立一公评，则谓阴阳之不可相无，犹天地之不可使半也。天苟去地，非止无地，亦并无天。江河湖海之不存，则日月奚自而藏？雨露凭何而泄？人但知藏日月者地也，不知生日月者亦地也；人但知泄雨露者地也，不知生雨露者亦地也。地能藏天之精，泄天之液，而不为天之害，反为天之助者，其故何居？则以天能用地，而不为地所用耳。天使地晦，则地不敢不晦；迨欲其明，则又不敢不明。水藏于地，而不假天之风，则波涛无据而起；土附于地，而不逢天之候，则草木何自而生？是天也者，用地之物也，犹男为一家之主，司出纳吐茹之权者也；地也者，听天之物也，犹女备一人之用，执饮食寝处之劳者也。果若是，则房中之乐，何可一日无之？但顾其人之能用与否，我能用彼，则利莫大焉。参苓芪术皆死药也，以死药疗生人，犹以枯木接活树，求其气脉之贯，未易得也。黄婆姹女皆活药也，以活药治活人，犹以雌鸡抱雄卵，冀其血脉之通，不更易乎？凡借女色养身而反受其害者，皆是男为女用，反地为天者耳。倒持干戈，授人以柄，是被戮之人之过，与杀人者何尤？人问：执子之见，则老氏“不见可欲，使心不乱”之说①，不几谬乎？予曰：正从此说参来，但为下一转语：不见可欲，使心不乱，常见可欲，亦能使心不乱。何也？人能摒绝嗜欲，使声色货利不至于前，则诱我者不至，我自不为人诱，苟非入山逃俗，能若是乎？使终日不见可欲而遇之一旦，其心之乱也，十倍于常见可欲之人。不如日在可欲之中，与若辈习处，则是“司空见惯浑闲事”矣，心之不乱，不大异于不见可欲而忽见可欲之人哉？老子之学，避世无为之学也；笠翁之学，家居有事之学也。二说并存，则游于方之内外，无适不可。

【注释】

①“不见可欲”二句：意为不见到引起欲念的事物，思想就不会混乱。

【译文】

行乐的地方，首推房中，而世人由于处理不好，往往引发嫉妒、酿成纷争，反而成为害人的事。即使有善于行房之人，又不免沉溺过度，因而伤害身体，消耗精血，命也跟着断绝。所以，不论处理得当与不得当，对人都是没有好处的。而养生家又有亲近美色和远离美色两种，他们各持己见，互相矛盾。唉！上天既然造就男人，又何必再生女人，使人远离也不是，亲近也不是，功过很难确定，竟成为千古悬而未决的疑案！我来为平息相互的争论与指摘，作一个公道的评价，那就是阴阳互相需要对方，就像天地不能只有一半一样。如果天离开了地，那么不仅没有地，也就没有了天。如果江河湖海都不存在，那么日月星辰又要藏到哪里去呢？雨水又凭什么来流泄？人们只知道藏日月的是地，不知道生日月的也是地；人们只知道流泄雨露的是地，不知道滋生雨露的也是地。地能蕴藏天的精气，也能流泄天的精液，而不会成为天的祸害，反而成为天的助手，这是什么原因？就是天能利用地，而不被地所利用。天让地晦暗，地不敢不晦暗，又让地光明，地不敢不光明。水藏在地上，如果不借助天上的风吹，平静的水面就生不出波浪。土附在地上，如果不与天空的气候相遇，草木又从哪里长出来呢？这天啊，就是地的主人，犹如男子是一家之主，行使着收入支出的权力一样。这地啊，就是听从天的，就像女子为丈夫所用，操持着吃穿住行的家务一样。如果真是这样，那么行房的欢乐，怎么能一天没有呢？只看这人会不会利用，要是能够利用它，那就会有很大的收益了。人参、茯苓、黄芪、白术，都是死药，用死药治活人，就像拿枯木嫁接到活树上，想让它们气脉相通，是不可能的。黄脸婆与美少女都是活药，用活药治活人，就像雌鸡抱雄卵，想要它们血脉贯通，不是更容易吗？凡借女色养身反而受其祸害的，都是男子被女子所用，颠倒了天地的位置。倒拿着武器，把柄交给别人，这是被杀者的过错，杀人者有什么过错呢？有人问我："若照你讲，老子的'不见可欲，使心无乱'的说法，不就错了吗？"我说："我正是从他的这一说法领悟出来的，我把他的说法变一下：不见可欲，使心不乱，常见可欲，亦能使心不乱。"为什么？人能排除断绝嗜好和欲望，使自己见不到声色财物，那么诱惑我的东西不来，我自然不会受到诱惑，如果不是躲进山里逃避世俗，能这样做到吗？若是终日不见可欲，而有一天突然遇见，那么心里烦乱的程度，比经常见到的人要超过十倍。不如天天生活在会产生欲望的环境里，跟这些东西习惯相处，就会司空见惯，有如平常事，心中不乱的程度，比起平时见不到可欲之物而突然让他见到，真是会有很大的区别啊。老子的学说是避世无为的学说，笠翁的学说是日常生活的学说。两种学说并存，你就是游遍天下也能通行无阻。

节快乐过情之欲

乐中行乐，乐莫大焉。使男子至乐，而为妇人者尚有他事萦心，则其为乐也，可无过情之虑。使男妇并处极乐之境，其为地也，又无一人

乐中行乐，乐莫大焉。

一物搅挫其欢，此危道也。决尽堤防之患，当刻刻虑之。然而但能行乐之人，即非能虑患之人；但能虑患之人，即是可以不必行乐之人。此论徒虚设耳。必须此等忧虑历过一遭，亲尝其苦，然后能行此乐。噫！求为三折肱之良医，则囊中妙药存者鲜矣，不若早留余地之为善。

【译文】

乐中行房，没有比这更快乐的了。如果男子很快乐，而女子还有其他的事萦绕于心，那么这种行房就不用忧虑会有过度的情况出现。若是男子女子同处极乐的境地，而又没什么人或什么事可以打扰影响这种欢乐，那就走上危险的道路了。大水冲破堤岸的灾难，要时时小心。只知道行乐的人，就不是能够考虑忧患的人；能考虑忧患的人，就不是一个会行乐的人，这样的说法等于是白说。必须是亲身经历过这种忧患，亲身尝到过这些痛苦的人，才能懂得这样行乐。唉！想要久病成医，而囊中又无多少妙药，不如早留些余地为好。

节忧患伤情之欲

忧愁困苦之际，无事娱情，即念房中之乐。此非自好，时势迫之使然也。然忧中行乐，较之平时，其耗精损神也加倍。何也？体虽交而心不交，精未泄而气已泄。试强愁人以欢笑，其欢笑之苦更甚于愁，则知忧中行乐之可已。虽然，我能言之，不能行之，但较平时稍节则可耳。

【译文】

忧愁困苦的时候，没什么事可娱乐心情，就想起房中乐事。这不是自然喜欢，是时势逼迫他这样。然而在忧愁中行房，比平时加倍损耗精神。为什么呢？身体虽然在交合，精神却没有交合，精还没有泄出，气已经泄露了。让愁苦的人强颜欢笑，这种欢笑的酸苦要超过忧愁，由此可知在忧愁中是不可行房的。虽然这样，我能这么说，却自己也无法做到，只要是比平时稍有节制就可以了。

节饥饱方殷之欲

饥、寒、醉、饱四时，皆非取乐之候。然使情不能禁，必欲遂之，则寒可为也，饥不可为也；醉可为也，饱不可为也。以寒之为苦在外，饥之为苦在中，醉有酒力之可凭，饱无轻身之足据。总之，交媾者，战也，枵腹者不可使战；并处者，眠也，果腹者不可与眠。饥不在肠而饱不在腹，是为行乐之时矣。

【译文】

饥、寒、醉、饱四种时候，都不是行房的时候。但如果感情不能克制，一定要满足才行，那么天冷的时候可以，饥饿的时候不可以；醉酒时候可以，饱食的时候不可以。因为寒冷的苦在体外，饥饿的苦在体内，醉了有酒力可以做凭借，饱了身体就显得沉重。总之，交媾的事就像战斗，不能让空腹的人去战斗；两人独处就像睡觉，不能和吃得太饱的人睡一起。既不太饿，又不太饱，才是行房的时候。

节劳苦初停之欲

劳极思逸，人之情也，而非所论于耽酒嗜色之人。世有喘息未定，即赴温柔乡者，是欲使五官百骸、精神气血，以及骨中之髓、肾内之精，无一不劳而后已。此杀身之道也。疾发之迟缓虽不可知，总无不胎病于内者。节之之法有缓急二种：能缓者，必过一夕二夕；不能缓者，则酣眠一觉以代一夕，酣眠二觉以代二夕。惟睡可以息劳，饮食居处皆不若也。

【译文】

劳累过度就想休息，这是人之常情，但是沉湎于酒色的人却不是这样。有人喘息未定就去行房，这样做是想让全身器官、精神气血以及骨头里的骨髓、肾脏中的精气都劳累才罢休。这是杀身的做法。发病的早晚虽然不能预测，但总不外是在体内种下病根。节制的方法有缓和急两种：能缓的，一定要过上一夜两夜；不能缓的，则用睡一觉代替一夜，睡两觉代替两夜。只有睡觉才可消除疲劳，饮食及日常活动都比不上睡觉。

节新婚乍御之欲

新婚燕尔，不必定在初娶，凡妇人未经御而乍御者，即是新婚。无论是妻是妾，是婢是妓，其为燕尔之情则一也。乐莫乐于新相知，但观此一夕之为欢，可抵寻常之数夕，即知此一夕之所耗，亦可抵寻常之数夕。能保此夕不受燕尔之伤，始可以道新婚之乐。不则开荒辟昧，既以身任奇劳，献媚要功，又复躬承异瘁。终身不二色者，何难作背城一战；后宫多嬖侍者，岂能为不败孤军？危哉！危哉！当筹所以善此矣。善此当用何法？曰静之以心。虽曰燕尔新婚，只当行其故事。“说大人，则藐之”①，御新人，则旧之。仍以寻常女子相视，而不致大动其

乐莫乐于新相知

心。过此一夕二夕之后，反以新人视之，则可谓驾驭有方，而张弛合道者矣。

【注释】

① 说大人，则藐之：语出《孟子·尽心下》。意谓向诸侯进言，就得轻视他。藐，小看。

【译文】

新婚燕尔，不必规定在刚刚娶亲的时候，凡是妇女没有经过交合而初次交合的，就是新婚。无论是妻还是妾，是婢女还是妓女，新婚的快乐是一样的。最高兴的事也比不过遇到新的知己，只要看到这一晚上的欢乐可抵平常的好几个晚上，就能知道这一晚消耗的体力，也抵得上平常的数个晚上。能保证这个晚上不受新婚燕尔的伤害，才谈得上是新婚的快乐。不然与处女交欢，在献媚邀功的同时，自身也承受着异常的劳累。与原配终身而不再娶的，与之作背城一战也不难，如果是侍妾多多，那就是孤军作战，岂有不败？危险！危险！该考虑个好办法来解决啊！用什么办法来解决呢？我说，应该让心安静下来。虽然是新婚燕尔，只当是做旧事。"说大人，则藐之。"跟新人同房，把她当旧人看待。把新婚女子视作平常女子，就不会太过动心。过了这一晚两晚以后，再把她看作新人，就可以说是驾驭有方，张弛有度了。

节隆冬盛暑之欲

最宜节欲者隆冬，而最难节欲者亦是隆冬；最忌行乐者盛暑，而最便行乐者又是盛暑。何也？冬夜非人不暖，贴身惟恐不密，倚翠偎红之际，欲念所由生也。三时苦于褦襶，九夏独喜轻便，袒裼裸裎之时，春心所由荡也。当此二时，劝人节欲，似乎不情，然反此即非保身之道。节之为言，明有度也；有度则寒暑不为灾，无度则温和亦致戾。节之为言，示能守也；能守则日与周旋而神旺，无守则略经点缀而魂摇。由有

节之为言，明有度也。

度而驯至能守，由能守而驯至自然，则无时不堪昵玉，有暇即可怜香。将鄙是集为可焚，而怪湖上笠翁之多事矣。

【译文】

最适宜节制性欲的季节是深冬，而最难节制性欲的也是深冬。最忌行房的季节是盛夏，而最便于行房的也是盛夏。为什么？冬天的夜晚没有人睡在一起就不暖和，就害怕身子相贴不紧，与女子相靠的时候，欲念就产生了。其他三个季节苦于衣服穿得多，只有夏天可以穿得很轻便，在面对裸露的身体，春心荡漾。在这两种时候，劝人节欲，似乎不合人情，但不这样做又不符合养生之道。节欲之说，是在有度，有度则寒暑季节身体也不会受害，无度就是在温和天气也会遭罪。节欲之说，是在自守，能自守则日日与之周旋依然精神旺盛，不能自守则略有接触就会魂摇魄散。由有度渐渐熟练到能自守，由自守又逐渐熟练到能自然而然，就无时无刻不能接近女子了。那时就会看不起我这本书并拿去焚烧，并且怪我西湖李笠翁多事。

却病第五

病之起也有因，病之伏也有在，绝其因而破其在，只在一字之和。俗云："家不和，被邻欺。"病有病魔，魔非善物，犹之穿窬之盗，起讼构难之人也。我之家室有备，怨谤不生，则彼无所施其狡猾，一有可乘之隙，则环肆奸欺而祟我矣。然物必先朽而后虫生之，苟能固其根本，荣其枝叶，虫虽多，其奈树何？人身所当和者，有气血、脏腑、脾胃、筋骨之种种，使必逐节调和，则头绪纷然，顾此失彼，穷终日之力，不能防一隙之疏。防病而病生，反为病魔窃笑耳。有务本之法，止在善和其心。心和则百体皆和。即有不和，心能居重驭轻，运筹帷幄①，而治之以法矣。否则内之不宁，外将奚视？然而和心之法，则难言之。哀不至伤，乐不至淫，怒不至于欲触，忧不至于欲绝。"略带三分拙，兼存一线痴。微聋与暂哑，均是寿身资。"此和心诀也。三复斯言，病其可却。

【注释】

① 运筹帷幄：语出《史记·高祖本纪》。谓在后方决定作战策略。

【译文】

疾病的发生是有原因的，疾病的潜伏也是有根源的。断绝疾病的发生，铲除疾病的根源，只在一个"和"字上。俗话说："家不和，被邻欺。"病有病魔，魔不是善类，就像窃贼或挑起官司、构成灾难的小人。

我们家中有了防备，不相互怨恨与指责，那么坏人的狡猾就无法得逞，如果它一有可乘之机，就会环绕在我们的四周欺负我们、祸害我们。树木一定是先朽而后生虫，如果能坚固其根部，繁盛其枝叶，虫再多，又能把树怎么样？人身体中可以调节的，有气血、脏腑、脾胃、筋骨等等，如果一样样地调和，就会头绪纷繁，顾此失彼，花费整天的工夫，也无法防备一个小小的疏忽。为防病反而生病，那就要被病魔偷笑了。有一个致力于根本的方法，就是善于协调心理，心理调节得好全身就和谐。即使身体有些不和谐，心也能处重驾轻，运筹帷幄，想出法子来对付它。不然内心都不安宁，又怎能照顾到外在呢？但是调和心理的方法，是很难说清楚的。应该做到的是悲哀而不伤身，快乐而不过度，愤怒而不想到撞墙，忧愁而不想到自杀。“略带三分拙，兼存一线痴。微聋与暂哑，均是寿身资。”这是协调心理的口诀，反复体会这些话，就可以抵挡疾病了。

|病未至而防之|

病未至而防之者，病虽未作，而有可病之机与必病之势，先以药物投之，使其欲发不得，犹敌欲攻我，而我兵先之，预发制人者也。如偶以衣薄而致寒，略为食多而伤饱，寒起畏风之渐，饱生悔食之心，此即病之机与势也。急饮散风之物而使之汗，随投化积之剂而速之消。在病之自视如人事，机才动而势未成，原在可行可止之界，人或止之，则竟止矣。较之戈矛已发，而兵行在途者，其势不大相径庭哉？

明代黄花梨药箱

【译文】

疾病还未到来就预防它，说的是疾病虽然没有发作，但是有生病的征兆和必病的趋势，就先服用药物，使病要发作而不能发作，就像敌人想要攻打我，而我先出兵一样，这就是先发制人。比如偶尔因为衣服单薄而受风寒，略微多吃了点而肚子发胀，着凉之后怕风，饱食之后厌食，这就是发病的征兆和趋势。这时要赶紧喝一些祛风散寒的药让身体发汗，吃一些化除积食的药让食物快点消化。对待疾病就要像对待人事一样，一有征兆还没形成趋势，还处在可发展可制止的时候，人这时去制止它，也就使它停止了。这和敌人已经发动进攻，而我方军队还在路途中的情形相比，不是完全不同吗？

病将至而止之

病将至而止之者，病形将见而未见，病态欲支而难支，与久疾乍愈之人同一意况。此时所患者切忌猜疑。猜疑者，问其是病与否也。一作两歧之念，则治之不力，转盼而疾成矣。即使非疾，我以是疾处之，寝食戒严，务作深沟高垒之计；刀圭毕备，时为出奇制胜之谋。以全副精神，料理奸谋未遂之贼，使不得揭竿而起者，岂难行不得之数哉？

【译文】

疾病将要来到的时候去制止它，这时疾病将要出现而没出现，病态似能支撑而难支撑，与久病初愈的人是同一种情况。这时患者不能猜疑。所谓猜疑，就是怀疑自己是否真的病了。一旦有了两种不同的念

捣药臼

头，就会治疗不力，转眼间疾病就真的形成了。即使没病，我也把它当有病对待，睡觉吃饭都小心警惕，严加防范，药材也都准备齐全，随时筹划出奇制胜的方法。用全副的精神，来对付诡计还没得逞的奸贼，使他们无法发难，这难道是难以办到的吗？

病已至而退之

病已至而退之，其法维何？曰：止在一字之静。敌已至矣，恐怖何益？“剪灭此而后朝食”①，谁不欲为？无如不可猝得。宽则或可渐除，急则疾上又生疾矣。此际主持之力，不在卢医扁鹊，而全在病人。何也？召疾使来者，我也，非医也。我由寒得，则当使之并力去寒；我自欲来，则当使之一心治欲。最不解者，病人延医，不肯自述病源，而只使医人按脉。药性易识，脉理难精，善用药者时有，能悉脉理而所言必中者，今世能有几人哉？徒使按脉定方，是以性命试医，而观其中用否也。所谓主持之力不在卢医扁鹊，而全在病人者，病人之心专一，则医人之心亦专一，病者二三其词，则医人什佰其径，径愈宽则药愈杂，药愈杂则病愈繁矣。昔许胤宗谓人曰②：“古之上医，病与脉值，惟用一物攻之。今人不谙脉理，以情度病，多其药物以幸有功，譬之猎人，不知兔之所在，广络原野以冀其获，术亦昧矣。”此言多药无功，而未及其害。以予论之，药味多者不能愈疾，而反能害之。如一方十药，治风者有之，治食者有之，治痨伤虚损者亦有之。此合则彼离，彼顺则此逆，合者顺者即使相投，而离者逆者又复于中为祟矣。利害相攻，利卒不

碾药铁船儿

能胜害，况其多离少合，有逆无顺者哉？故延医服药，危道也。不自为政，而听命于人，又危道中之危道也。慎而又慎，其庶几乎！

【注释】

① 剪灭此而后朝食：《左传·成公二年》载，春秋时齐顷公攻晋，一次作战前，齐军尚未用早饭，顷公说："余姑剪灭此而朝食！"朝食，吃早饭。

② 许胤宗：唐代义兴人，精通医术，唐高祖武德间官至散骑侍郎。

【译文】

疾病已经发生而要消退它，用怎样的方法呢？只在一个"静"字。敌人已经到了，恐惧有什么用？将敌人消灭后再吃早饭，谁不想这样？无奈的是不能马上做到。心宽或许可以慢慢消除，心急可能又生新病。这时起决定作用的，不是名医扁鹊，而是病人自己。为什么呢？因为招医生来治病，是我自己而不是医生。我受寒生病，就应该请他全力去掉寒气；我纵欲得病，就应该请他一心控制欲望。最不能理解的，是病人请医生来，自己不肯讲生病的原因，只让医生把脉。药性容易识别，脉理却不易精通，善于用药的医生时常可见，但是能精通脉理、一说就准的，现在世上能有几人？只让医生靠把脉开药方，是用自己的性命来检验医生的水平，看他是否中用。所谓起决定作用的不是名医扁鹊而是病人自己，是因为病人用心专一，医生用心也专一，病人含糊其辞说不清病情，医生治疗的方法也就会途径很多，途径一多开的药就杂，药一杂，病情也更繁复了。过去许胤宗医生对人说："古代高明的医生，可以从脉理看出病情，只用一种药物治疗。现在的人不精通脉理，凭主观判断病情，广用药物以冀侥幸成功，就像猎人不知道兔子在哪里，在原野上到处搜寻希望能够捕获，这种方法真是太愚昧了。"这只是说多用药不一定有功效，却没有讲出多用药的害处。依我来看，药的种类多不但不能治病，反而对身体有害。比如一个药方有十种药，有治风寒的，有治积食的，有治痨伤虚损的。这个药与病症相符，那个药就与病症不合；那个药顺应病症，这个药就与病症抵触，即使符合、顺应病症的药对病症起到疗病的作用，而病症不相合甚至相抵触的药又在害人。利害相冲突，而利处也终究胜不过害处，何况有效的药少无效的药多，甚至那些都起反作用的药呢？所以请医服药，是件危险的事情。不自己拿主意而听信于他人，又是危险中的危险。谨慎而又谨慎，这样才差不多！

疗病第六

“病不服药，如得中医。”此八字金丹，救出世间几许危命！进此说于初得病时，未有不怪其迂者，必俟刀圭药石无所不投，人力既穷，而沉疴如故，不得已而从事斯语，是可谓天人交迫，而使就“中医”者也。乃不攻不疗，反致霍然，始信八字金丹，信乎非谬。以予论之，天地之间只有贪生怕死之人，并无起死回生之药。“药医不死病，佛度有缘人。”旨哉斯言！不得以谚语目之矣。然病之不能废医，犹旱之不能废祷。明知雨泽在天，匪求能致，然岂有晏然坐视，听禾苗稼穑之焦枯者乎？自尽其心而已矣。予善病一生，老而勿药。百草尽经尝试，几作神农后身[①]，然于大黄解结之外，未见有呼应极灵，若此物之随试随验者也。生平著书立言，无一不由杜撰，其于疗病之法亦然。每患一症，辄自考其致此之由，得其所由，然后治之以方，疗之以药。所谓方者，非方书所载之方，乃触景生情，就事论事之方也；所谓药者，非《本草》必载之药，乃随心所喜，信手拈来之药也。明知无本之言不可训世，然不妨姑妄言之，以备世人之妄听。凡阅是编者，理有可信则存之，事有可疑则阙之，不以文害辞，不以辞害志，是所望于读笠翁之书者。

药笼应有之物，备载方书；凡天地间一切所有，如草木金石，昆虫鱼鸟，以及人身之便溺，牛马之溲渤，无一或遗，是可谓两者至备之书，百代不刊之典。今试以《本草》一书高悬国门，谓有能增一疗病之物，及正一药性之讹者，予以千金。吾知轩岐复出，卢扁再生，亦惟有屏息而退，莫能觊觎者矣。然使不幸而遇笠翁，则千金必为所攫。何也？

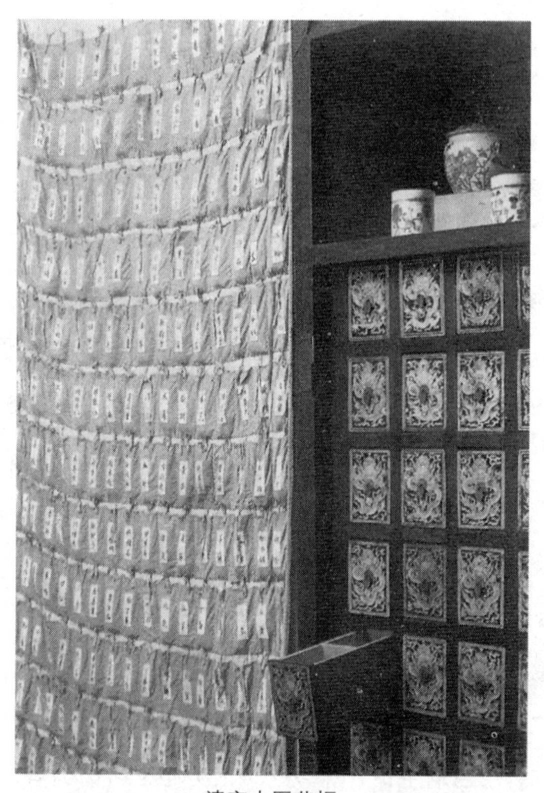

清宫太医药柜

药不执方，医无定格。同一病也，同一药也，尽有治彼不效，治此忽效者；彼是则此非，彼非则此是，必居一于此矣。又有病是此病，药非此药，万无可用之理，或被庸医误投，或为臧获谬取，食之不死，反以回生者。迹是而观，则《本草》所载诸药性，不几大谬不然乎？更有奇于此者，常见有人病入膏肓，危在旦夕，药饵攻之不效，刀圭试之不灵，忽于无心中瞥遇一事，猛见一物，其物并非药饵，其事绝异刀圭，或为喜乐而病消，或为惊慌而疾退。“救得命活，即是良医；医得病痊，便称良药。”由是观之，则此一物与此一事者，即为《本草》所遗，岂得谓之全备乎？虽然，彼所载者，物性之常；我所言者，事理之变。彼之所师者人，人言如是，彼言亦如是，求其不谬则幸矣；我之所师者心，心觉其然，口亦信其然，依傍于世何为乎？究竟予言似创，实非创也，原本于方书之一言：“医者，意也。”以意为医，十验八九，但非其人不行。吾愿以拆字射覆者改卜为医，庶几此法可行，而不为一定不移之方书所误耳。

【注释】

① 神农：即神农氏，传说中的古帝。相传他曾尝百草，教人治病。

【译文】

“病不服药，如得中医。”这八个字就像金丹，挽救了世间多少病危者的生命。这种观点要是在病人刚得病时对他说，没有人不觉得迂腐，一定要等到用过所有的药物、用尽所有的办法之后，而病情还是那样重，才不得已照这句话去做，可以说这是被逼迫到走投无路的时候，才使他会成为一个中等水平的医生。不去治疗，病情反而很快好了，才令人深信这八字金丹的正确。在我看来，天地间只有贪生怕死之人，而没有起死回生之药。“药医不死病，佛度有缘人。”这句话说得太好了，不能只把它当成谚语看。但生病了不能不治疗，就像干旱时不能不祈祷一样，明知下雨是上天的事，并不是靠祈求得到，但谁又会安闲坐视，听任禾苗庄稼焦枯？只是尽自己的心力而已。我一生多病，老了就不吃药了。我尝遍了各种草药，都能做神农的后身了，但除了大黄能泻火解毒之外，再没见到别的药有这么灵验的，一试就有效果的。我一生著书立说，没有一个不是自己编造的，在治病的方法上也是这样。我每得一种病，都会自己推究生病的根源，找到病因，再开方用药治疗。我所说的药方，不是医书上记载的药方，而是触景生情、就事论事的药方；我所说的药，不是《本草》上一定有记载的药，而是随己喜欢、信手拈来的药。我明知道没根据的话不作为训，但也不妨随便说说，让人们随便听听。凡是读这部书的人，觉得有道理的就记下来，觉得怀疑的就放到一边。不以文害辞，不以辞害志，这是我对读我书的人的希望。

药柜里应该有的东西，医书上都有记载，凡是天地间所有的东西，比如草木金石、昆虫鱼鸟，甚至人与牛马的大小便，没有一样遗漏的，可以说是世上最完备的药书，百年不需修改的典籍。现在试着把《本草》这本书高挂在京城的大门上，说谁能增加一种可以治病的药，或纠正一种药性的错误的话，就给他一千两银子。我想就是黄帝和岐伯复出，扁鹊重生，也只有悄悄退在一旁，不敢奢望了。但如果不幸遇到我，这一千两银子一定会被我所夺。为什么？用药不必按照某个药方，治病也没固定之法，即使是同一种病，同一帖药，也会有治那个病人无效，治这个病人却有奇效的情况；治那个人是对的，治这个人却是错的，或是治那个人是错的，治这个人却是对的，这两种情况必有一种。还有这样的情况，得的是这种病，用的却是治其他病的药，这种药完全没有用的道理，但或是庸医用错，或是奴婢误取，病人吃了以后非但没死，反而起死回生。从这来看，《本草》所记载的各种药性，不是接近于大错特错了吗？还有比这更离奇的事，经常见到有人病入膏肓，危在旦夕，用药不见效，调补也不灵，忽然无意中遇到一件事情，猛然间看见一样东西，这既不是调补品，更不是药物，却因为病人的欢喜或惊慌，病情竟然都消失了。“能把命求活的，就是良医；能把病治好的，就是好药。”由此看来，这能救人性命的一件事情和一样东西，就是《本草》所遗漏的，那怎么还能称是齐备的书呢？虽然是这样，书上记载的，是药物的常性，我所说的，是事理的变化。书依据的是人，别人怎么说他就怎么记载，只要没有差错，就是万幸。我依靠的是心，心里觉得是这样，嘴上就这么说，何必要依照世人的说法呢？追究到底，我的话像是一种创见，实际不是创见，来源于医书上的一句话：“医者，意也。”按照自己的意念行医，十有八九次能灵验，但不是每个人都行。我希望那些拆字算卦的人改当医生，也许这种方法就行得通，而病人也不会被固定不变的医书所耽误。

本性酷好之药

一曰本性酷好之物可以当药。凡人一生，必有偏嗜偏好之一物，如文王之嗜菖蒲菹，曾皙之嗜羊枣，刘伶之嗜酒①，卢仝之嗜茶②，权长孺之嗜瓜③，皆癖嗜也。癖之所在，性命与通，剧病得此，皆称良药。医士不明此理，必按《本草》而稽查药性，稍与症左，即鸩毒视之。此异疾之不能遽瘳也。予尝以身试之。庚午之岁，疫疠盛行，一门之内，无不呻吟，而惟予独甚。时当夏五，应荐杨梅，而予之嗜此，较前人之癖菖蒲、羊枣诸物，殆有甚焉，每食必过一斗。因讯妻孥曰：“此果曾入市否？”妻孥知其既有而未敢遽进，使人密讯于医。医者曰：“其性

嗜茶可以当药

极热，适与症反。无论多食，即一二枚亦可丧命。”家人识其不可，而恐予固索，遂诡词以应，谓此时未得，越数日或可致之。讵料予宅邻街，卖花售果之声时时达于户内，忽有大声疾呼而过予门者，知其为杨家果也。予始穷诘家人，彼以医士之言对。予曰：“碌碌巫咸④，彼乌知此？急为购之！”及其既得，才一沁齿而满胸之郁结俱开，咽入腹中，则五脏皆和，四体尽适，不知前病为何物矣。家人睹此，知医言不验，亦听其食而不禁，病遂以此得痊。由是观之，无病不可医，无物不可当药。但须以渐尝试，由少而多，视其可进而进之，始不以身为孤注。又有因嗜此物，食之过多因而成疾者，又当别论。不得尽执以酒解酲之说，遂其势而益之。然食之既厌而成疾者，一见此物，即避之如仇。不相忌而相能，即为对症之药可知已。

【注释】

① 刘伶之嗜酒：刘伶，西晋沛国人，“竹林七贤”之一。他纵酒放达，曾乘鹿车，携酒一壶，使人荷锸相随，说：“死便埋我。”

② 卢仝之嗜茶：卢仝，唐代范阳人，号玉川子，家贫，喜读书，不求仕进，好饮茶。

③ 权长孺之嗜瓜：权长孺，唐长庆时人，嗜食人爪。事见《说郛》引宋顾文荐《负喧杂录·性嗜》。嗜瓜，为“嗜爪”之误。爪，指甲。

④ 巫咸：传说中的神巫。这里借指庸医。

【译文】

第一种是本性特别喜欢的东西可以当药。大凡人的一生，一定会特别偏爱某种东西，像文王嗜好吃菖蒲腌菜，曾皙嗜好吃羊枣，刘伶嗜好喝酒，卢仝嗜好饮茶，权长孺嗜好吃人指甲，这些都是癖嗜。癖嗜这东西，跟性命相通，在病重时得到，可称良药。医生不明白这个道理，一定要按照《本草》来检查药性，与病症稍有些出入，就把它当作毒药看待，这是特殊的病不能很快痊瘉的原因。我曾经亲身试过。庚午那年，瘟疫盛行，我全家都得病，而我的病情最重。当时正是农历五月，是杨梅上市的时节，而我对杨梅的喜爱要远远超出前人对菖蒲和羊枣的喜爱，每吃一次都要超过一斗。于是我就问妻子儿女："市场上有没有杨梅卖？"他们知道市上已有却不敢马上给我买来，派人偷偷地询问医生。医生说："杨梅性很热，正与病症冲突，不要说吃多，就是吃一两颗也会丧命。"家人知道不能吃，但怕我坚持想要，就编假话来应付，说是这时还买不到，也许过几天就能买到。谁知我家临街，卖花卖果的叫卖声时时传到屋里。突然有人大声叫卖着从我家门而过，我知道是卖杨梅的。我开始追问家人，他们才把医生的话告诉我。我说："平庸的医生，他哪能知道，赶快为我买来！"买来之后，牙齿一咬下去，满胸的郁结都舒展了，咽到肚子里，就感到五脏全都调和，四肢全都舒适，已经不知道之前的病是怎么回事了。家人看到这种情形，知道医生的话没有应验，也就任凭我吃而不加禁止，我的病也由此痊愈了。由此看来，没有什么疾病不可医治，没有什么东西不能当药。但是必须慢慢尝试，由少到多，确定可以用然后再用，这才不会拿自身当赌注。也有人因为嗜吃某种东西，吃得太多导致疾病的，这就另当别论了。不能偏执于以酒解酒的之说，就趁机多喝。如果某种食物吃得过多而引出毛病，今后一见到那种食物，就会像躲避仇人一样避开它。不相忌而能相助，那种东西就是对症的药了。

其人急需之药

二曰其人急需之物可以当药。人无贵贱穷通，皆有激切所需之物。如穷人所需者财，富人所需者官，贵人所需者升擢，老人所需者寿，皆

老人所需者寿

卒急欲致之物也。惟其需之甚急，故一投辄喜，喜即病痊。如人病入膏肓，匪医可救，则当疗之以此。力能致者致之，力不能致，不妨给之以术。家贫不能致财者，或向富人称贷，伪称亲友馈遗，安置床头，予以可喜，此救贫病之第一着也。未得官者，或急为纳粟，或谬称荐举；已得官者，或真谋铨补，或假报量移。至于老人欲得之遐年，则出在星相巫医之口，予千予百，何足吝哉！是皆"即以其人之道，反治其人之身"者也[①]。虽然，疗诸病易，疗贫病难。世人忧贫而致疾，疾而不可救药者，几与恒河沙比数。焉能假太仓之粟，贷郭况之金[②]，是人皆予以可喜，而使之霍然尽愈哉？

【注释】

① “即以其人之道”二句：语出朱熹《四书集注》中对《中庸》“道不远人”的注解。

② 郭况之金：汉光武帝郭皇后的弟弟郭况，获皇帝赐金甚多，时人称其家为金穴。

【译文】

第二种是人急需的东西可以当药。人无论穷困还是显贵，都有急切需要的东西，比如穷人需要的是钱财，富人需要的是官职，贵人需要的是升迁，老人需要的是长寿，都是紧急想要得到的东西。因为需要得很迫切，所以一给他，他就会很高兴，一高兴病也好了。如果有人病入膏肓，医生也救不了，就应该用这种方法治疗。有能力办到就给他办，没能力办到的就骗他。家里贫穷没钱的，或可向富人举债，假称是亲友赠送的，把钱放在床头，让他高兴，这是救穷病最好的方法。还没得到官位的，或赶紧捐粮买官，或假称有人荐举；已经得到官位的，或真搞个授补官缺的位置，或假说已迁升他职。至于老人想要长寿，可从相卜巫医的口中说出，给他上百上千的寿命，又有什么可吝惜的呢？这都是“即以其人之道，反治其人之身”的做法。虽然这样，治其他的病容易，治穷病难。因为担忧贫穷而得病，得病后又无法治愈的人，就与恒河的沙子一样多，怎么能借朝廷储备的粮食，贷郭况家藏的金钱，让每个人都大喜过望，使他们的病一下子全好呢？

一心钟爱之药

三曰一心钟爱之人可以当药。人心私爱，必有所钟。常有君不得之于臣，父不得之于子，而极疏极远极不足爱之人，反为精神所注，性命以之者，即是钟情之物也。或是娇妻美妾，或为狎客娈童，或系至亲密友，思之弗得与得而弗亲，皆可以致疾。即使致疾之由，非关于此，一到疾痛无聊之际，势必念及私爱之人。忽使相亲，如鱼得水，未有不耳清目明，精神陡健，若病魔之辞去者。此数类之中，惟色为甚，少年之疾，强半犯此。父母不知，谬听医士之言，以色为戒，不知色能害人，言其常也，情堪愈疾，处其变也。人为情死，而不以情药之，岂人为饥死，而仍戒令勿食，以成首阳之志乎？凡有少年子女，情窦已开，未经婚嫁而至疾，疾而不能遽瘳者，惟此一物可以药之。即使病躯羸弱，难使相亲，但令往来其前，使知业为我有，亦可慰情思之大半。犹之得药弗食，但嗅其味，亦可内通腠理，外壮筋骨，同一例也。至若闺门以外之人，致之不难，处之更易。使近卧榻，相昵相亲，非招人与共，乃赎药使尝也。仁人孝子之养亲，严父慈母之爱子，俱不可不预蓄是方，以防其疾。

【译文】

第三种是一心钟爱的人可以当药。每人都有自己情有独钟的人。

一心钟爱之人可以当药

常有君王不能得到臣子的钟爱，父母不能得到子女的钟爱，而对那些极其疏远极其不值关爱的人，反而更加关注，甚至能献出生命，这就是钟情的事物。或是娇妻美妾，或是所嬖娈童，或是至亲密友，思念却见不到，或见到却不能亲近，都会导致生病。即使致病的原因不一定与此有关，但是一到病痛无聊的时候，一定会想到所钟情的人。突然让他们亲近，就像把鱼放到水中，一定会耳清目明，精神振奋，就像病魔辞别了一样。这几种情况中，只有美色最有效，年轻人得病，多半是因为它。

父母不知道，错误地听医生的话，去戒美色。他们不知道美色能害人，说的是通常的情况，爱情能治病，是从变化的角度而言的。人为情死，却不用情来治疗，难道不是对快饿死的人，还告诫他不能吃东西，让他像伯夷、叔齐一样饿死在首阳山吗？凡是少年男女，情窦初开，还没有婚嫁就生病，病情又不能马上痊愈，只有用这一种药。即使病体虚弱，不能让他们亲近，只要让他来到眼前，使其知道此人已属于我有，也可以慰藉大半的情思。就好像得到药物还没吃，仅闻其味，就可内通气血，外强筋骨，是一个道理。至于女子闺房以外的人，让他来不难，让他们相处更容易。让人靠近病床，相亲相近，这不是叫人来陪病人，而是代替药来让病人吃！仁人孝子奉养双亲，严父慈母疼爱子女，都不能不事先准备这个药方，以防这样的病。

一生未见之药

四曰一生未见之物可以当药。欲得未得之物，是人皆有，如文士之于异书，武人之于宝剑，醉翁之于名酒，佳人之于美饰，是皆一往情深，不辞困顿而欲与相俱者也。多方觅得而使之一见，又复艰难其势而后出之，此驾驭病人之术也。然必既得而后留难之，许而不能卒与，是益其疾矣。所谓异书者，不必微言秘籍，搜藏破壁而后得之，凡属新编，未经目睹者，即是异书，如陈琳之檄①，枚乘之文②，皆前人已试之药也。须知奇文通神，鬼魅遇之无有不辟者。而予所谓文人，亦不必定指才士，凡系识字之人，即可以书当药。传奇野史，最祛病

传奇野史，最怯病魔。

魔，倩人读之，与诵咒辟邪无异也。他可类推，勿拘一辙。富人以珍宝为异物，贫家以罗绮为异物，猎山之民见海错而称奇，穴处之家入巢居而赞异。物无美恶，希觏为珍；妇少妍媸，乍亲必美。昔未睹而今始睹，一钱所购，足抵千金。如必俟希世之珍，是索此辈于枯鱼之肆矣[3]。

【注释】

① 陈琳：汉末文学家，字孔璋，广陵（今江苏扬州）人。"建安七子"之

一，长于书札檄文。《魏书》曰："琳作檄草成，呈太祖（曹操），太祖先苦头风，是日疾发，卧读琳所作，翕然而起曰：此愈我病。"

② 枚乘：西汉辞赋家，字叔，淮阴（今属江苏）人。其《七发》一文，假设楚太子有病，吴客前往探望，用七事来启发太子，治愈了太子的病。

③ 枯鱼之肆：卖鱼干的店铺。语出《庄子·外物》。

【译文】

第四种是一生从未见过的东西可以当药。每个人都有想要而不能得到的东西，像文人对于奇书，武士对于宝剑，酒徒对于美酒，美人对于佩饰，都会一往情深，不顾辛劳地想要得到。各处寻觅而让病人看一眼，又做出很艰难的样子再拿出来，这是驾驭病人的最好方法。但在得到以后表示很难留住它，答应他又不能最终属于他，会加重病人的病。所谓奇书，不必是从破墙壁中翻出来的秘籍，只要是新出的书，病人没见过的，就是奇书，像陈琳的檄文，枚乘的文章，这些前人都已试过。要知道奇文是可通神的，就连鬼怪见了，也没不躲避的。我所说的这些文人，不一定是指才子，凡是识字的人，都可以拿书当药。传奇野史，最能祛除病魔，请人朗读，跟诵咒辟邪没有什么区别。其他的可以类推，不必拘泥于某种形式。富贵的人把珍宝当奇物，穷困的人把绫罗当奇物，狩猎的人见到生猛海鲜啧啧称奇，住窑洞的人见到构筑的房子啧啧称奇。东西无好坏，少见就感觉是珍贵的。女人无美丑，初见总觉得是漂亮的。以前未见而今日始见的东西，即使用一文钱所购，也可抵过千金。如果一定要等到稀世珍宝出现，那就等于任凭病人死去，就像鱼变成鱼干一样。

平时契慕之药

五曰平时契慕之人可以当药。凡人有生平向往，未经谋而者，如其惠然肯来，以此当药，其为效也更捷。昔人传韩非书至秦，秦王见之曰：“寡人得见此人与之游，死不恨矣！”①汉武帝读相如《子虚赋》而善之曰：“朕独不得与此人同时哉！”②晋时宋纤有远操，沉静不与世交，隐居酒泉，不应辟命。太守杨宣慕之，画其像于阁上，出入视

平时契慕之人可以当药

之。③是秦王之于韩非，武帝之于相如，杨宣之于宋纤，可谓心神毕射，寤寐相求者矣。使当秦王、汉帝、杨宣卧疾之日，忽致三人于榻前，则其霍然起舞，执手为欢，不知疾之所从去者，有不待事毕而知之矣。凡此皆言秉彝至好出自中心④，故能愉快若此。其因人赞美而随声附和者不与焉。

【注释】

①"昔人"四句：事见《史记·老子韩非列传》。

②"汉武帝"二句：事见《史记·司马相如列传》。

③"晋时"七句：事见《晋书·隐逸传》。宋纤，晋人，字令艾，一作令文。少有远操，隐居于酒泉南山，慕而从之受业者达三千余人。

④ 秉彝至好：指出于本性的爱好。语本《诗经·大雅·烝民》。

【译文】

第五种是平时敬仰钦慕的人可以当药。只要是病人平时想见却没有见过面的人，如果这个人很愿意过来，就可以作为治病的药，其药效会更快捷。古人传说韩非的书传到秦国，秦王读了以后说："我如果能见到这个人而且与他交往，就死而无憾了！"汉武帝读了司马相如的《子虚赋》后，十分欣赏，说："我为什么不能跟这个人生活在同一时代啊！"晋代的宋纤有高远的操守，性格沉静，不与世人交往，隐居在酒泉之中，不接受朝廷的征召。太守杨宣非常仰慕他，画他的像挂在楼上，出入的时候都要看一下。这秦王对于韩非，武帝对于相如，杨宣对于宋纤，可以说是全神倾注、梦寐以求了。假如秦王、汉武、杨宣三人卧病在床的时候，突然让这三个人来到床边，那么他们马上就会手舞足蹈，握手言欢，不知道疾病跑到哪里去了，这种事情不要等到结束就可知到结果的。所说的这些都是指出于本性的爱好，所以才能这么愉快，要是因为别人的赞美而随声附和的就不在其列。

素常乐为之药

六曰素常乐为之事可以当药。病人忌劳，理之常也。然有“乐此不疲”一说作转语，则劳之适以逸之，迹非拘士所能知耳。予一生疗病，全用是方，无疾不试，无试不验，徙痈浣肠之奇，不是过也。予生无他癖，惟好著书，忧藉以消，怒藉以释，牢骚不平之气藉以铲除。因思诸疾之萌蘖，无不始于七情，我有治情理性之药，彼乌能祟我哉！故于伏枕呻吟之初，即作开卷第一义；能起能坐，则落毫端，不则但存腹稿。迨沉疴将起之日，即新编告竣之时。一生剞劂，孰使为之？强半出造化小儿之手。此我辈文人之药，“止堪自怡悦，不堪持赠君”者①。而天下之人，莫不有乐为之一事，或耽诗癖酒，或慕乐嗜棋，听其欲为，莫加禁止，亦是调理病人之一法。总之，御疾之道，贵在能忘；切切在心，则我为疾用，而死生听之矣。知其力乏，而故授以事，非扰之使困，乃迫之使忘也。

【注释】

① “止堪自怡悦”一联，出自南朝梁陶弘景《诏问山中何所有赋诗

惟好著书，忧藉以消，怒藉以释。

以答》。

【译文】

第六是平常喜欢做的事情可以当药。病人禁忌劳累，这是常识。然而有“乐此不疲”的婉转说法，所以使病人劳累恰又是使他安逸，这也不是固执而不知变通的人所能理解的。我一生治病，都是用的这个方子，没有哪种病不试一试，没有哪次试用是不灵验的，即使消除痈毒、清洗肠胃这种医术，也不过如此。我一生没有其他的癖好，只喜好著书，忧愁借著书来消除，愤怒借著书来抒发，牢骚不平之气借著书来消除。因为想着各种疾病的萌生，没有一种不是从人的喜、怒、忧、思、悲、恐、惊这七种情绪开始的。我有治疗性情的药，那些病魔怎能祸害我呢！因此，在我生病卧床之初，就开始是著书立说。能起能坐的时候，就用笔写，否则就打腹稿。等到重病将要痊愈的日子，就是新书完成的时候。我这一生都在著书立说，谁使我做出这番事业呢？多半出于造化小子的手。著书立说是治疗我们这些文人的药，是“只能自己愉悦，不能拿来送人”的呀。天下的人，没有谁没一件自己喜欢做的事，有人迷恋诗歌，有人嗜好饮酒，有人喜好音乐，有人酷爱下棋，听任他去做自己喜欢做的事情，不加禁止，这也是调理病人的一种方法。总之，调节疾病的关键，贵在能忘记自己生病；对疾病念念在心，那么自己就会被疾病所支配，生死也只能听任疾病的摆布了。明知病人缺乏力气，却故意给他做一些事情，这不是搅扰他，使他困乏，而是逼迫他忘记疾病。

生平痛恶之药

七曰生平痛恶之物与切齿之人，忽而去之，亦可当药。人有偏好，即有偏恶。偏好者致之，既可已疾，岂偏恶者辟之使去，逐之使远，独不可当沉疴之《七发》乎[①]？无病之人，目中不能容屑，去一可憎之物，如拔眼内之钉。病中睹此，其为累也更甚。故凡遇病人在床，必先计其所仇者何人，憎而欲去者何物，人之来也屏之，物之存也去之。或诈言所仇之人灾伤病故，暂快一时之心，以缓须臾之死，须臾不死，或竟不死也，亦未可知。刲股救亲，未必能活；割仇家之肉以食亲，痼疾未有不起者。仇家之肉，岂有异味可尝，而怪色奇形之可辨乎？暂欺以方，亦未尝不可。此则充类至义之尽也。愈疾之法，岂必尽然，得其意而已矣。

以上诸药，创自笠翁，当呼为《笠翁本草》。其余疗病之药及攻疾之方，效而可用者尽多。但医士能言，方书可考，载之将不胜载。悉留本等之事，以归分内之人，俎不越庖②，非言其可废也。总之，此一书者，事所应有，不得不有；言所当无，不敢不无。“绝无仅有”之号，则不敢居；“虽有若无”之名，亦不任受。殆亦可存而不必尽废者也。

【注释】

①《七发》：见《颐养部·疗病第六·一生未见之药》注。

② 俎不越庖：语出《庄子·逍遥游》。原意谓人各有专职，庖人虽不尽职，主祭等人也不越过樽俎去代他办席。后因以“越俎代庖”比喻越权办事或包办代替。

【译文】

第七是生平痛恨的人与物，忽视而抛弃它们，也可以当药。人有偏好，就有偏恶。既然得到偏好的东西就可以治病，哪里有抛弃远离偏恶的东西，而不能作为治疗重病的《七发》呢？没有疾病的人，眼中不能容纳一点碎末，抛弃一样可憎的事物，就如同拔去眼中之钉。生病期间看到可憎的事物，心理负担更重。因此凡是碰到病人卧病在床，必须先考虑他的仇人是谁，对什么东西厌恶而想除去，有仇人前来要阻挡，有厌恶的东西要拿掉。或者谎称他所仇恨的人遭灾受伤或死亡，暂时痛快一下心情，以缓阻即将到来的死亡，短时间内也有可能竟然就不死了。割自己大腿的肉来救治父母，不一定能救活；割仇人的肉来喂给父母吃，积久难治的病没有治不好的。仇人的肉，也没有什么特殊的味道、怪异的颜色、奇特的形状可以辨别，暂用些方法来欺骗他，也没什么不可以的。这是举一个例子把它引申到极端。治疗疾病的方法未必全都如此，获得其中的大意就可以了。

以上诸药是我李笠翁的独创，应当称为《笠翁本草》。其余治病的药物和方法，有效而可使用的很多，单是医生能讲清楚、医书有记载的就举不胜举，这些全部留待做这些事情的本职人员去做吧，我不能包办代替，并不是说这些药物和方法可以废弃。总之，这本书所应该讲的事情我都讲了；不应该讲的事情我也没讲。“绝无仅有”的称号我不敢当，“虽有若无”的名声我也不接受。这本书大概可以流传而不必全部废弃吧。